ELISSA SUSSMAN

Wir treffen uns in New York

GOLDMANN

Buch

Damals: Katee Rose ist Amerikas bekanntester Popstar. Gemeinsam mit ihrem Freund Ryan LaNeve, Sänger der angesagten Boyband CrushZone, steht sie immerzu im Rampenlicht. Doch manchmal wird Katee der ganze Rummel zu viel. Dann findet sie Zuflucht bei Ryans Bandkollegen Cal Kirby, der schon immer ein guter Freund für sie war. Aber eine verhängnisvolle Nacht mit ihm zerstört ihr ganzes Leben …

Heute: Kathleen Rosenberg hat sich längst damit abgefunden, ein ganz normales Leben zu führen. Doch dann taucht völlig unerwartet Cal Kirby auf und bietet ihr die Chance ihres Lebens: die Hauptrolle in seinem neuen Musical am Broadway. Die beiden haben seit jener gemeinsamen Nacht nicht mehr miteinander gesprochen, und Kathleen nimmt sich fest vor, dieses Mal Abstand zu Cal zu halten. Aber wie soll sie seinem Charme widerstehen?

Weitere Informationen zu Elissa Sussman sowie zu lieferbaren Titeln der Autorin finden Sie am Ende des Buches.

Elissa Sussman

Wir treffen uns in New York

Roman

Aus dem Amerikanischen von
Babette Schröder

GOLDMANN

Die amerikanische Originalausgabe erschien 2023 unter dem Titel
»Once More With Feeling« bei Dell, an imprint of Random House,
a division of Penguin Random House LLC, New York.

MIX
Papier | Fördert gute Waldnutzung
FSC® C014496

Penguin Random House Verlagsgruppe FSC® N001967

22. Auflage
Deutsche Erstveröffentlichung November 2024

in der Penguin Random House Verlagsgruppe GmbH,
Neumarkter Straße 28, 81673 München
produktsicherheit@penguinrandomhouse.de
(Vorstehende Angaben sind zugleich Pflichtinformationen nach GPSR)

Published by arrangement with Dell, an imprint of Random House,
a division of Penguin Random House LLC.
Umschlaggestaltung: UNO Werbeagentur, München
Umschlagmotive: FinePic®, München
Redaktion: Ann-Catherine Geuder
LS · Herstellung: ik
Satz: GGP Media GmbH, Pößneck
Druck und Bindung: GGP Media GmbH, Pößneck
Printed in Germany
ISBN: 978-3-442-49578-8

www.goldmann-verlag.de

Dieses Buch ist Prozac und Jelly Beans gewidmet.
Ohne euch hätte ich das nie geschafft.

»Theater war erst ein Verb, bevor es zum Substantiv wurde, war erst eine Handlung, bevor es zum Ort wurde.«

Martha Graham

»Ich habe immer gesagt, dass ich mehr Mut als Talent besitze.«

Dolly Parton

ROLLING STONE

DIE TOP 100 MUSIKSKANDALE DER LETZTEN 50 JAHRE
#14: KATEE ROSE BRICHT RYAN LANEVE DAS HERZ
(UND RUINIERT IHRE KARRIERE)

Wenn einem klar wird, dass es heute Jugendliche gibt, die nicht wissen, dass der Filmstar Ryan LaNeve einst in einer peinlichen Sketch-Show für Teenager aufgetreten ist, kommt man sich uralt vor. Das kurzlebige Format *Show N Tell* war ein Karrieresprungbrett für viele Stars, darunter auch seine ehemalige Flamme Katee Rose. LaNeve und Rose lernten sich als Teenies am Set kennen. Als beide dann bekannter wurden – sie als Solokünstlerin und er als ein Fünftel von CrushZone, der angesagtesten Boyband jener Zeit –, rückte ihre Beziehung ins Interesse der Öffentlichkeit.

Ihre Zeit als Prinz und Prinzessin des Pop endete abrupt, als LaNeve bekannt gab, dass Rose ihn betrogen habe. Obwohl nie bestätigt, wuchs der Skandal noch an, als angedeutet wurde, Rose hätte ihn mit keinem Geringeren als dem CrushZone-Mitglied Calvin Tyler Kirby betrogen.

Als wäre das Leben ein Abbild der Kunst, verließ LaNeve CrushZone, um eine Starrolle in *Kiss Me First* zu übernehmen, eine Art Remake von *Ein unmoralisches Angebot.* Dort spielte er einen traurigen Ehemann, der zusieht, wie seine Ehe den Bach runtergeht, als seine Frau sich prostituiert.

Und Katee Rose? Die Karriere der näselnden Schauspielerin schwächelte ohnehin schon, und der Skandal versetzte ihr den Todesstoß.

Ouvertüre

Es war eine Feuerprobe auf Musical-Art.

Anstatt der üblichen Kennenlernspiele, die sonst bei meinen jüdischen Sommercamps am ersten Tag auf dem Programm standen, wurden wir nach dem Kofferauspacken alle ins Theater gescheucht. Dort sagte man uns, dass wir für die Aufführung am Ende des Sommers vorsprechen würden.

Okay. Alles klar.

Im Theatercamp wurden keine halben Sachen gemacht.

Die meisten Menschen würden sich ins Hemd machen, ich nicht. Ich brannte auf diese Herausforderung.

Genau deshalb hatte ich überhaupt herkommen wollen.

Ich hatte alles geplant.

Schritt eins: Wenig begeisterte Eltern davon überzeugen, das Geld von der Bat Mitzwa für ein teures, exklusives Theatercamp auszugeben.

Schritt zwei: Alle im besagten Camp mit meinem Talent, meinem Charme und meinem Durchhaltevermögen beeindrucken.

Schritt drei: Auftritt – mit stehenden Ovationen – bei der Vorstellung am Ende des Sommers, um ein Publikum voller Agenten, Manager und anderer Theatergrößen zu beeindrucken.

Schritt vier: Die Theaterwelt erobern.

Ich saß in der letzten Reihe und beobachtete meine Konkurrenten.

Obwohl ich davon ausgegangen war, dass Schritt eins der schwierigste war, wusste ich, dass der Rest kein Sonntagsspaziergang sein würde. Hier gab es jede Menge Talente, aber das entmutigte mich nicht. Ich war nicht gerade stolz darauf, die Beste unter den Schlechten zu sein. Wenn überhaupt, würde es meinen Triumph nur noch glorreicher machen.

Das Vorsingen fand in alphabetischer Reihenfolge statt, sodass ich den Vorteil hatte, alle mit Nachnamen von A bis Rosenberg vor mir ansehen zu können. Nach einer Stunde hatte ich den Song, den ich vortragen wollte, bereits zum zweiten Mal geändert, als ich die Dozenten in der ersten Reihe bei einer weiteren Darbietung von »I Dreamed a Dream« und »Don't Rain on My Parade« seufzen sah.

Zum Glück hatte ich mindestens ein Dutzend potenzieller Songs vorbereitet, von populären bis zu eher unbekannten. Im Moment schwankte ich zwischen »If I Were a Bell« und »Lion Tamer«. Das eine war lustig, das andere wehmütig. Die meisten Sängerinnen und Sänger entschieden sich für Letzteres, darum tendierte ich zu Ersterem. Glücklicherweise war ich in beiden hervorragend.

Ich musste unbedingt auffallen.

Der nächste Camper betrat die Bühne.

»Rachel James«, sagte sie, das Haar dicht und glänzend, die Zähne perfekt.

Neben mir ertönte ein leises Stöhnen. Ich drehte mich um und sah ein verächtlich verkniffenes Gesicht hinter großen, runden Brillengläsern.

»Das ist ihr Künstlername«, erklärte meine Sitznachbarin, als sie meinen Blick bemerkte. »Ihr richtiger Name ist Rochelle Illowski.«

Ein Künstlername. Das würde ich wahrscheinlich auch brauchen.

Obwohl … Wenn ich mir vorstellte, wie ich meinen (ersten) Tony Award erhielt, hieß es immer: »Und die Gewinnerin ist Kathleen Rosenberg!«

Daran, wie sich die Dozenten nach vorne lehnten, wie der ganze Raum still wurde, und auch an Rachels aufrechter Haltung erkannte ich, dass sie genau wusste, was sie tat.

Eindeutig.

Ihre Stimme war umwerfend. Kristallklar und gefühlvoll.

Nach einem Vorsingen sollten wir eigentlich nicht klatschen, aber die Hälfte der Camper tat es trotzdem. Und niemand hinderte sie daran.

»Sie ist gut«, sagte ich.

»Sie war auf Tournee«, informierte mich das Mädchen mit der Brille.

Ich war unsagbar neidisch. Und ein bisschen nervös.

»Wow«, sagte ich.

»Sie ist eine Bitch.«

Überrascht und erfreut über diesen Ausbruch sah ich meine neue Freundin an. Sie zuckte die Achseln.

»Letztes Jahr hat sie mir Tannenzapfen ins Etagenbett gelegt«, klärte sie mich auf. »Und mein signiertes Programmheft von Rent gestohlen.«

»So eine Bitch«, sagte ich und meinte es auch so.

»Ich bin Harriet«, stellte sie sich vor. Ihre geflochtenen Zöpfe waren auf dem Kopf zu einem hohen Gebilde gedreht.

»Kathleen«, antwortete ich.

Wir gaben uns die Hand.

»Dein erster Sommer?«, fragte sie.

Ich nickte.

»Mein vierter«, erklärte sie.

»Dann musst du alle kennen.«

Sie zuckte mit den Schultern, lächelte aber erfreut.

»Es ist sehr schön, dich kennenzulernen«, sagte ich.

Auch das meinte ich ernst. Ein Rent-Fan und ein Mädchen, das sich in der Theaterwelt auskannte? Es war, als ob der Schutzpatron der Musicals – Stephen Sondheim – auf mich herunterlächelte.

Vielleicht.

»Was trägst du vor?«, fragte ich.

»Ich bin Altistin«, antwortete sie.

Ich hatte wirklich Glück. Eine neue Freundin, mit der ich nicht konkurrieren musste.

»Aber ich schreibe hauptsächlich Songs«, fügte Harriet hinzu.

»Du schreibst eigene Songs?«, fragte ich.

Sie nickte.

Es war, als hätte sie mir soeben gestanden, eine Superkraft zu besitzen.

»Du bist meine neue beste Freundin«, erklärte ich.

»Okay«, sagte sie.

Harriet kannte jeden und wusste alles über sie. Zumindest die wichtigen Dinge, wie zum Beispiel wie viele Sommer lang sie teilgenommen hatten, ob sie in der Vorführung am Ende mitgewirkt hatten und ob sie jemals professionell aufgetreten waren.

»Das ist Courtney«, sagte sie dann. »Sechs Sommer. War nur einmal bei der Vorstellung dabei und das in einer Ensemble-Rolle.«

Oder: »Das ist Shauna. Es ist erst ihr zweiter Sommer, aber letztes Jahr hatte sie ein Duett.«

Oder: »Corina war letzten Sommer nicht hier, aber im Sommer davor. Ich glaube, sie war im Chor.«

Es war ein bisschen, wie wenn mein Vater über Baseball-Statistiken sprach. Nur dass es wirklich interessant war.

»Wer. Ist. Das?«, fragte ich.

Ich war ganz und gar gebannt von dem attraktivsten Mann, den ich je gesehen hatte. Und da er mindestens wie sechzehn aussah, war er eindeutig ein Mann. Er hatte zottelige Haare, die wie ein Vorhang in der Mitte seiner Stirn geteilt waren, und trug eine Halskette aus Puka-Muscheln. Fasziniert beobachtete ich, wie er die Daumen in die Taschen seiner Cargo-Shorts schob, während er auf den Ballen vor und zurück wippte. Seine Beine sahen auch gut aus. Kräftig und gebräunt.

»Calvin Kirby«, sagte er und stellte sich in die Mitte der Bühne.

Jedes Hormon in meinem Körper brannte durch wie eine überhitzte Glühbirne. Pop. Pop. Pop.

Er war ein Bariton.

Und ich war verliebt.

Jetzt

Kapitel 1

Ich hatte einen schrecklichen Fehler begangen.

Okay, *zwei* schreckliche Fehler.

Der erste war, dass ich mich überhaupt auf das Mittagessen eingelassen hatte. Der zweite, dass ich nicht darauf bestanden hatte, mit Harriet gemeinsam einzutreffen. Wir hätten uns verspätet, weil Harriet immer zu spät kam, aber das wäre besser gewesen, als zu früh zu sein. Und das war ich, weil ich immer zu früh war.

Cal anscheinend auch.

Er saß bereits am Tisch, als die Kellnerin mich nach hinten begleitete. Als ich auf ihn zukam, sah er auf.

Dritter Fehler.

Das grobkörnige Foto, das in der Branche immer dann verwendet wurde, wenn von ihm die Rede war, war mindestens fünf Jahre alt. Als er mir jetzt in die Augen sah, war klar, dass dieses Foto ihm kaum gerecht wurde.

Er stand auf und schien immer größer zu werden. War er schon immer so groß gewesen? Seine Kleidung stand ihm gut. Er hatte einen Bartschatten in genau der richtigen Länge. Sein Haar war kunstvoll zerzaust. Ich stellte mir vor, wie er mit einer verspiegelten Sonnenbrille in einem Cabrio durch Brooklyn fuhr und alle stehen blieben und ihn anstarrten.

»Kathleen Rosenberg«, sagte er.

Und dann war da noch seine Stimme. Ich hatte vergessen – ich hatte hart daran gearbeitet, es zu vergessen –, wie verdammt gut sie war. Wie tief und klangvoll.

Gott. Ich spürte es bis in die Zehen und Fingerspitzen.

»Also«, sagte ich, »wenn das nicht Calvin Tyler Kirby ist.«

Seine Wange zuckte, doch sein höfliches – wenn auch falsches – Lächeln wich nicht aus seinem Gesicht. Er hasste es, mit allen drei Namen angesprochen zu werden. Und genau darum tat ich es.

Cal konnte sich glücklich schätzen, dass ich nicht seinen Spitznamen benutzte, den er noch mehr verabscheute. Eigentlich konnte er sich glücklich schätzen, dass ich überhaupt hier erschienen war. Bei unserer letzten Begegnung hatte er mich als »Fehler« bezeichnet und ich ihm gesagt, er solle sich aus meinem Leben verpissen. Was er getan hatte.

Meine Gefühle für ihn hatten sich nicht geändert, die Umstände allerdings schon. Und ich hatte Harriet versprochen, ihn anzuhören.

»Schön, dich zu sehen«, log er und hielt mir die Hand hin.

»Ach, komm«, sagte ich.

Ich legte meine Hände auf seine Schultern, beugte mich vor und gab ihm zwei laute, widerliche Luftküsse. Seine

Muskeln spannten sich unter meinen Handflächen. Sein Parfüm – er roch wie ein Orangenhain – umhüllte mich. Ich ignorierte, wie gut sich das alles anfühlte, ließ ihn los und trat einen Schritt zurück.

»Sollen wir?« Er wies mit einer Geste auf den Tisch.

Wir setzten uns. Es war, als wären wir in einer Dampfsauna voller Peinlichkeit. Sie drang tief in meine Poren ein.

»Es ist eine Weile her«, sagte ich. Das war die Untertreibung des Jahrhunderts.

Cal hob eine Augenbraue, schwieg jedoch. Seine Speisekarte war offenbar faszinierend. Trotz seines gelassenen Auftretens war ich mir ziemlich sicher, dass Cal sich genau wie ich an das letzte Mal erinnerte, als wir zusammen in einem Raum gewesen waren und uns fertiggemacht hatten. Wir hatten beide wenig Nettes gesagt.

Wie lange war das her? Zehn Jahre? Fünfzehn?

Das spielte eigentlich keine Rolle. Ich konnte mich immer noch an den Abscheu und die Enttäuschung in seinen Augen erinnern. Wie er sich abgewandt hatte, ohne sich noch einmal umzudrehen, und mich mit den Folgen unseres gemeinsamen Handelns allein ließ.

Ich fragte mich, ob ihn deshalb heute ein schlechtes Gewissen plagte oder ob er immer noch der Meinung war, dass ich verdient hatte, was passiert war. Da er keinerlei Anstalten machte, sich zu entschuldigen, schien er keine Reue zu empfinden.

Gut, das war okay. Verdammt okay.

Denn schließlich würde ich keine Entschuldigung annehmen, auch wenn er sie mir anböte. Eine Entschuldigung reichte nicht aus, um zu heilen, was zerstört worden war. Meine Karriere. Meine Seele. Okay, das war etwas dramatisch, aber ich war mir ziemlich sicher, dass Calvin Tyler Kirby nichts anderes von mir erwartete.

»Harriet ist immer zu spät«, sagte ich, obwohl er das bestimmt wusste.

»Ich habe es nicht eilig«, erwiderte er und studierte weiter die Speisekarte.

Am liebsten hätte ich sie ihm aus den Händen gerissen, sie in eine Million winziger Stücke zerrissen und ihn gezwungen, mich anzusehen.

»Fantastisch«, knurrte ich.

Ich hätte mich auf meine eigene Speisekarte konzentrieren sollen, doch stattdessen starrte ich ihn an und überlegte, wie die Zeit ihn verändert hatte. Ich versuchte, mir sein jüngeres Ich in Erinnerung zu rufen, und verglich den Mann mit grau meliertem Haar und Lachfältchen um die Augen mit der Version, die sich das Haar mit Gel stylte und Eyeliner trug.

Hatte er dasselbe mit mir gemacht, als ich hereinkam? Ich würde es niemals zugeben, aber ich hatte mir heute besondere Mühe mit meinem Aussehen gegeben. Mein Haar war seit meiner Zeit als Katee Rose nicht mehr blond, aber ich hatte mir die Zeit genommen, es zu bändigen und zu stylen. Der Versuchung, mir die auch bei mir immer zahlreicher werdenden grauen Strähnen zu färben, hatte ich gerade noch widerstehen können.

Das Wetter war entsprechend der Übergangszeit zwischen Winter und Frühjahr recht wechselhaft – manchmal sonnig und frühlingshaft, manchmal noch trübe und kalt. Beim Verlassen der Wohnung war es zwar schön gewesen, aber es gab keine Garantie, dass das so bleiben würde. Ich hatte Jeans und einen leichten Pullover angezogen und wusste genau, dass Cal den Sitz von beidem bemerkt hatte, da sein Blick bei meiner Ankunft – nur für einen Moment – nach unten gezuckt war. Es war erfreulich zu wissen, dass meine Brüste, die mir in der Klatschpresse einst den Spitznamen »Titty Rose« eingebracht hatten, noch immer Aufmerksamkeit auf sich zogen.

»Hab ich was im Gesicht?«, fragte Cal. Er hatte nicht einmal aufgeschaut.

»Nur Augen, eine Nase und einen Mund«, antwortete ich süßlich.

Wenn er mich aus dem Konzept bringen wollte, musste er sich schon etwas mehr anstrengen. Ich war bereit. Geduckt und mit zuckendem Schwanz wartete ich nur auf eine Gelegenheit zum Angriff. Ich mochte weicher und runder geworden sein, seit er mich das letzte Mal gesehen hatte, aber ich hatte meine Krallen geschärft und eine Rüstung angelegt. Wenn er glaubte, er hätte es mit der Person von damals zu tun, hatte er sich geschnitten. Katee hatte ihm vertraut. Kathleen wusste es besser.

»Ich hab gehört, der gegrillte Oktopus soll gut sein«, sagte er.

»Stimmt«, bestätigte ich.

Schließlich hob er den Blick und sah mir in die Augen. »Wie gut?«, fragte er. Er fragte nach dem Oktopus und irgendwie auch nicht.

»Der beste, den du je gegessen hast.«

Daraufhin lächelte er. Ich hatte seine verdammten Grübchen vergessen.

»Tut mir leid, dass ich zu spät bin«, sagte Harriet und ließ uns beide aufschrecken. Ich hatte Harriet gar nicht kommen gehört. Einen Moment lang hatte ich sogar ganz vergessen, dass ich ihretwegen überhaupt nur hier war. Gern hätte ich den Grübchen die Schuld dafür gegeben.

Cal stand auf, um Harriet zu begrüßen und sie zu umarmen. Ich tat das Gleiche.

»Gib ihm eine Chance«, raunte sie mir zu.

Ich ließ mich wieder auf meinem Stuhl nieder und setzte ein strahlendes, haifischartiges Lächeln auf.

»Kathleen hat mir gerade erzählt, wie toll der gegrillte Oktopus ist«, sagte Cal.

»Lebensverändernd«, bestätigte ich.

Daraufhin erhielt ich von Harriet unter dem Tisch einen heftigen Tritt. Das tat weh, aber nicht so sehr wie die Erkenntnis, dass meine beste Freundin seit Monaten hinter meinem Rücken mit meinem Erzfeind herumscharwenzelte.

Okay. Herumscharwenzeln war nicht ganz das richtige Wort. Pläne ausheckte. Kollaborierte. Intrigierte.

Wir bestellten – Cal nahm den Oktopus –, und als der Kellner gegangen war, sprang Harriets Blick zwischen uns beiden hin und her, als würde sie erwarten, dass ein Gong ertönte und einer von uns den ersten Schlag ausführte.

Nicht ich.

»Ich weiß es zu schätzen, dass du dir die Zeit genommen hast, dich mit mir zu treffen«, sagte Cal. »Danke.«

Seine Höflichkeit nervte mich. Es war unangenehm genug, ihn wiederzusehen, nach allem, was wir durchgemacht hatten, aber hier zu sitzen und so zu tun, als wäre das alles gar nicht passiert, war irgendwie noch schlimmer. So zu tun, als wären wir Fremde. Professionelle Fremde.

Nun ja. Wenn er so tun wollte.

»O nein«, sagte ich. »Ich danke *dir.*«

Es folgte eine Pause, und Cal räusperte sich.

»*Workingwomen* ist ein ganz besonderes Musical«, sagte er.

Seit Harriet sich letzte Woche mit mir zum Abendessen hatte treffen wollen, war ich auf das Schlimmste gefasst gewesen. Sie hielt seit Monaten Abstand, hatte Verabredungen in letzter Minute abgesagt und so lächerliche Ausreden erfunden, wie dass sie keine Zeit habe, weil sie für einen Marathon trainiere. Das Einzige, wofür Harriet jemals gelaufen war, waren Karten für Shakespeare im Park.

Wir waren in unserem Lieblingslokal gewesen, dem »Erdferkel and Artischocke«, und ich hatte mich auf meinen Drink konzentriert, während ich im Geiste die schlimmsten Szenarien durchging, warum sie mir aus dem Weg gegangen war. Sie war krank. Sie wollte umziehen. Sie war wieder mit der Ex-Freundin zusammen, die ich am wenigsten mochte.

Es war schlimmer als all das. Und auch besser.

»Ich war auf der Suche nach dem richtigen Projekt, als Harriet auf mich zukam«, sagte Cal.

»Es ist so verrückt«, hatte Harriet letzte Woche zu mir gesagt. »Er hat aus völlig heiterem Himmel angerufen.«

Mit hochgezogener Augenbraue sah ich Harriet an, die in ihr Wasserglas starrte.

»Was für ein Zufall.« Mir war klar, dass sie nicht ohne Grund gelogen hatte. Ich konnte ihr die Ausrede nicht einmal verübeln. *Workingwomen* war das erste Musical, das Harriet geschrieben hatte. Nicht das fünfte. Oder das zehnte.

Als wir uns mit vierzehn Jahren kennenlernten, hatte sie mindestens zwei Dutzend Songs geschrieben – und eine Handvoll davon waren ziemlich gut. Zu der Zeit, als ich als Katee Rose weltweit auf Tournee war, hatte Harriet bereits Alben mit hervorragenden Songs herausgebracht. Sie war kurz davor, richtig Erfolg zu haben und eine gefragte Songwriterin zu werden. Die, mit der jeder arbeiten wollte.

Doch stattdessen war sie in der Versenkung verschwunden. Heute kannte sie praktisch kaum noch jemand, gelegentlich schrieb sie Songs für Fernsehfilme oder Hits für C-Promis. Ab und zu sah es so aus, als bekäme sie eine neue Chance auf einen Durchbruch, aber irgendwie zerschlug sich immer alles. Sie hatte etwas Besseres verdient.

Und ich musste hilflos zusehen und fühlte mich jedes Mal aufs Neue schuldig.

»*Workingwomen* ist frisch und doch vertraut«, erklärte Cal. »Es schafft die Balance zwischen Nostalgie und Innovation.«

»Es ist brillant«, sagte ich.

»Es ist brillant«, echote Cal.

Wenigstens darauf konnten wir uns einigen.

»Ich möchte hier in New York proben«, sagte Cal. »Und dann Testaufführungen außerhalb der Stadt ansetzen. Vielleicht im Globe oder im Orpheum, oder sogar irgendwo näher an zu Hause. Und dann, wenn alles gut läuft – und das ist der Plan –, bringen wir es an den Broadway.«

Er sagte das mit so viel Zuversicht, dass es schwer war, keine Hoffnung zu hegen. Aber Hoffnung war gefährlich. Besonders in Verbindung mit Cal Kirby.

»Und du wirst Regie führen«, sagte ich.

»Ja«, bestätigte Cal.

Dies war nicht nur Harriets Musical. Ja, sie hatte das rein weibliche Musical geschrieben, das auf der legendären Figur von Rosie, der Nieterin, basierte, aber eine der drei Hauptrollen, Peggy, hatte sie für *mich* geschaffen. Die Rolle war auf mich zugeschnitten und betonte das Talent, für das ich bekannt war – das Tanzen. Doch auch meine weniger bekannten Talente kamen zur Geltung, wie zum Beispiel meine ziemlich gute Stimme, was damals auf meinen Alben nicht zu erkennen war, weil mein Management meine Stimme stets getunt hatte. Und obwohl ich seit einem Jahrzehnt kein Album mehr aufgenommen hatte, wusste ich, dass heutzutage noch häufiger getunt wurde. Die letzte Platte vor meinem erzwungenen Rückzug war besonders schrecklich gewesen – ich hatte meine Stimme darauf kaum wiedererkannt.

Falls ich auf die Bühne zurückkehrte, dann dieses Mal nur zu meinen Bedingungen. Mit meiner Stimme. Und mit meinem Namen.

Jahrelang hatte ich versucht, etwas anderes zu finden, das mir ebenso viel bedeutete wie das Auftreten. Geld war nicht das Problem – ich war klug gewesen *und* hatte Glück gehabt. So blieb mir genug zum Leben, zumal mein Leben nicht mehr besonders extravagant war. Und ich erhielt noch immer Tantiemen für meine Songs, die weiterhin lizenziert wurden. In mageren Zeiten gab ich Tanzunterricht, aber meistens nur, um mich irgendwie zu beschäftigen.

Daran hatte ich mich nach dem Ende meiner Karriere gewöhnen müssen. An all die Zeit, die mir auf einmal zur Verfügung stand. Und all die Zeit, die für mich übrig blieb.

Die Langeweile war mir zunächst neu gewesen – nachdem ich die erste depressive Phase überwunden hatte –, aber etwas Neues, das schnell zur Gewohnheit wurde.

In dem Bemühen, etwas anderes zu finden, das mir ein ähnliches Gefühl gab, wie auf der Bühne zu stehen, probierte ich alle möglichen Hobbys aus. Ich lauschte auf Geräusche, die ich mehr mochte als Beifall, und suchte nach dem Kribbeln, das sich einstellte, kurz bevor sich der Vorhang hob. Ich sehnte mich nach der Freude, die ich empfand, wenn ich den richtigen Ton traf und hielt … und hielt … und hielt … und ihn dann losließ.

Aber ich konnte mir nicht entkommen.

»Wann sollen die Proben stattfinden?«, fragte ich.

»Bevor wir uns dem Zeitplan widmen, müssen wir noch ein paar andere Sachen besprechen«, antwortete Cal.

Ich war erfreut, dass Harriet von dieser Antwort ebenfalls überrascht schien. Soweit ich wusste, ging es bei diesem Treffen hauptsächlich darum, sicherzustellen, dass Cal und ich im selben Raum sein konnten, ohne uns in Stücke zu reißen.

Das fühlte sich nicht so an.

»Was denn?«, fragte sie.

»Das Casting«, sagte Cal. Es war glasklar, was er damit andeuten wollte, und ich schob mich vom Tisch zurück.

»Hör zu«, sagte er, »es ist kompliziert.«

»Nein«, widersprach Harriet, »ist es nicht. Besetze die anderen Rollen, mit wem du willst, aber Kathleen ist Peggy. Die Rolle wurde für sie geschrieben. *Mit* ihr.« Sie wandte sich an mich. »Das habe ich ihm gesagt. Von Anfang an. Vom ersten Tag an.«

Ich wusste, dass sie die Wahrheit sagte. Ich war ein Teil des Stücks. Ein Teil des Deals. Eines, das manche Leute als Vorteil für Vertrieb und Marketing ansehen würden.

»Deshalb wollte ich mich mit euch beiden treffen«, sagte Cal.

»Na klar«, giftete ich. »Wenn man so etwas persönlich macht, sieht man wenigstens, was man anrichtet. Das ist ja viel besser.«

Er ignorierte mich, was gut war, denn ich war mir zu neunzig Prozent sicher, dass ich ihn mit meinen Blicken töten konnte, wenn ich mich nur genug anstrengte.

»Ich bin den Produzenten verpflichtet«, sagte er. »Und die haben ihre Meinung.«

»Ich habe gehört, dass das ziemliche Arschlöcher sein sollen«, bemerkte ich.

Cal begegnete meinem Blick, und ich war überrascht, dort Wut funkeln zu sehen. Worüber zum Teufel sollte er wütend sein? *Er* war derjenige, der die Macht hatte. Die Kontrolle. Der unsere Hoffnungen und Träume in der Hand hielt. Wenn jemand wütend sein durfte, dann nur eine. Und das war ich.

»Lässt du es mich erklären?«, fragte er mit angespanntem Kiefer.

Obwohl ich kaum noch etwas mitbekam, bedeutete ich ihm fortzufahren.

»Die Produzenten sind nervös«, sagte er. »Wegen Katee. Ihrem … Ruf.«

Ich würde ihn umbringen.

»*Meinem* Ruf?« Meine Kehle war wie zugeschnürt, und die Worte kamen mit einem Krächzen heraus. Es klang nicht sehr schmeichelhaft, aber das war mir egal.

Denn *Cal* war der Grund für meinen sogenannten Ruf. Außerdem war das alles vor über einem Jahrzehnt passiert. Ich war jetzt ein anderer Mensch. Und Katee Rose existierte verdammt noch mal nicht mehr.

Die ganze Sache war nur ein Vorwand, um mich loszuwerden.

»Ich mache das Stück nicht ohne sie«, erklärte Harriet.

Nichts anderes hatte ich erwartet, aber das war auch egal. Ich wusste, was Cal vorhatte. Er wollte sie zu einer Entscheidung zwingen.

Es war grausam. Eine grausame Strafe, um sich an mir zu rächen. Als wäre er ein unschuldiger Beobachter gewesen, der zufällig an eine niederträchtige Schlampe geraten war. Als ob er derjenige wäre, dem Unrecht angetan worden war.

Ich hätte damit rechnen, es vorhersehen müssen. Und ich konnte nicht einmal sagen, dass ich es nicht verdient hatte. Ich hätte nur nicht gedacht, dass er so tief sinken würde, Harriet da mit hineinzuziehen. Aber auch das war meine Schuld. Denn der alte Cal, der liebe, fürsorgliche Cal von damals hätte so etwas nie getan. Ich war der Grund dafür, dass er sich derart verändert hatte.

»Wir haben Optionen«, sagte Cal.

Ich schaute zu Harriet hinüber und sah, wie sich unsere gemeinsamen Träume vom Broadway, von der Premiere und den Tony Awards in Rauch auflösten. Schon einmal hatte ich ihre Träume zerstört. Ich wollte nicht, dass das noch einmal passierte.

»Mach es ohne mich«, sagte ich.

»Wie bitte? Nein.«

»Du wirst eine andere finden«, versicherte ich ihr. »Eine, die besser ist.«

Ganz sicher nicht. Diese Rolle war für mich geschrieben worden. Sie war perfekt für mich. Ich würde fantastisch sein. Aber das war Harriets Chance.

Vielleicht war es besser so. Als Harriet mir erzählt hatte, dass Cal bei dem Musical Regie führen wollte, war mir übel geworden. Der Gedanke, mit ihm im selben Raum zu sein, geschweige denn monatelang mit ihm an einer Show zu arbeiten, die mir sehr am Herzen lag, und mich seiner Regie zu unterwerfen, war beinahe unerträglich.

Ich hatte mir vorgestellt, dass er sich bestimmt auf die

Gelegenheit freute, mich in die Mangel zu nehmen. Um mich zu bestrafen. Und zwar immer und immer wieder.

Offenbar zog er eine saubere Tötung vor.

Harriet saß da, sah erst mich an, dann Cal und betrachtete schließlich ihre Hände. Sie atmete tief ein. Dann aus. Und stand auf.

»Es tut mir leid«, sagte sie zu Cal. »Ich werde die Show nicht ohne Kathleen machen.«

Ich ergriff ihren Arm und zog sie zurück auf ihren Platz. »Hör auf. Sei nicht dumm.«

Zum ersten Mal seit meiner Ankunft im Restaurant drehte ich mich um und sah Cal direkt an. Keine übertriebenen dramatischen Wangenküsse, kein Zähneknirschen, keine wütenden Blicke. Ich lächelte nicht, und ich sprach sachlich. Langsam.

»Harriet ist ein Genie«, sagte ich.

»Ganz deiner Meinung«, erwiderte er.

»Sie hat es verdient.«

»Ja«, bestätigte er.

»Gut«, sagte ich. »Dann ist die Sache ja klar.«

»Kathleen …«, setzte Harriet an, aber ich hob eine Hand.

»Freikarten, wann immer ich will«, sagte ich. »Das ist der Deal.«

In ihren Augen schimmerten Tränen. Ich reichte ihr eine Serviette und biss mir von innen in die Wange, damit ich nicht auch noch heulte. Denn auf keinen Fall würde ich vor Call auch nur eine einzige Träne vergießen.

Er wollte mich verletzen? Na gut. Mission erfüllt. Aber

er würde mich nicht weinen sehen. Nicht noch einmal. Nie wieder.

»Nicht so schnell«, sagte Cal.

Harriet und ich hielten inne.

»Wie bitte?«, fragte ich.

»Ich sagte, es gibt Optionen.« Er verschränkte die Arme und lehnte sich selbstgefällig auf seinem Stuhl zurück.

»Optionen«, wiederholte ich.

»Hör sie dir erst mal an, bevor du dich zur Märtyrerin stilisierst«, sagte er.

Harriet legte mir eine Hand aufs Knie, und das war gut so, denn sonst wäre ich womöglich über den Tisch gesprungen und hätte ihren Regisseur erwürgt.

»Was für Optionen?«, wollte Harriet wissen.

Cal sah mich an.

»Du singst für die Rolle vor«, sagte er.

»Vorsingen?«, wiederholte Harriet.

»Für dich«, sagte ich.

»Für die Produzenten«, korrigierte Cal.

»Für dich«, beharrte ich.

»Um sicherzugehen, dass es passt«, sagte Cal.

»Entschuldigt mich.« Ich stand vom Tisch auf. »Ich muss mal aufs Klo.«

Zum Glück war der Waschraum leer, dunkel und kühl. Kein Spiegel. Ich wischte mir ein paar Tränen von den Wimpern und atmete tief ein.

Dieses Gefühl kannte ich nur zu gut.

Der enge Schraubstock um mein Herz, das Gefühl, als würde eine Hand fest auf meine Brust drücken, die Kurzatmigkeit, die Hilflosigkeit – das war eine Panikattacke. Zu lernen, dass diese Gefühle einen Namen hatten, dass es eine Diagnose gab und auch Lösungen, war eine Offenbarung für mich gewesen, nachdem ich mich jahrelang mit etwas herumgeschlagen hatte, das ich für normal hielt.

Es gab Medikamente. Therapie. Meditation.

Aber es gab Zeiten, in denen ich die Reaktion meines Körpers nicht kontrollieren konnte. Ich hasste es. Ich hasste es, daran erinnert zu werden, dass es bestimmte Dinge gab, die ich nicht mit bloßer Nervenstärke, Sturheit und Willenskraft überwinden konnte.

Ich atmete tief ein. Dann noch mal. Und noch mal.

Vorsingen.

An sich hatte ich nichts gegen Auditions. Ich verstand und respektierte den Sinn der Übung, und es hatte sogar eine Zeit gegeben, in der ich mich über jede Gelegenheit zu einem Auftritt gefreut hatte. Etwas vorzuführen. Als diese enorme Unruhe und Energie mich tagelang in Atem halten konnte.

Das Problem war, dass ich für Cal vorsingen sollte. Auditions waren eine Gelegenheit zu zeigen, was man drauf hatte. Nicht nur sein Talent unter Beweis zu stellen, sondern auch, dass man die Nervenstärke besaß, die das Künstlerdasein erforderte – ein unerschütterliches Vertrauen in die eigenen Fähigkeiten. Man musste daran glauben, dass man großartig war. Dass man genau das bot, wonach sie suchten.

Manche mögen es als Arroganz bezeichnen. Wie dem auch sei, es hatte eine Zeit gegeben, in der ich darüber –

und über anderes – im Überfluss verfügte. Dieses Selbstvertrauen war zwar nicht völlig verschwunden, aber ich würde lügen, wenn ich behauptete, dass die letzten zehn Jahre meinem Ego nicht einige brutale Schläge versetzt hatten.

Jetzt löste der Gedanke an ein Vorsingen keine Freude in mir aus, sondern Furcht. Und Enttäuschung. Denn es gab nur eine Handvoll Menschen auf diesem Planeten, die genau wussten, wozu ich fähig war. Harriet war einer von ihnen.

Vor langer Zeit hatte Cal auch einmal dazugehört. Offensichtlich hatte sich das geändert. Entweder wollte er mich ärgern oder er traute mir nicht zu, dass ich es konnte. Beide Optionen machten mich wütend.

Es wäre so einfach, zum Tisch zurückzukehren, mein Wasserglas zu nehmen und es ihm ins Gesicht zu schütten. Er würde es Harriet wahrscheinlich nicht übel nehmen. Wahrscheinlich rechnete er damit. Vielleicht hoffte er sogar darauf.

Es wäre nur ein Beweis für meinen sogenannten Ruf. Die perfekte Rechtfertigung, warum ich nicht in dem Musical mitspielen konnte. Eine sich selbst erfüllende Prophezeiung.

Aber dieses Mädchen war ich nicht mehr. Den Luxus, Nein zu sagen, konnte ich mir nicht erlauben. Ich konnte nicht einfach weggehen. Und das wollte ich auch nicht. Dies war meine Chance. Und ich wusste aus Erfahrung, dass ich vielleicht keine weitere bekommen würde. Ich hatte Glück, dass ich diese eine bekam. Ich wollte diese

Rolle. Ich brauchte sie. Und ich liebte mich selbst mehr, als ich Cal hasste.

Also kühlte ich mir den Nacken mit kaltem Wasser, verließ den Waschraum und kehrte an den Tisch zurück. Ich nahm Cal gegenüber Platz und tätschelte Harriets Hand, die sie mit fragender Miene auf mein Knie legte.

»In Ordnung«, sagte ich. »Sag mir wann.«

Damals

Kapitel 2

Sie riefen immer noch meinen Namen.

Ich hatte das Gefühl zu vibrieren, als würde das Johlen des Publikums wie ein Glockenklang in mir nachhallen. Ich wartete noch immer darauf, dass ich mich daran gewöhnte, aber das war bislang nicht geschehen.

»Du warst unglaublich, Babe!«, sagte Ryan und zog mich in seine Arme, ohne sich darum zu scheren, dass ich schwitzte und mein Körper mit Glitzer überzogen war.

Er wirbelte mich herum, und der Raum verschwamm um uns herum. Als wir stehen blieben, küsste er mich. Er schmeckte nach sauren Bonbons und Kaugummi. Vertraut und angenehm. Ich konnte nicht glauben, dass er hier war. Dass wir wieder zusammen waren.

Alles. War. Perfekt.

Größtenteils zumindest.

Vielleicht.

Eigentlich hatte ich schon darüber nachgedacht, dass wir uns trennen sollten. Aber das lag nur daran, dass mir die Sache mit der Fernbeziehung zu schaffen machte. Und das war jetzt vorbei. Es ging uns gut. Wir verstanden uns super.

»War es gut?«, fragte ich.

»Gut?« Ryan rückte von mir ab und stieß einen leisen Pfiff aus. »Sie lieben dich!«

Ich war heute Abend richtig gut gewesen, und das wusste ich. Morgen würden mir Füße, Rücken und Knie wehtun, aber das ließ sich durch ein heißes Bad und eine ausgiebige Massage beheben.

Im Moment spürte ich gar nichts. Ich ging wie auf Wolken. Meine erste große Stadionshow, und ich hatte den Laden vollgekriegt. Zwei Stunden auf der Bühne vor Tausenden jubelnder Fans, die alle die Texte meiner Songs kannten und mitsangen. Es nervte mich zwar noch immer, dass das Management, alias Diana, beschlossen hatte, es sei besser für mich, Playback zu singen, aber ich verstand, dass ich so nicht ins Mikro schnaufte. Denn die Tanzschritte waren nicht einfach.

»Ich glaube, bei ›Kiss Me Now‹ hab ich ein paar Schritte verpatzt«, sagte ich.

Ryan schüttelte den Kopf. »Wenn dem so war, hat es niemand bemerkt.«

Aber *ich* hatte es bemerkt. Was bedeutete, dass ich die Schritte vor der nächsten Show noch einmal üben musste. Bevor wir abreisten.

»Ich kann es nicht fassen, dass die Tournee nächste Woche beginnt«, sagte ich.

Ryan legte den Arm um meine Schultern, zog mich an sich und drückte mir einen Kuss auf die Schläfe. Ich fühlte mich irgendwie eklig, weil der Schweiß auf meiner Haut zu trocknen begann, aber er schien es nicht zu bemerken.

»Ich kann es kaum erwarten«, sagte er. »Davon haben wir geträumt.«

»Ein ganzes Jahr zusammen«, sagte ich. »Überall auf der Welt.«

Bei Ankündigung der Tournee war ich zunächst enttäuscht gewesen. Ich war bereits durch die Vereinigten Staaten getourt und hatte nur für einen Cameo-Auftritt in einem Film pausiert, der nächstes Jahr herauskommen sollte, und um ein paar neue Singles aufzunehmen. Das Tempo war erschöpfend, und die Vorstellung, so weiterzumachen und alle paar Nächte nicht nur in neuen Städten, sondern auch noch in neuen Ländern aufzutreten, war heftig. Doch dann erfuhr ich, wer meine Vorband sein würde.

»Du musst die Jungs kennenlernen«, sagte Ryan.

»Sind sie etwa hier?«

»Ja!«

Er zog mich an der Hand von der Bühne fort. Die letzten sechs Monate hatten geschlaucht, denn Ryan hatte in Florida an einem Boyband-Bootcamp teilgenommen. Wir waren beide so erschöpft gewesen, dass wir mehrmals am Telefon eingeschlafen waren, wenn wir es überhaupt geschafft hatten, miteinander zu sprechen.

»Haben sie das Konzert gesehen?«, fragte ich.

Ryan nickte. »Sie sind große Fans.«

Ich zog den Kopf ein. Es war mir immer noch unangenehm und ein bisschen peinlich, »Fans« zu haben. Vor allem, wenn es Gleichaltrige waren.

»Sollte ich mich nicht erst umziehen?«, fragte ich und zog am Stoff meines schweißnassen Kostüms. Als ich ihn wieder losließ, saugte er sich mit einem satten Geräusch wieder an meiner Haut fest. Das war eklig.

Doch Ryan schleppte mich bereits in den VIP-Bereich. Sofort wurden wir umschwärmt, aber auf der anderen Seite des Raumes sah ich, wie sich vier Männer – fast gleichzeitig – von einer Couch erhoben. Offensichtlich zeigte das Bootcamp Wirkung.

Es war nicht ganz leicht, aber Ryan schaffte es, uns durch die Menschenmenge auf die andere Seite zu manövrieren.

»Katee«, sagte er, »das ist CrushZone. Meine Band.«

»*Deine* Band?«, fragte einer der Jungs. Er hatte einen charmanten australischen Akzent und klang amüsiert, nicht verärgert.

Ryan lachte. »Du weißt, was ich meine«, sagte er. »Das ist Wyatt.«

Ich schüttelte ihm die Hand.

»Das sind LC und Mason.« Ryan deutete auf einen blonden Kerl mit strahlend blauen Augen und sein optisches Gegenstück, einen Typen mit dunklem, fast blauschwarzem Haar, Eyeliner und dichten, kräftigen Augenbrauen.

»Ich bin ein großer Fan«, sagte LC mit leicht näselnder Stimme.

»Wir sind alle Fans«, erklärte Mason.

Er hatte eine tolle heisere Stimme. Ganz bestimmt war er mit Ryan zusammen einer der Frontmänner.

»Und das ist der Professor«, sagte Ryan.

Ihn wiederzusehen, war, als würde mir eine frische Brise ins Gesicht wehen. Und in den Nacken.

»Cal«, sagte er. Immer noch ein Bariton. »Hallo.«

Ich starrte ihn an. Er hatte sich die Haare gefärbt.

»O mein Gott«, sagte ich. »Cal Kirby?«

Er grinste mich an. »Hey, Kathleen.«

Ich trat vor und wollte ihn umarmen, aber Ryan hatte schon seinen Arm um Cals Schultern gelegt und wuschelte ihm durchs Haar. Cal schob ihn weg, ohne mich dabei aus den Augen zu lassen.

»Ich war mir nicht sicher, ob du dich an mich erinnern würdest«, sagte er.

»Wie könnte ich dich vergessen?«, erwiderte ich.

Gott. Diese Grübchen. Diese Stimme. Wenn überhaupt, war beides mit dem Alter noch besser geworden.

»Ein Mädchen erinnert sich immer an ihren ersten …« Ich räusperte mich. »An ihren ersten Duett-Partner.«

Ich hatte mich im Laufe der Jahre gefragt, was aus ihm geworden war. Ob er noch an jenen Sommer dachte. An den letzten Abend. An den Moment auf dem Dach. Sein Lächeln – wissend, verlegen und auch ein bisschen neckisch – zeigte, dass er sich daran erinnerte. Ich fühlte ein Kribbeln.

»Ihr kennt euch?«, fragte Ryan.

Cal wandte den Blick ab, und ich sah Ryan an.

»Wir waren zusammen im Camp«, erklärte ich.

»Als Kinder«, fügte Cal hinzu. »Das Erste, was sie zu mir gesagt hat, war, dass ich beim Vorsingen zu tief gesungen hätte.«

»Das stimmt nicht!«, widersprach ich empört.

»Nein?« Er warf mir einen Blick zu.

»Das war nicht das *Erste*, was ich zu dir gesagt habe«, korrigierte ich.

»Dann das Zweite.«

»Na ja, aber es stimmte«, sagte ich.

Er lachte. Ryan nicht. Ich räusperte mich.

»Er kennt auch Harriet«, sagte ich.

»Bist du immer noch mit Harriet befreundet?«, fragte Cal.

Ich grinste. »Sie schreibt die Songs für mein nächstes Album«, berichtete ich. »Sie wird auch ein bisschen mit auf Tournee kommen.«

»Cool«, bemerkte Cal.

»Ja«, sagte Ryan. »Es ist cool, dass ihr euch alle kennt.«

Ich erkannte den Unterton in seiner Stimme. Zum Glück wusste ich, wie man ihn entschärfen konnte.

»Hey«, sagte ich und schlang die Arme um seine Taille. »Ich hab dich vermisst.«

Er war so süß, wie er die Nase kraus zog und überlegte, ob er eifersüchtig oder offen sein sollte! Ich drückte ihn.

»Ich hab dich auch vermisst«, erwiderte er schließlich.

»Wie habt ihr euch kennengelernt?«, wollte LC wissen. »Wir haben Ryan gefragt, aber er erzählt uns jedes Mal was anderes.«

Ich warf Ryan einen Blick zu, aber er grinste mich nur an. »Was ist?«, fragte er. »Wir *könnten* uns doch an den Blackjack-Tischen in Vegas kennengelernt haben. Oder beim Schwimmen mit Haien.«

»Die Geschichte mit dem Fallschirmsprung war etwas verdächtig«, warf Mason ein.

»Also, ich glaube, verglichen damit ist es nicht ganz so spektakulär«, sagte ich. »Wir haben uns bei *Show N Tell* kennengelernt.«

Die Teenie-Show war nur ein paar Staffeln gelaufen, aber sie hatte mein Leben verändert. Nicht nur, weil ich Ryan kennengelernt hatte – damals, als er schon zur Stammbesetzung gehörte und ich noch eine einfache Tänzerin war –, sondern weil ich dort auch Diana begegnet war, die meine Managerin wurde und mich zu der gemacht hatte, die ich heute war.

»Ich habe sie beim Vorsprechen beobachtet«, sagte Ryan. »Und dem Produzenten gesagt, dass sie sie unbedingt besetzen müssten.«

Ich tat immer so, als würde ich diese Geschichte mögen, aber das stimmte nicht. Mir gefiel nicht, dass Ryan es so aussehen ließ, als wäre er für meine Karriere verantwortlich. Als wäre er derjenige, der all das möglich gemacht hatte.

»Mein Held«, sagte ich.

Ryan legte die Arme um mich, und dieses Mal war der Kuss nicht so keusch wie vorhin. Es fühlte sich an, als würde er mir seine Zunge komplett in den Hals schieben.

Die Jungs husteten.

»Also, ich glaube, wir sollten euch etwas Privatsphäre gönnen«, sagte Wyatt.

»Ja«, bestätigte Ryan und beugte sich vor, um mich erneut zu küssen.

»Ja«, sagte ich ebenfalls und lehnte mich zurück.

»War nett, dich kennenzulernen«, bemerkte LC.
»Wir sehen uns auf der Tour«, sagte Mason.
»Ich kann es kaum erwarten«, erwiderte ich.
»Ich auch nicht«, sagte Cal.

Jetzt

Kapitel 3

Das Jahr, nachdem alles auseinandergebrochen war, lag etwas im Nebel. Ich hatte viel geschlafen. Zwölf Stunden. Vierzehn. Achtzehn. Zum Teil, weil ich seit meiner Teenagerzeit fast ununterbrochen gearbeitet hatte. Aber auch aufgrund der bleischweren Müdigkeit, die mich niederdrückte, weil die ganze Welt wusste, dass ich eine alte Schlampe war, die ihren geliebten Boyband-Freund betrogen hatte.

Bei meinem letzten Konzert war ich ausgebuht worden, und obwohl Diana sagte, dass sie und der Rest meines Managements nur eine Pause einlegen wollten – und sie sich zurückzögen, um mir etwas Zeit zu geben –, wussten wir alle, dass meine Karriere gelaufen war. Dass niemand mehr Alben oder Eintrittskarten kaufen würde, um jemanden zu sehen, der Ryan LaNeves Herz in unzählige kleine Stücke zerschmettert hatte.

Er vergoss sogar eine Träne – eine einzige Träne – in einem seiner vielen Interviews. Unentwegt redete er über unsere Trennung. Darüber, wie *betrogen* er sich fühlte. Wie *überrumpelt* er von der ganzen Sache war. Und das, während er direkt neben Cal saß, der nichts sagte.

Erst als sich CrushZone auflöste, kursierten Gerüchte, die mich mit Cal in Verbindung brachten. Es wurde nie in meine Wikipedia-Seite aufgenommen, war nie ganz offiziell, aber in der Musikszene war es eine allgemein bekannte Tatsache. Vermutlich war das auch Ryans Werk, aber es schien Cal nicht allzu sehr zu schaden. Nope. Alle waren froh, mir die Schuld anzulasten.

Ich sprach nicht mit der Presse. Ich gab keine Interviews. Ich schottete mich ab.

Selbst wenn ich irgendwo hätte hingehen wollen, wären mir Paparazzi gefolgt, die auf ein Foto hofften, das mich in desolatem Zustand zeigte. Was ein Leichtes gewesen wäre, denn damals schlief ich lieber, als dass ich duschte.

Manchmal kampierten sie vor meiner Wohnung, aber nachdem mit der Zeit andere Berühmtheiten ihre Aufmerksamkeit auf sich zogen, konnte ich zumindest nachts spazieren gehen. Manchmal begleitete mich Harriet – sie war meine einzige Verbindung zur Außenwelt, aber auch sie verschwand für eine Weile, als mein nächstes Album offiziell gecancelt wurde. Ich konnte es ihr nicht verübeln. Ich wollte selbst auch nicht in meiner Nähe sein.

Schließlich sank mein Kopfgeld, und ich musste mir keine Sorgen mehr machen, jedes Mal fotografiert zu werden, wenn ich das Haus verließ. Ich war die Mühe und die Zeit nicht wert, und obwohl ich erleichtert war, wusste ich auch, was das bedeutete. Es war vorbei. Alles.

Mit noch nicht einmal fünfundzwanzig war ich schon Schnee von gestern.

Ich hätte es wirklich besser wissen müssen. Auch Sondheim ließ die Bäckersfrau sterben, nachdem sie Aschenputtels Prinz gevögelt hatte. Der untreue Mr Charming kam ungeschoren davon, während die lüsterne Schlampe bekam, was sie verdiente, nämlich unter dem Stiefel eines Riesen zerquetscht zu werden.

***

In der Woche vor dem Vorsingen suchten mich immer wieder Albträume heim. Das hatten viele Leute vor Auftritten. Sie träumten, dass sie ihren Text vergaßen oder nicht einmal wussten, dass sie auftreten sollten. Meine Angst äußerte sich jedoch anders. Ich träumte stattdessen davon, auf Tournee zu sein. Davon, dass ich einen Ort verließ und beim Kofferpacken feststellte, dass sich meine Habseligkeiten vervielfacht hatten und ich keinen Platz mehr für alles hatte. Je länger der Traum andauerte, desto mehr Schubladen, Türen oder Räume entdeckte ich, die voll mit Dingen waren, die ich nicht zurücklassen wollte.

Meine Therapeutin meinte, das ergebe Sinn. Die Flüchtigkeit jener Phase meines Lebens habe mich verwirrt. Doch damals hatte ich das Gefühl, mich nicht darüber beschweren zu dürfen. Es war zwar erschöpfend und anstrengend gewesen, doch mir war klar, dass durch die Welt zu reisen, um vor Tausenden und Abertausenden von Menschen aufzutreten, die Art von Leben war, für die andere töten würden. Davon hatte ich als Vierzehnjährige geträumt. Und ich wollte auf keinen Fall undankbar sein.

Doch als ich auf Tournee war, hatte ich diese Albträume nie gehabt. Das Seltsame an ihnen war, dass ich zwar gestresst und erschöpft, aber auch wehmütig aufwachte.

Was für das heutige Casting nicht schlecht war, also gab ich mich dem Gefühl hin.

Die Rolle, für die ich vorsang, war eine Frau, die mit einem Fuß in der Vergangenheit und mit dem anderen in der Zukunft stand. Als Harriet mir von *Workingwomen* erzählte, hatte sie es als eine Mischung aus *Die Zeitungsjungen* und *Warum eigentlich ... bringen wir den Chef nicht um* angepriesen. Peggy war die Dolly des Hauptdarsteller-Trios. Blond, vollbusig, übersexualisiert und unterbewertet. Sie war Glinda und Elle Woods, Marilyn und Katee Rose. Männer liebten sie, Frauen beneideten sie, ihr Haar war toupiert und sie voller Geheimnisse.

Ich kannte Peggy. Ich *war* Peggy.

Ich saß auf einem der Stühle, die den Flur säumten, und fragte mich, warum die Wartebereiche bei Vorsprechen immer mit dem unvorteilhaftesten Licht ausgestattet waren. Das Flackern der Leuchtstoffröhren über mir machte mich benommen und gleichzeitig übermäßig wach. Eine perfekte Gemütsverfassung für die Situation, in der ich mich befand.

Harriet hatte mir das ganze Wochenende beim Üben geholfen. Ich kannte den Song für das Vorsingen in- und auswendig, aber das genügte nicht. Ich musste derart überwältigend sein, dass wer auch immer auf der anderen Seite der Tür wartete, mich nicht ablehnen konnte. Ich musste alle existierenden Erwartungen von meinem Talent, meinen Fähigkeiten und meiner Zuverlässigkeit auslöschen. Ich musste meinen *Ruf* übertreffen.

Und selbst wenn mir das gelang, selbst wenn ich sie aus den Socken haute, bestand immer noch die Möglichkeit, dass sie sowieso Nein sagen würden und diese ganze Übung ohnehin sinnlos war. Oder grausam.

Ich wollte nicht glauben, dass Cal ein ganzes Vorsingen inszenierte, nur um mich zu verletzen und zu blamieren, aber im Grunde kannte ich ihn nicht mehr. Ich hatte keine Ahnung, was die letzten Jahre aus ihm gemacht hatten – ob unsere gemeinsame Vergangenheit ihn nicht vielleicht in einen hinterhältigen, gemeinen Menschen verwandelt hatte.

Immer wieder spannte ich die Kiefermuskeln an, und mein Fuß unter dem Stuhl wollte einfach nicht stillhalten. Ich atmete durch die Nase ein und ließ den Atem langsam entweichen. Ich hatte das Gefühl, pinkeln zu müssen, und war gleichzeitig extrem durstig.

Die Tür am Ende des Flurs ging auf. Ich setzte mich aufrecht hin, die Noten auf dem Schoß, die Hände sittsam gefaltet. Es war mir zuwider, dass ich spürte, wie sie zitterten.

Ich hatte Cal oder seinen Assistenten erwartet, aber es war keiner von beiden.

»Na, das ist ja eine Überraschung«, sagte Rachel James. Sie hatte noch immer glänzendes Haar und makellose Zähne. Ihr äußerst selbstzufriedenes Lächeln zeigte, dass dies in der Tat keine Überraschung war. Wenigstens nicht für sie.

Was machte sie hier?

Rachel stand wie auch Cal auf der Liste der Leute, die ich hin und wieder googelte. Nur um zu sehen, ob das Karma gerecht war. Bis jetzt deutete alles auf ein Nein hin.

Rachel war zwar nicht der große, berühmte Broadway-Star geworden, der sie – und wir – immer hatten sein wollen, aber sie war am Broadway *gewesen*. Sie war eine professionelle Darstellerin, manchmal gefeiert, meistens im Chor, aber bei ein paar nationalen Tourneen hatte sie auch zum Hauptcast gehört.

»Rachel.« Ich stand auf und überragte sie.

Woher wusste sie von dem Musical? Es war noch nicht einmal angekündigt worden.

Ich wusste, dass Harriet auf gar keinen Fall zulassen würde, dass ihre – *unsere* – Erzfeindin aus dem Sommercamp bei diesem Musical mitwirkte.

Und Cal?

»Ich bin nur vorbeigekommen, um Hallo zu sagen«, behauptete sie.

Ich blickte auf die Notenblätter unter ihrem Arm.

»In welcher Tonart?«, fragte ich.

Sie lachte, aber es klang nicht echt.

»Es ist eine gute Show«, sagte sie. »Und eine sehr gute Rolle.«

Ich wusste, dass sie mich ärgern wollte, aber warum hatte sie Noten? Warum war sie hier? Jetzt. Heute.

Es genügte, damit sich der bösartige, schleimige Wurm des Zweifels in mein Selbstvertrauen bohrte. Das in den letzten zehn Jahren ehrlich gesagt eh schon ziemlich angeschlagen gewesen war.

»Und es ist immer schön, Cal zu sehen, wenn er in der Stadt ist«, fügte Rachel hinzu.

Ich verschränkte die Arme. »Ihr habt Kontakt?«

»Wir waren im Camp *ziemlich* gute Freunde.« Sie warf mir einen Blick zu. »Nicht so gute wie du und er später, wie man hört.«

Sehr subtil.

»War nett, dich zu sehen«, sagte ich.

»Gleichfalls«, erwiderte sie. »Und hey, ich bin mir sicher, wir laufen uns irgendwann wieder über den Weg.«

»Verlass dich nicht drauf.«

Sie lächelte und zeigte ihre Zähne. »Es ist eine kleine Welt«, sagt sie. »Man weiß nie, welche Möglichkeiten hinter der nächsten Ecke warten. Welche Türen sich öffnen« – sie warf mir einen langen Blick zu – »und welche sich schließen.«

Apropos Türen – die am Ende des Flurs ging erneut auf. Es war nicht Cal, aber zum Glück auch nicht irgendein anderer unerwünschter Geist aus meiner Vergangenheit.

»Ms Rosenberg?«, sagte die junge Frau. »Sie können jetzt reinkommen.«

»Viel Glück«, sagte Rachel.

Diese Bitch.

Es folgte ein knisterndes Geräusch, und ich merkte, dass ich meine Noten in der Faust zerknüllt hatte. Rasch strich ich sie glatt, folgte der Assistentin und widerstand dem Drang, einen letzten Blick auf Rachel zu werfen. Sie mochte mich kurz verunsichert haben, aber in der Sekunde, in der ich den Vorsprechraum betrat, würde ich sie vergessen. Ich hatte vor, alles zu vergessen, nur nicht den Grund, warum ich hier war.

Sie zu beeindrucken.

Zu erstaunen.

Und zu begeistern.

Auf einer Seite des Raumes stand ein Tisch. Dort saßen eine ältere Frau in einem Kostüm, ein Mann in Jeans und T-Shirt und zwei deutlich ältere Männer. Beide hatten graues schütteres Haar und einen mürrischen Gesichtsausdruck – Statler und Waldorf im echten Leben.

Vermutlich gaben sie das Geld. Sie waren diejenigen, die sich Sorgen wegen meines Rufs machten. Sie musste ich beeindrucken.

Am Ende des Tisches saß Cal und blickte auf sein Handy. Trotzdem schenkte ich ihm mein strahlendstes Lächeln.

»Kathleen Rosenberg«, stellte mich die Assistentin vor.

»Danke, dass ich dabei sein darf«, sagte ich.

Cal legte sein Handy weg. Die beiden alten Muppets reagierten nicht, aber die Frau im Kostüm lächelte, ebenso wie der Typ in Jeans. Der außerdem sehr ausgiebig und wenig subtil meinen Körper musterte.

Ich brauchte mich nicht zu fragen, was er dachte, als sein Lächeln einer skeptischen Miene wich. Vermutlich hatte er darauf gehofft, meinem zwanzigjährigen Popstar-Ich zu begegnen.

Stattdessen sah er mich – weit entfernt von meinen Zwanzigern, mit grauen Strähnen im Haar und einem deutlich breiteren und untrainierteren Körper als damals.

Ich versuchte, mir nichts daraus zu machen und mir einzureden, dass das keine Rolle mehr spielen würde, sobald ich zu singen begann. Dass ich in Ordnung war, so wie ich war.

Harriet und ich waren uns einig, dass ich nur einen Song singen konnte – den Hit »I've Never Been Seen«. Die Nummer, über der sie monatelang gebrütet hatte, bevor sie mit dem meiner Meinung nach besten Song, den sie je geschrieben hatte, zu mir gekommen war. Und ich klang fantastisch, wenn ich ihn sang.

Der Pianist begann zu spielen, und ich wusste von der ersten Note an, dass ich gut sein würde. Und das war ich auch. Ein Song, in dem es darum ging, das eigene Image zu zerstören, darum, sich hinter blondem Haar und einem falschen Lächeln zu verlieren, und um den Wunsch, gesehen zu werden – wirklich gesehen zu werden –, war einer, mit dem ich mich intuitiv verbunden fühlte. All das ließ ich in meine Darbietung fließen.

Als ich fertig war, saßen meine Zuhörer mit versteinerter Miene und verschränkten Armen da. Gut, dass ich nicht mit Beifall gerechnet hatte. Ich wusste es besser. Ein Vorsingen war wie ein Pokerspiel – man gab nichts preis.

Sie ließen mich ein paar Seiten aus dem Drehbuch vorlesen, und auch das machte ich einwandfrei. Denn ich kannte diese Rolle. Ich wusste, dass ich perfekt auf sie passte – nicht nur, weil meine beste Freundin sie mir auf den Leib geschrieben hatte, sondern auch, weil ich eine gute Schauspielerin war.

Ich hatte nur noch nie die Gelegenheit erhalten, es zu zeigen.

»Also«, sagte einer der älteren Herren, »ich glaube, wir haben genug gesehen.«

Und da wusste ich, dass ich die Rolle nicht bekommen würde. Schließlich wollte dieses Arschloch mir nicht einmal in die Augen sehen. Ich bezweifelte, dass er mir auch nur eine Sekunde seiner Aufmerksamkeit schenken würde, selbst wenn ich mir das Herz aus dem Leib gesungen hätte.

Cal schaute wieder mal auf sein Handy.

»Danke für Ihre Zeit«, sagte ich. Am liebsten hätte ich mich auf dem Boden zu einem Ball zusammengerollt.

»Warte«, sagte Cal. »Könntest du noch einen Song für uns singen?«

Ich hatte mich schon gebückt, um meine Tasche zu nehmen, richtete mich aber unsicher wieder auf.

»Natürlich«, sagte ich und hatte das Gefühl, dass ich es bereuen würde.

Cal ging zum Klavier, blätterte in einigen Notenblättern und brachte sie herüber.

»Hier. Versuch das mal.«

Ich starrte auf den Song, den er mir gegeben hatte.

Willst du mich verarschen?, wollte ich fragen. Seine Bitte in Verbindung mit Rachels unerwartetem Auftauchen machte mich noch unsicherer, was vor sich ging und was er vorhatte. War das alles eine Art krankes Spiel? Wenn ja, dann war es ziemlich verwickelt. Es hatte eine Vielzahl von Bedeutungen. Eine wahre Zwiebel der Rache.

»Kein Problem«, sagte ich.

»Brauchst du einen Moment, um ihn durchzugehen?«, fragte er.

Wollte er mir wirklich helfen oder war das nur eine weitere Möglichkeit, mich in Verlegenheit zu bringen? Denn so liefen Castings nicht. Der Schauspieler brachte seine Musik mit, seine Songauswahl. Ich trat schließlich nicht auf einer Hochzeit oder einer Bat Mitzwa auf – ich nahm keine Wünsche entgegen.

Und dieser Song …

»Nein«, sagte ich und bereute es sofort. »Ich kenne ihn.«

Ich kannte den Song wie jeder, der sich mit Musicals auskannte, aber ich konnte mich nicht daran erinnern, wann ich ihn das letzte Mal gesungen hatte. Nun ja. Das stimmte nicht ganz. Ich wusste genau, wann ich ihn zuletzt gesungen hatte. Und zweifellos wusste Cal das auch.

Dennoch. Es war Jahre her. Das Klügste wäre, nach draußen zu gehen und ihn wenigstens einmal, vielleicht zweimal durchzugehen und dann zurückzukommen.

Aber ich war gerade nicht klug. Ich hatte das Gefühl, in die Ecke gedrängt worden zu sein. Alle beobachteten mich und warteten nur darauf, dass ich etwas tat, was es rechtfertigte, mich nicht zu besetzen. Und wenn ich mich so fühlte, tat ich für gewöhnlich ziemlich dumme Sachen.

»Bist du dir sicher?«, fragte Cal.

Ich wusste nicht, ob er mich ärgern oder mir einen Ausweg bieten wollte.

»Absolut«, erwiderte ich, ohne die Chance zu nutzen.

Ich misstraute ihm, aber ich wollte nicht, dass er mich zögern sah. Er sollte nicht sehen, wie ich an mir zweifelte.

Leider musste ich das Bild, das der arme T-Shirt-Typ von mir hatte, noch mehr zerstören, indem ich meine Lesebrille aus der Tasche holte. Ich kannte den Song, aber ich traute mir nicht zu, mich an den kompletten Text zu erinnern. Ich würde dem Pianisten folgen müssen. Es war nicht ideal, aber das war die ganze Situation nicht.

Ich konnte Harriets Empörung bereits hören. »*Was* hat er dich singen lassen?«

Wenigstens konnte ich mich darauf verlassen, dass sie eine Flasche Wein für mich öffnen würde, wenn ich es ihr erzählte.

»Ich bin bereit, wenn Sie es sind«, sagte ich zu dem Pianisten.

Ich fing zu leise an.

Jeder, der etwas von Musicals versteht, würde davon abraten, »Memory« für ein Vorsingen zu wählen. Es war zu bekannt, fast schon ein Klischee. Und es war schwer zu singen. Nicht nur in technischer Hinsicht; es funktionierte nicht, wenn man es nicht mit den richtigen Emotionen rüberbrachte. Und das war ohne Vorbereitung nicht leicht zu schaffen. Ich verstand nicht, warum Cal mich das machen ließ.

Der Song baute sich allmählich auf, aber ich wusste eigentlich sofort, dass ich mich in eine ungünstige Lage gebracht hatte. So wie ich begonnen hatte, mit einem leisen Flüstern, musste ich das Crescendo in größeren Schritten steigern als sonst.

Als ich vierzehn war, hatte ich mit diesem Lied das Haus zum Beben gebracht. Ich hatte nichts – und alles – zu geben. Meine Stimme war mein Ticket, meine Chance gewesen.

Aber damals hatte ich den Song nicht verstanden. Nicht wirklich. Ich hatte so getan, als ob, und es gut gemacht. Aber *das*? Das war echt. Es war wahr. Ich fühlte den Song. Ich spürte ihn tief in meinem Inneren. Die Verzweiflung, das Bedauern und darunter die Hoffnung, die trotz allem blieb.

Ich schloss die Augen und ließ den Raum verschwinden, blendete das Publikum, Cal, alles, warum ich hier war, aus.

Ich klang gut. Nicht perfekt, aber gut. Ehrlich.

Ich erreichte meine Lieblingsstelle – »Touch me, it's so easy to leave me« – und legte mich richtig ins Zeug. Leider brach meine Stimme, als ich den letzten Ton erreichte.

Sie brach.

Und das bedeutete das endgültige Aus bei diesem Vorsingen. Es war fast sinnlos weiterzumachen, aber ich tat es trotzdem. Weil ich es konnte.

Und ich tat es mit viel Schwung. Als das Lied sein Crescendo erreichte, ließ ich das Klavier los und trat nach vorn. Ich breitete die Arme aus und ließ mich von meiner Stimme bis zum Ende tragen. Erst als der Song endete und die letzten Töne in völliger Stille verklangen, öffnete ich die Augen.

Ich musterte mein Publikum.

Nichts.

»Vielen Dank für deine Zeit«, sagte Cal. »Wir melden uns.«

Und das war's.

Kapitel 4

Erst als ich zu Hause war, konnte ich mich entspannen.

Bewaffnet mit Eiscreme, Haschdrink und meinem Lieblingsessen aus dem China-Imbiss legte ich meine Post auf den Flurtisch und bereitete mich auf einen Abend voller Selbstmitleid vor.

Ich fühlte mich erstaunlich ausgelaugt. Alles, was ich getan hatte, war, nach Midtown zu fahren, zwei Songs zu singen und wieder nach Hause zu kommen. Klar, ganz so einfach war es nicht – ich hatte wochenlang nachgedacht, mir Sorgen gemacht, mich auf das Vorsingen vorbereitet und all meine Energie darauf verwendet, die Produzenten umzuhauen. Ich hatte meine Nerven in Schach gehalten, indem ich vor allem gearbeitet und geprobt hatte, und jetzt, nachdem ich fertig war, schien alles auf einmal auf mich einzuprasseln.

Ich stellte das Eis in den Gefrierschrank, öffnete den Drink und schnappte mir eine Frühlingsrolle. Ich war zu müde, um den Rest des Essens auf den Teller zu packen, und warf mich stattdessen mit einem Rückwärtssprung auf die Couch, für den ich von den russischen Wettkampfrichtern sehr schlechte Bewertungen bekommen hätte.

Wenigstens war es vorbei.

Ich kaute auf meiner Frühlingsrolle und starrte an die Decke. Das Stadthaus war der letzte verbliebene Beweis dafür, dass ich einmal wohlhabend, erfolgreich und berühmt gewesen war. Es gehörte zu den ersten Anschaffungen, die ich gemacht hatte, nachdem ich die Hypothek meiner Eltern abbezahlt und Geld in den College-Fonds meiner Schwester gesteckt hatte. Auf dem Höhepunkt meiner Karriere hatte ich mehrere Immobilien besessen, aber diese war die einzige, die sich jemals wie ein Zuhause angefühlt hatte.

Sie war das Einzige, was ich besaß.

Ein leises Glöckchen erklang, und Fisch sprang auf die Sofalehne, ließ sich auf meinem Bauch nieder und starrte mich an. Nun ja. Die zweite Sache, die ich besaß.

»Du isst keine Frühlingsrollen«, sagte ich ihr, was natürlich eine Lüge war. Wenn ich den Rest des chinesischen Essens nicht wegräumte, bestand die große Gefahr, dass sie mit ihrer Nase einen Karton von der Theke stieß, sodass er hinunterfiel und sich der Inhalt auf dem Boden verteilte – ein Festmahl für die klügste, cleverste und nervigste Katze sämtlicher fünf Bezirke.

Um mich abzulenken, aß ich den Rest der Frühlingsrolle und kraulte Fisch unter dem Kinn, wo sie am liebsten gekrault wurde. Schon bald schnurrte sie und drückte ihr Gesicht in meine Handfläche, mehr auf Zuneigung als auf Futter aus. Vorerst.

»Vielleicht gebe ich wieder Tanzunterricht«, sagte ich. Ich hatte das Erdgeschoss in ein Tanzstudio umgebaut und bot Privatstunden oder Kinderkurse an, wann immer ich das Gefühl hatte, dass die Tage zu lang und zu öde waren. Ich warb immer als »Kathleen Rosenberg«, aber in den meisten Fällen fanden die Schüler – oder ihre Eltern, je nach Alter – ziemlich schnell heraus, wer ich war. Das machte mir nichts aus, solange sie sich nicht als Idioten entpuppten. Falls sie das nicht waren, sondern sogar eindeutig Fans, brachte ich ihnen in der letzten Stunde einige meiner berühmtesten Tanzschritte aus Musikvideos oder Auftritten bei. Falls sie Idioten waren, nahm ich sie von der Mailingliste und ließ sie sich nicht wieder einschreiben. Es war immer ganz furchtbar, feststellen zu müssen, dass jemand ein Idiot war.

Ich hatte einen Großteil meines emotionalen Wohlbefindens von dem Erfolg von Harriet als Komponistin und Texterin abhängig gemacht. Und jetzt konnte ich nicht einmal eine Rolle bekommen, die speziell für mich geschrieben worden war. Ich wünschte inständig, der Drink möge bald Wirkung zeigen, denn etwas Unbeschwertheit könnte ich gut gebrauchen.

Fisch miaute, aber ich wusste, dass ihr meine Sorgen eigentlich egal waren. Solange ich sie fütterte, kümmerte es sie nicht, wie ich meine Zeit verbrachte.

»Keine Sorge«, sagte ich. »Ich lass dich nicht hungern.«

Sie rieb ihren Kopf an meinem Kinn. Wenigstens hatte ich das Haus. Als ich es kaufte, hatte ich es mit teuren, unbequemen, schönen Möbeln eingerichtet, wie man sie bei einem Star wie mir erwartete. Dinge, die auf *MTV Cribs* gut aussahen, wenn ich für eine Homestory gefilmt wurde.

Doch nachdem alles zum Teufel gegangen war, verkaufte ich den Großteil der Möbel – ärgerlicherweise für einen Bruchteil des Preises, zu dem ich sie erworben hatte – und ersetzte sie durch Dinge, die ich tatsächlich mochte. Fast nichts davon war neu und schon gar nicht im selben Preissegment wie meine früheren Sachen, aber sie waren bequem und gemütlich und gehörten mir.

Alles war ein bisschen abgewetzt, aber das gefiel mir irgendwie. In der Ecke stand ein Stuhl, auf dessen Sitzfläche ein Kissen lag, weil die Polsterung einen großen Riss hatte. Als ich auf einem größeren Teppich Wein verschüttet hatte, schob ich kurzerhand einen Beistelltisch darüber. Und die Tagesdecke in meinem Schlafzimmer musste dringend ausgebessert werden, aber das verschob ich immer wieder. Klar, sie begann an den Rändern auszufransen – dank Fisch und ihren Krallen –, aber sie war weich, vertraut und warm. Sie war eine Metapher für mein Leben.

Ich stieß einen derart tiefen Seufzer aus, dass Fisch ihre Krallen in meine Brust grub, weil sie in die Höhe gehoben wurde.

Unter mir spürte ich mein Telefon vibrieren. Ein Anruf. Ich hatte Harriet eine Nachricht geschickt, als ich aus der U-Bahn gestiegen war, ein schlichtes Daumen-nach-unten-Emoji, und bestimmt wollte sie wissen, was genau das bedeuten sollte.

»Ich hab sie nicht bekommen«, sagte ich ins Telefon. »Cal hat mich durch diese blöden Reifen springen lassen, und ich bin mir ziemlich sicher, dass er mich nur schwitzen sehen wollte. Sie hätten mir die Rolle nie gegeben.«

Es folgte Schweigen.

»Tja«, sagte Cal, »wenn du das so siehst.«

Fuck.

Ich fuhr hoch, und Fisch sprang mit einem so lauten Aufschrei von mir herunter, dass man ihn sicher noch unten auf der Straße hören konnte.

»Was war das?«, fragte Cal.

»Meine Katze.«

Leider schien die Bewegung auch die Wirkung des Haschdrinks auszulösen, sodass ich gleichzeitig in Panik und high war und sich der Raum um mich drehte.

»Du hast eine Katze?«

»Ich hab das nicht so gemeint«, sagte ich.

»Du hast keine Katze?«

»Doch«, sagte ich. »Ich meinte … die anderen Sachen.«

»Dass ich dich zum Schwitzen bringe?«

Er klang unangenehm anzüglich. Ich konnte nicht sagen, ob das beabsichtigt war oder ob mich der Drink auch noch geil gemacht hatte. Es war schon lange her, dass ich ins Schwitzen gekommen war. Auf eine anzügliche Art.

Das ist nicht der richtige Zeitpunkt, daran zu denken.

»Ich habe nicht geschwitzt«, sagte ich.

Was war nur los mit mir? Ich hätte mich entschuldigen sollen – und zwar ausgiebig – und nicht streiten. Aber anscheinend konnte ich nicht anders.

»Doch, ein bisschen«, widersprach Cal.

Arschloch.

»Und du könntest wahrscheinlich ein paar Gesangsstunden vertragen«, sagte er.

Ich biss die Zähne zusammen.

»Um sicherzustellen, dass du in der richtigen Tonart singst.«

Als ob er mir den Song nicht in letzter Minute aufgedrängt hätte.

»Ich kann dir ein paar Namen geben«, sagte er. »Leute, die dir bei der Kontrolle helfen können.«

Er meinte meine Stimme, aber trotzdem.

»Cal«, sagte ich.

»Ja?«

Was zum Teufel willst du?

»Kann ich dir irgendwie helfen?«

Er kicherte leise. Es war das erste Mal, dass ich ihn lachen hörte seit … seit einer Ewigkeit. Es sollte mir kein warmes, behagliches Gefühl geben – er hatte mich gerade beleidigt –, und dennoch …

»Das hoffe ich doch«, sagte er. »Ich rufe an, um dir die Rolle anzubieten.«

Ich nahm das Telefon vom Ohr und starrte auf das Display. Ich wusste nicht, wonach ich suchte, aber ich konnte meinen Ohren nicht trauen.

»Hallo?«

»Hallo«, sagte ich.

»Bist du betrunken?«

Dieses herablassende Arschloch.

Ich meine, ich *war* high, aber das war nebensächlich.

»Nein«, sagte ich. »Nur … hast du gerade gesagt, du willst mir die Rolle anbieten?«

»Ja«, bestätigte Cal. »Wenn du sie haben willst.«

Wenn ich sie haben wollte.

»Ich will sie«, erklärte ich.

Ich würde mich nicht zieren. Auch wenn er es verdient hätte, wenn ich ihn ein bisschen zappeln ließ.

»Toll«, sagte er. »Wir fangen nächsten Monat mit den Proben an. Mae wird dir die Details schicken.«

»Mae?«

»Meine Assistentin. Du hast sie beim Vorsingen kennengelernt.«

»Klar.«

Ich war eindeutig high. Ich schloss die Augen und wünschte, ich hätte mit dem Drink noch etwas gewartet. Gott, er hatte schnell gewirkt.

»Okay«, sagte Cal. »Ich lege jetzt auf, damit du Harriet anrufen kannst.«

»Okay«, sagte ich.

»Okay«, sagte er. Doch er legte nicht auf. Und ich auch nicht.

»Cal?«, fragte ich.

»Ja?«

»Warum?«

»Warum was?«

»Warum habe ich die Rolle bekommen?«, wollte ich wissen.

Du dummes, dummes Ich. Ich klang so jämmerlich, so verzweifelt auf der Suche nach Lob. Ich schob mein loses Mundwerk auf den Haschdrink, aber ich wusste, dass es nicht nur das war. Ich musste es einfach hören.

»Weil sie für dich geschrieben wurde«, sagte Cal.

»Aber du hast mich zum Vorsingen gezwungen.«

»Natürlich«, bestätigte er. »Ich hatte dich seit Jahren nicht mehr auftreten sehen. Ich musste mich vergewissern. Aber du bist die Einzige, die für diese Rolle vorgesungen hat. Ich habe es ernst gemeint, als ich sagte, dass ich die Produzenten überzeugen würde.«

»Du hast mich zu *diesem Song* gezwungen«, sagte ich. »Warum?«

»Darum.«

Was zum Teufel soll das heißen?

»Freu dich einfach, Kathleen«, sagte er.

Seine selbstgefällige Art gefiel mir nicht, aber daran würde ich mich wohl gewöhnen müssen.

»Gut«, sagte ich. »Danke.«

Das hatte ich noch nicht gesagt. Aber ich meinte es.

»Gern geschehen«, sagte er.

Es folgte langes Schweigen.

»Kannst du glauben, dass wir das tun?«, fragte er.

Das entwaffnete mich. Nicht nur die Frage, sondern auch die Art, wie er sie stellte. Leise und geflüstert. Als wären wir wieder Kinder. Als würden wir uns etwas wünschen.

Etwas, das wahr geworden war.

»Es fühlt sich nicht real an«, gab ich zu.

Es war diese seltene Mischung aus Hoffnung, Aufregung und Freude. Eine zweite Chance. Es war schwer zu glauben.

»Es ist sehr real«, sagte er.

Ich kniff mich. »Autsch.«

»Hast du gerade den Test gemacht?«, fragte Cal. »Ob es real ist?«

»Nein.«

Er lachte, und dieser tiefe, warme und vertraute Klang in meinem Ohr gab mir ein bestimmtes Gefühl. Und ließ mich auf eine bestimmte Weise an Cal denken. Nicht nur mit den widerstreitenden Gefühlen von Wut und Lust, die er in mir auslöste, sondern auch mit einer gewissen Wehmut. Denn in diesem Moment, wir beide, nur Stimmen an entgegengesetzten Enden der Stadt (das nahm ich jedenfalls an), war es leicht, sich daran zu erinnern, wie es einmal gewesen war.

»Es wird fantastisch werden«, sagte Cal.

Ich wollte ihm glauben. Ich wollte, dass seine Worte nicht nur ermutigend, sondern prophetisch waren. Aber ich hatte schon vor langer Zeit gelernt, dass niemand solche Versprechen machen – und halten – konnte.

»Hoffentlich«, sagte ich.

Furcht und Sorge ließen meine Stimme tonlos klingen.

»Vertrau mir«, sagte Cal.

Aber genau das war das Problem. Das konnte ich nicht. Nicht nach allem, was geschehen war. Es war, als hätte ich es laut gesagt.

»Ich lege jetzt auf«, sagte er mit dumpfer Stimme. »Los, ruf Harriet an.«

»Okay.«

Und dieses Mal tat er es. Und ich auch.

Damals

Kapitel 5

Harriet stieß in London zu uns.

Sie kam mit einer langen Liste an Dingen, die sie unternehmen und sehen wollte, aber ich hatte nur einen Nachmittag frei, bevor wir nach Bristol weiterfuhren, und so entschieden wir uns, den Tag im Victoria and Albert Museum zu verbringen.

Ich lud die Jungs ein, aber nur Cal und Ryan waren interessiert. Bei unserer Ankunft wurde allerdings klar, dass Ryan nicht so sehr an dem Museum interessiert war als daran, Zeit mit mir zu verbringen. Was süß war. Meistens.

»Glaubst du, jemand wird uns erkennen?«, fragte er.

Ich war schon bei der Ankunft im Hotel erkannt und von Paparazzi fotografiert worden, sodass ich keinen Zweifel daran hatte, dass wir einige Blicke auf uns ziehen würden. Es war mein erster Besuch in Europa, aber ich war hier sehr beliebt und die Tour war fast ausverkauft. Ich wusste nur nicht, ob Ryan und Cal – oder irgendjemand von den CrushZone-Jungs – schon so weit waren. Aber das würde nicht mehr lange dauern.

»Vielleicht«, sagte ich.

Ich genoss es irgendwie, für den Moment inkognito zu sein. Genoss es, mit meinen Freunden zusammen zu sein, im Museum und in einem fremden Land. Das war einer der großen Vorteile des Jobs, dass ich die Welt kennenlernte – und zwar mit den Menschen, die ich liebte.

Cal und Harriet gingen vor uns her, Harriet gestikulierte wild mit den Händen, Cals Lachen drang zu mir herüber und kitzelte meine Ohren.

»Ich bin besessen von diesen Jacken«, sagte Harriet.

»Die Hüte sind ziemlich cool«, bemerkte Cal.

»Vielleicht sollte ich anfangen, Hüte zu tragen«, überlegte Ryan. »Das könnte mein Ding sein.«

Den Jungs war gesagt worden, sie sollten jeder einen eigenen Stil oder eine eigene Persönlichkeit entwickeln. Mason hatte mit seiner Vorliebe für Lederarmbänder und schwarzen Eyeliner bereits den Platz des bösen Jungen besetzt. LC war der gute Südstaatenjunge, und Wyatt ließ sich vom Management zum Verrückten formen, trug schrille, bunte Kleidung und experimentierte monatlich mit Haarfarben und Frisuren.

»Hüte stehen dir«, sagte ich.

»Vielleicht geben sie dem Professor eine Brille oder ein Einstecktuch oder so etwas«, sagte Ryan.

Cal wurde als »der Kluge« bezeichnet, was Ryan, wie ich wusste, ärgerte. Aber es ergab Sinn. Cal *war* nicht nur klug, er war als Einziger aus der Band auf dem College gewesen.

Obwohl er ein Stück vor uns stand, konnte ich sehen, wie sich Cals Schultern bei Ryans Spitznamen für ihn anspannten. Ich wusste, dass er ihn hasste, aber wenn ich das Ryan sagte, würde er ihn nur noch öfter benutzen. Ryan konnte manchmal ein ziemliches Arschloch sein.

»Die Lumber Jills waren das britische Pendant zu Rosie, der Nieterin«, erklärte Harriet Cal. »Während des Zweiten Weltkriegs waren sie Teil der Women's Land Army.«

Wir schlenderten durch die Ausstellung, auf die sich Harriet am meisten gefreut hatte: Kleidung berufstätiger Frauen im zwanzigsten Jahrhundert. Dutzende von bekleideten Schaufensterpuppen standen neben alten Fotos und anderen Gegenständen. Mit Harriet befreundet zu sein, war wie ein Diplom in Geschichte zu machen. Jedenfalls stellte ich es mir so vor. Wahrscheinlich war es eher besser, denn Harriet kannte all die interessanten, unbekannten und anzüglichen Fakten, die sie einem anscheinend in der Schule nie beibrachten.

Die Schaufensterpuppe, vor der Harriet und Cal stehen geblieben waren, trug eine Latzhose und ein Hemd mit Kragen und hatte ihr Haar mit einem Kopftuch zurückgebunden. Auf ihrer Schulter ruhte eine Axt. Obwohl sie kein richtiges Gesicht hatte, sondern nur eine glatte, eiförmige Kugel, wirkte sie durch die Pose und den scharfen Gegenstand knallhart.

»Das wäre ein tolles Halloween-Kostüm«, sagte ich.

»Oder ein Bühnenkostüm«, erwiderte Harriet. »Du würdest toll aussehen mit einer Axt.«

Ich lachte. »Kannst du dir das vorstellen?«

Harriet blinzelte, und ich sah, dass sie es konnte. Sehr deutlich.

»Eine Reihe von Tänzerinnen mit Äxten«, sagte sie. »Wie *Eine Braut für sieben Brüder*, nur mit Frauen.«

»Das ist eine komplizierte Tanznummer«, sagte Cal.

»Was ist *Eine Braut für sieben Brüder*?«, fragte Ryan.

»Ein Musical«, antworteten wir drei.

Ryan seufzte. »Klar.«

Obwohl er behauptete, alle Arten von Musik zu lieben, fand ich kein Musical, das Ryan tolerierte, geschweige denn genießen würde. Er erklärte mir immer wieder, wie überzogen und unrealistisch sie seien. Ich versuchte, ihm zu erklären, dass es nicht um Realismus gehe, sondern darum, die Dinge voll und ganz zu fühlen, und dass sie manchmal so groß und überwältigend waren, dass man darüber singen musste.

Doch das verstand er nicht.

Aber das war okay. Die meisten Jungs verstanden das nicht. Die meisten Hetero-Typen.

»Gibt es irgendwelche Musicals über den Zweiten Weltkrieg?«, fragte Cal.

Harriet und ich starrten ihn an.

»Äh, *Cabaret*«, sagte ich.

»*Carmen Jones*«, sagte sie.

»*Sound of Music*«, ergänzte ich.

»*Pacific Overtures.*« Das war wieder sie.

Cal hob abwehrend die Hände. »Schon gut, es tut mir leid.«

»Das sollte es auch«, stichelte ich.

»Ich glaube, du musst deine Geschichtskenntnisse auffrischen, Professor«, bemerkte Ryan.

Ich sah, wie ein Muskel in Cals Kiefer zuckte.

»Jemand sollte eine Zeitleiste erstellen«, sagte Cal. »Nicht wann das Musical geschrieben wurde, sondern wann es spielt.«

Harriets Augen leuchteten auf. »Wie eine Geschichtsstunde mit Musicals.«

»Oder ein Musical-Marathon durch die Zeit«, schlug Cal vor.

Ryan stöhnte auf, doch wir achteten nicht auf ihn.

»Ooh.« Sofort begannen sich die Räder in meinem Kopf zu drehen. »Was wäre das erste? *Toll trieben es die alten Römer?*«

»Was ist mit Musicals, die nicht zu einer bestimmten Zeit spielen?«, fragte Harriet. »Oder etwas wie *Assassins*, das mehrere Epochen abdeckt?«

»*Assassins* würde definitiv zu anderen Musicals passen, die in den Sechzigern spielen«, sagte ich.

»Warum nicht der Bürgerkrieg?«, fragte Cal.

»Darum«, erwiderte ich. »Wenn du es so früh setzt, würdest du zu viel vom Rest der Geschichte verraten.«

»Man kann die Geschichte nicht verraten«, sagte Cal.

»Doch, kann man«, sagte Harriet. »Du hast keine Ahnung, wie wenig die Leute wissen.«

»Siehst du?« Ich zeigte triumphierend auf Harriet. »Ich habe recht.«

Cal rollte mit den Augen. »Wir haben dieses System buchstäblich gerade erst erfunden.«

»Ich habe trotzdem recht«, beharrte ich.

»Ihr seid solche Nerds«, bemerkte Ryan.

Er schien ziemlich genervt zu sein. Ich konnte es ihm nicht verdenken. Wir sprachen über eines der wenigen

Themen, an denen er absolut kein Interesse hatte – und das Harriet, Cal und mich nicht nur interessierte, sondern in dem wir auch Erfahrung hatten. Es konnte nicht lustig sein, so ausgeschlossen zu werden.

»Tut mir leid, Babe«, sagte ich, legte meinen Arm um ihn und meine Wange an seine Schulter.

»Ich bin müde«, nörgelte er. »Können wir zurück ins Hotel fahren?«

Ich konnte sehen, dass Harriet noch nicht gehen wollte. Dass sie mehr sehen wollte. Mit mir. Ich war hin und her gerissen. Ich war ebenfalls müde, und wir standen ganz am Anfang einer langen, anstrengenden Tour.

Aber wir würden das nächste Jahr gemeinsam unterwegs sein, und Harriet würde nur etwa einen Monat bei uns bleiben. Und wer wusste schon, wann wir wieder zusammen in London sein würden? Sie würde zurück nach New York fliegen und einen richtigen Job anfangen, also konnte sie nicht länger mit mir auf Tournee gehen.

»Ich will sehen, was es hier sonst noch gibt«, sagte Cal. »Wenn ihr zurück ins Hotel wollt.«

Ich wusste nicht, ob Harriet enttäuscht war oder ob sie sich freute, Zeit mit Cal allein zu verbringen. Und ich wusste nicht, ob ich eifersüchtig war.

Aber das war ich bestimmt nicht. Denn Harriet war meine beste Freundin und Cal …

Na ja. Ich hatte Ryan, also war es egal, was Cal war. Er war Ryans Bandkollege.

»Ihr könnt gehen«, sagte Harriet. »Ich werde Cal mit all meinen nerdigen historischen Infos langweilen.«

»Bist du dir sicher?«, fragte ich. Wollte ich, dass sie Nein sagte?

»Ja«, sagte sie.

»Komm schon, Babe.« Ryan legte den Arm um meinen Hals und strich mit der Nase über meine Wange. »Es kommt mir so vor, als hätte ich dich gar nicht gesehen.«

Es *war* schon eine Weile her.

»Okay«, sagte ich. »Wenn es Harriet und Cal wirklich nichts ausmacht.«

»Macht es nicht«, sagte sie.

»Ja«, bestätigte Cal.

»O mein Gott!«, hallte eine Stimme hinter uns durch das stille Museum. »Das ist Katee Rose!«

Plötzlich waren wir umzingelt.

»Ist sie das?«

»Sie ist es! Katee! Signierst du mein Heft?«

»Signierst du meinen Arm?«

»Machst du ein Selfie mit mir?«

Ich setzte mein bestes Katee-Rose-Lächeln auf und war etwas überrascht, dass es so lange gedauert hatte, bis man mich erkannte. Ich hatte mich bemüht, möglichst nicht aufzufallen, und mir die Haare zurückgesteckt, eine Baseballkappe tief ins Gesicht gezogen. Außerdem hatte ich meine unauffälligste Jeans angezogen, fast ohne Strasssteine.

Wenigstens war es keine große Gruppe, und da wir uns in einem Museum befanden, waren sie höflich und bildeten von allein eine Schlange, um Autogramme und Fotos zu bekommen.

Auf halber Strecke des improvisierten Fantreffens sah ich

auf und bemerkte, dass Harriet ihre eigenen Fotos schoss – als wäre sie meine Mutter oder Pressesprecherin – und dass Cal etwas abwesend die Arme verschränkt hatte, aber auch ein bisschen aufgeregt wirkte. Zweifellos malte er sich seine Zukunft aus. Ich wusste, dass Ryan dasselbe tat, nur dass er glücklich und begierig aussah.

»Willst du ein Foto mit uns machen?«, fragte er eine große Gruppe junger Mädchen.

Eine von ihnen sah ihn verwirrt an. »Ähm.«

»Wir sind CrushZone«, erklärte Ryan und blickte daraufhin in leere Gesichter.

»In Amerika sind wir ziemlich bekannt«, bemerkte Cal trocken. Das würden sie eines Tages ganz sicher sein, aber ich sah Ryans langes Gesicht.

»Das ist Ryan LaNeve«, stellte ich ihn vor. »Er ist ein Mitglied von CrushZone und mein Freund.«

Sofort leuchteten alle Augen auf, und bald war Ryan umringt. Die ganze Aufmerksamkeit zauberte ein Strahlen in sein Gesicht.

»Gib mir ein Autogramm!«

»Können wir ein Foto machen?«

»Werdet du und Katee heiraten?«

Ich zog die Augenbrauen hoch und sah Ryan über die Menge hinweg an.

»Vielleicht«, sagte er.

»Ach wirklich?«, fragte ich. Wir hatten noch nicht darüber gesprochen.

»Ooooooooh«, schwärmte die Menge.

Ryan grinste, und ich beobachtete die verzückten Reaktionen der Mädchen. Ja. Diese Anonymität würde nicht lange anhalten.

»Vergesst Calvin Tyler Kirby nicht.« Ich deutete auf Cal. »Er gehört auch zur Band.«

Er warf mir einen scharfen Blick zu, wischte ihn aber mit einem Lächeln beiseite, als er mit Kameras und Filzstiften bestürmt wurde.

»Was ist mit dir?«, fragte jemand Harriet. »Gehörst du auch zur Band?«

»Äh, nein«, sagte sie.

»Sie ist meine beste Freundin«, erklärte ich.

Das reichte meinen Fans. Sie wollten Autogramme von *jedem* haben.

»Wir haben Karten für morgen«, bemerkte eines der Mädchen.

»Wir sind die Vorband«, informierte Ryan sie.

»Sie sind toll«, sagte ich.

»Wirst du ›Miss Me, Kiss Me‹ singen?«, fragte jemand.

Das war ein Song von meinem ersten Album, das nicht so gut gelaufen war wie das folgende. Es war eher stimmungs- und gefühlvoll gewesen, nicht beschwingt und poppig, wofür ich jetzt bekannt war. Mehr tanzen, weniger schmachten.

»Vielleicht«, sagte ich. Ich würde es nicht singen.

»Das ist mein Lieblingssong«, sagte sie.

»Meiner auch«, pflichtete Cal ihr bei.

Ich verdrehte die Augen und wusste nicht, ob er mich aufziehen wollte. Dieses Mädchen war eine Ausnahme. Niemand mochte meine frühen Sachen. Aber es war trotzdem schön zu hören.

»Welcher ist das?«, wollte Ryan wissen.

»Lass uns zurück ins Hotel gehen«, sagte ich leise.

»Können wir ein Foto von euch zusammen bekommen?«, fragte jemand.

»Klar«, sagte Ryan.

Der Kontakt mit meinen Fans – vor allem, wenn sie so nett und höflich waren wie diese Gruppe, gehörte zu den Dingen, die ich an meiner Arbeit am meisten liebte. Normalerweise baute mich das auf. Aber heute steckte mir der Jetlag in den Knochen, und ich hatte Mühe, nicht nach jedem Bild zu gähnen. Ich wusste, dass ich aufpassen musste. Zu leicht konnte sich auf den Klatschseiten ein Bild von mir mit einem Fan verbreiten, auf dem ich nicht lächelte. Man würde mich als »undankbar« oder »unnahbar« bezeichnen, und Diana wollte unbedingt, dass die Leute dachten, ich sei ein ganz normales Teenager-Mädchen, das großes Glück gehabt hatte. Was stimmte, aber manchmal auch sehr anstrengend war.

Doch Ryan schien unter der Aufmerksamkeit aufzublühen. Ich freute mich für ihn – er konnte gut mit Fans umgehen, war großzügig und freundlich. Er posierte bereitwillig für Fotos und signierte alles, was man ihm in die Hand drückte. Bei ihm wirkte es leicht und mühelos.

Ein Blick auf Cal, der mit Harriet abgezogen war, deutete darauf hin, dass er weniger begeistert davon war, im Rampenlicht zu stehen. Tja, genau wie ich würde er lernen müssen, damit umzugehen. Denn ich wusste in meinem tiefsten Inneren, dass er und die Jungs im Begriff waren, sehr, *sehr* berühmt zu werden.

Jetzt

Kapitel 6

Erste Tage waren immer eine wilde Mischung aus Aufregung und Angst. Der erste Schultag. Der erste Tag im Ferienlager. Der erste Tag am Set. Ich hatte schon viele erste Tage erlebt, aber dieser fühlte sich bedeutsamer an als jeder andere zuvor. Und viel beängstigender.

»Ich kann es kaum erwarten, dass du alle kennenlernst«, sagte Harriet.

»Hmm?« Ich hatte gedankenverloren auf das näher kommende Gebäude gestarrt.

»Wir haben uns nicht ein einziges Mal über die Besetzung gestritten«, erzählte sie. »Ich finde, das ist ein gutes Zeichen. Wir waren uns bei allen einig.«

Man war übereingekommen, dass Harriet zwar bei meinem Vorsingen nicht dabei sein musste, Cal sie aber in jeden anderen Teil des Prozesses einbezog.

Ich hörte ihr nur mit einem Ohr zu. »Aha«, sagte ich. »Toll.«

Wir warteten auf eine Lücke im Verkehr, noch eine Straße, dann waren wir da. Die Autoschlange lichtete sich, und Harriet überquerte die Straße, doch ich stand wie erstarrt auf dem Bürgersteig, den Blick auf den Monolithen aus Glas und Chrom gerichtet, in dem wir in dreißig Minuten erscheinen sollten.

Harriet eilte zu mir zurück. »Kathleen?«

Ich blinzelte sie verdattert an.

»O wow«, sagte sie. »Los, komm.«

Ich ließ mich von ihr in ein Café zerren.

»Matcha-Tee«, sagte sie zur Barista.

»Etwas ohne Koffein«, korrigierte ich. »Sonst laufe ich die Wände hoch.«

Das Letzte, was ich jetzt brauchte, war ein Energieschub. Wir setzten uns an einen Tisch im hinteren Bereich.

»Ist alles okay?«, fragte Harriet.

»Ich weiß nicht.«

Mein Leben lang hatte ich auf eine solche Gelegenheit gehofft. Auf einen direkten Weg zum Broadway, volle Kraft voraus. Jetzt, wo sie da war, jetzt, wo wir mit den Proben begannen, wäre es mir plötzlich lieber gewesen, ich könnte das Tempo ein bisschen drosseln.

Es ging alles so schnell. Hatten wir uns nicht erst gestern mit Cal getroffen?

»Du wirst toll sein«, sagte Harriet, legte ihre Hand auf meinen Arm und drückte ihn beruhigend.

Ich hätte ihr gern geglaubt, aber das konnte ich nicht. Ich hatte schreckliche Angst. Ich war vor Angst wie gelähmt.

Die Angst – diese Nervensäge – ließ mein Herz rasseln wie einen Farbmischer. Ich hätte aus der Haut fahren und als Klappergerüst durch Manhattan laufen mögen. Definitiv nicht der richtige Zeitpunkt für Koffein. Alles in mir sagte, dass ich es nicht schaffen würde. Dass ich versagen würde.

In jungen Jahren war ich so selbstbewusst gewesen. Nicht eine Minute hatte ich damals daran gezweifelt, dass ich immer genau das tun würde, was ich wollte. Vielleicht hätte ich damals etwas unsicherer sein sollen. Vorsichtiger.

»Du irrst dich«, sagte ich.

»Nein«, widersprach Harriet mit Nachdruck. »Das ist kein Irrtum.«

Ich sah zu ihr hoch und spürte, dass mir die Verzweiflung in den Augen stand. Sie strömte aus jeder meiner Poren.

»Hör auf«, sagte Harriet. »Du machst dich verrückt.«

»Sag mir nicht, was ich tun soll«, erwiderte ich.

Sie grinste mich an. »Das ist die Kathleen, die ich kenne und liebe.«

Ich starrte sie wütend an, aber sie hatte es geschafft, die Angst zu vertreiben, wenn auch nur für einen Moment.

»Sieh mal«, sagte sie, »du bist bereit. Du hast doch mit der Gesangslehrerin geprobt, oder?«

»Ja«, sagte ich. Ärgerlicherweise war sie eine von Cals Empfehlungen gewesen.

»Arbeitest du mit dem Tanzlehrer?«

»Mm-hmm.«

Ich war total eingerostet. Ich war zwar in Form, aber nicht genug für acht Vorstellungen die Woche.

»Du kennst die Show.«

»Klar«, sagte ich. »So wie jemand eine Show kennt, die

gerade überarbeitet, auseinandergenommen und dann wieder zusammengesetzt wird.«

»Du machst das schon«, sagte Harriet, als sie aufstand, um unsere Getränke zu holen.

Ich war mir ziemlich sicher, dass ich mich nie bereit fühlen würde. Weil ich nie bereit *sein* würde. Ich hatte meinen Moment gehabt, und vielleicht war es gefährlich und töricht zu denken, dass ich es noch einmal versuchen konnte.

Harriet stellte den Tee vor mir ab, und wir ignorierten beide meine zitternde Hand, mit der ich den Becher zum Mund führte. Wie ein Kind musste ich sicherheitshalber beide Hände benutzen.

Es hatte keinen Sinn, Harriet zu sagen, dass ich die Rolle nicht spielen konnte. Man mochte mir vieles vorwerfen können, aber ich hatte noch nie vor einer Verpflichtung gekniffen.

Nun ja. Bis auf das eine Mal.

»Ich bin auch nervös«, gestand Harriet.

Ich blinzelte. Ganz und gar in meiner eigenen Angstspirale gefangen, hatte ich gar nicht daran gedacht, dass heute auch für Harriet ein großer Tag war. Für sie war er wahrscheinlich sogar größer. Sie würde das Musical, das sie geschrieben hatte, zum ersten Mal in voller Besetzung sehen.

Ich legte meine Hand auf ihre. Sie zitterte eindeutig auch.

»Das Musical ist unglaublich«, sagte ich.

Harriet lächelte auf den Tisch hinunter und sah mir nicht in die Augen. Ich hatte ein schlechtes Gewissen. Es musste schwer für sie sein. Die meiste Zeit unserer Freundschaft hatte ich im Rampenlicht gestanden – oder darauf hingearbeitet –, und sie hatte sich im Hintergrund gehalten und mich angefeuert. Genau wie bei *Freundinnen*, nur ohne die tragische Krankheit.

»Ich bin so stolz auf dich«, sagte ich und hatte das Gefühl, dass ich ihr das wahrscheinlich schon längst hätte sagen sollen.

Während der Castings hatte ich sie kaum gesehen. Ich hatte angenommen, dass es am Terminplan und der knappen Zeit gelegen hatte, aber jetzt fragte ich mich, ob es besser gewesen wäre, wenn ich mich häufiger gemeldet hätte. Ich hätte meiner ältesten Freundin mehr Aufmerksamkeit schenken sollen, statt mich nur mit meiner Angst zu beschäftigen. Ich nahm mir vor, mich in Zukunft mehr auf Harriet zu konzentrieren.

»Bist du bereit?«, fragte ich.

»Bist du es?«, konterte sie.

Nein.

»Ja«, sagte ich.

Der Proberaum war hell, groß und offen. Hohe Decken, Spiegel an jeder Wand, mit Ausnahme von einer mit raumhohen Fenstern. Ich war mir ziemlich sicher, dass die Scheiben getönt waren, aber ich kam mir trotzdem wie in einem Aquarium vor.

Die Leute liefen umher, wickelten sich die Schals von den Hälsen – heute war es kühl – und begrüßten bekannte Gesichter. Ich war dankbar, dass Harriet bei mir war, und widerstand dem Drang, ihre Hand zu ergreifen. Ich tat mich nicht schwer damit, neue Leute kennenzulernen, aber diese Situation fühlte sich anders und einzigartig an und war tausendmal beängstigender als alles, was ich bisher erlebt hatte.

Cal schaute auf, als wir hereinkamen – er stand mit einer jungen Frau am Klavier, die makellosen Eyeliner trug.

»Da seid ihr ja«, sagte er.

Obwohl ich gerade überlegt hatte, zu kneifen, fand ich es nervig, dass er so überrascht tat.

»Du siehst gut aus, Mr Regisseur«, sagte Harriet, und ich freute mich, dass Cal leicht rot wurde, auch wenn er versuchte, das zu verbergen, indem er auf sein Klemmbrett hinunterblickte.

»Das ist Taylor«, stellte Cal die Frau mit dem Eyeliner vor. »Sie ist unsere Inspizientin. Taylor, das sind Kathleen und Harriet.«

Ich straffte die Schultern und schenkte ihr mein bestes Katee-Rose-Lächeln.

»Aus zuverlässiger Quelle weiß ich, dass Cal nur mit den Besten der Besten zusammenarbeitet«, sagte ich, »was mir sagt, dass du eine fantastische Inspizientin bist.«

Ich konnte hören, wie ich übertrieb – ich machte zu sehr auf große Diva. Ein Turban und eine ellenlange Zigarettenspitze hätten gut zu meinem Tonfall gepasst.

Hinter ihrer Schulter sah ich, wie Cal einen gequälten Seufzer ausstieß. Ich konnte es ihm nicht verübeln; ich ging mir ja selbst auf die Nerven. Wenn ich nicht aufpasste, würde ich mich noch beschweren, dass die Bilder klein waren, nicht ich.

»Ihr seid alle sehr talentiert«, sagte er.

»Oh«, erwiderte ich, »ich weiß.« *Verdammt noch mal. Halt die Klappe.* Zum Glück grinste Taylor nur.

Immer mehr Menschen trafen ein, und in ihren Gesichtern sah ich, woran ich mich schon lange gewöhnt hatte – zuerst das Gefühl, dass sie mich kannten, aber nicht zuordnen konnten, dann suchten sie in ihrem geistigen Adressbuch nach meinem Gesicht. Es folgte die Erkenntnis, dass ich keine lang verschollene Freundin oder Kollegin, sondern einmal sehr berühmt gewesen war. Und dann, je nachdem, wie sehr sie Ryan LaNeve mochten, konnte ich mit allem rechnen – von einem milden Urteil bis zu völliger Verachtung.

Heute sah ich hauptsächlich in total schockierte Gesichter. Sie waren nicht nur überrascht, dass ich da war, sondern auch, dass ich überhaupt noch am Leben war. Sie gafften mich an und sahen zwischen Cal und mir hin und her.

Schlimm genug, dass ich Ryan das Herz gebrochen hatte, aber dass ich ihn mit einem Mitglied seiner eigenen Band betrogen hatte? Na, das machte mich zur Erzfeindin. Ich war nicht nur eine Schlampe, sondern eine verführerische Schlampe. Die gefährlichste aller Schlampen.

In der Besetzungsliste war ich als Kathleen Rosenberg aufgeführt. Ich hatte erwartet, dass einige Leute die Verbindung herstellen würden, aber offenbar war mein Ruf mir nicht vorausgeeilt.

»Hallo«, sagte ich zu den vorbeikommenden Darstellern. Zum Glück sagte ich es wie ein normaler Mensch und nicht wie die verdammte Norma Desmond. Ich fragte mich, was sie dachten. Wahrscheinlich könnten sie »Stunt-Casting« im Lexikon nachschlagen und ein Foto von mir finden.

Statler und Waldorf trafen ein, zusammen mit Cals Assistentin Mae. An der Wand standen eine Reihe Stühle für sie bereit, während der Rest von uns Notenständer hatte, um unsere Drehbücher und Noten darauf zu platzieren.

Alle anderen kamen, und ich wurde noch ein paarmal angestarrt. Ich winkte allen verhalten zu und versuchte zu ignorieren, dass meine Angst mich von meinem Körper trennte. Ich atmete ein paarmal tief durch und konzentrierte mich auf meine Füße auf dem Boden und meinen Hintern im Stuhl.

Ich fühlte mich unglaublich unbeholfen und fehl am Platz. Nicht nur in diesem Raum, sondern auch in meiner eigenen Haut. Ich schwitzte und fror gleichzeitig und hatte weiche Knie. Die Handflächen flach auf das Drehbuch vor mir gepresst, versuchte ich mich auf das vorzubereiten, was jetzt kam.

Cal trat vor. »Willkommen«, sagte er.

Er wirkte kein bisschen nervös und sah sogar toll aus. Sein Haar, seine Kleidung. Das Lächeln? Einfach toll.

Doch dann schaute ich auf seine Hände hinunter und bemerkte, dass sie ganz leicht zitterten. Er war auch nur ein Mensch. Aus irgendeinem Grund fühlte ich mich dadurch aber überhaupt nicht besser.

»Also, wer kennt mich?«, fragte er.

Alle Anwesenden sahen sich an, mit dieser Frage hatten sie offensichtlich nicht gerechnet.

»Du warst bei unserem Vorsingen«, sagte jemand.

Cal lachte, und das Lachen hallte durch den Raum.

»Also gut«, sagte er. »Ich hätte mich wohl klarer ausdrücken sollen. Wie viele von euch kennen mich noch von etwas anderem? Von etwas, das sagen wir mal, ungefähr ein Jahrzehnt her ist?«

Ein paar hoben zaghaft die Hand. Ich rollte mit den Augen und hob ebenfalls die Hand. Ich hatte keine Ahnung, was er vorhatte.

»Ach, kommt schon«, sagte Cal. »Im Ernst? Ihr erinnert euch nicht mehr daran?«

Er nahm eine wirklich lächerliche Pose ein, einen Arm auf den anderen gestützt, die Hand unter dem Kinn, die Lippen zu einem Schmollmund verzogen. Jeder CrushZone-Fan hätte die Anspielung auf das Cover des ersten Albums *Shore Leave* erkannt. Das Einzige, was fehlte, war eine Matrosenmütze.

Jemand begann, den Titelsong des Albums zu pfeifen.

Ich sah mich um. Es war Harriet.

»Danke.« Cal zeigte auf sie. »Sagen wir es einfach ganz offen, okay? Ich war ein Mitglied von CrushZone.«

Schwacher Applaus – ich spürte, dass alle noch nicht so recht wussten, worauf er hinauswollte.

»Und ich bin mir sicher, dass ihr alle die Frau da vorne kennt.« Cal zeigte auf mich.

Was zum Teufel?

Am liebsten wäre ich in meinem Stuhl versunken oder besser noch im Boden. Leider waren die Gesetze der Physik noch immer nicht außer Kraft gesetzt.

»Ihr werdet sie alle als Kathleen Rosenberg, unsere Peggy, kennenlernen«, sagte Cal. »Aber auch sie stand einst als die legendäre Katee Rose auf der Bühne des Pop.«

Ich überlegte, ob ich mit dem Drehbuch nach ihm werfen sollte. Ich konnte zwar nicht gut zielen, aber das Buch war groß, und mit Sicherheit hätte ich ihn damit zum Schweigen bringen können.

Wenigstens fiel der Beifall für mich etwas kräftiger aus. Ich drehte mich um und winkte ein bisschen, dann warf ich Cal einen wütenden Blick zu. Musste er mich wirklich so herausfordern? An unserem ersten Tag?

Ich hielt mein Rückgrat gerade und hoffte, dass mein Gesicht nicht so rot war, wie es sich anfühlte.

»Ich werde nicht für Kathleen sprechen«, sagte er. »Aber so gern ich auch Mitglied von CrushZone war, das ist Vergangenheit. Ihr seid alle hier, weil ihr das Musical liebt, weil ihr ein Teil dieser ganz besonderen Show sein wollt. Ihr seid Profis. Ihr seid die Besten der Besten.« Er legte eine Hand auf seine Brust. »Ich bin hier, um etwas Magisches zu schaffen. Etwas Bedeutendes. Etwas Neues.«

Cal hielt inne und sah sich einen Moment im Raum um. »Dies ist eine ganz neue Show«, sagte er. »Es ist ein unglaubliches Geschenk, etwas zum ersten Mal zum Leben zu erwecken. Es ist mir eine Ehre, Harriets unglaubliche Musik und Texte mit euch zu teilen.«

Es war schwer, nicht von seiner Ernsthaftigkeit gefangen genommen zu werden. Wie gern wollte ich ihm vertrauen.

»Ich glaube an die Kraft von Neuanfängen«, fuhr er fort. »Jede Show, jede Rolle, jeder Auftritt ist eine Chance, neu anzufangen. Jeder Tag ist eine neue Chance auf Erfolg. Ich habe nicht vor, irgendjemanden für das zu verurteilen, was er gestern, vorgestern oder vor einem Jahr getan hat.«

Der Raum schien den Atem anzuhalten.

»Und ich hoffe, dass ihr mir die gleiche Höflichkeit erweist«, endete Cal.

Okay. Wäre ich nicht so genervt, dass er mich gleich am ersten Tag gegen meinen Willen in den Mittelpunkt gestellt hatte, hätte ich vielleicht zähneknirschend zugegeben, dass seine Rede verdammt gut gewesen war.

In wenigen Sätzen hatte Cal es geschafft, die Elefanten im Raum zur Sprache zu bringen – nämlich uns beide –, und gleichzeitig jeden, der daran gedacht hatte, uns auf unser früheres Leben anzusprechen, vorsorglich zurechtgewiesen.

Ich applaudierte höflich, ebenso wie der Rest des Teams. Dennoch spürte ich noch immer, wie Dutzende Augen mich heimlich beobachteten. Ob sich Cals Schachzug langfristig als erfolgreich erweisen würde, blieb abzuwarten, aber zumindest würde ich in der Mittagspause nicht von Leuten umringt werden, die mich fragten, was wirklich zwischen mir, Cal und Ryan vorgefallen war.

Wenigstens nicht heute.

»In Ordnung.« Cal klatschte in die Hände. »Stellen wir uns vor und fangen an.«

Ich atmete tief durch.

Und. Los. Geht's.

Kapitel 7

Ich überstand den ersten Tag, ohne mich zu übergeben oder ohnmächtig zu werden. Wir lasen und sangen uns durch die Show, und obwohl ich mit Sicherheit niemanden total begeisterte, hatte ich auch nichts allzu sehr vermasselt. Ich bezweifelte nicht, dass die Mehrheit der Anwesenden, mich selbst eingeschlossen, meine Besetzung als nichts weiter als einen Gag betrachtete. Ein Mittel, um Aufmerksamkeit zu erregen.

Das war nicht die schlechteste Ausgangsposition. Die Erwartungen waren extrem niedrig, ich konnte mich also nur verbessern. Oder ich würde mich vor ihnen und der Broadway-Szene blamieren. Wenigstens wusste ich aus Erfahrung, dass eine Blamage nicht tödlich war.

Noch nicht.

»Ausgezeichnete Arbeit, Leute«, lobte Cal.

Er hatte überwiegend dagesessen und zugehört – es war noch zu früh für echte Regiearbeit, und ich musste gegen den Impuls ankämpfen, zu ihm zu gehen und ihn um eine detaillierte Kritik meines Auftritts zu bitten.

Ich wollte es wissen, und zugleich war mir klar, dass es

besser war, es nicht zu wissen. Denn das war erst der Anfang, und ich wusste, dass Feedback zu etwas, von dem ich selbst nicht überzeugt war, lähmende und hartnäckige Selbstzweifel auslösen konnte. Das konnte einem den Auftritt versauen.

Ich musste alles in meiner Macht Stehende tun, um diese Gefühle in Schach zu halten. Es war bereits ein Kampf. Gestern Abend hatte ich mich eine gute Stunde lang im Spiegel angestarrt und nach Katee Rose gesucht. Denn ich wusste, dass alle anderen das auch tun würden.

Katee Rose war schön und perfekt gewesen – ein Produkt. Bis sie es nicht mehr gewesen war. Dann war sie traurig, schlampig und peinlich.

Die Frau im Spiegel gestern Abend hatte Falten und Pigmentflecken und natürlich einen Pickel am Kinn. Kathleen Rosenberg war unvollkommen. Es ging ihr gut.

Sie war am Leben.

Normalerweise genügte das, um die Dämonen in Schach zu halten. Die Stimmen, die mir zuflüsterten, dass ich nicht mehr die sei, die ich einmal gewesen war, und wie tragisch das doch wäre. War es nicht traurig, dass ich zugenommen, dass ich schlechte Haut und wuscheliges Haar hatte? War es nicht einfach nur total peinlich, dass ich nicht mehr perfekt aussah?

Die Therapie hatte mir geholfen, mehr in mir zu sehen als das Alter Ego, das mir aufgedrückt worden war. Sie hatte mir ermöglicht, mehr zu sein als Katee Rose. Ich konnte aufhören, Diäten zu machen, zwanghaft zu trainieren, mich nicht mehr ständig um meinen Körper zu sorgen und darum, wie mein Gesicht aussah. Wie *ich* aussah.

Aber jetzt? Jeder, der bei klarem Verstand war, wusste, dass Katee den Kartenverkauf ankurbeln würde, wenn die Show es an den Broadway schaffte. Und dieses Wissen war wie Katzenminze für alle meine Unsicherheiten. Heute hatte ich einen Salat zu Mittag gegessen. Einen verdammten Salat, obwohl ich eigentlich lieber ein Hühnchen-Parmesan-Sandwich mit geschmolzenem Käse gehabt hätte. Und Pommes frites.

Anstatt auf meine tatsächlichen Bedürfnisse zu hören, dachte ich an meine Taille und meine Haut. Und hungerte. Dummes Mädchen.

Auf dem Rückweg zur Wohnung würde ich mir ein Stück Grandma-Pizza holen und es essen, ohne das Fett abzutupfen. Nimm das, Pickel.

Ich packte meine Sachen zusammen und versuchte, mein Spiegelbild in den raumhohen Spiegeln zu meiden. Spiegel hatten mich überhaupt erst in Schwierigkeiten gebracht. Visionen aus der Vergangenheit.

Dennoch konnte ich mir nicht ganz aus dem Weg gehen. Meist erhaschte ich einen flüchtigen Blick auf Katee, wenn ich aufhörte zu schauen. Schließlich hatten wir dieselben Augen.

»Gute Arbeit heute«, sagte Cal, als er an mir vorbeikam.

Ich hätte mich einfach bedanken sollen. Stattdessen …

»Du hättest mich warnen können«, sagte ich.

Cal blieb stehen und drehte sich um. »Warnen?«

Sag nichts, befahl ich mir. *Geh einfach. Geh nach Hause.*

Stattdessen senkte ich die Stimme, um auf lächerliche Weise seine zu imitieren.

»Auch sie stand einst als die legendäre Katee Rose auf der Bühne des Pop«, sagte ich. »Du hättest mich fragen können, ob du das machen sollst. Oder mich vorwarnen können.«

Cal hob eine Augenbraue. »Warum? Hättest du eine spritzige Intro-Nummer vorbereitet?«

»Ja«, sagte ich. »Mit Feuerwerk und Cancan-Tänzerinnen. Oder vielleicht hätte ich es vorgezogen, anonym zu bleiben.«

»Hast du wirklich geglaubt, dass die Leute es nicht sofort herausfinden?«, fragte er.

Darum ging es nicht. Ich sah ihn finster an, und er seufzte.

»Ich dachte nur, ich könnte so für klare Verhältnisse sorgen«, sagte er. »Wenigstens habe ich es versucht.«

»Ich traue dir nicht«, erwiderte ich.

Tja. Gut zu wissen, dass mein Selbstzerstörungsknopf noch intakt war und es mich wie eh und je juckte, ihn zu drücken.

Warum bin ich nur so?

Er sah mich aus zusammengekniffenen Augen an.

»Ist das deine Version eines Olivenzweigs?«, fragte er. »Daran musst du vielleicht noch arbeiten.«

»Das ist meine Art, für klare Verhältnisse zu sorgen«, gab ich zurück. »Einfach alles rauslassen, bevor es einen auffrisst.«

Er nickte. »Na gut«, sagte er. »Ich traue dir auch nicht.«

»Du bist arrogant«, schoss ich zurück.

Er imitierte meine Haltung und verschränkte die Arme. »Du bist dramatisch.«

»Du bist herablassend.«

»Du bist unerfahren.«

»Du bist penetrant.«

»Du bist unflexibel.«

»Du bist stur.«

»Dito«, sagte er.

Die Wahrheit war, dass jede Spitze auf jeden von uns zutraf.

»Du bist aber auch so verdammt gut, dass ich nicht wegsehen kann«, gab Cal zu.

Es verschlug mir den Atem, und ich starrte ihn an. Er zuckte mit den Schultern.

»Ehrlichkeit, richtig?«

»Richtig«, bestätigte ich.

Schweigen.

»Es würde dich nicht umbringen, auch etwas Nettes über mich zu sagen«, sagte er.

»Vielleicht«, räumte ich ein.

Zwischen seinen Augen bildete sich eine Falte. Ich hatte ihn verletzt, doch ich sagte mir, dass es mir egal sein sollte, denn er hatte mich viel mehr verletzt.

Das ist kein Wettbewerb, würde meine Therapeutin sagen. Und ich war ein Miststück. Ein stures, kapriziöses, unflexibles Miststück.

»Sorry«, sagte ich. »Du bist …«

»Brich dir keinen ab«, sagte er.

Ich starrte ihn an.

»Du hast die Kontrolle«, sagte ich. »Du weißt, was du tust. Du hast eine klare Vision. Und die ist gut.«

Seine Wangen röteten sich. »Danke.«

»Ehrlichkeit, richtig?«, fragte ich.

»Richtig«, bestätigte er.

»Ich vertraue dir immer noch nicht«, sagte ich.

»Daran werden wir arbeiten.« Die Selbstsicherheit in seiner Stimme gefiel mir nicht.

»Konzentrieren wir uns einfach darauf, die Proben zu überstehen«, sagte ich. »Freundlich.«

»Die Proben und die Testaufführungen außerhalb der Stadt und eine Broadway-Premiere«, sagte er. »Überlebst du es, so lange freundlich zu mir zu sein?«

»Wenn du es kannst, kann ich das auch«, erwiderte ich.

Wir gingen beide in Richtung Tür.

»Glaubst du wirklich, dass wir es an den Broadway schaffen?«, fragte ich.

»Ja«, sagte Cal, ohne zu zögern.

So zuversichtlich war ich auch einmal gewesen. Dieses Gefühl fehlte mir.

Harriet wartete draußen auf der Straße auf mich. Als sie sah, dass Cal und ich zusammen herauskamen, zog sie eine Augenbraue hoch, aber er hob nur eine Hand zum Gruß und ging.

»Es ist nichts«, sagte ich, als sie mir einen fragenden Blick zuwarf.

Keiner von uns beiden hatte nach den Proben was vor. Wie mir jetzt bewusst wurde, hatte ich mich in den letzten Wochen so sehr auf diesen einen Tag konzentriert, dass ich gar nicht an das gedacht hatte, was anschließend kam. An all die Arbeit, den Stress, die Energie – an alles, was von mir verlangt würde. Von uns allen.

Plötzlich war ich erschöpft.

Ich hatte erwartet, dass Harriet etwas sagen würde, dass sie vorschlagen würde, irgendwo hinzugehen, um zu besprechen, wie die Probe gelaufen war – eine Manöverkritik am ersten Tag. Doch wir gingen beide einfach zum Bahnhof, warteten auf unseren Zug nach Brooklyn und saßen dann still nebeneinander.

Ihre Haltestelle kam zuerst. Als wir in den Bahnhof einfuhren, drehte sich Harriet um, umarmte mich und hielt mich fest.

»Es passiert wirklich, oder?«, fragte sie.

»Ja«, bestätigte ich.

Sie schüttelte den Kopf, als könnte sie es immer noch nicht fassen. »Bis morgen«, sagte sie und stieg aus.

Kapitel 8

Heute war der Tag, auf den ich mich am wenigsten gefreut hatte.

Einzelprobe mit Cal.

Wir wollten die Motivation der Figur besprechen, meine Soli proben und Choreografien einstudieren. Natürlich würde seine Assistentin dabei sein – und auch eine Klavierbegleitung –, dennoch wurde ich das beunruhigende, nervige Gefühl nicht los, dass das eine schlechte Idee war.

Meine Therapeutin meinte, ich hätte einige ungeklärte Probleme mit Cal. *Ach was.*

Das Problem war, dass ich diese Themen eigentlich nicht besprechen wollte. Ich wollte wütend auf ihn bleiben. Denn in gewisser Weise fühlte es sich gefährlicher an, ihm zu verzeihen. Ich musste mich daran erinnern, was er getan hatte. Oder eher, was er nicht getan hatte. Ich hatte *so viel* verloren.

Cal … nicht. Ihm ging es gut. Sogar besser als gut. Die Ungerechtigkeit war schwer zu verdauen. Aber das war okay. Ich zog die Bitterkeit in meiner Kehle einem nostalgischen Klumpen vor, der vor Hoffnung bebte.

»Morgen«, sagte Cal.

»Morgen.« Freundlich. Ruhig. Ich konnte das.

»Ich dachte, wir sprechen zuerst über Peggy und ihre Motivation«, sagte Cal. »Dann arbeiten wir daran, diese Erkenntnisse in ihre Soli und Bewegungen einfließen zu lassen.«

»Okay«, sagte ich.

Ich hatte nicht etwa ein Problem damit, über meine Figur zu sprechen. Ich kannte Peggy. Ich liebte sie. Doch mit Cal über sie zu sprechen, ließ mich extrem dünnhäutig werden.

»Bei ihr ist eine Menge los, bei unserer Peggy«, sagte Cal.

»Ja.«

»Viel verborgene Abgründe«, fuhr er fort.

»Ja.«

Cals Assistentin saß da und machte sich Notizen, das Tippen auf den Computertasten war beruhigend und lenkte mich zugleich ab. Es war leichter, freundlich zu sein, wenn wir Publikum hatten. Schließlich war ich Schauspielerin.

Cal lehnte sich mit verschränkten Armen auf seinem Stuhl zurück und sah mich lange an. Ich meinerseits saß auf der Stuhlkante, die Hände gefaltet, als würde ich auf den Nachmittagstee warten.

»Steig ein, wann immer du willst«, sagte er.

Sein Ton gefiel mir nicht. Dieser »Hast du dich überhaupt vorbereitet?«-Ton. Dieser »Ich war auf dem College und du nicht«-Ton.

Freundlich. Ruhig. *Sei eine Schauspielerin.*

»Sie ist stark«, sagte ich. »Hart im Nehmen.«

»Oberflächlich betrachtet«, gab er zu bedenken.

»Sie täuscht es nicht vor«, konterte ich.

»Das hab ich auch nicht gesagt.«

»Sie hat viel durchgemacht.«

»Reden wir über ihre Bewältigungsmechanismen«, sagte Cal.

»Sie ist gut darin, sich abzuschotten«, sagte ich. »Alle ihre Lebensbereiche sind voneinander getrennt, und so will sie es haben.«

»Will sie es so haben?«, fragte Cal. »Oder ist es notwendig?«

»Das ist dasselbe«, antwortete ich.

Cal legte den Kopf schief. »Ist es das?«

»Für sie«, sagte ich. »Sie hat weder die Zeit noch die Energie, etwas um seiner selbst willen zu genießen. Alles, was zählt, ist zu überleben.«

»Hmm.« Er rieb sich doch tatsächlich das Kinn, während er sich noch weiter zurücklehnte. »Hmmm.«

»Was ist?«, fragte ich.

Es klang schärfer als beabsichtigt, aber ich hatte in diesen »Hmmms« eine gewisse Kritik gespürt. Das gefiel mir nicht.

»Nichts«, sagte er. »Du hast nur eine interessante Sichtweise auf sie.«

»Interessant?«, wiederholte ich. »Oder korrekt?«

»Ich weiß nicht, ob es so etwas gibt, wenn es um Figuren geht«, antwortete er. »Das ist alles Interpretationssache.«

Das war alles andere als hilfreich. Ich wollte recht haben. Ich *hatte* recht.

»Wie wäre es, wenn wir einige ihrer Songs durchgehen?«, schlug Cal vor. »Dann sehen wir, ob wir einige dieser Informationen in deine Darstellung einfließen lassen.«

Wir arbeiteten eine Stunde lang mit dem Pianisten, hörten auf und fingen wieder an, diskutierten die Texte und analysierten die Absicht. Wie viel von dem, was Peggy sagte, war ehrlich und echt, wie viel davon Fassade?

»Sie liebt Zweideutigkeiten«, bemerkte Cal.

»Wer tut das nicht?«

»Das macht es schwer, sie zu fassen«, sagte er.

»Nicht, wenn du sie nett darum bittest«, säuselte ich.

Er sah mich an. Ich sah ihn an. Der Pianist stieß ein leises, ersticktes Lachen aus. Ich hätte dasselbe getan, aber die Art, wie Cal auf meine Lippen blickte, ließ mich verstummen.

Unwillkürlich blickte ich ebenfalls auf seinen Mund. Seinen Kiefer. Seinen Hals. Ich sah, wie er heftig schluckte, und meine Beine fühlten sich etwas wackelig an.

»Wie Peggy sagen würde«, brachte ich hervor.

»Klar«, sagte Cal. »Natürlich.«

Die Stille dehnte sich zwischen uns aus.

»Da bin ich glatt drauf reingefallen«, gab er zu.

»Mm-hmm.«

»Lass uns eine Pause machen«, schlug er vor.

»Klar.«

Komm schon, Rosenberg, dachte ich. *Es muss doch einen Weg geben, mit Cal zu kommunizieren, ohne passiv-aggressive Kommentare oder anzügliche Bemerkungen zu machen.*

Ich verließ das Studio und lief um den Block, um einen klaren Kopf zu bekommen und meine Libido zu beruhigen. Cals Reaktion hatte etwas Befriedigendes, aber es gefiel mir nicht, wie aggressiv ich zwischen völliger Abneigung und vor Lust weichen Knien hin und her schwankte. Keines von beiden war hilfreich, beides zusammen noch schlimmer.

Als ich in den Proberaum zurückkehrte, war der Pianist nicht mehr da, und Mae starrte nachdenklich auf ihr Handy.

»Was ist los?«, fragte ich.

Sie zuckte zusammen. »Oh« – sie steckte ihr Telefon weg –, »nichts. Ist schon okay.«

»Was ist okay?« Cal erschien hinter mir.

Zu unser aller Überraschung brach Mae in Tränen aus. »Es tut mir leid«, sagte sie. »Es ist nichts.«

»Das stimmt ganz offensichtlich nicht«, erwiderte ich.

Ich hatte eigentlich nicht damit gerechnet, dass Cal irgendetwas tun würde – meiner Erfahrung nach waren Männer schlecht gerüstet, um mit Emotionen jeglicher Art umzugehen. Normalerweise liefen sie vor weinenden Frauen davon, als ob ein paar Tränen sie zum Schmelzen bringen könnten.

Mein Vater, Ryan und alle anderen Freunde hatten auf meine Gefühle immer mit einem kräftigen Schulterklopfen und einem steifen »Na, na« reagiert und sich auf ihr Telefon, den Fernseher oder auf etwas anderes konzentriert, das ihre Aufmerksamkeit mehr verdiente.

Aber Cal nahm Mae sofort in den Arm und machte ein

paar beruhigende Laute, während sie sich mit dem Ärmel die Nase abwischte. Richtig. Er hatte Schwestern.

»Was ist los?«, fragte er, als sie sich etwas beruhigt hatte.

»Es geht ihr gut«, sagte Mae, »aber meine Cousine ist heute bei der Arbeit ohnmächtig geworden. Sie ist Lehrerin in Washington Heights.«

»O mein Gott«, sagte ich.

»Sie ist im Krankenhaus«, berichtete Mae. »Aber es geht ihr gut. Sie sagen, sie wird wieder gesund.«

»Wir rufen dir ein Taxi«, sagte Cal. »Du solltest bei ihr sein.«

»Aber« – Mae gestikulierte in Richtung des Proberaums – »ich muss doch Notizen machen.«

»Mach dir deshalb keine Sorgen«, beruhigte Cal sie. »Deine Cousine hat im Moment Priorität.«

Ich merkte, dass Mae hin und her gerissen war, aber sie ließ zu, dass Cal ihre Sachen packte und ihr ein Taxi ins Krankenhaus rief.

»Melde dich, wenn du kannst«, sagte er, als er sie hinausbegleitete. »Aber nur, um mich auf dem Laufenden zu halten, wie es dir geht. Alles andere kann warten.«

Ich begann, meine eigenen Sachen wegzuräumen.

»Sie wird schon wieder«, sagte Cal und kam zurück in den Raum. »Gehst du auch?«

Ich hielt inne. »Ich dachte … ohne Mae …«

Allein werden wir uns umbringen. Oder …

»Ja«, sagte er und rieb sich den Nacken. »Klar.«

»Wolltest du weiterarbeiten?«

Ich war mir nicht sicher, ob ich mir selbst traute.

»Ich weiß nicht, ob wir einen anderen Termin finden, an dem wir uns so um Peggy kümmern können«, sagte er. »Aber es war ein langer Tag.«

Nein, eigentlich nicht. Ich war zwar müde, aber nicht ausgelaugt. Ich könnte bleiben. Ich könnte weiterarbeiten. Nur wir zwei. Zusammen. Allein.

Das war in Ordnung. Ich dramatisierte. Ich war erwachsen. Ein Profi. Cal genauso.

Ich stellte meine Tasche ab. »Okay«, sagte ich. »Machen wir weiter.«

»Bist du dir sicher?«, fragte Cal.

Ich warf ihm einen Blick zu.

»Okay«, sagte er. »Toll. Danke.«

»Ich sollte mich wohl bei *dir* bedanken«, sagte ich, wenn auch widerstrebend.

Er hob eine Augenbraue.

»Dass du dich so um Peggy kümmerst«, erklärte ich.

»Ich kümmere mich um alle meine Mädchen«, sagte er, was eindeutig eine Anspielung darauf war, dass unsere durchaus erwachsenen weiblichen Charaktere in der Show oft als »Mädchen« bezeichnet wurden.

Der Proberaum, der sich bis dahin normal groß und angenehm angefühlt hatte, schien plötzlich zu schrumpfen. Ich konnte nur noch Cals Parfüm riechen. Überall Orangen, und trotzdem blieb mein Bedürfnis, das Gesicht an seinen Hals zu drücken und tief einzuatmen.

Schlechte Idee.

Denk daran, dass du ihn überhaupt nicht ausstehen kannst, schärfte ich mir ein. *Erinnere dich daran, dass er herablas-*

send und selbstgefällig ist und dass er dich den Wölfen zum Fraß vorgeworfen hat, um seinen Arsch zu retten.

»Gehen wir Peggys Gang durch«, schlug er vor.

Er hatte erwähnt, dass sie einen bestimmten Gang haben sollte – der sie sofort optisch von den anderen unterschied. Denn obwohl das Publikum jede Figur in ihrer Alltagskleidung kennenlernen würde – Peggy in einer sexy Nachtclubnummer –, würden alle für den größten Teil der Aufführung identische Overalls tragen und sich hauptsächlich durch das Muster ihrer Kopftücher unterscheiden.

»Ich entferne nicht den Absatz von einem meiner Schuhe«, sagte ich.

Es wurde gemunkelt, dass Marilyn Monroe so ihren typischen Wackelgang bekommen hatte.

»Ich dachte eher an Catherine O'Hara am Ende von *Best in Show*«, sagte Cal.

Ich starrte ihn an.

»Kleiner Scherz.«

»Ha.«

»Warum hörst du nicht einfach auf dein Bauchgefühl?«, schlug Cal vor. »Gib uns ein paar Optionen.«

Bei ihm klang das so einfach. Als könnte ich auf Kommando eine markante Bewegung aus dem Ärmel schütteln – eine, die auffällig, aber nicht lächerlich war. Und zwar nicht nur eine, sondern gleich verschiedene Versionen.

»Du hast wohl keine Idee?«, fragte ich. Immerhin war *er* der Regisseur.

Das Kinn zwischen Daumen und Zeigefinger gestützt,

umkreiste Cal mich. Auch als er hinter mir vorbeiging, konnte ich ihn in den Spiegeln an der Wand sehen, sodass ich das Gefühl hatte, von ihm umgeben zu sein.

»Okay«, sagte er.

Er bedeutete mir, aus dem Weg zu gehen. Das musste er mir nicht zweimal sagen. Mit der Wasserflasche in der Hand lehnte ich mich an einen Spiegel und beobachtete Cals Versuche.

Er begann, auf seine normale Art hin und her zu gehen. Dann schwang er mit den Händen. Dann mit den Hüften. Das Ganze war extrem übertrieben und geradezu lächerlich, aber ich lachte nicht. Ich beobachtete, wie er den Gang immer ausgefallener werden ließ, die Füße kreuzte wie ein ausschreitendes Pferd und bei jeder Bewegung die Schultern nach vorn neigte.

Dann begann er, jedes Element Stück für Stück zurückzunehmen. Seine stampfenden Schritte glichen mehr einem Gleiten, seine Hüften bewegten sich, als würde er durchs Wasser gehen, langsam und behutsam. Der Gang war vorsichtig und verführerisch zugleich.

»Was denkst du?«, fragte Cal, eine Hand auf die Hüfte gestützt, die andere an der Seite.

Ich antwortete nicht, sondern begann, hinter ihm her zu gehen, und versuchte, seinen Gang nachzuahmen.

»Es hilft, groß anzufangen«, sagte er, als klar wurde, dass ich es nicht ganz hinkriegte.

Wahrscheinlich sah es lächerlich aus, wie wir beide hin und her gingen, die Knie hoben und die Hüften schwangen. Aber er hatte recht – es war einfacher, die Bewegung zurückzufahren, als sie aufzubauen. Nach einer Weile stieg Cal aus unserer Zwei-Personen-Parade aus und schaute nur noch zu.

»Deine rechte Seite ist etwas schwach«, stellte er fest.

Das hatte ich schon einmal gehört. Er hatte natürlich recht, aber das wollte ich ebenso wenig zugeben wie damals.

»Besser«, sagte Cal.

Ich spürte, wie sich mein Körper dem Rhythmus von Peggys Gang anpasste und wie das die Figur plastischer werden ließ. Dies war eine Frau, die wusste, dass sie beobachtet wurde und nicht vor der Aufmerksamkeit zurückschreckte, sondern sich ihr hingab. Sie brachte einen dazu, dass man sie beobachten *wollte*. Denn wenn man sie beobachtete, hatte sie die Kontrolle. Und bei Peggy ging es nur um Kontrolle. Das verband mich noch mehr mit ihr, als ich es ohnehin schon gewesen war.

»Versuchen wir, es mit einer Choreografie zu verbinden«, sagte Cal.

Richtig. Denn es reichte nicht aus, dass ich so lief – ich musste es mit meinem Tanzen zusammenbekommen.

»Probieren wir es mit ›With or Without Them‹«, sagte er. »Wir wollen sichergehen, dass du auffällst.«

Es gab eine Zeit, in der ich um jeden Preis hatte auffallen wollen. Jetzt waren meine Gefühle etwas komplizierter, wenn es darum ging, im Scheinwerferlicht zu stehen.

»Ich dachte, das wäre eine Ensemblenummer«, sagte ich.

»Das ist es«, bestätigte Cal. »Aber jede Einzelne von euch muss etwas Besonderes fühlen.«

Er ging in die Mitte des Raumes und begann, die Choreografie durchzugehen.

»Schritt, Schritt, Drehung, Hüfte, Hüfte, Arme«, wies er mich an.

Ich folgte ihm und versuchte, seine Anweisungen mit Peggys Laufstil zusammenzubringen. Das war nicht leicht.

»Okay«, sagte Cal, nachdem ich es oft genug verpatzt hatte, und stellte sich vor mich. Ich wartete, dass er schrie. Dass er mich ausschimpfte, weil ich seine kostbaren Schritte falsch machte.

Ein Teil von mir wollte das. Wollte seine Wut. Seinen Zorn. Denn dem konnte ich etwas entgegensetzen.

»Probieren wir etwas aus«, sagte er.

Er wirkte sogar mitfühlend, was es noch schlimmer machte.

»Dieser Tanz ist wie ein Paartanz«, erklärte er.

»Nur ohne Partner«, bemerkte ich trocken.

»Genau«, bestätigte Cal. »Ihr redet alle über die Männer, die ihr vermisst – wie es sich anfühlt, jetzt allein zu sein. Es sollte also mit dem Unperfekten beginnen, was du ja auch drauf hast.«

Ich funkelte ihn wütend an, doch er ignorierte es.

»Aber wir wollen, dass es fließend und natürlich wird«, sagte er. »Ihr lernt alle, auf euch selbst gestellt zu sein. Und das gefällt euch.«

»Natürlich«, entgegnete ich. »Männer stören nur.«

Cal rollte mit den Augen. »Denk an das alte Sprichwort, dass Ginger Rogers alles tat, was Fred Astaire tat …«

»… aber rückwärts und in Stöckelschuhen«, endete ich.

»Bingo. Du machst das rückwärts und in Stöckelschuhen.«

»Leichter gesagt als getan«, murmelte ich.

»Okay.« Cal kam mit erhobenen Armen auf mich zu.

Ich wich zurück. »Was machst du?«

Er ließ die Hände sinken. »Ich dachte, wir versuchen es gemeinsam«, sagte er. »Wie mit dem Gang ist es vielleicht einfacher, zu subtrahieren als zu addieren, wenn du weißt, was ich meine.«

Das tat ich, aber das Gefühl, dass das eine schlechte Idee sei, war stärker denn je. Bislang hatten wir es gut geschafft, uns während der ganzen Aktion nicht zu berühren.

Cal bemerkte mein Zögern. »Aber wenn du dich damit nicht wohlfühlst …«

»Nein.« Ich stellte mich an. »Schon in Ordnung. Es ist Arbeit. Wir sind Profis.«

Ich straffte mich und hob die Arme. Cal trat vor mich, legte eine Hand auf meine Hüfte und verschränkte die andere mit meiner. Es war beunruhigend, wie intim sich seine Handfläche an meiner anfühlte. Ich legte meine freie Hand auf seine Schulter.

»Eins, zwei, drei«, zählte Cal an.

Es gab nichts Besseres, als mit einem Partner zu tanzen, der alles unter Kontrolle hatte und sich zu bewegen wusste. Und Cal konnte sich bewegen.

Wir glitten vollkommen schwerelos dahin. Unsere Körper in perfekter, stiller Harmonie. Ich konnte seine nächsten Bewegungen an dem sanften Druck seiner Hand in meiner oder an dem Druck seiner Handfläche an meiner Hüfte ablesen.

Der heutige Tag war hart gewesen. Es war Arbeit, und auch wenn es eine Arbeit war, die mir meistens Spaß machte, konnte sie doch ermüdend sein. Und bei Cal war ich ständig auf der Hut. Als würde ich permanent mit etwas Schlimmem rechnen. Darauf, dass alles implodierte. Wieder einmal.

Aber im Moment ließ ich mich einfach von ihm führen.

Ich war stundenlang so konzentriert, so besorgt gewesen – wegen meiner Rolle, meiner Entscheidungen, meiner Leistung –, dass es schön war, sich keine Sorgen zu machen. Nicht gestresst zu sein. An nichts anderes zu denken als an Cal, der mich durch den Proberaum führte.

Ich hatte immer gern getanzt. Ich erlebte gern, zu was mein Körper fähig war, wie gut er sich bewegen konnte. Und ich stellte mich gern Herausforderungen und legte mich ins Zeug, um besser und stärker zu werden.

Erst als wir langsamer wurden, merkte ich, dass ich gar nicht wusste, wie lange wir schon getanzt hatten. Ich hatte mich völlig im Moment verloren und vergessen, warum wir überhaupt hier waren. Und als wir schließlich standen, musste ich einen Schritt zurücktreten, als ich merkte, wie nah wir uns gekommen waren. Ich hatte meine Wange quasi an seine gepresst, seine Hand war von meiner Hüfte zu meinem unteren Rücken gewandert.

Wir standen da, die Arme noch erhoben, die Finger noch verschränkt. Der Raum drehte sich, aber wir nicht mehr.

Cal ließ mich los, aber langsam, seine Berührung brannte fast durch meine Kleidung, als er seine Hand von meiner löste, als er die Finger von meiner Wirbelsäule nahm. Als er meine Rippen streifte, bevor er sich ganz zurückzog, erschauerte ich.

Er bemerkte es und öffnete den Mund, um etwas zu sagen, aber das wollte ich nicht zulassen.

»Ich glaube, ich habe es«, sagte ich.

Ich achtete darauf, meine Stimme neutral zu halten. Professionell.

Er tat dasselbe. »Gut«, sagte er.

Zwischen uns lag ein ganzer Ozean.

»Gut«, sagte ich.

Kapitel 9

Vielleicht war es ein Überbleibsel all der Jahre, in denen ich rund um die Uhr von Menschen umgeben gewesen war, aber mit fortschreitendem Alter hatte ich es schätzen gelernt, Dinge allein zu tun. Eine meiner Lieblingsbeschäftigungen war es, zu Mittag zu essen und dann eine Vorstellung – Kino oder Theater – oder ein Museum zu besuchen.

Harriet hielt mich für verrückt – der Gedanke, allein in einem Restaurant zu essen, war für sie geradezu beängstigend –, aber ich genoss die Freiheit dieser Tage. Ich konnte bestellen, was ich wollte, so lange bleiben, wie ich wollte, und sehen, was ich sehen wollte.

Ich hatte mich auf einen freien Tag gefreut. Es war anstrengend, den ganzen Sommer über Texte und Choreografien auswendig zu lernen und dabei so zu tun, als wäre zwischen Cal und mir alles in Ordnung. Dass es keine komplizierte, chaotische Vergangenheit zwischen uns gäbe. Dass ich nicht zwischen Abneigung und Verlangen nach ihm hin und her schwankte. Es gab Tage, an denen ich nicht anders konnte, als mich über seine Regie zu ärgern, obwohl ich mir alle Mühe gab, es nicht zu zeigen. Das hatte nichts mit der Qualität seiner Regie zu tun, die war in Ordnung. Okay, mehr als in Ordnung. Er war ein großartiger Regisseur. Es war mir einfach zuwider, mich seiner Regie zu unterwerfen. Ich hasste es, gesagt zu bekommen, was ich tun sollte.

Vielleicht hatte das auch mit dem Älterwerden zu tun. Als Katee Rose war ich eifrig bemüht gewesen – manchmal sogar übereifrig –, allen zu gefallen. Ich hätte mir buchstäblich ein Bein ausgerissen, wenn ich geglaubt hätte, damit alle um mich herum glücklich und zufrieden machen zu können.

Und jetzt? Jetzt war es mir eigentlich egal. Ich war nicht gemein, grausam oder gedankenlos. Ich stellte nur die Bedürfnisse der anderen nicht mehr über meine eigenen.

In den letzten zehn Jahren hatte ich nur für mich gesungen. Ich hatte unter der Dusche gesungen und für meine Schüler getanzt und so getan, als wäre ich ein ganz normales Mitglied der Gesellschaft und kein abgehalfterter Popstar mit einem »Ruf«.

Jetzt hatte ich wieder ein Publikum, und das war ich nicht gewohnt. Und dann war da noch diese lästige ungeklärte Vergangenheit mit Cal. Die machte es mir unmöglich, ihm zu vertrauen, und es war schwer, Anweisungen von jemandem anzunehmen, dem ich nicht vertraute. Selbst wenn er meistens recht hatte.

Ich verdrängte Cal aus meinen Gedanken und betrat das Naturkundemuseum. Dieser Tag sollte eine Pause sein – ein Neustart –, bevor die letzte Probenwoche begann.

Ich hatte bereits ein ausgedehntes, gemütliches Mittagessen bei meinem Lieblingsitaliener am Rande des Parks eingenommen und wollte den Rest des Nachmittags einige meiner Lieblingsausstellungen besuchen.

Ich stand unter dem Blauwal, als ein kleines Kind, das wie ein Dinosaurier gekleidet war, gegen meine Beine stieß.

»Grrr«, machte es.

»Grrr«, erwiderte ich.

Das Kind war vermutlich um die fünf, aber das war nur geraten. Ich mochte Kinder, hatte aber keinen Wunsch, eigene zu bekommen, und sobald sie gehen konnten, fiel es mir schwer, ihr Alter zu schätzen.

»Sammy!«, rief eine verzweifelte Stimme. »Sammy, wo bist du?«

»Mommy!«, rief (vermutlich) Sammy.

»Hier drüben«, sagte ich und wedelte mit einer Hand über meinem Kopf.

Eine dunkelhaarige Frau eilte herbei, gefolgt von einem großen Mann, den ich leider kannte. Ein Mann, der, soweit ich wusste, kein kleines Kind hatte.

»Das darf doch wohl nicht wahr sein«, zischte ich.

»Sammy!« Die Frau fiel vor dem Dinosaurier auf die Knie. »Was habe ich dir über das Herumlaufen gesagt?«

»Äh«, sagte Sammy und verzog nachdenklich das Gesicht.

»Dass es deine Mutter beunruhigt«, half Cal.

Ich redete mir ein, dass es mir egal sei, ertappte mich jedoch dabei, wie ich überprüfte, ob ich einen Ehering an seinem Finger übersehen hatte. Aber nein, da war keiner.

»Das ist noch milde ausgedrückt«, bemerkte Sammys Mutter. »Ich rufe laut nach dir in irgendwelchen überfüllten Räumen, und dann sehen mich alle an, als wäre ich eine Rabenmutter, die gerade ihr Kind verloren hat.«

»Tut mir leid, Mommy«, sagte Sammy.

Sie seufzte und umarmte ihn. »Danke«, sagte sie, hob den Kleinen in ihre Arme und stand auf. Dann kniff sie die Augen zusammen. »Moment. Kennen wir uns?«

Ich schenkte ihr ein höfliches Lächeln. »Hi«, sagte ich und nickte dann Cal zu, der hinter ihr stand. Das Lächeln für ihn fiel nur halb so freundlich aus. *Weiß er denn nicht, dass heute mein freier Tag ist?* »Hey.«

Sammys Mutter sah zwischen uns hin und her. »Kennt *ihr* euch?«

»Whitney, das ist Kathleen«, stellte Cal mich vor. »Kathleen, das ist Whitney.«

Wir schüttelten uns die Hände, und ich sah in Whitneys Augen, dass bei ihr der Groschen fiel.

»Scheiße noch mal«, sagte sie. »Du bist Katee Rose.«

»Kathleen Rosenberg«, sagten Cal und ich gleichzeitig.

»Sorry«, sagte Whitney. »Es ist nur … wow. Ich war wirklich ein sehr großer Fan von dir. Bin ich immer noch.«

Ich war nicht sonderlich überrascht – sie schien in meinem Alter zu sein, darum wäre es noch überraschender gewesen, wenn sie nicht gewusst hätte, wer ich war. Und ich schätzte es, dass sie ihre Bemerkung schnell korrigierte. Ich hatte immer noch ein Ego, und das war empfindlich.

Whitneys Blick sprang wieder zwischen mir und Cal hin und her, und ich sah ihr an, dass sie sich an alles erinnerte, was damals angedeutet worden war. Angedeutet, nie bestätigt, aber das spielte keine Rolle. Es war alles wahr.

Und wenn sie befreundet waren – oder mehr –, wusste sie das wahrscheinlich.

»O mein Gott«, sagte Whitney. »Du. Sie.«

Cal stand mit geduldiger, gleichmütiger Miene daneben. »Sag es einfach, Whitney«, forderte er sie auf.

Stattdessen schlug sie ihn auf den Arm. »Sei kein Arsch«, sagte sie.

»Arsch!« wiederholte Sammy.

»Schhhh«, mahnte Whitney.

Cal schien das alles nicht zu stören.

»Es tut mir leid«, sagte Whitney. »Sowohl wegen des Jungen als auch wegen Cal.«

»Ich mag dich«, sagte ich zu Whitney.

»Warum überrascht mich das nicht?«, fragte Cal. Offensichtlich war es eine rhetorische Frage. »Natürlich würdet ihr beide sofort Freundinnen werden.«

»Ja?«, fragte Whitney.

»Da es Cal zu stören scheint, ja«, bestätigte ich.

Whitney strahlte. »Das ist der schönste Tag in meinem Leben. Ich kann es kaum erwarten, meinem Mann davon zu erzählen.«

»Das wird ihn kaum interessieren«, sagte Cal.

»O doch«, erwiderte Whitney, und dann an mich gewandt: »Das wird es.«

»Wenn du ein Katee-Rose-Fan warst, heißt das, dass du auch ein CrushZone-Fan warst?«, fragte ich.

Whitney lachte, ein Lachen, das tief aus dem Bauch kam. Das sagte: *Wow, das ist echt witzig.*

»Nicht ganz«, sagte sie.

»Whitney ist für CrushZone verantwortlich«, sagte Cal.

»Das ist etwas übertrieben«, widersprach Whitney. »Ich habe nur *ihn* zur Audition gedrängt. Für die anderen bin ich nicht verantwortlich.«

Ich sah sie überrascht an. Schon immer hatte ich mich gefragt, wie Cal vom College-Absolventen zum Boyband-Superstar geworden war. Alle wussten, dass er bei einem Vorsingen entdeckt worden war; ich hatte ihn aber nie gefragt, was ihn dahin verschlagen hatte.

»Du hast mich nicht gedrängt«, sagte Cal.

Whitney schnaubte. »Aha.«

»Wart ihr zusammen auf dem College?«, fragte ich.

»Klar«, antwortete Whitney. »Willst du ein paar peinliche Geschichten über ihn hören?«

»Immer.«

»Mommy.« Sammy zappelte. »Mommy, können wir zu den Glitzermanten gehen?«

»Die Halle mit den Edelsteinen«, übersetzte Whitney.

»Ah«, sagte ich. »Das ist eine meiner Favoriten.«

»Ich kann ihn nehmen«, bot Cal an. »Wenn du Kathleen mit Geschichten aus unserer Collegezeit erfreuen willst.«

»Ich hab kein Problem mit Multitasking«, entgegnete Whitney. »Es sei denn, du hast etwas Besseres zu tun, als mit uns dreien herumzulaufen und Steine anzusehen«, wandte sie sich wieder an mich.

Ich überlegte einen Moment.

»Das klingt eigentlich nach einer perfekten Art, den Nachmittag zu verbringen.«

***

»Und das ist mein Lieblingsstein«, erklärte Sammy.

»Den hast du noch lieber als deine anderen Lieblingssteine?«, fragte ich. Es waren mindestens ein Dutzend gewesen.

»Mmh«, bestätigte Sammy.

»Cool.«

»Willst du dir ein paar Meteoriten ansehen, Sammy?«, fragte Cal. »Damit deine Mommy und Kathleen die Gelegenheit haben, über Onkel Cal zu tratschen?«

»Wenn es die Wahrheit ist, ist es kein Tratsch«, entgegnete Whitney, als Cal ihr Kind auf die Schultern nahm.

»Viel Spaß, ihr zwei«, sagte er.

Whitney und ich sahen ihm hinterher, als er sich entfernte. Womöglich starrte ich ihm dabei auf den Hintern, aber selbst meine allgemeine Abneigung und mein Misstrauen ihm gegenüber konnten nicht darüber hinwegtäuschen, dass er einen wirklich sehr schönen Hintern hatte.

»Sammy liebt ihn«, sagte Whitney.

»Ich wette, er rettet Katzen aus Bäumen«, sagte ich leicht ironisch.

Sie lachte. »Ich glaube, er hat Höhenangst, aber ja, wahrscheinlich würde er das tun.«

»Du brauchst mir nicht zu erzählen, was für ein toller Kerl Cal ist«, sagte ich.

Whitney hob die Augenbrauen. »Nicht?«

»Mir geht es nur darum, dass das Stück gut wird«, erklärte ich.

»Dann seid ihr euch einig«, sagte Whitney. »Aber ich wollte dir nicht erzählen, was für ein toller Kerl Cal ist.«

Diesmal zog ich die Augenbrauen hoch.

»Okay.« Sie hob die Hände. »Vielleicht wollte ich ein bisschen nachhelfen, aber er ist ein erwachsener Mann.«

»Mm-hmm«, sagte ich.

Das hatte ich leider bemerkt. Es machte die ganze Sache noch komplizierter und verwirrender. Mein Kopf und mein Körper waren sich nicht einig, wie ich mit Cal umgehen sollte. Mein Kopf wollte ihn auf Abstand halten. Mein Körper …

Na ja. Der wollte ihn. Begehrte ihn. Mein Körper war ein Idiot.

»Es muss schwer sein«, sagte Whitney.

»Wie bitte?«

»Zusammenzuarbeiten«, ergänzte sie. »Nach allem, was passiert ist.«

Ich bewunderte ihre Kühnheit. Ich konnte mich nicht erinnern, wann jemand das Thema zum letzten Mal so direkt angesprochen hatte. Sogar Harriet und ich neigten dazu, es zu ignorieren.

»Ich bin ehrlich beeindruckt, dass du bei dem Musical mitmachst.«

»Es ist ein gutes Musical«, sagte ich.

»Klar. Aber es gibt doch sicher noch andere.«

Wow! Sie sprach einfach alles ungefiltert aus, oder?

»Nope«, sagte ich.

»Echt jetzt?«

»Echt.«

Ich hatte es versucht. Ein paarmal. Immer als Kathleen Rosenberg. Entweder erkannten sie mich nicht – und ich bekam die Rolle nicht – oder sie taten es, und der ganze Prozess veränderte sich. Die Erwartungen veränderten sich.

Ich hatte ein paar Angebote in Erwägung gezogen, bis klar wurde, dass man hoffte, Katee würde am ersten Tag auf der Matte stehen.

Ich wusste nicht, wie ich den Leuten erklären sollte, dass sie nicht echt gewesen war. Und falls sie es gewesen war, gab es sie schon lange nicht mehr. Ich glaubte nicht, dass ich Katee Rose sein könnte, selbst wenn ich es versuchte. Und das wollte ich auch ganz bestimmt nicht.

»Hm.« Whitney lehnte sich zurück. »Die Leute vergeben einem einfach nicht, oder?«

»Wenn du deinen geliebten Boyband-Freund betrügst? Nein«, erwiderte ich. »Das tun sie wirklich nicht.«

»Du warst noch ein Kind«, sagte sie.

Es war eine großzügige Erklärung dafür, warum alles so gelaufen war. Und schlicht falsch. Wir waren beide erwachsen gewesen. Noch nicht ganz, aber alt genug, um es besser zu wissen.

»Ich bin mir ziemlich sicher, der Begriff lautet Vamp«, sagte ich.

So hatte Ryans erstes Soloalbum geheißen. Ein letzter Versuch mit der Musik, bevor er ganz zur Schauspielerei gewechselt war.

»Ich fand es damals dumm, und ich finde es auch heute noch dumm«, sagte Whitney. »Und Mason war immer der bessere Sänger.«

»Ohne Frage«, pflichtete ich ihr bei.

Wenn Mason nicht so sehr von anderen Dingen abgelenkt gewesen wäre, wäre er der Star gewesen, nicht Ryan. Aber ich war mir ziemlich sicher, dass es Mason nicht mehr interessierte.

»Entschuldigt die Störung«, sagte Cal. Er hatte den schnarchenden Sammy über eine Schulter gelegt. »Ich glaube, wir haben alle genug von Museum.«

»O Mann.« Whitney nahm Cal das Kind ab. »Ich glaube, ich bringe den kleinen Dino besser nach Hause.«

»Soll ich dir ein Taxi rufen?«, fragte Cal.

Whitney winkte ab. »Ich fahre nicht zum ersten Mal U-Bahn mit einem schlafenden Kind.« Sie schnaubte. »Für was für eine New Yorkerin hältst du mich?«

»Dazu sage ich lieber nichts«, sagte Cal.

»Kluger Mann«, erwiderte Whitney, bevor sie sich zu mir umdrehte. »Es war schön, dich kennenzulernen, Kathleen.«

»Fand ich auch«, sagte ich.

»Wir sehen uns bestimmt bald wieder«, sagte Whitney. An dem schlafenden Sammy vorbei tauschte sie eine unbeholfene Umarmung und einen Wangenkuss mit Cal. »Sei nett«, mahnte sie.

»Ich?«, erwiderte Cal. »Ich bin immer nett.«

Whitney entfernte sich mit Sammy, und wir blieben zurück.

»Also«, sagte Cal. Er hatte die Hände in die Hosentaschen geschoben. »Sammy ist nicht mein Kind.«

»Das habe ich keine Sekunde lang gedacht«, erwiderte ich. Das war im Grunde die Wahrheit. Cal warf mir einen

Blick zu, und ich zuckte mit den Schultern. »Zu süß, um dein Kind zu sein.«

»Ha«, sagte er. »Ich glaube, der CrushZone-Fanclub ist da anderer Meinung.«

»Gibt es den noch?«

Cal dachte für einen Moment darüber nach. »Weißt du, ich habe in letzter Zeit nicht nachgesehen.«

»Whitney vielleicht«, sagte ich.

»Wenn, dann nur, um mich in Verlegenheit zu bringen.«

»Gut«, sagte ich.

»Mein Ego ist nicht *so* stark«, behauptete Cal.

»Also bitte«, sagte ich. »Der Junge hat dich angesehen, als wärst du das Beste seit *Hamilton*.«

»Das liegt daran, dass ich so was wie ein lustiger Onkel bin«, sagte er. »Was viel einfacher ist, als ein Elternteil zu sein.«

»Es erfordert wesentlich weniger Zeit«, sagte ich.

»Das kommt mir sehr entgegen.«

Nun ja. Das hatten wir gemeinsam. Es war nicht das Einzige – früher hatten wir sehr viel gemeinsam gehabt –, aber es war eine schöne Erinnerung daran. Dann wurde mir wieder deutlich bewusst, warum es nicht wichtig war, was wir gemeinsam hatten.

»Glaubst du, wir schaffen es bis zum Ausgang, ohne uns zu streiten?«, fragte Cal.

Ich hasste es, dass er es so aussehen ließ, als wären wir zwei kleine Kinder, die sich auf dem Rücksitz stritten. Oder als wäre ich das Kind und er der Erwachsene.

»Klar kann ich das«, sagte ich, womit ich vermutlich eher das Gegenteil bewies.

»Okay.«

»Warte«, sagte ich. Wir standen vor dem T-Rex.

»Ja?«

»Ich will noch nicht gehen«, erklärte ich.

»Oh.«

»Du kannst ruhig schon gehen.«

Er blickte zu dem Dinosaurier hinauf und den Gang hinunter zu den anderen Exponaten.

»Ich glaube, ich will auch noch nicht gehen«, sagte er.

»Oh.«

Andere Besucher liefen um uns herum, wir standen mitten im Weg.

»Ich gehe nicht davon aus, dass du …«

»Wir können uns ja einfach ignorieren«, schlug ich vor, während Cal im selben Moment auf den Rest des Museums deutete.

»Okay«, sagte er.

War er drauf und dran gewesen, mich zu fragen, ob ich den Rest des Tages mit ihm verbringen wollte? Wir hatten gerade erst eine Art Waffenstillstand geschlossen – ein entspannter Spaziergang durch das Naturkundemuseum schien mir etwas übertrieben.

»Es tut mir leid«, sagte ich. »Wolltest du …«

»Nope«, sagte er. »Ignorieren wir uns einfach.«

Ich warf ihm einen prüfenden Blick zu. Er zuckte die Achseln, steckte die Hände in die Taschen und wandte sich ab.

»Wir sehen uns, Rosenberg«, warf er mir über die Schulter zu.

»Darauf kannst du wetten.«

Kapitel 10

Hätte ich tatsächlich gewettet, hätte ich ein Vermögen gewonnen. Denn egal, wo ich im Museum hinging, Cal war da. Jedes Exponat, jeder Gang, sogar die gottverdammte Planetariumsvorführung.

»Das ist lächerlich«, sagte er. Er stand am Ende des Ganges und sah mich an.

»Es ist nicht meine Schuld, dass du mir ständig hinterherrennst«, sagte ich.

»Ha«, erwiderte er und setzte sich direkt neben mich.

Ich hob die Augenbrauen.

»Ich gehe keinen Schritt weiter«, sagte er. »Ich bin erschöpft. Ich bin den ganzen Tag einem Popstar durchs Museum hinterhergerannt.«

»Ha«, sagte ich.

Das Schweigen war weder unangenehm noch angenehm. Die Armlehne zwischen uns blieb verdächtig leer, während wir uns beide voneinander weg lehnten, als könnten wir in Flammen aufgehen, wenn wir uns zu nah kamen.

Die Lichter im Planetarium gingen aus, ich lehnte mich in meinem Sitz zurück und blickte an die runde Decke über mir, auf der jetzt Wirbel aus Galaxien und unendlich viele Sterne leuchteten. In einem anderen Leben hätte dies ein sehr romantisches Rendezvous sein können. Den Sternenhimmel betrachten, ohne dabei unbequem und in der Kälte unter dem echten Himmel zu liegen. Schließlich hatte mich noch nie jemand bezichtigt, ein Outdoor-Typ zu sein.

Als eine tiefe Stimme über den Urknall und den kosmischen Kalender sprach, wanderte meine Aufmerksamkeit zu dem Mann rechts neben mir. Ich erinnerte mich an einen anderen Abend, an dem wir Seite an Seite in einem dunklen Kino gesessen und verfolgt hatten, wie aufregende, prächtige Bilder über die Leinwand flimmerten. Damals hatten wir keine Angst gehabt, uns aus Versehen zu berühren. Es war alles so unschuldig gewesen. Jedenfalls war es mir damals so vorgekommen.

Das war so lange her.

Unwillkürlich sah ich zu Cal, dessen Gesicht größtenteils im Dunkeln lag. Es war gerade noch sein Profil zu erkennen, das ärgerlicherweise so attraktiv aussah wie immer.

Wo war er all die Jahre gewesen? Natürlich, ich hatte einige Lücken mit Artikeln, Interviews und Ankündigungen gefüllt, aber eigentlich wusste ich nicht, was ihn hierher, zu diesem Moment, geführt hatte.

Ich achtete kaum auf die Vorführung, sondern ging im Kopf alle Informationen durch, die ich über Cal hatte, und versuchte, mir ein Bild davon zu machen, wer er jetzt war. Doch es fehlten zu viele Teile.

Das Licht ging an, und wir saßen beide da und warteten darauf, dass sich der Raum leerte.

»Ich werde mir diese großen Dioramen ansehen«, erklärte ich. »Die mit den Elefanten.«

Cal ließ leicht die Schultern hängen.

»Was ist?«, fragte ich.

»Da wollte ich eigentlich hin«, antwortete er etwas verlegen.

Na klar.

»Schon in Ordnung«, sagte er. »Ich sehe mir noch mal die Dinosaurier an.« Dort waren wir uns schon einmal begegnet, kurz bevor wir uns dann im Vogelsaal wieder über den Weg gelaufen waren.

»Sei nicht albern«, sagte ich. »Wir können uns doch wohl zusammen ausgestopfte Tiere ansehen, ohne uns gegenseitig zu erdrosseln.«

Schließlich hatten wir eng zusammen getanzt.

Er hob eine Augenbraue. »Können wir?«

»Ich versuche es. Versprochen.«

Er hob den kleinen Finger und wackelte mit ihm. Ich verdrehte die Augen, hakte aber trotzdem meinen kleinen Finger bei ihm ein. Ich ignorierte all die flirrenden Empfindungen, die allein diese kurze Berührung auslöste. Seltsamerweise fühlte sie sich irgendwie noch intimer als das gemeinsame Tanzen an. Wir pusteten beide auf unsere Daumen und lösten die Finger voneinander.

Anschließend gingen wir zum Saal mit den afrikanischen Säugetieren.

»Also«, sagte ich.

»Also«, sagte er.

»Du wurdest also zum Vorsingen für CrushZone *gedrängt?*«

Er schmunzelte. »Whitney erntet gern die Lorbeeren für meine fünfzehn Minuten Ruhm, aber viel Überzeugungsarbeit war gar nicht nötig gewesen.«

»Du hast schon immer gern im Rampenlicht gestanden«, sagte ich.

Cal schnaubte. »Ja. Ganz genau.« Wieder schob er die Hände in die Taschen. »Ich hab eher gedacht: Warum nicht?«

»Warum nicht was?«

»Warum nicht vorsingen«, sagte er.

»Hat Whitney dich auch gedrängt, bei einer Broadway-Show Regie zu führen?«, fragte ich. »Noch eine ›Warum nicht‹-Situation?«

Die Frage war etwas zu spitz formuliert, um sie nicht als Vorwurf zu verstehen, und Cal schwieg einen Moment lang.

»Jemand hat mir einmal gesagt, dass ich ein guter Regisseur sein würde«, sagte er. Mein Gesicht wurde warm vor Scham. »Ich habe wirklich hart gearbeitet, um an diesen Punkt zu kommen«, fuhr er fort. »Ich habe alle Jobs angenommen, von denen ich dachte, dass sie mir die nötige Erfahrung verschaffen würden. Musikvideos, Liveshows – alles, was ich kriegen konnte.«

»Tanzt du noch?«, fragte ich. »Zum Spaß?«

Cal warf mir einen flüchtigen Blick zu. »Manchmal«, gestand er.

Es war nicht fair, dass dieses eine Wort – und seine Implikationen – mir einen Schauer über den Rücken jagten. Denn es war immer eine Freude gewesen, Cal beim Tanzen zuzusehen. Er wusste genau, wozu sein Körper fähig war und wie er ihn bewegen musste.

»Ich helfe hauptsächlich anderen Leuten«, sagte er. »Sehe mir an, was sie können, und versuche, es ins beste Licht zu rücken. Ich lasse sie gut aussehen.«

»Ich habe den Film gesehen«, sagte ich, ohne nachzudenken.

Aber wer hatte den nicht gesehen? Es war eine große Sache gewesen – der erste Amerikaner in der Rolle des James Bond –, und Cal hatte die Eröffnungsszene choreografiert. Ein Walzer, von dem alle Welt gesprochen hatte.

Aus gutem Grund, wie ich mir zähneknirschend eingestehen konnte. Der Tanz war verdammt sexy gewesen.

Cal sah etwas zu selbstzufrieden aus. »Ach ja?«

Ich verzog das Gesicht zu einer Grimasse. »Ich fand ihn langweilig.«

»Mm-hmm«, sagte er.

Cal brauchte nicht zu wissen, dass ich ihn mehr als einmal gesehen hatte. Schlimm genug, dass ich zugegeben hatte, ihn überhaupt gesehen zu haben.

»Mein großer Durchbruch«, sagte er, aber das klang nicht hochmütig, eher ein wenig schüchtern. Das nervte mich.

»Ja«, sagte ich. »Du Glückspilz.«

Denn natürlich hatte Cal diesen Durchbruch geschafft. Diese Chance bekommen. Es war ihm gelungen, den Skandal hinter sich zu lassen, ohne allzu viele Narben davonzutragen, und weiterhin Dinge zu tun, von denen andere träumten.

Die einigermaßen ungezwungene Stimmung zwischen uns änderte sich und war plötzlich angespannt. Denn es war unmöglich, über die Vergangenheit zu sprechen, ohne über *die* Vergangenheit zu sprechen. Oder ihr auszuweichen, so wie wir es jetzt taten.

Cals Kiefer war angespannt.

»Hör zu«, sagte er, als wollte er noch etwas sagen. Etwas Gewichtiges.

»Ich habe genug gesehen«, unterbrach ich ihn, bevor er dazu kam.

Denn so genervt ich jetzt auch war, ich hatte das Gefühl, dass es tausendmal schlimmer wäre, wenn ich mir Cals Rechtfertigung anhören müsste, warum er damals zugelassen hatte, dass ich alles abbekam. Warum er mich, ohne mit der Wimper zu zucken, stehen gelassen, weiter mit Ryan gearbeitet und so getan hatte, als hätte er mit allem nichts zu tun.

Ich wollte nicht hören, dass er sagte: *Du musst das verstehen* oder *Es war kompliziert* oder *Ich musste an meine Schwestern denken.* Selbst wenn das alles stimmte, spielte es keine Rolle.

»Ich gehe«, sagte ich.

»Okay.«

Das war auch besser so. Wir hatten so getan, als könnten wir über die guten alten Zeiten plaudern, als wären wir nur Freunde – aber dabei waren wir dem Feuer zu nahe gekommen. Wir waren keine Freunde. Dafür stand zu viel zwischen uns. Zu viel Wut.

Und wenn ich die Proben überleben wollte, musste ich mich von diesen Erinnerungen fernhalten.

»Danke für …« Cal verstummte.

Ich war mir nicht sicher, ob ich wissen wollte, was er zu sagen beabsichtigte.

»Ja«, sagte ich und ging zum Ausgang.

Damals

Kapitel 11

»Niemand versteht mein Kostüm«, rief ich über die Musik hinweg.

»Wie bitte?«, rief Ryan zurück.

»Mein Kostüm! Niemand versteht, was das darstellen soll!«

Er hörte auf zu tanzen und sah mich stirnrunzelnd an.

»Was *soll* es denn darstellen?«, rief er.

Ich seufzte, aber natürlich hörte er es nicht. Ich konnte es ja selbst nicht einmal hören.

Es war sowieso Zeit für eine Tanzpause. Ich schwitzte wie verrückt und hatte unglaublichen Durst, doch wenn der DJ so gute Musik spielte, konnte ich nur schwer aufhören.

Ich gab ihm zu verstehen, dass ich die Tanzfläche verlassen und etwas zu trinken holen wollte. Ryan folgte mir. Zum Glück war es an der Bar etwas ruhiger.

Wir befanden uns in einer riesigen, wunderschönen Wohnung im siebten Arrondissement, mit vergoldeten Tapeten, Kronleuchtern und prächtigen Wendeltreppen. Ich dachte an das Stadthaus in Brooklyn, das ich gerade gekauft hatte, und dass ich es mit einem Bett und einer Couch, mit Tellern und Silberbesteck und all den Dingen füllen musste, die man normalerweise zu Hause hatte.

Ich war nun schon seit Jahren auf Tour oder wohnte in Hotels. Mein Finanzberater hatte gesagt, dass ein Immobilienkauf eine gute Investition sei, und drängte mich, eine weitere Immobilie zu kaufen oder vielleicht sogar zwei.

»Es ist immer gut, ein Haus in Los Angeles zu haben«, sagte er. »Und dann irgendwo, wo es Spaß macht. Oder in der Abgeschiedenheit. Es gibt Ranches in Montana, die man zu einem guten Preis bekommen kann.«

Aber was sollte ich mit einer Ranch in Montana? Ich könnte die Hypothek meiner Eltern abbezahlen und meiner Schwester eine eigene Wohnung kaufen, aber ich wusste, dass ich schon in dem Moment enttäuscht wäre, in dem ich es ihnen anbot. Meine Beziehung zu meiner Familie konnte man bestenfalls als »respektvoll gleichgültig« beschreiben. Je weniger wir miteinander sprachen und uns sahen, desto besser kamen wir alle miteinander aus.

Harriet stand bei einigen der anderen Jungs von Crush-Zone. Sie hatten von ihrem Management Kostüme bekommen – alle fünf waren wie altmodische Monster aus einem Horrorfilm verkleidet. Ryan war Frankenstein, Cal eine Mumie, Wyatt ein Werwolf, Mason war Dracula und LC das Phantom der Oper.

»Wo ist Cal?«

Wyatt wies mit dem Daumen auf die andere Seite des Raums. »Er ist schlauer als wir«, sagte er.

Cal stützte sich mit einer Hand an der Wand ab, lehnte

sich vor und grinste zu einem wunderschönen Pariser Mädchen hinunter, das ganz in Schwarz gekleidet war.

»Ist das eine der Kellnerinnen?«, fragte Harriet.

Die Eifersucht, die ich empfand, war völlig unangebracht. Warum sollte es mich interessieren, ob Cal flirtete? Er war Single. Er hatte das Recht dazu.

»Mir ist langweilig«, maulte Mason. »Ich verschwinde von hier.«

»Ich auch«, schloss sich LC an.

»Wollen wir uns ein Taxi teilen?«

»Klar.«

Sie luden niemanden ein, aber Wyatt und Ryan wirkten ohnehin nicht so, als hätten sie vor, demnächst zu gehen. Ryan wartete auf eine Gelegenheit, mit einem großen Filmproduzenten zu sprechen, der mit seiner extrem jungen Freundin gekommen war. Sie war als Katze verkleidet, er trug kein Kostüm.

»Er holt Champagner.« Ryan packte mich am Arm.

Er hatte die meiste Zeit auf der Tanzfläche versucht, mich so zu positionieren, dass ich »versehentlich« mit einem von ihnen zusammenstieß. Zum Glück war mein Gleichgewichtssinn viel zu gut ausgebildet, als dass das funktionierte.

»Das ist deine Chance, Kumpel«, sagte Wyatt.

»Ja?«, fragte Ryan.

»Klar.«

Ryan straffte die Schultern und ging auf den Produzenten zu, sein ungelenker Gang passte gut zu seinem Frankenstein-Kostüm.

Wyatt schlenderte ebenfalls davon, aber ich fragte nicht, wohin er ging. Ich hatte die Erfahrung gemacht, dass man umso besser dran war, je weniger man Wyatt fragte. Zweifellos versuchte er, seine eigene Pariser Kellnerin zu finden, mit der er sich die Zeit vertreiben konnte.

»Amüsierst du dich?«, fragte ich Harriet.

»Total. Und du?«

»Absolut«, sagte ich.

Ich sah sie an, sie sah mich an, dann prusteten wir vor Lachen.

»Ich vermisse unsere Halloween-Feiern«, sagte sie. Als ich damals bei *Show N Tell* war, hatte ich eine kleine Wohnung in Washington Heights gehabt, war aber selten dort. Wenn nicht gerade die Sendung aufgezeichnet wurde, war ich bei Harriet in Harlem, bei meiner New Yorker Wahl-Familie.

»Unsere Musical-Film-Marathons?«, fragte ich. »Die nerdigste Art, Halloween zu verbringen?«

Bis ich Katee Rose wurde und ständig auf Tournee war, hatten wir jedes Halloween zusammen verbracht.

»Die *beste* Art, Halloween zu verbringen«, sagte sie. »Die ganze Nacht aufbleiben und nur an die Tür gehen, um Süßes oder Saures zu verteilen.«

»Es hat Spaß gemacht«, sagte ich. »Aber das hier macht auch Spaß.«

»Ja«, bestätigte sie.

Aber es war klar, dass sie sich nicht so gut amüsierte wie ich. Ich hatte ein schlechtes Gewissen – ich wollte, dass sie sich amüsierte, aber mir war klar, dass Harriet, sich in meiner Welt wahrscheinlich immer wie ein Eindringling vorkam – ganz gleich, was ich tat.

Nicht, dass meine Welt die ganze Zeit hundertprozentig in Ordnung gewesen wäre. Ich mochte es nicht, von Paparazzi verfolgt zu werden, wenn ich Tampons kaufte, oder dass ich keine vollständige Mahlzeit essen konnte, ohne dass die Klatschpresse mir unterstellte, schwanger zu sein oder einfach nur fett zu werden.

Aber Ruhm hatte etwas Berauschendes an sich. Die Macht, die er einem verlieh. Wie auf dieser Party. Ohne irgendetwas tun zu müssen, gehörte ich einfach dazu. Ich kam in einen Raum, und alle wollten mit mir reden.

Es war seltsam, und eigentlich fühlte ich mich auf der Bühne wohler als jenseits von ihr, aber ich mochte die Aufmerksamkeit. Ich mochte es, bekannt zu sein.

»Wir hätten andere Kostüme wählen sollen«, sagte ich.

Ich hatte mich für ziemlich clever gehalten. Schwarzer Filzhut, schwarzer Herrenmantel, schwarze Strumpfhose und schwarze, hochhackige Schuhe. Ich hatte in den Spiegel geschaut und Judy aus *Summer Stock* gesehen.

»Alle halten es für eine Anspielung auf *Lockere Geschäfte*«, sagte ich.

»Ja«, sagte Harriet. »Und ich muss mir anhören, dass es keine schwarze Dorothy gibt.«

Ich sah sie an. »Hat denn niemand *The Wiz* gesehen?«

»Offenbar nicht.«

»Ich finde, du siehst toll aus«, sagte ich.

»Dito.«

Wir standen am Rande der Party. Ryan hatte es geschafft, den Filmproduzenten in die Ecke zu treiben, und schien ihn erfolgreich zu umgarnen. Sie lachten, klopften sich auf den Rücken und schüttelten sich die Hände.

Irgendwie war Wyatt hinter der Bar gelandet und schenkte Shots für die Gäste aus. Ich würde nie erfahren, wie er es geschafft hatte, all diese glamourösen Pariserinnen in ihren glitzernden, funkelnden Kostümen dazu zu bringen, Tequila-Shots hinunterzukippen. Das war das Geheimnis und die Macht von Wyatt.

Ich hielt nach Cal und seiner Kellnerin Ausschau, aber sie waren aus ihrer gemütlichen Ecke verschwunden. Die Eifersucht kehrte zurück und grummelte in meinem Magen. Vielleicht war es aber auch nur der Hunger. Ich hatte heute noch nicht viel gegessen. In letzter Zeit waren ein paar Bilder zu viel von mir aufgetaucht, auf denen ich aufgedunsen ausgesehen hatte. Es war leichter, ein oder zwei Mahlzeiten auszulassen, insbesondere wenn ich wusste, dass ich Gefahr lief, fotografiert zu werden.

»Willst du ins Hotel zurückgehen und ein bisschen französisches Fernsehen schauen?«, fragte Harriet.

Ich war hin und her gerissen. Einerseits merkte ich, dass Harriet sich irgendwie langweilte, andererseits wusste ich, dass dies für uns beide eine seltene Gelegenheit war. Wie oft hatte man im Leben die Gelegenheit, auf einer Welttournee an einer schicken Halloween-Party in einer teuren Pariser Wohnung teilzunehmen? Und ich wollte alle Vorzüge meines Jobs mit meiner besten Freundin teilen.

»Ihr wollt doch nicht etwa schon gehen, oder?«

Wie aus dem Nichts war Cal erschienen. Er war allein.

»Wir haben darüber nachgedacht«, sagte Harriet. »Keiner versteht unsere Kostüme.«

»Judy Garland und Dorothy«, sagte Cal. »Thematisch. Schön.«

Harriet zuckte mit den Schultern.

»Wie wäre es mit einer anderen Art von Party?«, fragte Cal.

»Welche Art?«, fragte Harriet zurück.

»Die Art, die du magst. Versprochen.«

»Wo ist deine Freundin?«, fragte ich, unfähig, die Eifersucht zu unterdrücken.

Cal sah Harriet und mich an und wackelte mit den Augenbrauen. »Auf der anderen Party.«

Plötzlich schien diese Party hier doch gut genug zu sein.

»Ich weiß nicht«, sagte ich. »Wir können Ryan nicht einfach zurücklassen.«

Alle sahen auf die andere Seite des Raums, wo Ryan gestanden hatte. Er war verschwunden.

»Ich glaube, er ist mit diesem Filmproduzenten gegangen«, berichtete Cal.

Ich war nicht wirklich überrascht und konnte es Ryan nicht verübeln. Ich wusste, dass er Großes vorhatte, was über CrushZone hinausging, und immer auf der Suche nach Chancen war. Manchmal hatte ich das Gefühl, dass ich dasselbe tun sollte, aber im Grunde war es anstrengend genug, Katee Rose zu sein. Wenigstens hatte Ryan die anderen Jungs; sie mussten nicht alle ständig präsent sein. *Mich* gab es nur ein Mal.

Außerdem schien sich nie jemand über Ryans Gewicht, Cals Haare oder Wyatts Fieberbläschen zu äußern.

»Komm schon«, sagte Cal. »Elizabeth hat gesagt, es wird lustig. Ich verspreche euch, es wird euch gefallen.«

Ich hatte echt keine Lust, auf einer anderen Party mit Cal und seiner Geliebten abzuhängen, aber als ich zu Harriet hinübersah, nickte diese bereits eifrig mit dem Kopf. Auch wenn ich wusste, dass es ihr nichts ausmachen würde, wenn ich lieber hierbliebe oder ins Hotel zurückkehrte, wollte sie doch eigentlich mehr von Paris sehen.

»Gut«, sagte ich. »Gehen wir.«

***

Das Nervige an Cal war, dass er meistens recht hatte.

»Das ist ja fantastisch«, schwärmte Harriet.

Elizabeth, die Kellnerin, hatte ihre Schicht beendet, drängte uns in ein Taxi und brachte uns zu einem Kino in einem weitaus weniger schicken Teil der Stadt.

»Kennt ihr die Show?«, erkundigte sie sich.

»Rocky Horror?«, fragte Harriet. »Äh, ja. Die kennen wir.«

»Très bien«, sagte Elizabeth. »Dann wisst ihr ja, was euch erwartet.«

Das wusste ich nicht. Denn obwohl ich das Musical kannte – welches Musical-Kid kennt sie nicht –, hatte ich den Film nur zu Hause gesehen. Und es stellte sich heraus, dass es eine ganz andere Erfahrung war, ihn live mit Publikum im Kino zu erleben.

Harriet erklärte mir alles ganz genau. Es würden nicht nur Schauspieler auf der Bühne stehen, die als die Figuren verkleidet waren, sondern es gab auch eine ganze Ruf-und-Antwort-Sequenz – mit Requisiten! Außerdem war das Ganze auf Französisch.

Keine einzige Person schien mich zu erkennen. Das Theater war überfüllt, und Elizabeth war verschwunden, nachdem sie uns hereingebracht hatte. Ich bemerkte erst, dass sie Cal eine Tüte mit Requisiten gegeben hatte, als er Harriet und mir ein paar Toastscheiben reichte.

»Ich hab keinen Hunger«, sagte ich.

Eine Lüge. Ich starb vor Hunger.

»Die sind für die Show«, informierte mich Harriet. »Man wirft sie auf die Leinwand.«

»Was? Warum?«

Cal zuckte mit den Schultern. »Das gehört einfach zum Spaß. Wenn Frank-N-Furter ›Toast‹ sagt, wirft man Brot. Aber ich schätze, auf Französisch ist es vielleicht *pain*?«

»Woher wisst ihr das alles?«, fragte ich.

»An der NYU wurde *Rocky Horror* jedes Halloween aufgeführt«, erzählte er. »Von den ganzen Theaterleuten, die keine Lust auf Shakespeare und Ibsen hatten.«

»In Fordham gab es das auch«, berichtete Harriet. »Live macht es viel mehr Spaß. Und es ist viel schärfer.«

Ich spürte einen Anflug von Neid. Dass ich nicht aufs College gegangen war, bereute ich zwar nicht, aber wenn Cal oder Harriet manchmal davon erzählten oder Erinnerungen teilten, fühlte ich mich ausgeschlossen. Nicht nur von ihren Gesprächen, sondern auch vom Leben. Von all den Dingen, die von jungen Erwachsenen erwartet wurden.

Denn obwohl sie nicht auf dasselbe College gegangen waren, klangen ihre Erfahrungen manchmal so ähnlich, dass man kaum glauben konnte, dass sie nicht universell waren. Oder universell sein sollten.

Was für ein Mensch wäre ich gewesen, wenn ich aufs College gegangen wäre? Wenn ich jedes Halloween mit meinen Freunden die *Rocky Horror Picture Show* gesehen hätte? Wenn ich so ein Theatermensch gewesen wäre?

Aber darüber nachzudenken, war müßig, denn das war nicht mein Leben gewesen. Anstelle von Vormittagsunterricht hatte ich frühe Drehtermine. Anstatt in die Frühjahrsferien zu fahren, war ich auf Tournee gegangen. Statt zu Tanzveranstaltungen zu Preisverleihungen. Das bereute ich nicht, es war, was ich wollte. Was ich immer gewollt hatte.

Wir waren in Paris, verdammt noch mal. *Paris.*

Die besten Hotels. Das beste Essen. Die exklusivsten Erlebnisse.

Nur meinetwegen waren wir überhaupt hier und sahen die *Rocky Horror Picture Show.* Ich war der Grund dafür, dass wir Tim Curry auf der Leinwand – und ein Double auf der Bühne – herumstolzieren sahen, während ein Raum voller Leute auf Französisch die Leinwand anschrie. Erst als sie mit einer riesigen roten Perücke und in einem völlig anderen Kellnerinnen-Outfit auf die Bühne kam, wurde mir klar, dass Cals Freundin ebenfalls in dem Musical mitspielte.

Es live zu erleben, war absolut die beste Art, es zu sehen. Das Publikum war ausgelassen und laut. Trotz der Vorwarnung über die Publikumsbeteiligung hatte ich nicht mit den extrem expliziten Rufen gerechnet, die ständig nach vorn geschrien wurden. Zum Glück riefen sowohl Cal als auch Harriet sie auf Englisch, sodass ich wenigstens irgendwie verstand, was vor sich ging, aber irgendwie auch nicht.

»Was soll das mit den ganzen Blowjob-Witzen?«, fragte ich. »Und Brad als Arschloch und Janet als Schlampe zu bezeichnen?«

Cal sah mich an. »Das gehört zur Show«, antwortete er.

»Aber warum?«

Cal dachte einen Moment lang darüber nach.

»Das ist mir zu hoch«, sagte er. »So ist es eben.«

Vermutlich war das der »Kult«-Teil vom »Kultklassiker«. Aber auch wenn ich den Ursprung oder die Bedeutung der meisten Witze nicht verstand, spielte das keine Rolle. Ich hatte trotzdem viel Spaß und machte mit, wann immer ich konnte.

»Das ist toll«, sagte ich.

»Hab mir gedacht, dass es dir gefallen würde«, erwiderte Cal.

»Bist du jemals aufgetreten?«

Cal wirkte auf liebenswerte Art verlegen.

»O mein Gott, ja!« Ich boxte ihn sanft gegen den Arm. »Wer warst du? Frank-N-Furter? Brad? Meat Loaf?«

Er sagte etwas, aber ich konnte es nicht verstehen, weil das Publikum »Sag es! Sag es! Sag es!« oder vielmehr *»Dis-le!*

Dis-le! Dis-le!« johlte, weil Tim Curry gerade drei Jahre dafür brauchte, das Wort »Vorfreude« auszusprechen.

»Was?«

»Vielleicht war ich Rocky«, gestand Cal.

Ich drehte mich ganz zu ihm um. »Wie bitte?«

Er wich meinem Blick aus und sah auf den Boden.

»Du warst Rocky?«, fragte ich.

Er nickte.

»Im …?«

Er nickte erneut.

»Und sonst nichts?«

Ein weiteres Nicken.

»Wow«, sagte ich.

Denn ich konnte an nichts anderes mehr denken als an Cal, der in einer knappen goldenen Badehose auf der Bühne stand.

»Das ist … na ja … schön für dich«, sagte ich.

Wobei ich eigentlich dachte: *Gibt es davon Bilder?*

Sein Kostüm hatte sich im Laufe des Abends buchstäblich aufgelöst. Jetzt lag es hauptsächlich um seine Schultern und seine Taille, sein Gesicht war frei. Jemand hatte ihm dunkle Augenschatten geschminkt und sein Gesicht mit Puder blasser gemacht. Er war wirklich süß, vor allem, wenn er verlegen war. Als ob er wüsste, dass ich ihn mir in seinem Rocky-Kostüm vorstellte.

»Das ist kein großes Ding«, sagte er.

»Na klar«, sagte ich. »Überhaupt kein großes Ding.«

»Halt die Klappe.«

Ich streckte ihm die Zunge heraus. Er tat das Gleiche.

Gerade wollte ich noch etwas sagen, doch da zog die Leinwand – oder besser gesagt, die falsche Rothaarige vor der Leinwand – seine Aufmerksamkeit auf sich. Er drückte mein Bein und wandte sich wieder der Vorstellung zu.

Den Rest des Abends musste ich immer wieder an seine warme Hand und sein Lächeln denken, auch nachdem Elizabeth und er Harriet und mich am Hotel abgesetzt hatten, bevor sie in die Nacht verschwanden, um sich zu amüsieren.

Jetzt

Kapitel 12

Ich hasste diese blöde Nummer. Zu viele Kicks, zu viele Drehungen, zu viele ausgefallene Schritte.

Und das war noch nicht das Schlimmste.

Wenn die Proben gut liefen und wir mit Aufführungen außerhalb der Stadt weitermachten, würden wir die ganze verdammte Choreografie auf einem laufenden Förderband machen. Denn Cal war ein Sadist. Wenigstens war ich nicht die Einzige, die damit zu kämpfen hatte.

»Verdammter Mist«, fluchte Melissa.

Die Hände auf den Knien abgestützt standen wir beide nach vorn gebeugt und keuchten wie zwei kaputte Dudelsäcke.

»Ist der irre?«, fragte sie.

»Ja«, sagte ich.

Wir hatten den ganzen Tag an der Nummer gearbeitet und waren nicht ein einziges Mal ohne Fehler durchgekommen.

»Ich meine, man hat mich gewarnt, dass er hohe Ansprüche hat, aber puh«, stöhnte Melissa.

»Er ist ein Monster«, sagte ich.

»Ja«, pflichtete Melissa mir bei, sah ihn dabei jedoch keineswegs wie ein Monster an. Aus ihren Augen sprach kein Abscheu, nur Bewunderung. »Aber es wird toll.«

»Wenn wir es hinbekommen«, bemerkte ich.

»Ihr werdet es hinbekommen«, versprach Cal.

Ich hatte nicht bemerkt, dass er hinter uns getreten war.

»Sollen wir es noch einmal durchgehen?«, fragte er. »Langsamer diesmal?«

»Ja, bitte«, antwortete Melissa.

»Bei uns ist alles okay«, sagte ich.

»Es ist in Ordnung, um Hilfe zu bitten, Kathleen«, erklärte Cal.

»Das werde ich mir merken«, erwiderte ich. »Falls ich Hilfe brauchen sollte.«

Ich war stur und benahm mich albern, aber ich konnte den Gedanken nicht ertragen, von Cal bemitleidet zu werden. Dass er dachte, ich bräuchte eine Sonderbehandlung. Denn im Grunde wusste ich, dass ich diese Nummer bewältigen konnte. Sie war kompliziert und anstrengend, aber es war nicht unmöglich. Als Katee Rose hatte ich schon weitaus kompliziertere Choreografien beherrscht, und das unter weniger ermutigenden Umständen.

»Dann lasst uns eine Pause machen«, schlug Cal vor.

»Okay«, sagte ich.

Als ich wegging, um Wasser aus meiner Tasche zu holen, folgte er mir. »Erinnerst du dich an das Video ›Give It to Me‹?«, fragte er.

Er hatte die Stimme gesenkt, lehnte sich an die verspiegelte Wand, sah mich aber nicht an. Stattdessen beobachtete er, wie die übrigen Darsteller und das Team eine Pause einlegten – sich dehnten, Wasser holten, ihre Handys checkten.

»Willst du mich verarschen?«, fragte ich.

»Give It to Me« war mein größter Hit gewesen, und das Musikvideo hatte unzählige Preise gewonnen und war wochenlang fast ununterbrochen gespielt worden. *Alle* hatten es gesehen.

Ich würde gern glauben, dass das an der komplizierten Choreografie lag, aber ich wusste, dass es in Wirklichkeit damit zu tun hatte, dass ich alles in einem weißen Kleid unter einem Wasserfall getanzt hatte. Tagelang hatte ich die Nummer geübt, um sie perfekt zu machen, nur um dann den ganzen Tag in klatschnassen Klamotten zu zittern, während der Regisseur dem Kameramann befahl, genügend Nahaufnahmen von meinen Titten und meinem Hintern zu machen.

Das war es, was den Leuten von diesem Video in Erinnerung blieb. Mein nasser, wackelnder Körper.

»Die Choreografie war doppelt so schwer wie diese hier«, sagte Cal. »Und du darfst sie in trockenen Klamotten tanzen.«

»Ich würde lieber ›Give It to Me‹ nackt mitten auf dem Times Square tanzen als noch einmal diese Nummer«, konterte ich.

Der Blick, den Cal mir zuwarf, deutete darauf hin, dass er sich das gerade vorstellte, und ich redete mir ein, dass der Schauer, der mich überlief, nichts damit zu tun hatte.

»Erinnerst du dich noch daran?«, fragte Cal.

»Ja.«

Vielleicht.

»Hast du ein Problem mit meiner Choreografie, Kathleen?«

»Nein.«

Doch.

»Wie wäre es damit«, schlug er vor. »Wenn wir es nach heute Abend nicht hinkriegen, probieren wir es mit der alten Nummer.«

»Nur über meine Leiche.«

»Das ist mein Mädchen«, sagte er.

Ich starrte ihn an.

»Was willst du beweisen, Cal?«

Er hob eine Augenbraue.

»Du bist nicht Bob Fosse oder Jerome Robbins«, fuhr ich fort. »Du musst deine Schauspieler nicht umbringen, damit du dich wie ein echter Regisseur fühlst.«

Das war ein Schlag unter die Gürtellinie, aber ich war müde, mein Körper schmerzte, und ich war total sauer.

»Komisch«, sagte er. »Denn ich wollte gerade sagen, dass du dich nicht wie eine verdammte Diva benehmen musst, um dich wie eine echte Schauspielerin zu fühlen.«

Jemand räusperte sich.

Cal und ich drehten uns um und sahen Harriet vor uns stehen.

»Ja?«, fragte Cal.

»Oh, sorry«, sagte Harriet. »Störe ich bei irgendetwas?«

»Eigentlich …«

»Denn für den Rest von uns sieht es so aus, als würdet ihr beide hier stehen und euch wie zwei verbitterte Eichhörnchen zanken.«

Ich warf einen kurzen Blick in die Runde: Alle wandten rasch den Blick ab, was bestätigte, dass Harriet recht hatte. Alle sahen uns beim Streiten zu.

»Wir haben nur über die Choreografie gesprochen«, sagte Cal.

Harriet verschränkte die Arme.

»Im Ernst«, bestätigte ich.

»Die offenbar zu kompliziert für unsere Hauptdarstellerin ist«, bemerkte Cal.

»Weil Cal denkt, er sei Michael Kidd«, schoss ich zurück.

»Vielleicht solltest du dankbar sein, dass ich dich nicht zwinge, das mit Äxten zu machen«, sagte er.

»Vielleicht solltest *du* dankbar sein, dass ich gerade keinen scharfen Gegenstand in der Hand habe.«

»Du meine Güte«, stöhnte Harriet.

Wir sahen sie an.

»Wollt ihr mich verarschen?«, fragte sie. »Werdet endlich erwachsen. Beide.«

Es gab nichts Schlimmeres, als von der besten Freundin gescholten zu werden. Vor allem, wenn sie recht hatte. Es sah nicht gut aus, wenn ich mich vor dem ganzen Cast mit dem Regisseur stritt. Es ließ mich wie eine Diva wirken und Cal, als hätte er mich nicht unter Kontrolle. Was stimmte, aber die Illusion war wichtig für die Machtdynamik im ganzen Team.

»Dieses ständige Sticheln ist nicht so süß, wie ihr vielleicht meint«, sagte Harriet. »Es ist peinlich und unprofessionell.«

Cal und ich ließen die Köpfe hängen.

»Tut mir leid«, sagte ich.

»Mir auch«, schloss sich Cal an.

»Es muss euch nicht leidtun«, erwiderte Harriet. »Seid einfach nur erwachsen.«

Sie stolzierte davon. Als ich wieder zu Cal sah, stellte ich fest, dass wir immer weiter zusammengerückt waren. Wenn ich mich zu ihm umdrehte, würden sich fast unsere Nasen berühren.

Ich wich mehrere Schritte zurück.

»Okay!« Cal klatschte in die Hände und wandte sich an den ganzen Raum. »Wir fangen noch mal an. Noch einmal von vorne.«

Er sah wieder zu mir.

»Bereit?«, fragte er.

Keine Entschuldigungen. Keine Zugeständnisse. Gut. Er wollte arbeiten? Ich konnte arbeiten.

Ich schenkte ihm das größte Katee-Rose-Lächeln, das ich zustande bringen konnte. »Bereit.«

Kapitel 13

Ich kriegte es immer noch nicht hin. Ich kannte die Schritte, konnte meinen Körper aber nicht dazu bringen, sie schnell genug auszuführen. Jedes Mal, wenn ich es versuchte, schien ich einen Schritt zu verpassen. Ich wusste, dass es schlampig und unprofessionell aussah, und gab mein Bestes, aber es funktionierte einfach nicht.

Das war besonders peinlich, weil heute die Produzenten gekommen waren, um einer Probe beizuwohnen. Immer wieder vermasselte ich die Nummer und sah mich nun den mürrischen Gesichtern von Statler und Waldorf gegenüber, in denen deutlich zu lesen war, dass sie meine Rolle im Geiste bereits neu besetzten.

»Machen wir fünf Minuten Pause«, sagte Cal und kam geradewegs auf mich zu.

In den meisten Situationen war ich gern etwas Besonderes, aber nicht in dieser. Ich wollte nicht, dass er dachte, er müsse mir das Händchen halten. Insbesondere, weil ich es tatsächlich brauchte.

»Wie läuft's?«, fragte er.

Ich schielte zu ihm hinüber. »Einfach toll«, antwortete ich.

Er brummte und nickte.

Ich wartete. Trat von einem Bein aufs andere. »Cal?«

»Hmmm?«

»Spuck es aus«, sagte ich. »Was auch immer du sagen willst, sag es einfach.«

Er blickte auf den Boden und grinste schief. Ein Grübchen erschien.

Ich hatte die Hände auf die Hüften gestemmt und wartete darauf, dass er mir die Wahrheit sagte. Dass ich es vermasselte und es seine Aufgabe sei, mir zu sagen, dass das nicht akzeptabel sei. Dass ich meinen Scheiß auf die Reihe kriegen müsse.

»Ich weiß, du gibst dein Bestes«, hob Cal an. Ich starrte ihn an. »Ich habe darüber nachgedacht, was du gestern gesagt hast, und du hast recht«, fuhr er fort. »Die Nummer ist zu kompliziert.«

Überraschung drückte nicht annähernd aus, was ich empfand.

»Ich habe eine Alternative ausgearbeitet«, sagte er. »Nimm die letzte Drehung und den Kickball-Wechsel in der Mitte raus. Das sollte jedem genug Zeit geben, seine Position zu erreichen.«

Nicht jedem. Mir.

»Es ist nicht ideal, etwas in letzter Minute zu ändern, aber ich weiß, dass ihr das alle hinbekommt.« Er drehte sich ganz zu mir um. »Was denkst du?«, fragte er.

Ich brauchte einen Moment, um meine Gedanken zu ordnen. »Ich glaube, das ist Quatsch«, sagte ich.

Cal blinzelte. »Wie bitte?«

»Es liegt nicht an der Nummer. Es liegt nicht an den Schritten. Es liegt an mir. Ich kriege es einfach nicht hin. Ich vermassele es.«

Er zog weit die Augenbrauen hoch.

»Du solltest mir sagen, dass ich mich zusammenreißen und die Nummer notfalls so oft proben soll, bis mir die Füße bluten«, sagte ich.

Er schwieg einen Moment. »Das werde ich nicht tun«, sagte er dann leise. »Ich bin nicht Ms Spiegel oder Diana. Ich werde dir nicht drohen.«

»Vielleicht solltest du das tun«, sagte ich. »Denn die Nummer mit dem netten Regisseur bringt es nicht.«

Er verschränkte die Arme.

»Wie wäre es, wenn du mir nicht sagst, wie ich Regie führen soll, und ich zulasse, dass du dich weiterhin mit einer Sequenz blamierst, die eindeutig außerhalb deiner Möglichkeiten liegt.«

Ich biss die Zähne zusammen.

»Ich will deine Mitleidschoreografie nicht«, stieß ich hervor.

Cal seufzte.

»Mein Gott, Kathleen«, sagte er. »Ich tue das nicht aus Mitleid.«

Wie gern hätte ich ihm geglaubt.

»Ich kann die Nummer schaffen«, sagte ich. »So wie sie ist.«

»Kannst du nicht«, widersprach er.

»Doch.«

»Es ist nicht genug Zeit.«

»Noch ein Versuch«, bat ich. »Wenn ich es dann nicht schaffe, gebe ich auf.«

Cal kniff sich in den Nasenrücken. »Das ist kein Aufgeben«, sagte er. »Ich versuche, dir zu helfen.«

Ich kniff die Augen zusammen.

»Das ist das Problem«, erklärte ich. »Ich will deine Hilfe nicht. Ich will keine Sonderbehandlung.«

Cal sah mich an, als wäre ich verrückt. Vielleicht war ich das auch.

»Das ist keine Sonderbehandlung«, widersprach er.

»Im Ernst?«, fragte ich. »Änderst du die Choreografie für jemand anderen?«

Er schwieg.

»Ich krieg das hin«, sagte ich. »Noch ein Versuch.«

Cal zeigte mit dem Finger auf mich. »Noch ein Versuch. Wenn es nicht klappt, könntest du mir dann vielleicht vertrauen und mich ausnahmsweise mal Regie führen lassen?«

Ich schnaubte. »Bitte, wir wissen doch alle, dass du der Boss bist.«

»Manchmal bin ich mir da nicht so sicher.« Er blickte durch den Raum und schien Statlers Blick zu suchen. Oder Waldorfs. Ich konnte die Produzenten kaum auseinanderhalten und hielt sie für austauschbar. Wie die echten Muppets.

Cal seufzte.

»Eine Minute«, sagte er. »Dann fangen wir von vorn an.«

»Ich werde bereit sein«, versprach ich.

In dem Moment, in dem er wegging und mein Ärger verpuffte, wurde mir klar, wie dumm ich mich verhielt.

Was wollte ich beweisen? Ich war nicht mehr in meinen Zwanzigern. Ich war nicht mehr das Arbeitstier, auf das ich in den ersten Jahrzehnten so stolz gewesen war. Warum konnte ich nicht zulassen, dass Cal mir eine Pause gönnte? Warum konnte ich nicht akzeptieren, dass ich Hilfe brauchte?

Alles sehr gute Fragen für eine Therapeutin. Ich nahm mir vor, einen Termin zu vereinbaren.

Als die Pause zu Ende war, steckte ich die Wasserflasche zurück in meine Tasche. Ich schloss für einen kurzen Moment die Augen, schüttelte meine Hände aus und versuchte, mich zu konzentrieren. In Gedanken ging ich die Choreografie noch einmal durch und deutete dabei mit den Füßen die Schritte an. Ich wusste, dass ich es schaffen konnte. Ich konnte es.

Wir nahmen unsere Plätze ein. Lächelten. Die Musik setzte ein.

Und ich verpasste meinen Einsatz.

Es war, als hätten meine Füße den Kontakt zu meinem Gehirn verloren. Nicht nur, dass ich die problematischen Schritte nicht hinbekam, ich patzte auch noch an jeder Menge anderer Stellen. Ich versuchte, nicht in den Spiegel zu sehen, aber es war unmöglich, die halb lahme Giraffe zu ignorieren, die in der Mitte herumzappelte.

Jedes Mal, wenn ich zu den Produzenten hinüberblickte, schauten sie glücklicherweise auf ihre Handys.

Als es zu Ende war, hätte ich am liebsten geweint.

So hatte ich mich noch nie gefühlt. Ich war eine Perfektionistin, die Sachen in den Griff bekam. Ich war mit

Grippe aufgetreten, mit Halsschmerzen, mit einem verstauchten Knöchel, mit Rücken- und Knieschmerzen. Nach frühmorgendlichen Flügen, nach tagelangen Busfahrten, nach schlaflosen Nächten. Das war meine Superkraft – wenn man mich auf die Bühne stellte, blühte ich auf.

Nicht mehr, wie es schien.

Ich hatte den Zauber verloren. Den Teil von mir, der mich besonders machte. Zu etwas Wertvollem.

Cal kam zu mir, aber ich starrte nur auf den Boden. Ich konnte ihm nicht in die Augen sehen.

»Du hast gewonnen«, sagte ich mit gesenktem Kopf.

»Das ist kein Wettkampf«, entgegnete er. »Wir sind im selben Team.«

»Ha.«

»Kathleen …«

»Schon okay.« Lächelnd schob ich mein Haar zurück und konzentrierte mich auf sein linkes Ohr, damit ich meine eigene Enttäuschung nicht in Cals Augen gespiegelt sehen musste. »Gib mir einen Moment, dann können wir die neue Choreografie probieren.«

Ohne seine Antwort abzuwarten, ging ich in den Waschraum, vergoss eine einzige Träne, spritzte mir Wasser ins Gesicht und kehrte zurück, bereit, mit der Arbeit fortzufahren.

Kapitel 14

Den Rest der Probe überstand ich fehlerfrei. Ich nahm das Ganze wie durch einen Nebel wahr, denn ich hatte mich längst von meinem Körper gelöst und schwebte zutiefst beschämt über mir.

Ich wollte nur noch nach Hause, meine Muskeln in einem Bad einweichen und mich auf die Couch fallen lassen, damit Fisch sich auf meinen Bauch stellen und zu Recht überlegen auf mich herabsehen konnte. Es war spät. Ich war erschöpft und enttäuscht.

Zum Glück unterhielt sich Cal noch mit den Produzenten, sodass ich mit einem Winker davonkam und niemandem in die Augen sehen musste. Ich wollte mit niemandem reden, vor allem nicht mit Cal. Es war schon schlimm genug, dass er recht gehabt hatte, ich brauchte nicht auch noch darüber zu reden.

Die Tasche über meine Schulter gehängt, lief ich zum Aufzug und ging im Kopf die Rückfahrt durch, wie viele Blocks, wie viele U-Bahn-Stationen. Heute Abend kam es mir so vor, als lebte ich in der Bronx. Als würde ich nie nach Hause kommen.

Ich lehnte mich an die Wand der Fahrstuhlkabine. Normalerweise hätte ich die Treppe genommen, aber ich war nicht nur körperlich erschöpft, sondern auch geistig ausgelaugt. Ich musste mich dringend ausweinen, hatte aber keine Lust auf die Folgen, die geschwollenen Augen und den wunden Hals.

Der Fahrstuhl pingte, und die Türen glitten auseinander.

»Fuck«, sagte ich.

Dort stand Rachel.

Fährt der Aufzug direkt in die Hölle?

»Hallo«, sagte sie.

Ich trat aus dem Fahrstuhl und erwartete, dass sie einsteigen und fahren würde. Stattdessen stand sie einfach da, und die Türen des Fahrstuhls schlossen sich.

»Wie geht's dir?«, fragte sie.

Es klang wie eine unschuldige Frage, aber ich wusste es besser.

»Bestens«, antwortete ich.

Es wäre wahrscheinlich überzeugender gewesen, wenn meine Stimme nicht versagt hätte.

Rachel lächelte selbstgefällig.

»Ich hoffe, du genießt deine Zeit bei der Produktion«, sagte sie.

In ihren Worten lag ein bedrohlicher Ton. Offensichtlich wollte sie mir etwas sagen, und ich wollte sie nicht daran hindern, also schwieg ich.

»Wobei ich gehört habe, dass du mit ein paar Nummern Schwierigkeiten hast.« Sie betrachtete ihre Fingernägel.

Ich wusste nicht, woher sie diese Information hatte, aber ich konnte es mir denken.

»Ich hab die Choreografie gesehen«, fuhr Rachel fort. »Sie ist nicht so schwer. Ich kann dir helfen, wenn du willst.«

»Nein, danke«, knurrte ich.

Sie zuckte mit den Schultern. »Vermutlich spielt es keine Rolle«, sagte sie. »Es sind ja nur Proben. Bis zu den Testaufführungen kann sich noch einiges ändern.«

Ich verschränkte die Arme.

»Und, nun ja, der Broadway ist eine ganz andere Geschichte«, redete Rachel weiter. »Aber damit kennst du dich vermutlich nicht aus, oder?«

»Hilf mir auf die Sprünge«, sagte ich. »In wie vielen Broadway-Shows hast *du* noch mal mitgespielt?«

Ihre Wangen wurden tiefrot. Es war keine Schande, im Chor mitzusingen oder eine Solokünstlerin zu sein – ich wusste, dass Rachel beides gemacht hatte. Aber ich wusste auch, dass sie gerade unter die Gürtellinie gezielt hatte. Es schien nur fair zu sein, dass ich dasselbe tat.

Seltsamerweise fühlte ich mich dadurch aber nicht besser. Hatte das mit dem Erwachsensein zu tun? Oder war ich tatsächlich *so* müde?

»Es gibt für alles ein erstes Mal«, sagte Rachel.

Ich hatte genug von diesem blöden Katz-und-Maus-Spiel. »Was machst du hier, Rachel?«

New York war eine kleine Stadt, aber so klein nun auch wieder nicht. Sie war eindeutig aus einem bestimmten Grund hier. Genau wie bei dem Vorsingen.

»Ach, ich hole nur meinen Süßen zum Abendessen ab«, sagte sie. »Er hält mich über die Show … und den Cast auf dem Laufenden.«

Ich mochte keine Überraschungen, und diese hier war ein echter Knaller. »Na, ist das nicht schön«, sagte ich. Verdammter Cal.

Es war eine Sache, dass er mit Rachel zusammen war – zweifellos hatte er es geheim gehalten, weil Harriet genauso enttäuscht gewesen wäre –, aber es war etwas ganz anderes, dass er ihr Einzelheiten von der Produktion erzählte.

Ich konnte mir ihr Bettgeflüster nur allzu gut vorstellen.

»Er sagt mir immer, ich soll meine Tanzschuhe bereithalten.« Rachel hielt inne und warf mir einen künstlich besorgten Blick zu. »Es ist komisch, wie Karma funktioniert.«

Ich atmete tief durch die Nase ein. »Im Ernst?«, fragte ich.

Sie zuckte mit den Schultern. »Ich hätte nicht gedacht, dass ich so lange warten muss, aber *c'est la vie.*«

»Gibst du mir immer noch die Schuld an dem, was im Camp passiert ist? Als wir noch Kinder waren?«

»Ach, komm schon«, sagte Rachel. »Gib einfach zu, dass du es warst.«

»Das würde ich. Wenn es stimmen würde.«

Rachel schnalzte missbilligend mit der Zunge. »Traurig. Das ganze Leugnen.«

»Du hast selbst die Regeln gebrochen«, sagte ich.

»Wie man in den Wald hineinruft, so schallt es heraus«, erwiderte Rachel.

Ich hatte genug. »Ich gehe jetzt.«

»Immer ein Vergnügen«, sagte sie. »Bis dann.«

Draußen war es etwas kühl, aber nicht das Wetter ließ mich frösteln. Ich ging zur U-Bahn-Station, während mein Gehirn auf Hochtouren lief und versuchte, die neuen Informationen zu verarbeiten.

»Wir sind im selben Team«, hatte Cal gesagt. Von wegen. Ich kam mir dumm vor. Ich hätte es besser wissen müssen. Zweifellos hatte Cal jetzt, da ich mich auf die weniger komplizierten Schritte eingelassen hatte, den Beweis dafür, dass ich versagte. Er könnte Rachel ins Boot holen, sie die Choreografie einstudieren lassen, und schon wäre ich raus und sie drin.

Sie könnte ihre fehlgeleiteten Rachegefühle befriedigen, und Cal würde meine Karriere zerstören. Wieder einmal.

Na schön.

Scheiß drauf.

Scheiß auf Cals Intrigen hinter den Kulissen. Scheiß auf seine »Ich bin nicht wie andere Regisseure«-Masche. Scheiß auf unseren Waffenstillstand.

Ich kochte innerlich. Das ganze Abendessen hindurch. Während meines Bads. Ich ging ins Bett, kippte einen Haschdrink runter und schaute mir in der Hoffnung, dass es mich beruhigen würde, YouTube-Clips von Jinkx Monsoon an.

Das tat es nicht.

Wenn überhaupt, machte mich die Kombination aus Cannabis und der Flasche Wein, die ich anschließend öffnete, nur noch wütender.

Cal hatte nie beabsichtigt, dass ich mit der Show an den

Broadway ging. Er hatte mich beim Vorsingen gedemütigt und es mit seinem Songwunsch zu sabotieren versucht, und jetzt versuchte er, mich mit seinem Choreografie-Mist auszubooten. Er wollte mich rausdrängen und durch Rachel James ersetzen.

In meinem Hinterkopf meldete sich die Stimme der Vernunft. Das würde Harriet niemals zulassen. Rachel war eine Lügnerin, die sich rächen wollte. Ich hatte einfach einen schlechten Tag, musste mich nur mal ausschlafen und dann neu anfangen.

Leider brachte das letzte Glas Wein die Stimme der Vernunft fast völlig zum Schweigen. Ich hörte nur noch die Stimmen der Wut und Rache. Sie waren sehr laut. Und sehr hartnäckig.

Als ich zum Handy griff und seine Nummer wählte, wusste ich nicht einmal, wie spät es war.

»Kathleen?« Cal klang verschlafen. »Es ist zwei Uhr nachts.«

»Oh, sorry«, sagte ich. »Habe ich dich und Rachel aufgeweckt?«

Der Gedanke, dass sie neben ihm schlief … die Arme um ihn gelegt … seine um sie …

»Wovon redest du?«

»Das spielt keine Rolle«, sagte ich. »Hör zu. Ich werde dir den Abend versüßen, okay?«

»Kathleen …«

»Ich bin raus.«

Es folgte lange Stille.

»Wie bitte?« Jetzt klang er hellwach.

Gut.

Ich hingegen fühlte mich etwas benebelt, aber das machte nichts. Ich hatte diesen Zug in Bewegung gesetzt. Es war an der Zeit, ihn über die Klippe zu jagen.

»Ich sagte, ich bin raus.«

»Du machst Witze«, sagte er.

»Nope. Und gern geschehen, okay? Ich weiß, was du gemacht hast. Ich kenne deinen Plan. Ich werde es dir leicht machen. Ich bin raus. Ich bin fertig. Ich bin so verdammt fertig. Du kannst die Show haben, die du willst, die Besetzung, die du willst, alles. Ich mache den Weg frei, denn lieber bringe ich Kindern ohne Rhythmusgefühl und mit zwei linken Füßen das Tanzen bei, als mich einen weiteren Tag von dir kritisieren zu lassen.«

Ich hörte mich verrückt an. Das war mir klar. Aber das war mir egal. Mir war alles egal, Hauptsache, ich konnte Cal wehtun.

»Ich lege jetzt auf«, sagte Cal. »Du bist eindeutig verrückt geworden, und um unser beider willen werde ich so tun, als hätte dieses Gespräch nie stattgefunden.«

»Ich bin *fertig*!«, schrie ich. »Ich gehe nicht nach Rhode Island. Ich gehe nicht an den Broadway. Weck Rachel und sag ihr, dass sie gewinnt. Sie gewinnt.«

»Du bist verrückt«, sagte Cal. »Und betrunken oder high oder was auch immer.«

»Das ist nicht der Punkt«, sagte ich.

Er stöhnte. »Gute Nacht, Kathleen.«

»Fick dich, Cal«, sagte ich, aber er hatte bereits aufgelegt.

Kapitel 15

Ich wachte mit heftigen Kopfschmerzen auf. Und weil jemand gegen die Tür hämmerte. Ich brauchte nicht erst durch den Türspion zu schauen, um zu wissen, wer es war.

»Ich hoffe, du bist krank, Kathleen«, sagte Cal auf der anderen Seite. »Ich hoffe, du hast eine Lebensmittelvergiftung oder eine Magen-Darm-Grippe und musst dich übergeben und bist im Delirium, denn das ist der einzige akzeptable Grund, mich mitten in der Nacht anzurufen und mir zu sagen, dass du aussteigst.«

Tu es, sagte ich mir. *Sag ihm, du hättest ein schlechtes Sandwich gegessen. Sag ihm, dass du dich nicht mal mehr an die letzte Nacht erinnern kannst. Sag ihm, was er hören will.*

Und das hätte ich auch getan. Doch dann hörte ich ihn durch die Tür sagen: »Ich wusste es. Ich wusste, dass es ein Fehler war. Verdammt noch mal!«

Ich riss die Tür auf.

Cal warf mir einen langen, prüfenden Blick zu. »Nicht im Delirium«, stellte er fest. »Nicht krank.«

»Ich rede nicht mit dir«, sagte ich.

Doch bevor ich die Tür wieder zuschlagen konnte, drückte er sie mit der flachen Hand ganz auf und kam herein.

»Ich mache die Show nicht«, sagte ich, holte bildlich gesprochen den Spaten heraus und schaufelte mich noch tiefer in mein selbstzerstörerisches Loch.

»Einen Scheiß wirst du«, entgegnete er. »Du hast einen Vertrag unterschrieben.«

»Verschwinde.«

»Das darfst du nicht tun, Kathleen«, sagte er. Langsam. Ruhig. Als würde er mit einem Kind sprechen.

»Ich kündige«, sagte ich und knallte die Tür zu, weil ich irgendetwas zuschlagen musste, auch wenn er noch auf der falschen Seite der Tür stand. »Du kannst mich zu nichts zwingen.«

Er seufzte. Lang und langsam.

»Doch, das kann ich«, widersprach er. »Hast du den Vertrag gelesen, bevor du ihn unterschrieben hast?«

Mein Gesicht – und meine Wut – brannten.

»Natürlich habe ich den Vertrag gelesen«, sagte ich. »Ich bin doch keine verdammte Idiotin.«

»Dann weißt du ja, dass du nicht einfach aussteigen kannst.«

»Was willst du denn machen?«, spottete ich. »Mich über deine Schulter werfen und mich zurück in den Proberaum schleppen?«

»Provozier mich nicht«, warnte er.

Es hätte nicht so heiß sein dürfen. Wir stritten uns. Ich war wütend auf ihn. Weil er mich dazu gebracht hatte mitzumachen. Wegen Rachel James. Weil er mich hatte glauben lassen, dass ich gut genug sei.

Und doch.

Sein verdammtes Parfüm. Es war gut. Sehr gut.

Ich legte meine Hände auf seine Brust und schob ihn zurück. Er ließ mich gewähren.

»Was ist passiert?«, fragte er in sanfterem Ton. »Was ist denn los?«

Ich hasste das Mitleid in seiner Stimme. Diesen vorsichtigen, rücksichtsvollen Ton, als wäre ich ein armes, verlorenes kleines Mädchen. Als Katee Rose hatte ich ihn oft gehört, insbesondere in den letzten Monaten, als niemand verstand, warum ich nicht einfach tat, was man mir sagte. Warum ich nicht konnte.

Aber das waren dieselben Leute, die meinten, wenn ich mich entschuldigte, wenn ich Ryan anflehte, mich zurückzunehmen, wenn ich mich der Presse auslieferte, würde alles gut werden. Stattdessen wurde ich auf dem Altar der öffentlichen Meinung geopfert und von denselben Leuten, die gesagt hatten, sie würden mich beschützen, dem Tod überlassen. Die gesagt hatten, dass alles gut werden würde.

Die gesagt hatten, dass sie mich liebten.

»Ich habe eine alte Freundin von dir getroffen«, sagte ich.

Cals Gesichtsausdruck wechselte von mitfühlend zu wachsam. Dann begriff er.

»Ich schwöre bei Gott …«, sagte er. Ich konnte sehen, wie Cal die Zähne zusammenbiss und sich die Muskeln in seinem Kiefer anspannten.

»O nein«, sagte ich. »Du bist es nicht, dem hier übel mitgespielt wurde.«

»Das ist doch lächerlich«, sagte er. »Du kannst doch nicht glauben ...«

»Du hast mich angelogen, Cal«, sagte ich.

Er sah auf. »Das habe ich nicht.«

»Du hast gesagt, ich sei die Einzige, die du für die Rolle in Betracht gezogen hättest«, sagte ich.

»Und das ist die Wahrheit.«

»Aber sie hat behauptet ...«

»Es ist mir egal, was sie behauptet hat!«, rief Cal. »Es ist mir egal. Sie ist eifersüchtig und auf Krawall aus und eine *Schauspielerin.* Du hingegen bist ...«

»Vermutlich keine Schauspielerin.«

Er stöhnte auf. »Du bist eine verdammte Diva, so viel ist klar.«

Ich knurrte ihn an.

»Fang gar nicht erst an«, sagte er und zeigte mit dem Finger auf mich. »Du verhältst dich unprofessionell, und das weißt du auch. Du kannst nicht einfach so aus den Proben aussteigen. Nimmst du denn gar keine Rücksicht auf deine Kolleginnen oder auf mich?«

»Es tut mir sehr leid, Mr Regisseur.«

»Und was ist mit Harriet?«, fragte er. »Hast du mal an sie gedacht?«

Das hatte ich nicht. Aber selbst meine Scham reichte nicht aus, um mich zu beruhigen.

»Das ist unter deiner Würde«, sagte er.

»Ich hab gehört, dass du deine Hauptdarstellerinnen

gern so hast«, sagte ich. »Unter dir.« Ich konnte nicht anders.

»Willst du mich verarschen?« Seine Stimme war leise. Gefährlich.

Ich richtete mich zu voller Größe auf. »Stimmt es etwa nicht?«

Er starrte mich an, und ich konnte sehen, dass er in Gedanken bis zehn zählte. Er versuchte, sich zu beruhigen, aber das wollte ich nicht zulassen. Ich wollte einen Kampf. Einen Kampf, ohne jede Rücksichtnahme und ohne Boxhandschuhe, bei dem es um alles oder nichts ging.

Denn darauf war doch alles hinausgelaufen.

»Sie hat eindeutig über dich gesprochen, als ob sie Bescheid wüsste«, sagte ich.

»Nein«, erwiderte Cal.

»Nein, du hast nicht mit ihr geschlafen?«

»Nein, da läuft nichts«, erklärte er.

Er leugnete es, aber damit hatte ich gerechnet. Er versuchte zu gehen, aber so ließ ich mich nicht abspeisen.

»Das ist ein toller Zug an dir«, sagte ich. »Typisch Cal. Einfach zu verschwinden, wenn es schwierig wird. Wenn es kompliziert wird.«

Er blieb stehen, die Schulter bis zu den Ohren hochgezogen. »Willst du das wirklich hören, Kathleen?«, fragte er.

»Ja, wirklich.«

»Gut«, sagte er mit leiser Stimme und baute sich vor mir auf. »Du benimmst dich wie eine verwöhnte kleine Zicke. Du bist unhöflich, du bist respektlos und du hast eine Scheißangst.«

»Ich habe keine Angst«, sagte ich.

Aber er hatte recht. Er hatte völlig recht.

»Das ist unsere Chance«, fuhr er fort. »Das wollte ich – wollten *wir* – schon als Kinder. An den Broadway. *Broadway.* Und ich will es mit dir machen. Weil ich glaube, dass du verdammt gut in dieser Rolle bist. Ich finde dich talentiert und klug und gut. Einfach richtig gut.« Er sah mich an. »Aber so eine Nummer kannst du nicht abziehen«, sagte er. »Mich mitten in der Nacht anrufen. Damit drohen, dass du aussteigst.«

Selbst seine Komplimente schafften es nicht, durch meine Wut zu mir durchzudringen – und konnten meinen Drang, mich ihm bis zur Selbstzerstörung zu widersetzen, nicht unterdrücken.

»Wer sagt, dass es eine Drohung war?«

»Verdammt noch mal, Kathleen«, explodierte er. »Das ist kein verdammtes Spiel!«

Seine Wut überraschte mich – und ließ mich zurückschrecken –, denn Cal verlor sonst nie die Beherrschung. Ich hatte ihn bei den Proben erlebt, hatte gesehen, wie er sich beim täglichen Frust im Umgang mit den Schauspielern verhielt. Nichts schien ihn jemals aus der Ruhe zu bringen.

Nichts, nur ich.

Es war mir eine Genugtuung, dass etwas von dieser Ruhe abblätterte. Denn so gut und geladen sich meine eigene Wut auch anfühlte, es war schon einiges nötig, um jemand so Besonnenen wie Cal auf mein chaotisches, durchgeknalltes Niveau herunterzubringen.

»Ich weiß, dass das kein Spiel ist«, sagte ich.

»Warum verhältst du dich dann so?«, wollte er wissen. »Ich weiß, so bist du nicht.«

»Du kennst mich nicht, Cal«, sagte ich.

Er fuhr sich mit der Hand durchs Haar und stöhnte frustriert auf.

»Weißt du«, sagte er. »Ich wünschte, es wäre so.«

Eine Ohrfeige hätte dieselbe Wirkung gehabt.

»Du musst verdammt noch mal erwachsen werden«, sagte er. »Du bist jetzt Teil eines Teams und musst dich auch so verhalten. Hier geht es nicht nur um dich und *deine* Träume. Du musst auch an die anderen denken.«

Das war ein Tiefschlag.

»Leck mich, Cal.«

»Geht es hier um das, was passiert ist?«, fragte er. »Zwischen uns? Ich muss dir nämlich sagen, dass ich darüber hinweg bin. Ich habe es überwunden. Und das solltest du auch tun.«

Er griff hinter mir nach der Tür, aber ich hielt ihn auf.

»*Du* bist darüber hinweg?«, fragte ich. »Du kannst doch nicht das meinen, was ich gerade denke, das du meinst.«

Wehe ihm, falls doch.

»Du weißt, wovon ich spreche«, sagte er. »Stell dich nicht dumm.«

Ich holte tief Luft.

»Warum erklärst du es mir nicht?« Ich rückte näher an ihn heran. »Denn du sprichst doch bestimmt nicht von dem, was vor all den Jahren passiert ist. Du sagst mir doch bestimmt nicht, dass *ich* darüber hinwegkommen soll.

Vergiss nicht, dass du es wolltest. Du hast praktisch darum gebettelt, *Professor.*«

Mit dem alten Spitznamen kriegte ich ihn. Er beugte sich vor, kniff die Augen zusammen und blähte die Nasenflügel.

»Ich bin mir sicher, dass *ich* nicht derjenige war, der gebettelt hat«, sagte er.

Pures Verlangen durchströmte meinen Körper – lustvoll und intensiv. Und ich wusste, dass er es spürte. Es lag ein Knistern in der Luft, so wie vor einem Gewitter. Jedes Haar meines Körpers richtete sich auf, als wäre ich schwerelos.

Cal sah zu, wie ich mir über die Lippen leckte.

»Ich habe keine Lust, mich mit dir darüber zu streiten«, sagte er schließlich.

Ich hatte keine Angst. Selbst wenn ihm die Nerven durchgingen, war er immer noch Cal. Und ich wusste genau, wie ich mit ihm umgehen musste. Oder wie ich ihn aus der Fassung bringen konnte.

»Entweder erscheinst du fit auf der Matte, oder du erscheinst gar nicht mehr«, sagte er.

»Hattest du nicht gesagt, ich könnte nicht aussteigen?«

Er kam näher und drückte mich gegen die Tür. Immer wieder glitt sein Blick zu meinem Mund, sein Brustkorb hob sich schwer mit jedem Atemzug. Mir klopfte das Herz bis zum Hals.

»Das kannst du auch nicht«, erwiderte er. »Aber ich kann dich verdammt noch mal feuern.«

Wir standen praktisch Nase an Nase. Der Geruch seines Parfüms war überwältigend. Berauschend. Ich wollte mich an ihn schmiegen. Wollte mich in seinem Duft verlieren. In ihm.

»Das würdest du nicht wagen«, sagte ich.

»Wetten, doch?«

Ich wusste nicht, wer sich zuerst bewegte, aber meine Hand lag in seinem Nacken und sein Arm um meine Taille und dann fanden sich unweigerlich unsere Lippen.

Kapitel 16

Es war lange her, dass ich Calvin Kirby geküsst hatte.

Vor all den Jahren war es das reinste Chaos gewesen. Hände, Lippen, Zungen. Keiner von uns hatte schon richtig gelernt, wie wir all das bestmöglich nutzen konnten, und das Ergebnis war … nun ja, was es eben war.

Aber das hier? Das war etwas völlig anderes. Etwas völlig Neues. Es war *alles.*

Ich gab mich ihm ganz und gar hin und zog ihn an mich, als könnte ich ihn verschlingen – unsere Zungen trafen sich, unser warmer Atem. Jeder Kuss dauerte so lang wie ein Herzschlag, wir trennten uns nur, um uns wieder zu finden.

Er strich durch mein Haar, umfasste mein Gesicht. Und das war Cal, diese Sanftheit hinter allem anderen. Als ich jung war, hatte ich seine sanfte Art nicht zu schätzen gewusst, hatte nicht geahnt, wie selten so etwas war. Doch jetzt genoss ich sie und wie es sich anfühlte, wenn sie mit meinem ungezügelten Verlangen zusammenspielte.

Ich grub meine Fingernägel in seine Schultern, fuhr mit ihnen über seine Brust, dann umfasste ich sein Gesäß und zog ihn an mich. Cal drängte mich mit dem Rücken an die Tür, aber ich wollte ihn noch näher spüren. Ich brauchte mehr. Mehr. *Mehr.*

Er küsste meinen Hals, und ich dankte den Geliebten, die er in der Zwischenzeit gehabt hatte. Denn das hier war kein unsicherer Junge mehr, der unbeholfen herumfummelte und sich kaum beherrschen konnte.

Das hier war ein Mann.

Es war Cal, und er wusste, was er wollte.

Mich.

Ich zwang seinen Mund zurück auf meine Lippen, wollte ihn schmecken, wollte ihn küssen, bis er verstand. Bis er es wusste.

Aber bevor ich dazu kam, wich er schon einen Schritt zurück und war bereits auf dem Rückzug. Er stand vor mir, und ich legte die Hände flach an die Tür. Er blickte auf den Boden, die Hände auf die Hüften gestemmt, seine Schultern hoben und senkten sich mit jedem schweren Atemzug. Die Stille zwischen uns schien sich ewig auszudehnen.

»Fuck«, sagte Cal, fuhr sich mit der Hand durchs Haar, nach hinten und dann wieder nach vorn, wodurch es etwas albern hochstand. »Was zum Teufel war das?«

»Ich habe keine Ahnung«, sagte ich, wusste es aber genau. »Ich verachte dich.«

»Das Gefühl beruht auf Gegenseitigkeit.«

Wir waren beide schreckliche Lügner.

»Das können wir nicht machen«, sagte er.

»*Du* hast *mich* geküsst«, konterte ich.

Eigentlich wusste ich gar nicht, ob das stimmte, aber an dem, was gerade passiert war, hatten wir beide unseren Anteil. Es war nicht meine Schuld. Diesmal nicht.

»Fuck«, sagte er wieder. »Ich *weiß*.«

Er brachte sein Haar nun völlig durcheinander, und ich hätte gern meine Hand auf seine gelegt, aber ich war mir nicht sicher, was er tun würde, wenn ich ihn jetzt berührte. Wahrscheinlich würde er mich wieder küssen.

Ich hob einen Arm, doch er wich einen Schritt zurück.

»Nein«, sagte er.

Ich starrte ihn wütend an und versuchte, nicht verletzt zu sein. Beinahe wäre es mir gelungen.

»Es tut mir leid«, sagte er.

»Bitte hör auf. Das ist schon peinlich genug, okay?«

»Es tut mir leid.«

»Cal!«

Ich spürte, dass er es noch einmal sagen wollte, und starrte ihn so eindringlich an, dass er den Mund hielt und mir ein verlegenes Lächeln schenkte.

»Okay«, sagte Cal. »Okay. Also, ich gehe dann mal.«

»Okay.«

Ich machte den Weg zur Tür frei und achtete darauf, genügend Abstand zwischen uns zu halten. Ich hatte das Gefühl, wenn ich auch nur mit dem Ellbogen seinen Arm berührte, würden wir, ehe wir es uns versahen, nackt auf dem Boden liegen.

Er öffnete die Tür und blieb stehen. »Probe«, sagte er. »Um zehn.«

»Ich werde da sein«, versprach ich.

Er schenkte mir ein schwaches Lächeln. »Gut«, sagte er. Vorsichtig tippte er mit den Fingern an die Tür. Ich überlegte noch einmal, ihm die Haare glatt zu streichen, ihn nicht in die Welt hinausgehen zu lassen, wenn er aussah, als wäre er verprügelt worden.

»Um zehn«, sagte ich.

Er nickte.

»Geh.«

Wieder nickte er, und dieses Mal trat er auf die Treppe vor meinem Haus.

»Kathleen?«

»Hmm?«

»Es war immer deine Rolle«, sagte er. »Immer.«

Konfrontation

Ich habe kein Solo bekommen und noch nicht einmal ein Duett.

»Es tut mir leid«, sagte Harriet. »Die Konkurrenz war dieses Jahr ziemlich hart.«

Die ganze Zeit starrte ich auf die Besetzungsliste, als ob mein Name wie durch ein Wunder plötzlich ganz oben erscheinen würde, statt ganz unten, wo der Rest von uns Frauen in den Chor abgeschoben wurde.

Es war schwer, nicht das Gefühl zu bekommen, als würden sich alle meine Pläne in Luft auflösen. Wenn ich kein Solo oder ein Duett bekam, konnte ich bei der Aufführung unter keinen Umständen die Aufmerksamkeit der Talentscouts erregen. Und wenn ich sie nicht auf mich aufmerksam machte, war es aus. Unter keinen Umständen würde ich meine Eltern dazu bringen können, mich nächstes Jahr wieder herzuschicken. Sie hielten dieses Experiment ohnehin schon für Zeit- und Geldverschwendung.

Ich verdrängte das Gefühl, dass ich unfair behandelt wurde. Das Leben war unfair, und das Showgeschäft erst recht. Deshalb bekam jemand wie Rachel James, die gemein war und mit einer goldenen Stimme gesegnet, nicht nur das Solo am Ende der Aufführung, sondern auch noch das Duett mit Cal

Kirby, meinem Traumbariton. Wir hätten so gut zusammen geklungen.

Wenigstens war ich mit Harriet im Chor. Untergehakt gingen wir zurück zu unserer Unterkunft. Ich spürte, dass Harriet weniger enttäuscht war.

»Dann haben wir wenigstens Zeit für andere Dinge«, sagte sie. »Rachel wird jeden Tag drinnen bleiben und proben müssen.«

»Ja«, sagte ich, auch wenn ich genau das liebend gern getan hätte.

Wir bogen um die Ecke und begegneten Rachel und den älteren Mädchen. Sie saßen auf den Stufen vor ihrem Haus und ließen eine Wasserflasche kreisen.

»Ach, seht mal«, sagte Rachel. »Da ist ja der Chor.« Ihr Lachen klang wie ein Hochfrequenz-Gackern, und ich spürte, wie sich Harriets Arm anspannte.

»Wie viele Sommer kommst du schon her?« Rachel stieg die Treppe zu uns herunter. Oder zu Harriet. Sie beachtete mich kaum. »Hast du schon mal ein Solo bekommen?«

Harriet hielt den Kopf gesenkt und sagte nichts.

»Das ist allmählich ziemlich erbärmlich«, sagte Rachel. »Findest du nicht auch?«

Ihre Freundinnen lachten, und Rachel nahm einen großen Schluck aus der Wasserflasche. Da sie so nah bei uns stand, stellte ich fest, dass es sich nicht um Wasser handelte. Sie roch nach Wodka und schwankte. Sie war sechzehn.

»Ich an deiner Stelle«, fuhr Rachel fort, »würde ja aufgeben. Das wäre klug. Aber …« Sie kicherte wieder. »Du bist nicht klug, stimmt's?«

Sie hob die Wasserflasche an, als wollte sie Harriet den Inhalt über den Kopf schütten.

»Halt!«, rief ich und streckte die Hand aus.

Ich berührte Rachels Arm, und die Wasserflasche flog durch die Luft und verteilte den Wodka über uns allen.

Es folgte tödliche Stille.

Rachel sah mich an, dann auf die Flasche, die jetzt im Dreck lag und deren Inhalt in einem traurigen kleinen Strom im Boden versickerte. Ich roch den Alkohol auf meiner Haut und in meinem Haar.

»Was zum Teufel«, fluchte Rachel.

»Ich kann nicht glauben, dass du das getan hast«, sagte eine ihrer Freundinnen.

»Ich wollte es ja auch gar nicht tun«, sagte Rachel mit bösem Lächeln. »Ich würde das Zeug doch nicht an jemanden wie Harriet verschwenden.«

»Fick dich«, sagte ich.

Ich hatte diese Worte noch nie laut ausgesprochen. Es fühlte sich gut an. Stark.

Rachel kniff die Augen zusammen und beugte sich dicht vor mein Gesicht. Bei dem Geruch ihres Atems brannten meine Augen.

»Du bist genau wie die anderen«, sagte sie. »Du bist nur eifersüchtig.«

Da hatte sie nicht ganz unrecht, aber ich antwortete nicht.

»Komm schon, Kathleen.« Harriet zog mich am Arm »Lass uns gehen.«

»Ja, Kathleen«, spottete Rachel. »Lauf nur weg.«

Ich wollte nicht, aber ich wusste auch nicht, was ich sonst tun sollte. Wenigstens hatte ich ihr den Abend verdorben, so wie sie ihn Harriet und mir verdorben hatte. Den Wodka konnte sie vergessen.

Harriet schaffte es, mich fortzuziehen, aber ich drehte mich unwillkürlich noch einmal nach Rachel und ihren Freundinnen um, die wie Hyänen lachten, und wünschte, sie würde bekommen, was sie verdiente.

Jetzt

Kapitel 17

Es gab nur einen Ort in New York, der sich perfekt für die Abschlussfeier einer erfolgreichen Probenzeit eignete. Eine winzige Kellerbar mit niedriger Holzdecke, die mit Lichterketten geschmückt war und in der an einer Wand ein Klavier stand.

»Wie fühlt es sich an?«, fragte ich Harriet und reichte ihr einen Wodka-Cranberry mit Strohhalm.

Sie sah sich im Marie's Crisis um. »Es fühlt sich an, als würde ich nach Hause kommen«, sagte sie.

»Auf die siegreiche Heldin.« Ich hob meinen Plastikbecher, und wir stießen an.

Bevor ich so richtig berühmt wurde, hatten Harriet und ich uns zwischen den Staffeln von *Show N Tell* freitagabends mit gefälschten Ausweisen in die Pianobar geschlichen und zusammen mit den anderen Gästen Musicalsongs gesungen. Während und nach dem College haute Harriet hier spätabends in die Tasten, nahm Wünsche entgegen und verfeinerte ihre Spielkünste.

»Du solltest dich ans Klavier setzen«, sagte ich. »Um der alten Zeiten willen.«

Harriet schüttelte den Kopf. »Heute Abend feiere ich«, antwortete sie. »Ich arbeite nicht.«

Irgendetwas stimmte nicht zwischen uns, auch wenn ich nicht genau sagen konnte, was. Oberflächlich betrachtet schien alles in Ordnung zu sein, wir waren beste Freundinnen, das war klar. Aber in Momenten wie diesem, wenn wir nur zu zweit waren, konnte ich spüren, dass zwischen uns etwas hakte. Es war subtil und verwirrend.

In den letzten Wochen waren wir beide sehr beschäftigt gewesen und konnten anscheinend über nichts anderes mehr reden als über die Show.

»Ihr wart großartig«, sagte Harriet. »Alle haben über die Nummer am Ende des ersten Aktes gesprochen.«

Die mit der überarbeiteten Choreografie.

»Ich bin nur froh, dass wir sie fehlerfrei hinter uns gebracht haben«, sagte ich.

Harriet nickte.

Bei ihrer Reaktion zog sich auf seltsame Weise mein Magen zusammen. Es war in Ordnung – auf den ersten Blick zumindest –, aber wir waren seit über zwanzig Jahren befreundet. Wir hatten gerade die Proben für ihr erstes Musical beendet. In einer Woche würden wir zu Testaufführungen außerhalb der Stadt aufbrechen. Es war sehr gut möglich, dass sich unser Leben verändern würde. Und Harriet konnte mir kaum in die Augen sehen.

»Es wird seltsam«, sagte ich. »Nicht mehr in das Probenstudio zu gehen.«

Sie ging nicht darauf ein, sondern winkte stattdessen Cal zu, der gerade angekommen war.

»Gratulation«, sagte er. »Tolle Leistung.«

»Danke«, erwiderte ich.

Gern hätte ich das Lob genossen, aber Harriets Kälte irritierte mich. Hinzu kam, dass zwischen Cal und mir seit dem Kuss alles extrem verkrampft und peinlich war. Seit dem Kuss, an den ich ganz bestimmt nicht ständig dachte.

Wir drei standen einfach nur da. Es war noch unangenehmer als bei dem ersten Mittagessen, bei dem ich abwechselnd weinen und Cal meinen Drink ins Gesicht hatte schütten wollen.

»Was sagt das Geld?«, fragte ich.

Cal legte fragend den Kopf schief.

»Die Produzenten«, erläuterte ich.

»Ah«, sagte er. »Sie sind erfreut. Sehr zufrieden.«

»Mit allem?«, hakte ich nach.

Cal warf mir einen Blick zu. »Mit allem«, bestätigte er.

»Wollen sie gar keine Änderungen?«, fragte ich.

Da horchte Harriet auf. »Änderungen?«, fragte sie.

Cal schüttelte den Kopf. »Keine Änderungen«, sagte er. »Noch bin ich der Regisseur.«

»Wovon redet ihr?«, fragte Harriet. »Hab ich etwas verpasst?«

»Nein«, sagten Cal und ich gleichzeitig.

Es war offensichtlich, dass Harriet uns nicht glaubte. Ich trank einen Schluck von meinem Wodka-Cranberry.

»Ich besorge mir etwas zu trinken«, sagte Harriet.

Sie hatte zwar noch den Drink, den ich ihr gegeben hatte, aber ich hielt sie nicht auf, als sie wegging.

»Was soll das?«, fragte Cal.

»Ich?«

Er seufzte. »Harriet ist schon gestresst genug wegen der Show«, erklärte er. »Und jetzt hast du es so aussehen lassen, als würden wir heimlich hinter ihrem Rücken reden.«

»Sie ist gestresst wegen der Show?«

Das war mir neu. Und Cal war offenbar ebenso überrascht, dass ich das nicht wusste.

»Ich dachte, ihr zwei seid dicke Freundinnen«, sagte er.

»Das sind wir auch.«

»Also, stress sie nicht, okay?«, sagte Cal.

Ich war gereizt. Es war meine Aufgabe, dafür zu sorgen, dass es Harriet gut ging, nicht Cals. Zudem bestätigte es meine Befürchtung, dass Harriet mir etwas verschwieg. Soweit ich wusste, war sie mit den Fortschritten der Show äußerst zufrieden. Was beunruhigte sie also?

Der Pianist stimmte eine Runde »Wouldn't It Be Loverly« an, und bald sang die ganze Bar mit. Es war schwer, etwas zu hören oder gehört zu werden, also musste ich mich näher zu Cal lehnen.

»Was ist mit mir?«, fragte ich.

Hm. Dieses Parfüm.

»Wie, was soll mit dir sein?«

»Hast du keine Angst, mich zu stressen?«

Cal zog die Augenbrauen hoch. »Nicht besonders.«

Wir standen sehr nahe beieinander. Mein Kinn war praktisch auf seiner Schulter, mein Mund nur Zentimeter von seinem Ohr entfernt.

Cal drehte sich zu mir um, und ich musste einen Schritt zurücktreten.

»Du erwachst auf der Bühne zum Leben«, sagte er. »So etwas habe ich noch nie erlebt.«

Mein Herz hämmerte, und ich war mir sicher, dass ich es über die Musik hinweg hören konnte.

»Dieses Musical wird dich zum Star machen«, sagte er. »Wenn du es zulässt.«

Ich konnte mich nicht daran erinnern, wann das letzte Mal jemand so viel Vertrauen in mich gesetzt hatte.

»Aber die Choreografie …«

Ich konnte nicht anders. Welchen Sinn hatte es, Künstlerin zu sein, wenn man nicht auch seine ärgste Kritikerin war?

»Das spielt keine Rolle«, antwortete Cal. »Es ist ein Song. Ein oder zwei Schritte. Das Musical ist großartig. Du bist großartig. Es wird niemanden interessieren, ob du drei oder zwei Schritte machst. Sie werden kommen, um dich zu sehen, und du wirst sie umhauen.«

Meine Kehle fühlte sich trocken an.

»Okay«, sagte ich. »Danke.«

Er warf mir einen Blick zu.

»Was ist?«

»Nichts«, sagte er. »Ich kann mich nur nicht erinnern, wann du das letzte Mal ein Kompliment von mir angenommen hast.«

Ich sah ihn finster an. »Fordere dein Glück nicht heraus.«

»Das ist die Kathleen, die ich kenne. Wir sehen uns in Rhode Island.«

Ich salutierte. »Ja, Mr Regisseur.«

Damals

Kapitel 18

»Das ist der beste Geburtstag aller Zeiten!«, rief LC, als Wyatt sich verbeugte.

Er hatte gerade den Raum mit einer Interpretation von »Somebody to Love« von Queen gerockt und uns alle begeistert, weil er bravourös jede hohe Note traf.

»Shots!« Ryan hob sein Glas und leerte es.

Der Rest von uns tat es ihm gleich. Der Tequila brannte in meiner Kehle, aber das war mir egal. Irgendwie hatte Cal einen privaten Raum in einem Karaokeclub in Irland gefunden, in dem wir feiern und spielen konnten, ohne dass wir von Fans oder Paparazzi behelligt wurden.

Es war absolut himmlisch.

»Wer ist der Nächste?« LC hielt das riesige Songbuch hoch.

Ich hatte schon ein paar Nummern in Katee-Rose-Stimmlage gesungen – aus tiefster Kehle und sehr nasal –, aber ich war bereit loszulassen. So zu singen, wie ich immer singen wollte.

Ich schnappte mir das Buch von LC und blätterte es durch, bis ich die perfekte Wahl gefunden hatte.

»Ich bin dran!« Ich tippte die Nummer ein und wartete auf die Reaktion der anderen.

»O shiiiiiiit«, rief Wyatt, als der Songtitel auf dem Bildschirm erschien.

»O Mann«, stöhnte Ryan. »Ein Musical?«

Er hielt Musicals für langweilig und kitschig und weigerte sich, mit mir hinzugehen. Wenn er sich beklagte, lachte ich darüber, als wäre das ein großer Witz zwischen uns, aber in Wahrheit verletzte es mich, wenn er so etwas sagte. Wenn er etwas herabsetzte, das ich liebte.

Ganz klar, *Cats* war schräg – die Art von Musical, die Broadway-Gegner immer als Beweis dafür anführten, dass wir Musical-Fans totale Freaks waren –, aber ihnen entging die Reinheit dieses Musicals. Ein Lied wie »Memory« zu singen, ließ einen einfach alles fühlen, was man fühlen musste.

Musicals waren so *groß*. Groß und kühn, lustig und ja, auch ein bisschen verrückt. Und ich liebte sie.

Außerdem war dieser Song etwas Besonderes. Wenn ich nicht die Chance bekommen hätte, bei der Vorstellung im Theatercamp aufzutreten, wer weiß, wo ich dann jetzt wäre? Ohne diesen Song hätte ich wahrscheinlich nicht die Chance bekommen, bei *Show N Tell* vorzusingen, und wahrscheinlich hätte ich auch Ryan nicht kennengelernt. Wenn überhaupt, dann sollte er *Cats* verdammt dankbar sein.

Das Lied begann, und ich schloss die Augen und sang mir die Lunge aus dem Leib. Ich traf jede Note. Ich war einfach super.

Als ich endete, war es still im Raum.

Ich öffnete die Augen, bereit, Jubel und Applaus entgegenzunehmen, mit dem jeder andere Auftritt bedacht worden war. Stattdessen sah ich in fassungslose Gesichter.

Der Einzige, der nicht überrascht aussah, war Cal. Alle anderen sahen mich an, als hätte ich mich gehäutet, und ein Alien wäre herausgekrochen.

»Wow«, sagte LC schließlich. »Du hast ja eine tolle Stimme.«

»Eine echt gute Stimme«, bestätigte Mason.

Das hatten sie nicht gewusst.

Ich sah zu Ryan hinüber. Er blinzelte. Auch er hatte es nicht gewusst.

Es war, als würde mir das Herz zusammengedrückt. Ich wusste, dass die Leute über Katee Roses schlechte Stimme redeten. So angespannt und nasal, etwas weinerlich. Aber mein Team wollte, dass ich so sang. Marilyn Monroe – wenn sie ein Popstar gewesen wäre, mit Auto-Tune.

Meinen Fans war das egal, aber mich traf es jedes Mal, wenn ich einen Kommentar über meine Stimme las. Es war für mich inzwischen ganz selbstverständlich geworden, so zu singen, aber das bedeutete nicht, dass es die einzige Art war, wie ich singen konnte. Es bedeutete auch nicht, dass es einfach war und dass es jeder konnte.

Und ich hatte die Kritiken größtenteils ignorieren können, weil ich wusste, dass es nicht stimmte. Ich hatte gedacht, Ryan wüsste es auch. Immerhin hatte er immer behauptet, ich hätte den *Show-N-Tell*-Auftritt seinetwegen bekommen. Weil er mein Vorsingen gehört hatte.

Jedenfalls behauptete er das. Aber er wirkte noch überraschter als alle anderen.

Ich stolperte von der Bühne. Meine Füße fühlten sich taub an. Meine Hände. Meine Lippen.

»Sing noch eins!«, rief Wyatt.

Ich machte eine übertriebene Verbeugung, aber hauptsächlich, damit die anderen nicht sahen, dass ich kein bisschen lächelte.

»Noch eins!«, skandierte Wyatt, und die anderen fielen schnell mit ein. »Noch eins! Noch eins! Noch eins!«

Aber ich wollte nicht noch einen Song singen. Ich wollte weg. Also spielte ich die Schüchterne und entschuldigte mich, indem ich ein unbestimmtes Geräusch machte und andeutete, ich müsse zur Toilette oder bräuchte frische Luft oder was auch immer. Es spielte keine Rolle, denn alle waren bereits darauf konzentriert, das nächste Karaoke-Stück auszusuchen.

Als ich ging, fing Mason gerade an, »Glory of Love« zu singen.

Der Club war ein Labyrinth, aber ich fand eine Tür, die zum Glück in eine Gasse führte. Ich ließ sie hinter mir zufallen, atmete die frische Nachtluft ein und schloss die Augen. Doch alles, was ich sah, war Ryans fassungsloser Gesichtsausdruck. Er wusste doch, dass ich singen konnte, oder etwa nicht?

Ich legte meine Handflächen an die Backsteinwand hinter mir. Sie war kalt. Ich nicht. Mir war immer noch warm, weil es in dem kleinen Raum so heiß gewesen war, und vor Scham.

Ich wusste nicht, warum ich mich schämte. Aber das Gefühl war da – ich schämte mich, und ich war enttäuscht. War ich *so* anders als Katee Rose? War es so überraschend, dass ich tatsächlich eine Melodie vortragen konnte?

Die Tür ging auf.

»Sie sind betrunken«, sagte Cal.

Er lehnte sich neben mir an die Wand.

»Sie dachten tatsächlich, ich könnte nicht singen«, sagte ich.

»Das sind Idioten«, erwiderte er.

Ich schüttelte den Kopf. »Nein, sind sie nicht.«

»Okay, Wyatt vielleicht nicht.«

»Gut«, sagte ich. »Aber der Rest?« Ich stieß die Luft aus. »Sie dachten alle, ich sei eine unbegabte Tussi. Berühmt wegen ihrer Titten und wie gut sie mit ihnen wackeln kann.«

»Hör auf«, sagte Cal.

»Ist doch wahr«, beharrte ich. »Sogar Ryan war überrascht.«

Cal schwieg.

»Ryan ist kein Idiot«, sagte ich.

Immer noch nichts.

»Ich dachte, er wüsste es«, setzte ich hinzu.

»Ryan interessiert sich nur für sich selbst«, sagte Cal. »Da ist kein Platz für jemand anderen.«

Ich sah ihn an. Ich wusste zwar, dass Cal und Ryan sich nicht gut verstanden, aber mir war nicht klar, dass zwischen ihnen eine solche Feindseligkeit herrschte. Die Bitterkeit in Cals Stimme überraschte mich.

»Er ist mein Freund«, bemerkte ich unnötigerweise.

»Ja«, sagte Cal. Bitter. Bitter. Bitter.

Es war mir egal. Es gefiel mir sogar. Und mir war klar, dass mich das zu einem schlechten Menschen machte.

Aber Cal hatte recht. Ryan interessierte sich nur für Ryan, und seit es CrushZone gab, hatte ich bemerkt, dass er immer mehr darauf aus war, so oft wie möglich im Rampenlicht zu stehen. Alles andere war zweitrangig.

Auch ich.

»Es ist seltsam, oder?«, fragte er.

»Was?«

Cal machte eine allumfassende Geste. »Das hier.«

Ich verstand nicht.

»Du. Ich«, sagte er.

Mir stockte der Atem.

»Katee Rose. CrushZone«, fuhr er fort.

Ich wusste nicht, was ich gehofft hatte, das er sagen würde.

»Es ist seltsam, oder?«, fragte er.

»Kann sein«, sagte ich. Ich verstand ihn noch immer nicht.

»Es ist nur«, er runzelte die Stirn, »diese ganze Nummer. Das ist doch alles total unecht.«

Das gefiel mir nicht. Es klang, als ob ich irgendjemanden betrügen würde. Als würde ich lügen. Auch wenn das vermutlich in gewisser Weise stimmte.

»Wir sind die typischen amerikanischen Teenager, denen alle nacheifern«, sagte er. »Dabei sind wir nicht mal mehr Teenager.«

»Wir sind keine Vorbilder.« Ich hatte es so verdammt satt, dass alle das annahmen.

»Ich weiß«, sagte Cal. »Und das sollten wir auch nicht sein. Denn es ist alles erfunden.« Er drehte sich zu mir um. »Ich meine, wir haben einen Song mit dem Titel ›Ballkönig‹.«

»Du hättest Ballkönig sein können«, sagte ich.

Cal warf mir einen Blick zu. »Ich will damit sagen, dass Ryan nicht einmal zur Highschool gegangen ist, geschweige denn zum Abschlussball. Keiner der Jungs war da. Und trotzdem stehen wir jeden Abend da draußen auf der Bühne und singen Songs, als wären wir ganz normale Jungs mit einem ganz normalen Leben.«

»Das tue ich auch.« Ich fühlte mich verurteilt und war ein bisschen verletzt.

»Das ist nicht dasselbe«, sagte Cal.

»Nein?«

Er dachte einen Moment lang darüber nach. »Nein. Weil du echt bist.«

»Katee Rose ist erfunden«, widersprach ich.

»Aber *du* bist es nicht«, sagte er.

»Niemand sieht *mich*, wenn ich auf der Bühne stehe«, beharrte ich. »Sie sehen eine dumme Blondine mit großen Brüsten, die beim Tanzen wackeln. Und die nicht singen kann.«

»Dann zeig dich ihnen«, sagte Cal.

Als ob das so einfach wäre.

»Was ist mit Harriets Songs?«, fragte er. »Hat sie nicht eine ganze Reihe für dich geschrieben?«

Harriet war zurück in New York und lebte ein »richtiges Leben«, obwohl sie versprochen hatte, zu meinem Geburtstag wieder zu uns zu stoßen. Die Lieder, die sie geschrieben hatte, befanden sich auf einer CD unten in meinem Koffer.

Ich tippte mit den Fingernägeln gegen den Backstein. »Die wollen sie nicht hören«, sagte ich.

Ich hatte versucht, sie Diana vorzuspielen, aber sie war immer zu beschäftigt. Es dauerte eine Weile, bis ich es kapierte, aber schließlich verstand ich, dass »zu beschäftigt« »nicht interessiert« bedeutete. Selbst Ryan war zu beschäftigt.

»Sind sie gut?«, fragte Cal.

»Ja«, sagte ich. »Und wenn ich sie singe, höre ich mich toll an.«

»Dann sing sie«, sagte Cal.

»Wie?«

Er zuckte mit den Schultern. »Sie brauchen dich, stimmt's?«

Stimmte das? Seit ich unter Vertrag genommen worden war – sogar schon davor, als ich im Grunde noch Ryans Back-up-Tänzerin gewesen war –, hatte ich mir eingebildet, sie zu brauchen. Und dass ich alles tun musste, was sie mir sagten, weil ich sonst nie bekommen würde, was ich wollte.

Jetzt hatte ich es und wusste nicht, ob ich es noch wollte.

»Du hast mehr Macht, als du denkst«, behauptete Cal.

Ich lachte. »Ach ja? Ich meine, sie haben mich gezwungen, meinen Namen zu ändern. Sie sagten, Rosenberg sei nicht *universell* genug.«

Cal schwieg.

»Sie wollten auch, dass ich mir die Nase operieren lasse«, erzählte ich.

»Was? Wann?«

»Als ich für *Show N Tell* besetzt wurde«, sagte ich. »Und vor dem ersten Album.«

Ich freute mich über Cals angewiderten Gesichtsausdruck und beschloss, ihm nicht zu erzählen, dass Diana es auch vor jedem weiteren Album und vor jeder Tournee angesprochen hatte.

»Nur eine winzige Korrektur.«

»Sie glätten nur ganz leicht den Nasenrücken.«

»Wir sagen allen, du hattest eine Nasenscheidewandverkrümmung.«

Seltsam, dass im Kalender keine Zeit für einen kleinen Broadway-Gig war, aber anscheinend genug für eine größere Operation und die anschließende Genesung.

»Ich bin froh, dass du nicht nachgegeben hast«, sagte Cal.

Mir war zum Weinen zumute. Denn in Wahrheit hatte ich mich nicht geweigert, weil ich anderer Meinung als mein Management war, sondern weil ich Angst vor Nadeln und allem hatte, was mit einem solchen Eingriff einherging. Ich war nicht tapfer, sondern feige gewesen.

Und ich dachte immer noch darüber nach, mich darauf einzulassen. Jedes Mal, wenn ich einen Artikel las, in dem darauf hingewiesen wurde, wie viel hübscher ich wäre, wenn ich mir die Nase richten ließe, oder wenn ein Blogger mit unnötigen Pfeilen darauf hinwies, überlegte ich, zu meinem Management zu gehen und zu sagen: »Okay, machen wir es.« Ich wusste, dass es meine Karriere voranbringen würde.

»Sie wollen, dass ich ein Weihnachtsalbum aufnehme«, sagte ich.

Cal wartete darauf, dass ich fortfuhr.

»Das sollte mich nicht überraschen. Ich meine, ich trete jedes Jahr bei irgendeinem Weihnachtskonzert oder einer Show auf. Und ich habe jede Menge Weihnachtsspecials bei *Show N Tell* gemacht. Natürlich wollen sie ein Weihnachtsalbum von mir.«

»Willst du ein Weihnachtsalbum aufnehmen?«, fragte Cal.

»Nein«, sagte ich. »Doch. Vielleicht.«

Ich lehnte den Kopf an die Wand.

»Ich meine, es ist einfach etwas seltsam«, gestand ich. »Erst muss ich meinen Nachnamen ändern – und jetzt muss ich ein ganzes Album über ein Fest machen, das ich nicht einmal feiere?«

»Was hast du ihnen geantwortet?«, fragte Cal.

»Dass ich darüber nachdenken würde. Sie waren nicht gerade begeistert.«

Ich war immer entgegenkommend. Das und die Nasenkorrektur waren die einzigen Dinge, bei denen ich mich jemals tatsächlich geweigert hatte.

»Sie haben beteuert, es sei eigentlich kein Weihnachtsalbum, sondern ein Winteralbum, aber die Lieder, die ich aufnehmen soll, handeln alle von Weihnachten. Sie wollen, dass ich ›Heilige Nacht‹ singe, wo es um Jesu Geburt geht.«

»Das wurde doch gar nicht von einem Christen geschrieben, oder?«, fragte Cal.

»Woher weißt du das?«

Wir tauschten einen Blick.

»Harriet«, sagten wir beide.

»Offenbar war der Komponist Jude«, ergänzte ich.

»Es ist, als wäre Harriet jetzt hier bei uns«, sagte Cal.

»Wahrscheinlich würde sie so etwas sagen wie, dass die meisten Weihnachtslieder sowieso von Juden geschrieben wurden und ich Teil einer langen Tradition sei.«

Ich drehte mich um und sah, dass Cal mich anstarrte.

»Das war sehr präzise«, bemerkte er.

»Ich habe bereits mit ihr gesprochen«, gestand ich. »Heute früh.«

»Ah.«

Wir standen da.

»Okay«, sagte Cal. »Nutz das als Druckmittel.«

Ich legte den Kopf schief.

»Sag ihnen, du würdest das Weihnachtsalbum machen, wenn sie dich zuerst Harriets Songs aufnehmen lassen«, schlug Cal vor.

Verdammt. Das war genial.

Ich spürte einen Anflug von Enttäuschung. Über mich selbst. Ich konnte mich noch gut erinnern, wie selbstbewusst und mutig ich früher gewesen war. Wie überzeugt davon, dass ich es schaffen würde. Und jetzt, nachdem ich es geschafft und in gewisser Weise alles bekommen hatte, was ich wollte, war ich ängstlich und schüchtern geworden. Ich hatte Angst, alles zu verlieren.

Aber hatte ich überhaupt, was ich wollte? Was ich wirklich wollte? Ich mochte meine Fans. Ich liebte die Auftritte. Aber gefiel es mir, Katee Rose zu sein? Warum hatte ich nicht stärker um Kathleen Rosenberg gekämpft?

Ich schämte mich.

»Was ist mit dir?«, fragte ich, um abzulenken. Ich musste über etwas anderes reden.

»Was meinst du?«, fragte Cal.

»Was willst du bei dieser ganzen Sache?«

Cal schaute zum funkelnden Sternenhimmel hinauf.

»Ryan will ein berühmter Schauspieler werden«, sagte ich. »Wyatt will Solokünstler werden. LC und Mason tuscheln ständig über irgendetwas – was ist mit dir?«

»Ich weiß nicht«, sagte Cal. »Ich glaube, so weit habe ich noch nicht gedacht.«

Das konnte ich ihm kaum vorwerfen, denn ich hatte es auch nicht getan. Und nachdem wir es nun taten, war es erschreckend. Dieses Leben war intensiv, überwältigend und stressig, aber es war das einzige Leben, das ich kannte. Vielleicht rührte ein Teil der Scham daher. Von der Erkenntnis, dass ich nicht einmal mehr wusste, wie ich jemand anderes als Katee sein sollte.

»Ich wollte nach dem College einfach etwas zu tun haben«, sagte er. »Und sie versprachen mir, ich würde genug verdienen, um meine Familie zu unterstützen.«

Ich hatte Cals Familie nie kennengelernt, aber ich wusste, dass er genau in der Mitte zwischen vier Mädchen geboren war. Darum hatte er überhaupt mit dem Tanzen angefangen – denn es war einfacher gewesen, alle fünf zur gleichen Aktivität zu fahren –, und dann wurde Cal der Beste von der Bande.

»Und hast du?«, fragte ich.

Er nickte. »Ich habe das College-Geld für die Älteren gezahlt und einen Fonds für die Jüngeren eingerichtet. Und die Hypothek meiner Eltern abbezahlt.«

»Wie großzügig«, sagte ich.

»Ich hab auch etwas davon für mich ausgegeben«, sagte er. »So selbstlos bin ich nicht.«

Ich war mir nicht sicher, ob ich das glaubte. »Du trittst gerne auf«, stellte ich fest.

»Klar«, sagte er. »Aber ich glaube nicht, dass ich das für immer machen will.«

»Wirklich?«

Ich konnte mir nichts anderes vorstellen. Nicht wirklich.

»Jetzt macht es Spaß«, sagte Cal. »Das Geld ist fantastisch, und ich lerne die ganze Welt kennen. Außerdem mag ich die Jungs.« Er hielt inne. »Die meisten jedenfalls.«

»Aber?«

Er zuckte mit den Schultern. »Ich weiß nicht. Ich brauche das Rampenlicht nicht so wie du.«

Das klang wie eine Beleidigung, was Cal mir offenbar ansah, denn er korrigierte sich sofort.

»Damit meine ich, du fühlst dich im Rampenlicht wohl«, sagte er. »Du strahlst.«

»Du auch«, erwiderte ich.

Und das stimmte – er war ein unglaublicher Darsteller, und ich sah ihm liebend gern beim Tanzen zu. Er war eindeutig der Beste von den Jungs. Wenn er auf der Bühne stand, war es schwer, jemanden anders anzusehen.

»Aber dir gibt es Kraft«, sagte er. »Das sehe ich in deinem Gesicht, wenn du von der Bühne kommst. Dann bist du … du bist … du bist wie ein großer glühender Energieball.«

Ich wusste nicht, was ich darauf erwidern sollte.

»Du gehörst da oben hin«, sagte Cal. »Du gehörst dorthin, wo dich jeder sehen kann. Und hören.«

»Ich hab gesehen, wie du den anderen bei der Choreografie geholfen hast«, sagte ich. »Du bist wirklich gut.«

Er zuckte mit den Schultern. »Ich helfe gern.«

»Es ist mehr als das«, sagte ich. »Du weißt, was richtig aussieht und wie man die Dinge optimiert, damit keine Fehler passieren.«

»Das ist keine große Sache.«

»Du machst den Job von jemand anderem«, sagte ich. »Ohne Titel. Ohne Bezahlung.«

Cal schnaubte. »Niemand wird mich für die Choreografie der Band bezahlen, in der ich mitspiele. Und Ryan würde durchdrehen.«

»Vielleicht«, sagte ich.

Auf jeden Fall.

Schweigend standen wir nebeneinander. Ich konnte die Bar auf der anderen Seite der Backsteinmauer hören, aber sie schien weit weg zu sein. Wie eine andere Welt. Ein anderes Leben.

»Wenn unsere Fans wüssten, dass wir dieses Gespräch führen, würden sie uns auslachen«, sagte ich. »Wir sind die größten Popstars der Welt und beklagen uns.«

»Wir beklagen uns nicht«, widersprach Cal. »Wir bemitleiden uns nur.«

»Okay, Professor.«

Seine Miene verfinsterte sich.

»Tut mir leid«, sagte ich schnell.

»Schon okay. Es ist nur …«

»Was?«

»Ich hasse diesen Spitznamen«, sagte er.

Seine Wut überraschte mich. Cal war nie wütend. Er war immer so ausgeglichen, dass ich ihn darum beneidete. Manchmal. Aber Wut konnte sich gut anfühlen.

»Es tut mir leid«, sagte ich noch einmal.

»Ist nicht deine Schuld.«

Sondern Ryans, lautete der Rest des Satzes, den er nicht aussprach.

»Du kannst ihm sagen, dass er damit aufhören soll«, sagte ich.

Cal schnaubte. »Ja. Klar.«

Er hatte recht. Wenn er etwas sagte, würde Ryan wahrscheinlich noch einen draufsetzen und es noch häufiger sagen. So reif war er.

»Er ist eifersüchtig«, behauptete ich. »Auf dich.«

»Er ist der Star«, sagte Cal.

»Ja, aber du bist schlauer als er, und das weiß er.«

»Weil ich auf dem College war?«, fragte Cal. »Das ist nichts Besonderes.«

»Vielleicht nicht«, sagte ich. »Aber für Ryan schon. Er kommt sich deshalb klein vor.«

Manchmal fühlte ich mich deshalb auch klein.

»Das ist sein Problem, nicht meins«, sagte Cal.

»Das werde ich ihm sagen.«

Cal lachte und sah mich an.

»Was ist mit dir?«, fragte er.

»Was soll mit mir sein?«

»Bist du eifersüchtig?«

Kurz überlegte ich, ob ich lügen sollte. »Ein bisschen«, gab ich schließlich zu.

Cal presste die Lippen aufeinander und nickte knapp.

»Ich frage mich nur manchmal«, gestand ich, »wie es gewesen wäre. Auf die Highschool zu gehen. Aufs College.«

»Das kann ich dir sagen«, entgegnete Cal. »Ziemlich langweilig.«

Ich lächelte. »Ich frage mich auch, wie das so ist.«

»Was?«

»Langweilig. Denn dieses Leben« – ich machte eine umfassende Geste – »ist nicht langweilig.«

Cal veränderte seine Haltung, hielt aber weiterhin die Arme verschränkt.

»Ich weiß nicht«, sagte er. »Tourbusse können ziemlich langweilig sein. Man kann nur begrenzt ertragen, wie Wyatt ›Neunundneunzig Bierflaschen an der Wand‹ singt.«

»Ist er jemals bis zu eins gekommen?«

Cal schüttelte den Kopf. »Irgendwo bei siebzig kommt er immer raus.«

Wir lachten.

»Er ist ein netter Kerl«, sagte Cal. »Das sind sie alle.«

»Bis auf Ryan.« Es war nur zum Teil als Scherz gemeint.

Cal sagte nichts.

Wir standen schweigend da, und ich wünschte, ich wüsste, wohin mit meinen Händen.

»Er hätte es wissen müssen«, sagte Cal schließlich.

»Was?«

»Dass du singen kannst.«

»Ah.«

»Und du solltest sie dazu bringen, sich Harriets Songs anzuhören«, sagte er.

»Ja?«

»Ja.«

Ich drehte mich zu ihm um. »Okay. Ich schlage dir einen Deal vor.«

Er warf mir einen misstrauischen Blick zu. Er war schlau.

»Ich spiele meinem Team die Songs vor, wenn du deins bittest, dich beim nächsten Musikvideo Regie führen zu lassen.«

Cal lachte überrascht auf. »Das werden sie niemals zulassen.«

»Okay«, räumte ich ein. »Dann darfst du es choreografieren. Oder eine neue Nummer für die nächste Tournee.«

Er musterte mich. »Du meinst es ernst.«

»Meintest du es ernst mit Harriets Songs?«

»Ja.«

»Dann meine ich es auch ernst«, sagte ich. »Komm schon. Kleiner-Finger-Schwur?« Ich streckte den kleinen Finger aus.

Cal sah erst den Finger und dann mich an. »Kleiner-Finger-Schwur«, sagte er.

Wir hakten unsere kleinen Finger ineinander und bliesen auf unsere Daumen, so wie wir es damals im Camp getan hatten.

»Sollen wir wieder reingehen?«, fragte Cal.

»Klar«, sagte ich. »Ich glaube, ich schulde ihnen noch einen Musical-Song.«

»Unbedingt«, sagte er.

Ryan würde es schrecklich finden, aber das war mir egal.

Cal hielt mir die Tür auf. »Und nur fürs Protokoll«, sagte er. »Ich mag deine Nase. Und zwar sehr.«

Jetzt

Kapitel 19

»Mach nicht so ein Gesicht«, sagte ich. »Du kannst zu Abend essen, wenn wir da sind.«

Zur Antwort erhielt ich nur ein ziemlich enttäuschtes *Miau.*

»Ich weiß«, sagte ich. »Ich bin schrecklich. Ich zwinge dich, ein paar Monate in einer wunderschön eingerichteten Wohnung in Rhode Island zu verbringen, während ich mir einen Lebenstraum erfülle. Ich hätte dich einfach in Brooklyn lassen sollen, damit du dich selbst versorgen kannst.«

Miau.

Wie lange hatte ich davon geträumt, aber jetzt kamen mir langsam Zweifel. Und das in schnellen Abständen. Sie hielten mich nachts wach, gruben sich in meine Nackenmuskeln und hatten meinen unteren Rücken fest im Griff.

Was, wenn es zu spät war, einen Traum wie diesen zu verwirklichen? Was, wenn ich meine Chance verpasst hatte?

Nachdem meine Karriere den Bach hinuntergegangen war, nachdem Diana – die mir immer vom Theater abgeraten hatte – mich fallen ließ, hatte ich versucht, auf eigene

Faust einen Fuß in die Tür zu bekommen. Aber mein Ruf war so beschädigt, dass niemand etwas mit mir zu tun haben wollte. Die ein oder zwei Angebote, die ich erhielt, kamen mir eher so vor, als hofften die Produzenten, mit meinem Namen schnelles Geld zu machen, weil die Leute mich scheitern sehen wollten.

Wenigstens war ich damals in Form gewesen. Nicht nur körperlich, sondern auch seelisch. Der Skandal hatte mich in vielerlei Hinsicht verändert, aber durch die Jahre, die ich im Licht der Öffentlichkeit gestanden hatte, war ich abgehärtet.

Jetzt war ich weicher. Vielleicht zu weich.

»Ich dachte, du würdest mit Harriet fahren.« Ich schaute auf und war nicht überrascht, Cal im Gang des Zugs stehen zu sehen.

Er zögerte, und ich merkte, dass er sich nicht sicher war, ob er einfach weitergehen und sich einen anderen Platz suchen sollte oder …

»Setz dich«, sagte ich. »Wir werden wohl eine gemeinsame Zugfahrt überstehen.«

Er setzte sich. Die Katze miaute.

»Oh«, sagte er und schaute in ihre Tasche. »Du hast tatsächlich eine Katze.«

»Ja, hab ich«, bestätigte ich und fand, dass es seltsam wäre, bei so etwas zu lügen, aber ich konnte Cal nicht verübeln, dass er mich für etwas gestört hielt.

Wir hatten immer noch nicht über den Kuss gesprochen, aber auch nicht über meinen Anruf um zwei Uhr morgens. Wie komplett verrückt und unprofessionell das gewesen war.

Und wir hatten auch noch nicht über Rachel gesprochen.

Falls sie zusammen waren.

»Wie heißt sie?«, fragte Cal. Er starrte immer noch auf meine Katze.

»Fisch«, antwortete ich.

Er hob eine Augenbraue. »Du hast deine Katze Fisch genannt?«

»Ihr richtiger Name ist Gefilte Fisch«, sagte ich.

»Ah. Das ergibt mehr Sinn.«

Cal ließ sich auf seinem Sitz nieder, die langen Beine von meinen weggestreckt. Aber das machte keinen Unterschied, ich war mir seiner Anwesenheit trotzdem schmerzlich bewusst. Und sein Parfüm – dieses verdammte Orangenparfüm – schien das Abteil auszufüllen, sodass es sich noch kleiner und intimer anfühlte.

Der Zug ruckelte leicht und setzte sich in Bewegung.

»Keine Harriet?«, fragte Cal.

»Sie wollte einen früheren Zug nehmen«, erklärte ich. Ich war verletzt gewesen, hatte sie aber nicht gedrängt.

Vermutlich hatte es damit zu tun, dass mein Name in allen Schlagzeilen über die Show auftauchte, während Harriet ganz am Ende erwähnt wurde, mehr wie eine Randnotiz. Jetzt, da wir die Probenphase hinter uns gelassen hatten und an dem Punkt waren, an dem wir Karten verkaufen mussten, wurde die Show zum Synonym für mein sogenanntes »Comeback«.

Natürlich wurde auch Cal häufig erwähnt, einige Artikel gaben einen kurzen Überblick über unsere »Beziehung«. In vielen Artikeln über unsere Reunion wurde gemutmaßt, dass es sich dabei um eine seltsame Fügung des Schicksals oder um Rache handelte. Es war unklar, wer sich an wem rächen wollte, aber ich hatte schon lange gelernt, Klatschseiten nicht zu viel Bedeutung beizumessen. Für die zählte nur, dass wir wieder zusammenarbeiteten und dass es bei unserer letzten Zusammenarbeit zu einem Skandal gekommen war. Zweifellos hofften alle auf eine Wiederholung.

Leider schien dies das einzige Thema zu sein, über das alle sprechen wollten, wenn es um das Musical ging. Es gab keine Einzelheiten über die Inszenierung, nur dass ich eine blonde, dralle »Katee-Rose-ähnliche« Figur spiele. Was die Mutmaßungen über die Qualität meines Auftritts anging, variierten die Vorhersagen stark, was vermuten ließ, dass die Kritiken ebenso gemischt ausfallen würden.

Ich hoffte nur, dass meine Vergangenheit den Brunnen nicht zu sehr vergiftete. Ich wollte, dass dies Harriets große Stunde war. Ruhm oder Aufmerksamkeit hatten ihr zwar nie etwas bedeutet, aber es war trotzdem nicht fair. Andererseits, das war eben das Showbiz. In dieser Branche ging es nicht fair zu.

Es würde nicht so bleiben. Sobald die Vorpremieren begannen, sobald die Leute von der Aufführung, der Musik und den Liedern hörten, würde sich die Aufmerksamkeit auf Harriet richten. Und nicht auf Cal und mich und einen Skandal, der sich vor Ewigkeiten zugetragen hatte.

Oder vielleicht wusste Harriet von dem Kuss. Doch ich war mir ganz sicher, dass Cal nichts gesagt hatte, und ich schon gar nicht.

Er hatte ein Buch herausgeholt und las. Ich schaute aus

dem Fenster und sah die goldenen und pflaumenfarbenen Blätter vorbeiziehen. Es wurde kälter, und alles roch intensiv und ganz neu. Für mich stand nicht der Frühling für einen Neuanfang, sondern der Herbst. Es war eine gemütliche und heimelige Zeit. Die Bären hatten das verstanden – dies war die Zeit, sich auszuruhen und sich zu erholen.

Der Gedanke, mir eine schöne warme Höhle zu suchen und dort die nächsten Monate zu verbringen, war äußerst verlockend. Ich liebte es, wenn die üppige Landschaft karg wurde, wenn die Luft eisig und der Boden gefroren waren. Im Herbst fühlte ich mich wohl, eingemummelt in Pullover und Schals – gut eingemummelt war es viel einfacher, sich zu verstecken. Und die Paparazzi hatten mein Haus in der kalten Jahreszeit seltener belagert. In jenen Zeiten hatte ich deshalb die meiste Privatsphäre genossen, nachdem ich mich fest in New York niedergelassen hatte.

Fisch stieß ein klagendes Miauen aus, woraufhin Cal von seinem Buch aufschaute.

»Es geht ihr gut«, sagte ich. »Sie ist nur genervt.«

»Ist sie schon mal Zug gefahren?«

Ich schüttelte den Kopf. »Es sei denn, sie hat irgendwelche Abenteuer erlebt, bevor ich sie bekommen habe. Seitdem war sie nur noch zu Hause.«

»Es wird schön sein, sie in Rhode Island dabeizuhaben«, sagte Cal.

»Apropos, das wollte ich dich schon immer mal fragen«, sagte ich.

Er hob eine Augenbraue.

»Rhode Island? Im Ernst?«

»Was hast du gegen Little Rhody?«

Diesmal war ich diejenige, die eine Augenbraue hochzog.

»Es ist ein großartiges Theater«, sagte Cal. »Dort finden nicht viele Vorpremieren statt. Es ist billiger als einige der üblichen Spielstätten, und die Aufführung gibt der Stadt und dem Theater etwas Aufschwung. Es wird viel Aufregung um die Show geben, und es macht mir immer Spaß, New Yorker Theaterkritiker zu zwingen, die Insel zu verlassen. Win-win-win.«

»Und es ist reiner Zufall, dass es genau dasselbe Theater ist, in dem die Sommeraufführungen des Theatercamps stattfinden?«

Cal zuckte mit den Schultern.

»O bitte«, sagte ich. »Noch mal mit *Gefühl.*«

Das hatte unsere alte Lehrerin, Ms Spiegel, nach fast jeder Probe gesagt.

»Sie war die Schlimmste«, sagte Cal.

»Was redest du da?«, fragte ich. »Sie war großartig.«

»Sie war schrecklich«, widersprach er.

»Sie war anspruchsvoll.«

»Kritisch.«

»Ehrlich.«

»Sie hat uns misshandelt.«

Ich sah ihn an. »Du findest, dass Ms Spiegel uns misshandelt hat?«

Er dachte kurz nach. »Du etwa nicht? Sie hat dir mit einem Stock von hinten auf die Beine geschlagen.«

»Ich hatte den Ton nicht getroffen«, sagte ich.

Cal schwieg lange Zeit.

»Was ist?«, fragte ich schließlich.

»Nichts«, sagte er. »Das … das erklärt eine Menge.«

Die Art, wie er das sagte, gefiel mir nicht. Als ob er etwas über mich herausgefunden hätte, was ich selbst noch nicht über mich wusste.

»Sie hat mich zu einer großen Künstlerin gemacht«, sagte ich. »Ohne sie hätte ich nicht die Karriere gemacht, die ich hatte.«

»Das glaube ich nicht«, widersprach Cal. »Talent steigt immer an die Spitze.«

»Ach komm«, sagte ich. »Du bist ein erwachsener Mann. Du weißt, dass das nicht stimmt.«

»Für mich schon«, beharrte er. »Mit meinen Projekten. Meinen Shows.«

»Du bist hinreißend naiv«, sagte ich.

»Danke.«

Es schien ihn nicht sehr zu stören, doch ihn schien überhaupt sehr wenig zu stören. Das war nervig.

»Fürs Protokoll«, sagte Cal, »ich habe seit vielen Jahren eine Beziehung zu diesem Theater. Mit dem Theatercamp fing es an, aber sie haben mich immer unterstützt, und ich wollte mich revanchieren. Es schien mir der richtige Ort für das Musical zu sein.«

»Der Kreis schließt sich«, sagte ich.

»So ähnlich.«

Fisch miaute, und Cal beugte sich vor, um sie durch die Tür der Transportbox ein wenig zu kraulen.

»Keine Haustiere?«, fragte ich.

Er schüttelte den Kopf.

»Ich reise zu viel«, sagte er. »Das wäre nicht fair.«

Ich nickte. So war es früher auch bei mir gewesen. Aber dann hatte ich es zu schätzen gelernt, über einen längeren Zeitraum an einem Ort bleiben und Wurzeln schlagen zu können. Mir ein zu Hause zu schaffen.

Mir wurde klar, dass ich gar nicht wusste, wo Cal jetzt zu Hause war. Seine Familie stammte aus Texas, studiert hatte er in New York. Mit CrushZone war er um die ganze Welt gereist, aber ich nahm an, dass er, als alles zu Ende ging, in Los Angeles gelandet war.

»Wenn wir an den Broadway gehen, kannst du in New York bleiben«, sagte ich.

»Sicher.«

Ich dachte an Rachel. Bestimmt war sie begeistert, dass er für eine Weile hierbleiben würde.

Es war ein wenig seltsam, dass er nichts über sie sagte – dass sie nach dem Kuss nicht als Grund genannt wurde, warum es eine schlechte Idee gewesen war. Es blieb eine schlechte Idee, aber es gab Momente, in denen ich vergaß, warum.

Wie jetzt. Und der Moment in Marie's Crisis.

Auf der Bühne erwachst du zum Leben, hatte er gesagt.

Es war an der Zeit, das Thema zu wechseln. »Wie läuft der Kartenverkauf?«, erkundigte ich mich.

»Gut«, sagte Cal. »Aber darüber solltest du dir keine Sorgen machen.«

»Ich sollte mir keine Sorgen um den Erfolg der Show machen, in der ich die Hauptrolle spiele?«

Cal seufzte.

»Ich will nicht mit dir streiten«, sagte er.

Ich hob die Hände. Waffenstillstand.

»Die Leute kaufen Karten«, berichtete er. »Wir werden ein volles Haus haben. An den meisten Tagen.«

Der Zug fuhr weiter. Es war klar, dass Cal mit der Stille viel besser zurechtkam als ich, also versuchte ich nicht mehr, ihn anzusprechen, sondern die Stille zu genießen. Was gar nicht so schwierig war. Ich hatte kein Buch dabei, aber mein Handy, und ich konnten schon lange eine kleine Shopping-Therapie vertragen. Irgendwann verließen wir New York, aber ich wusste nicht genau, wann. Bis Rhode Island sah ich nur noch Herbstlaub und grauen Himmel. Bis wir ankamen, hatte ich ein Paar neue Stiefel bestellt, eine überteuerte Feuchtigkeitscreme, ein paar Spielsachen für Fisch und eine süße Baskenmütze, die ich vermutlich nie tragen würde, die ich aber unbedingt in meinem Leben brauchte.

Cal, ganz Gentleman, zog meinen Koffer von der oberen Ablage und wartete geduldig, bis ich meine Sachen eingesammelt hatte. Ohne ein Wort zu wechseln, stiegen wir gemeinsam aus dem Zug – nur Fischs Maunzen wurde mit jedem Stoß und vermeintlicher Geringschätzung lauter.

»Teilen wir uns ein Taxi?«, fragte Cal.

Obwohl wir gerade mehrere Stunden nebeneinander im Zug verbracht hatten, kam mir die Taxifahrt viel, viel intimer vor. Die Transportbox mit Fisch befand sich auf meinem Schoß, und irgendwie war mein Oberschenkel mit Cals verkeilt.

Es war ein schöner Schenkel. Sehr stark. Ich fragte mich, ob er dasselbe über meinen dachte. Einmal Tänzer, immer Tänzer.

Ich wurde zuerst abgesetzt. Die Wohnung, die ich mir ausgesucht hatte, lag fußläufig zum Theater, denn ich wollte mich daran erinnern, warum ich hier war. Ich musste mich konzentrieren. Ich musste es richtig machen.

Cal half mir, den Koffer auf den Bürgersteig zu hieven. Ziemlich sicher hatte ich mehr Zeug für Fisch mitgebracht oder verschickt – Katzenklo, Spielzeug, Bett – als für mich selbst. Denn was brauchte ich schon? Ich würde den ganzen Tag im Theater sein. Ich ging nicht aus, ich erkundete nichts, ich arbeitete.

»Ab hier übernehme ich«, sagte ich, ziemlich sicher, dass er – ohne groß darüber nachzudenken – anbieten würde, die Sachen hineinzutragen.

Dumm gelaufen.

»Ja, alles klar«, sagte er. »Wir sehen uns morgen im Theater.«

Das Taxi wartete, zweifellos auf Cals Wunsch, bis ich nach einigem Fummeln endlich die Tür aufbekam. Während ich sie mit der Hüfte offen hielt, winkte ich zum Abschied.

Das Taxi rührte sich immer noch nicht vom Fleck. Es fuhr erst los, als alles drin war und ich die Tür hinter mir geschlossen hatte. Vom vorderen Fenster aus beobachtete ich, wie es sich schließlich entfernte.

Ich sagte mir, dass es nur höflich von Cal war, zu warten, bis ich drinnen war. Dass es kein Zeichen für seine außergewöhnliche Güte war und dass er deshalb kein Lob verdiente. Dass es eigentlich etwas Selbstverständliches war, das alle Menschen füreinander tun sollten, um zu zeigen, dass sie sich um die Sicherheit des anderen sorgten.

Cal war nur ein Mann. Und ich wollte nicht noch einmal meine Karriere aufs Spiel setzen, weil ich mit ihm vögelte. Nicht noch einmal. Es gab Sprüche über Menschen, die denselben Fehler zweimal begingen. Vor allem, dass solche Menschen Idioten waren.

Außerdem war Cal gar nicht *so* scharf. Doch wem wollte ich etwas vormachen? Cal *war* scharf, aber ich hatte schließlich schon mit anderen attraktiven Männern gearbeitet. Ich hatte schon Musikvideos mit halb nackten Männern gedreht, bei denen wir vom Wasser verdeckt gewesen waren, und es geschafft, nicht die Fassung zu verlieren. Mit einigen dieser Männer hatte ich sogar vor der Kamera geknutscht und konnte danach professionell mit ihnen umgehen.

Viele von ihnen waren schwul gewesen, aber trotzdem.

Ich musste einfach aufhören, an den Kuss zu denken. An seine Hände. An seinen Duft.

Es gab noch andere Männer, die küssen konnten. Es gab noch andere Männer mit großen Händen. Cal war nichts Besonderes. Er war nicht außergewöhnlich.

Er war den Schmerz nicht wert. Irgendeinen Schmerz.

Ich konnte mich beherrschen. Ich war eine erwachsene Frau mit Selbstbeherrschung. Oder etwa nicht?

Nein?

Kapitel 20

»Wie fühlt es sich an?«, fragte Harriet. Sie sah mich nicht an, sondern starrte stattdessen auf die leeren Sitzreihen.

»Seltsam«, sagte ich. »Und für dich?«

»Sehr seltsam«, bestätigte sie.

Es roch noch genauso. Eine Mischung aus Bohnerwachs, abgestandener Luft und Staub. Es war ein schönes Theater, aber es kam mir auch wie eine Zeitmaschine vor. Hier hatte ich vor all den Jahren gestanden und für meine Zukunft gesungen.

Was würde ich zu meinem vierzehnjährigen Ich sagen, wenn ich könnte? Dass wir ein paar Umwege machen würden, aber am Ende – irgendwann – genau da landen würden, wo wir hingehörten. Nämlich genau dort, wo wir angefangen hatten. Der Kreis schließt sich und so weiter.

Empfand Cal so? Als würde er sich den Traum von damals erfüllen?

Ich schaute zu Harriet hinüber und fragte mich, ob wir alle das Gefühl hatten, nach Hause zu kommen. Aber sie wich meinem Blick immer wieder aus.

All meine Vorsätze, mich um Harriet zu kümmern, waren schnell vergessen. Stattdessen war ich ganz mit mir selbst beschäftigt. Und mit Cal. Mit was auch immer zwischen uns vorging.

Ich war genauso – wenn nicht sogar mehr – für diese Distanz verantwortlich. Ich hatte mir vorgenommen, eine bessere Freundin zu sein, doch ich hatte absolut nichts getan, um das Problem zu lösen. Stattdessen wurde es immer schlimmer.

»Es kommt mir winzig vor«, sagte ich.

Es gibt doch nichts Schöneres, als mit der besten Freundin, mit der man seit zwanzig Jahren befreundet ist, Smalltalk zu halten, während man seinem gemeinsamen Lebenstraum ein Stück näher rückt.

»Ja«, sagte Harriet. »Aber wir sind schließlich auch größer.«

In meiner Erinnerung waren mir die Bühne, der Zuschauerraum, das ganze Haus riesig erschienen. Der Bereich hinter der Bühne war mir wie ein Labyrinth aus Tausenden von Wegen mit endlosen Garderoben und Gängen voller Material vorgekommen.

Jetzt wirkte er normal auf mich, vielleicht sogar ein bisschen eng, als Harriet und ich hinter die Bühne und einen langen Gang entlanggingen, wo ich meinen Namen an einer Tür entdeckte.

Nachdem ich einen Schritt in die Garderobe getan hatte, blieb ich stehen. »Oh«, sagte ich.

»Das ist schön«, bemerkte Harriet hinter mir, die nicht bemerkte hatte, dass ich stehen geblieben war, und in mich hineinlief.

»Sehen wir uns den Rest des Theaters an«, schlug ich vor.

Aber sie war schon drinnen. »Oh«, sagte nun auch Harriet.

Auf dem Schminktisch standen rote Weingummischlangen und ein Glas mit Lakritzfischchen. Der Deckel saß leicht schief.

Einen Moment standen wir beide in der Tür.

»Tja«, sagte Harriet, »er hatte schon immer ein gutes Gedächtnis.«

Ich sagte nichts. Ich wusste nicht, was. »Das ist nur eine nette Geste«, spielte ich es schließlich herunter. »Ich wette, in jeder Garderobe steht etwas. Irgendwo ... steht bestimmt auch was für dich.«

Harriet musterte mich misstrauisch.

»Das hat nichts zu bedeuten«, versicherte ich ihr.

Doch der Blick wurde nicht besser.

»Was ist hier los?«, fragte Cal. »Hat da jemand ein Pony reingeschoben oder so?«

Er war im Flur erschienen und steckte den Kopf in die Garderobe.

»Wir haben nur gerade die Aufmerksamkeiten bewundert.« Ich deutete mit einer Geste auf den Schminktisch.

»Ah«, sagte Cal. »Was immer meine Hauptdarstellerin möchte.«

Harriet hustete.

»Danke«, sagte ich. »Das ist sehr aufmerksam.«

»Gern geschehen.«

Für einen Moment standen wir alle nur da. Um etwas zu tun zu haben, nahm ich mir einen Lakritzfisch.

»Er ist perfekt«, sagte ich. Und das war er.

Cal hatte wirklich ein gutes Gedächtnis.

»Um sicherzugehen habe ich jeden Fisch einzeln in die Hand genommen«, bemerkte er.

Den Fisch auf halbem Weg zu meinem Mund, hielt ich inne.

»Keine Sorge«, sagte er. »Ich hab nicht die Krätze.«

Wir sahen uns an, und ich schob mir das Lakritz in den Mund. Dann ging er.

»Shit«, sagte Harriet, als er weg war.

»Schhhh«, machte ich.

Ich wusste genau, was ihr durch den Kopf ging.

»Kathleen« – sie schien außer sich zu sein –, »du darfst nicht mit ihm schlafen.«

Verdammter Cal. Was hatte er sich nur dabei gedacht?

»Harriet!« Ich zog die Garderobentür zu. »So was kannst du doch nicht an einem Ort sagen, der für seine dünnen Wände und seine Klatschsucht bekannt ist?«

Nirgends verbreiteten sich Nachrichten schneller als hinter der Bühne.

»Es tut mir leid«, sagte sie. »Aber das darfst du nicht. Das ist dir doch klar, oder?«

Wenigstens sprach sie wieder mit mir. Es war zwar nicht die Art von Gespräch, die ich führen wollte, aber es war kein Smalltalk, und sie wich meinem Blick nicht aus. Vielmehr starrte sie mir durchdringend in die Augen.

Wenn ich es nicht besser wüsste, hätte ich geschworen, dass sie genau sehen konnte, was ich dachte – was leider ein detaillierter Ablauf des Kusses war.

Ich versuchte, locker zu bleiben.

»Er hat mir Süßigkeiten gegeben«, sagte ich, »keinen anzüglichen Zettel mit seiner Unterhose dran.«

Harriet rümpfte bei dem Gedanken die Nase. »Nicht nur Süßigkeiten«, sagte sie.

»Du reagierst über«, sagte ich.

»Ach wirklich? Hast du ihn nicht gehört? Damit hat er nicht seine Assistentin beauftragt – das hat er dir selbst hingestellt.«

»Er hat die ganzen Fischchen angefasst«, sagte ich. »Das ist eklig.«

»Deine Besessenheit von altem Lakritz ist eklig«, konterte Harriet. »Cal war nur aufmerksam.«

»Er ist eben ein aufmerksamer Typ«, sagte ich.

Wenigstens das stimmte. Und es ließ Harriet innehalten.

»Und«, sagte ich, »er weiß, dass ich eine Diva bin, die man pampern muss.«

Trotzdem machte Harriet ein besorgtes Gesicht. Ich konnte mir ziemlich gut vorstellen, was sie dachte, und wollte nicht, dass sie es laut aussprach.

»Bitte, Kathleen«, sagte Harriet. »Wir haben beide zu hart gearbeitet.«

Fuck.

»Ich werde nicht mit ihm schlafen«, beteuerte ich.

Harriet schien nicht überzeugt, und auch wenn ich überhaupt kein Recht dazu hatte, empörte mich das. Auch wenn ihre Sorge durchaus berechtigt war, fand ich es trotzdem nervig, dass sie mir nicht vertraute.

Andererseits – hatte ich mich nicht selbst gerade gefragt, ob ich mir trauen konnte?

»Ich weiß, wie wichtig diese Show ist«, sagte ich. »Cal weiß es auch. Keiner von uns würde das durch irgendetwas gefährden.«

»Nicht absichtlich, nein«, räumte Harriet ein.

Ich hatte immer vermutet, dass sie mich für das, was vor all den Jahren mit Cal passiert war, verurteilte. Dass ich, obwohl sie mir beigestanden und mich unterstützt hatte, deswegen bei ihr in meinem Ansehen gesunken war. Ich konnte es ihr nicht verübeln, aber es tat weh. Und zwar sehr.

»Es wird nichts passieren«, versicherte ich. »Es ist nur Lakritz.«

Aber es war nicht einfach nur Lakritz. Das war das Problem. Es stand für eine Geschichte, für Vertrautheit und Fürsorglichkeit.

Harriet nickte, nagte aber weiter an ihrer Unterlippe. Ich hatte sie kein bisschen überzeugt. Plötzlich hielt ich es mit ihr in diesem kleinen Raum nicht mehr aus. Ich hätte alles dafür gegeben, wieder zu gekünsteltem Smalltalk zurückzukehren, anstatt mich von Harriet verurteilen zu lassen.

»Ich glaube, ich möchte einen Moment allein sein«, erklärte ich.

»Klar«, sagte Harriet.

Sie sah mir nicht in die Augen, und ich spürte, wie sich die Kluft zwischen uns vergrößerte. Wie das Misstrauen wuchs. Das war immer meine einzige Konstante gewesen –

Harriet und ihr Glaube an mich. An uns. Aber jetzt sah ich, dass selbst das nicht verlässlich war. Selbst das konnte zerbrechen.

***

Ich ließ mich auf den Sitz hinter Cal fallen. Alle anderen bereiteten sich auf unseren ersten Durchlauf auf der neuen Bühne vor. Aber diese Angelegenheit musste geklärt werden. Und zwar sofort.

»Was machst du?«, fragte ich.

Er blickte nicht von seinem Drehbuch auf.

»Meinen Job. Ich führe Regie bei dieser Show«, antwortete er. »Apropos, solltest du nicht hinter der Bühne sein und auf dein Stichwort warten?«

»Die Lakritze, Cal«, sagte ich. »Was zum Teufel?«

»Du hast eine interessante Art, dich zu bedanken«, stellte er fest.

»Harriet glaubt, wir schlafen miteinander«, sagte ich. »Oder dass wir es in Kürze tun werden.«

Sofort legte er das Drehbuch weg und wandte sich zu mir um. »Was stimmt nicht mit dir?«, zischte er. »Sprich leiser.«

Ich warf frustriert die Hände hoch.

»Oh, jetzt legst du Wert auf Diskretion.« Ich sah an seiner Schläfe eine Vene pochen.

»Lakritz in der Garderobe ist nicht dasselbe wie in einem Theatersaal mit hervorragender Akustik herumzuschreien.«

»Ich habe nicht geschrien«, sagte ich. »Tu nicht so, als sei ich hysterisch und du normal.«

Cal schwieg, aber sein Gesichtsausdruck verriet, dass er genau das dachte.

»Wir *verachten* uns gegenseitig«, sagte ich.

»Das stimmt nicht«, widersprach er.

Sein Blick glitt zu meinem Mund. Sofort bekam ich weiche Knie und hätte ihn am liebsten geohrfeigt.

»Tja, also *ich* verachte dich.«

»Nein, tust du nicht«, sagte Cal. »Ich glaube, dass du mich vielleicht sogar gern hast.«

»Mach dich nicht lächerlich.«

Selbst nach dem Kuss hatten wir es geschafft, uns während der Proben voneinander fernzuhalten und nur das Nötigste miteinander zu sprechen. Ich hatte meine Zunge im Zaum gehalten.

Er zuckte mit den Schultern. »Dinge ändern sich.«

»Weil du mich geküsst hast«, sagte ich.

»Ich glaube, *du* hast *mich* geküsst«, korrigierte er.

Ich wollte über die Sitze klettern und ihn erwürgen. Er nahm das nicht ernst.

»Das spielt keine Rolle«, knurrte ich. Dabei spielte es durchaus eine Rolle – er hatte unrecht, aber jetzt fehlte mir die Zeit, mich damit zu befassen. »Du behandelst mich deswegen anders.«

»Kathleen«, sagte Cal, »wir haben uns beide unprofessionell verhalten. Der Kuss war unprofessionell.«

»Ich weiß.«

Sein Ton gefiel mir nicht. Er musste nicht mit mir sprechen wie mit einem ungezogenen Kind. Schließlich hatte er sich genauso unangemessen verhalten – vielleicht sogar noch unangemessener.

»Ich hatte gehofft, neu anfangen zu können«, sagte er. »Ich wollte diese Aufführungen wie einen Neustart behandeln.«

Als ob das so einfach wäre. Als ob es nur ein paar verdammte Lakritzfischchen bräuchte, und alles wäre wieder in Ordnung.

»Du hast nur erreicht, dass Harriet misstrauisch geworden ist.«

»Hast du ihr etwa von dem Kuss erzählt?«, fragte er.

»Nein! Natürlich nicht. Ich habe niemandem davon erzählt.« Ich sah ihn an. »Und du?«

»Nein«, sagte er. »Aber du und Harriet, ihr steht euch … nahe.«

»Sie ist meine beste Freundin«, bestätigte ich. »Und falls du dich erinnerst, die einzige Person, die zu mir gestanden hat, nachdem das alles passiert war.«

Ich konnte sehen, wie Cal den Kiefer anspannte. Daran wollte er offenbar nicht gern erinnert werden. Zweifellos widersprach es seinem Selbstbild als »guter Kerl«. Doch das war mir im Moment ziemlich egal.

»Genau«, sagte Cal. »Ich dachte, du hättest ihr alles erzählt.«

»Okay, hab ich aber nicht. Und ich bin froh, dass ich es nicht getan habe, denn sie ist schon wegen der Lakritze total ausgerastet und hat Angst, dass ich – dass wir – die Show gefährden.«

Gott. Wenn ich es laut aussprach, tat es noch mehr weh.

»Das wird nicht passieren«, versicherte Cal. »Es war nur ein Kuss. Es wird nicht wieder vorkommen.« Er klang zuversichtlich, starrte aber noch immer auf meinen Mund.

»Keine Süßigkeiten mehr«, sagte ich. »Keine Sonderbehandlung.«

»Ich wollte nur nett sein«, verteidigte er sich.

»Dann hör auf«, sagte ich. »Du bist nicht nett.«

»Doch«, beharrte er.

»Für mich nicht«, erwiderte ich.

Er dachte einen Moment nach. »Gut«, sagte er. »Keine Süßigkeiten mehr.«

Ich konnte nur hoffen, dass es so einfach war.

Damals

Kapitel 21

»Bist du dir sicher, dass du deinen Geburtstag so verbringen willst?«, fragte Harriet.

»Zum letzten Mal«, antwortete ich, »ja, genau das möchte ich heute Abend tun.«

Schulterzuckend stieg Harriet aufs Bett, auf dem ich eine geradezu ekelhafte Menge an Süßigkeiten und Popcorn aufgebaut hatte.

Wir waren in Edinburgh, und draußen war es herrlich kalt. Harriet war extra aus New York angereist, und ich hatte den Abend frei und sehr genaue Vorstellungen davon, wie ich ihn verbringen wollte. Dazu gehörte vor allem, viel zu essen und meine superluxuriöse Hotelsuite nicht zu verlassen.

»Ich nehme an, dass keiner der Jungs kommt?«, fragte Harriet.

»Ich habe sie alle eingeladen«, sagte ich. »LC hat gesagt, dass er vielleicht vorbeischaut.«

Ich hatte versucht, Harriet und LC dazu zu bewegen, etwas Zeit miteinander zu verbringen. Je besser ich ihn kennenlernte, desto mehr war ich davon überzeugt, dass er gut zu Harriet passen würde. Er war süß und klug – stand genauso auf Geschichte – und war neben Cal der Einzige der Jungs, der nicht jedes Mal mit den Augen rollte und so tat, als müsste er sich übergeben, wenn ich über Musicals sprach.

»Kathleen«, Harriet schüttelte den Kopf, »ich brauche keinen Freund. Und erst recht keinen, der das ganze Jahr über auf Tournee ist.«

Sie hatte recht, aber insgeheim hoffte ich, dass sie, falls sie mit LC zusammenkäme, ihre New Yorker Pläne auf Eis legen und für den Rest der Tournee mit uns reisen würde. Ich vermisste sie. Und zwar sehr. Wenn sie da war, war alles einfacher.

Wenn sie da war, beschwerte sich Ryan nicht darüber, dass ich Zeit mit Cal verbrachte. Wenn wir zu dritt waren, war alles unkompliziert. Lustig. Und es war auch nicht so angespannt, wenn Ryan dabei sein wollte – problemlos wurden wir dann zu einem Quartett.

Aber als Harriet wieder in New York war, regte Ryan sich darüber auf, wie viel Zeit ich mit Cal verbrachte. Es wurde ein Entweder-oder. Ich konnte mit Ryan abhängen oder mit Cal – aber nicht mit beiden gleichzeitig.

Es klopfte an der Tür.

»Vielleicht ist das LC«, sagte ich.

Harriet lag auf dem riesigen Hotelbett und las *Cosmo*. Ich war auf dem Cover.

Doch vor der Tür stand nicht LC, sondern Cal.

»Findet der Filmabend noch statt?«, fragte er.

»Du weißt schon, dass wir uns einen Haufen Musicals ansehen, oder?«

»Das war das Versprechen«, sagte er.

Ryan hatte sich geweigert. »Ich werde nicht stundenlang einem Haufen Leuten beim Singen zusehen«, hatte er gesagt. »Aber vielleicht können wir an deinem Geburtstag ja zu zweit etwas Besonderes unternehmen.«

Er hatte jedoch keine alternativen Vorschläge gemacht, und so nahm ich an, dass er mir wahrscheinlich am nächsten Tag einen Cupcake oder so etwas schenken würde. Er war nicht sonderlich gut darin, sich solche Dinge zu merken.

»Juhu!«, rief Harriet, als sie Cal sah.

»Was sehen wir uns zuerst an?«

Ich schaute zu Cal hinüber, der gerade dabei war, den Deckel wieder auf eine Dose mit Lakritz zu drücken.

»Hey, hey, hey!«, sagte ich. »Was machst du da?«

Er trat mit erhobenen Händen zurück. »Ich wollte nur verhindern, dass sie austrocknen.«

Ich schnalzte mit der Zunge und drückte die Dose an meine Brust. »Armer Cal«, sagte ich. »Hat dir niemand beigebracht, dass RedVines am besten schmecken, wenn sie leicht ausgetrocknet sind?«

»Ähm, nein«, erwiderte er. »Meine Familie bevorzugt frische Sachen.«

Ich drehte den Deckel auf und hielt ihm die Dose hin. »Probiere es«, sagte ich. »Ändere dein Leben.«

Cal zog eine rote Schlange aus der Mitte der Packung und aß sie.

»Tja«, sagte er. »Da hast du wohl recht.«

»Ja!« Ich stieß eine Faust in die Luft. »Ich meine, natürlich hab ich recht.«

»Er lügt«, sagte Harriet.

»Tut er nicht«, hielt ich dagegen.

Ich sah Cal an, aber er starrte eine Tüte in der Süßigkeitensammlung an.

»Was ist das?«, fragte er.

»Lakritzfischchen«, sagte ich.

»Das sind Kathleens Lieblingssüßigkeiten«, sagte Harriet.

»Ja«, bestätigte ich. »Aber sie müssen fest sein, nicht weich.«

»Sie fasst sie alle an«, erklärte Harriet.

Cal zog seine Hand zurück.

»Ach, komm schon«, sagte ich. »Schließlich hab ich nicht die Krätze.«

Ich nahm einen Fisch vom oberen Rand der Dose und reichte ihn ihm. »Die sind gut.«

»So gut wie leicht harte Weingummischlangen?«, fragte er, und ich wusste, dass Harriet recht hatte – er hatte sich über mich lustig gemacht.

»Ob du es glaubst oder nicht«, sagte ich, »sie sind besser.«

»Das erinnert mich an etwas.« Cal griff in seine Tasche. »Ich hab dir ein Geburtstagsgeschenk mitgebracht. Eines, mit dem die Süßigkeiten vielleicht *noch* besser schmecken.«

Er zog einen Joint heraus.

»O verdammt«, sagte Harriet, legte die Zeitschrift weg und sprang vom Bett herunter. »Du bist ein Genie.«

Er grinste über das Kompliment. »Sollen wir mit der Party anfangen? Welchen Film sehen wir uns zuerst an?«

Ich hatte damit gerechnet, dass er stöhnen und kneifen würde, wenn er erfuhr, dass wir vorhatten, ein paar ziemlich nostalgische, nerdige Sachen zu sehen. Ich wollte mit *Die Zeitungsjungen* beginnen, dann mit *Grease 2* weitermachen und mit *Into the Woods* enden. Ich konnte es Ryan wirklich nicht verübeln, dass er keine Lust hatte, an einem Abend alle drei Filme zu sehen.

Doch Cal zuckte nicht einmal mit der Wimper. Stattdessen zündete er den Joint an, zog sich einen Stuhl neben das Bett und machte es sich gemütlich.

Es dauerte nicht lange, bis das Gras wirkte. Und Cal hatte recht – danach schmeckten die Süßigkeiten tatsächlich noch tausendmal besser. Es war, als würde ich zum ersten Mal Lakritz essen. Ich konnte gar nicht genug davon bekommen.

Ich hatte das Zeug auf der Tour meistens gemieden, da ich davon Pickel bekam, aber heute Abend war mir das egal. Sollte ich morgen mit einem verpickelten Gesicht aufwachen, wäre es das absolut wert.

»Was haltet ihr von Männern mit Hosenträgern und aufgerollten Ärmeln – ist das nicht total heiß?«, fragte ich.

»Ich finde, es liegt nur an Christian Bale«, sagte Harriet.

Ich schüttelte den Kopf. »Auf keinen Fall.« Ich zeigte auf den Bildschirm. »Die sind alle heiß.« Ich drehte mich um und sah zu Cal hinüber. Mein Kopf fühlte sich sehr schwer an. »Ihr Jungs solltet eine Nummer à la *Zeitungsjungen* machen. Eure Fans würden durchdrehen.«

Eigentlich brauchte CrushZone auf diesem Gebiet keine Unterstützung. Ihre Popularität war durch die Decke gegangen, und es schien, als kämen immer mehr Fans zu den Konzerten, sodass das Publikum mittlerweile fast zu fünfzig Prozent ihretwegen da war.

Wahrscheinlich würde ich am Ende der Tour *ihr* Vor-Act sein. Ich freute mich für Ryan, Cal und die Jungs, zugleich machte ich mir Sorgen um mich. Die Branche war wankelmütig und Ruhm vergänglich. Zumindest hatte mir das jeder erzählt. Es war zwar schwer zu glauben, wenn man jedes Mal, wenn man auf die Straße ging, von Fans umringt wurde und vor vollen Stadien auftrat, aber ich spürte, dass sich etwas veränderte.

Ich wusste nur nicht, was ich dagegen tun sollte. Ich hatte Ideen. Ich hatte Pläne. Aber keine Ahnung, wie sie sich entwickeln würden.

»Wenn du sie fragst, ob du das nächste Video choreografieren kannst, könntest du vielleicht ein paar von den *Zeitungsjungen* inspirierte Beckenstöße einbringen«, sagte ich.

Cal schnaubte. »Na klar«, sagte er. »Und was ist mit deinem Teil der Abmachung?«

Ich grinste ihn an. »Also …«

Ich rollte mich vom Bett, ging zur Kommode und holte eine flach verpackte Schachtel heraus, auf der Harriets Name stand.

»Was ist das?« Harriet drehte die Schachtel in ihren Händen. »Es ist *dein* Geburtstag. Warum bekomme ich ein Geschenk?«

Ich sah ihr an, dass es ihr eigentlich nichts ausmachte.

»Es ist ein Geschenk für uns beide«, sagte ich. »Mach es auf! Los!«

Ich konnte kaum stillhalten, während sie das Geschenkpapier abriss, und hüpfte auf dem superweichen Hotelbett auf den Knien auf und ab.

»Es ist eine CD«, sagte sie und drehte sie um. Sie machte große Augen. »Hey. Das ist das Demo, das wir von meinen Songs aufgenommen haben.«

Es war auf keinen Fall professionell – Harriet, ich und ein Klavier –, aber es reichte als Türöffner.

»Das ist mein nächstes Album«, sagte ich. »Na ja, das übernächste.«

Harriet starrte mich an. »Du machst Witze.«

»Hast du es getan?«, wollte Cal wissen.

Ich triumphierte und fühlte mich allmächtig. Und extrem high. Es war unglaublich.

»Ich hab ihnen gesagt, dass ich das Weihnachtsalbum machen würde, wenn dies der Nachfolger wird«, sagte ich.

»Ja!« Cal machte eine Siegerfaust.

»Du wusstest davon?« Harriet drehte die CD-Hülle in den Händen, als ob sie noch mehr Informationen preisgeben würde.

»Es war seine Idee«, sagte ich.

»O mein Gott«, rief Harriet. »O mein Gott.« Mit leuchtenden Augen drückte sie die CD an ihre Brust.

Ich war *so* glücklich.

»Hören wir sie uns an«, schlug Cal vor.

»Ja!«, sagte Harriet und sprang vom Bett. »Wo ist der CD-Player?«

Plötzlich war ich befangen. »Das müssen wir doch nicht«, sagte ich.

»Äh, doch«, widersprach Cal. »Du schuldest mir was.«

»Ich schulde dir was?«, fragte ich. »Was ist mit deinem Teil der Abmachung?«

»Wovon redet ihr eigentlich?«, wollte Harriet wissen. Sie hatte den CD-Player gefunden.

»Nur von einem Versprechen, das wir uns gegenseitig gegeben haben«, klärte ich sie auf. »Dass ich darauf drängen würde, die Art von Album zu machen, die ich wollte, wenn Cal darum bittet, das nächste CrushZone-Musikvideo zu choreografieren.«

»Oder die nächste Show«, ergänzte er.

»Und?«, fragte ich.

Er blickte auf den Boden.

»Cal!« Ich schlug ihm auf den Arm. »Du hast es versprochen. Wir haben uns den Kleine-Finger-Schwur gegeben! Kann man denn heutzutage niemandem mehr vertrauen?«

»Tja«, sagte Cal, »vor dir steht der Choreograf des Musikvideos zur Single ›Shore Leave‹.«

Ich kreischte. »Machst du Witze?«

»Ich nehme Kleine-Finger-Schwüre äußerst ernst«, sagte er und schaffte es nur mit Mühe, ein Grinsen zu unterdrücken.

Ich sprang vom Bett in seine Arme und warf ihn beinahe um, dann drückte ich ihn fest.

»Ich bin so stolz auf dich«, sagte ich.

»Ich bin auch stolz auf dich.« Er legte sein Kinn auf meinen Kopf.

Er hatte die Arme um mich gelegt, und sie fühlten sich so gut an. So stark.

»Ich kann es nicht glauben!«, sagte Harriet.

Sie war immer noch auf den CD-Player konzentriert und drehte an der Lautstärke, bis meine Stimme – klar und frisch, nur von ihrem Klavier begleitet – den Raum erfüllte.

Wir saßen da und hörten zu. Anders als damals, als ich es Diana vorgespielt und aufmerksam die Reaktion in ihrem Gesicht beobachtet hatte, weil ich hoffte, dort ihre Antwort zu lesen, schloss ich dieses Mal die Augen und tat so, als würde ich mir nicht zuhören. Die Songs waren gut, und ich klang gut. Ich klang nur nicht wie Katee Rose.

Wir hatten die Songs in einem Proberaum mit mäßiger Akustik aufgenommen, aber die Musik setzte sich gegen die nicht gerade tolle Qualität der Aufnahme durch. Meine Stimme stand im Mittelpunkt, und ich meisterte jeden Song mit Selbstvertrauen und Können. Es klang wunderschön. Voll, vielschichtig und fest.

»Wow«, sagte Cal, als wir uns das ganze Album angehört hatten. »Das ist unglaublich.«

Harriet strahlte, dann musterte sie Cal und mich genauer. Da merkte ich, dass wir immer noch eng umschlungen nebeneinandersaßen, mein Körper fast auf seinem Schoß. Es war seltsam, dass es sich gar nicht seltsam anfühlte. Wie normal es war, auf diese Weise von Cal gehalten zu werden.

Ich wollte es nicht, aber ich wand mich aus seinen Armen und stand auf. »Glaubst du, es wird den Leuten gefallen?«, fragte ich.

»Ich glaube, sie werden es lieben«, sagte er.

Er stand etwas unbeholfen auf und rückte seine Jeans zurecht. Ich konnte mir ziemlich gut vorstellen, was er da zurechtrückte, ich hatte es an meinem Oberschenkel gespürt.

»Entschuldigt mich«, sagte er.

Kaum hatte er den Raum verlassen, packte Harriet meinen Arm. »O mein Gott«, sagte sie.

»Es ist gut, oder?«, fragte ich.

»Ich rede von dir und Cal!«

Ich bedeutete ihr, leise zu sein. »Er kann dich wahrscheinlich hören.«

Das schien sie nicht zu kümmern, sie klammerte sich weiter fest an meine Arme. »Was willst du jetzt tun?«, fragte sie.

»Wieso?«

Sie starrte mich an. »Weil Cal total verliebt in dich ist.«

Die Welt schien plötzlich stillzustehen, und alles lief wie in Zeitlupe ab.

»Wie bitte?«, fragte ich, aber in meinem Kopf klang es eher wie »Wiiiiiiie biiiiiiitte?«

Harriet sah mich zugleich mitleidig und entzückt an. »Ach, komm schon«, sagte sie. »Du weißt doch, dass er schon immer in dich verliebt war, oder? Seit dem Sommercamp.«

Ich schüttelte den Kopf. »Auf keinen Fall«, sagte ich. »Das … stimmt nicht.«

Aber ich konnte es eigentlich nicht leugnen. Ich hatte Harriet nie erzählt, was in der letzten Nacht im Camp auf dem Dach zwischen Cal und mir passiert war, und ich wusste nicht genau, warum nicht. Sie war meine beste Freundin, ich erzählte ihr alles, besonders damals. Aber aus irgendeinem Grund hatte ich es für mich behalten.

»Er ist nicht in mich verliebt«, behauptete ich.

Harriet warf mir einen zweifelnden Blick zu.

»Außerdem bin ich mit Ryan zusammen«, sagte ich, obwohl ich schon seit Stunden nicht mehr an ihn gedacht hatte.

»O ja«, erwiderte Harriet. »Ryan.«

Ich gab ihr einen Klaps auf den Arm. Sie war zwar kein großer Fan von ihm, aber er war mein Freund.

Klar, er wollte meinen Geburtstag nicht mit mir verbringen, weil er es nicht ertragen konnte, die Art von Filmen zu sehen, die ich am liebsten mochte. Okay, ja, er war in letzter Zeit abgelenkt und schaffte es nicht, sich um mich zu kümmern. Und er *hatte* mich auf der Halloween-Party sitzen lassen, um sich bei diesem Filmproduzenten einzuschleimen, der ihm nicht einmal eine Chance zum Vorsprechen gegeben hatte, aber so war Ryan eben. Er war zielstrebig. Ehrgeizig. Das bewunderte ich.

»Hast du ihm die CD vorgespielt?«, fragte Harriet.

»Ich wollte sie zuerst dir zeigen«, sagte ich, aber das war eine lahme Ausrede.

Ich hatte das Album Ryan gegenüber nicht einmal erwähnt, und erst recht nicht, dass ich etwas anderes machen wollte. Soweit er wusste, war ich liebend gern Katee Rose und bereit, für den Rest meines Lebens sie zu sein – zu singen wie sie, aufzutreten wie sie.

»Ich werde es ihm erzählen«, sagte ich.

Doch Harriet wirkte nicht überzeugt. »Cal ist ein guter Kerl«, sagte sie mit ernstem Gesicht.

»Ich weiß.«

»Tu ihm nicht weh.«

Ich legte mir die Hand auf die Brust, als hätte sie mich verletzt. »Das würde ich nie tun«, versicherte ich ihr.

»Nicht absichtlich. Aber ich glaube, dir ist nicht bewusst, wie viel Macht du hast. Besonders über ihn.«

Doch das stimmte nicht. Ich wusste, dass Cal mich ansah, wenn er dachte, ich würde es nicht bemerken. Ich wusste, dass er eigentlich mehr Zeit mit mir verbrachte, als noch okay war. Ich wusste, dass er sich schon seit Monaten mit keiner Frau mehr verabredet hatte.

Es machte Spaß, bewundert zu werden. Es war ein schönes Gefühl. Besonders, wenn man von jemandem wie Cal bewundert wurde.

»Ich werde vorsichtig sein«, sagte ich.

»Vorsichtig bei was?«, fragte Cal. Er hatte sich praktisch herangeschlichen.

»Ach, nichts«, sagten Harriet und ich wie aus einem Mund.

Ich hatte keine Ahnung, wie lange er dort gestanden hatte – das Gras schien alles unscharf und verworren zu machen, auch Raum und Zeit.

»Schauen wir uns noch einen Film an!«, sagte ich. »*Grease 2*?«

Cal ging zurück zu seinem Stuhl, und Harriet und ich machten es uns auf dem Bett bequem. Als die Eröffnungsnummer begann, wurde der Joint wieder angezündet und herumgereicht.

»Einer der seltenen Fälle, in denen eine Fortsetzung besser ist als das Original«, sagte ich.

Cal hustete. »Machst du Witze?«, fragte er. »Du kannst doch nicht ernsthaft behaupten, dass dieser Film besser ist als *Grease*.«

»O doch«, bestätigte ich. »Viel besser.«

»Auf keinen Fall«, widersprach er. »Travolta. Olivia. Stockard Channing! Wer kann das überbieten?«

»Die Musik ist besser«, sagte ich. »›Cool Rider‹? ›Score Tonight‹? ›Reproduction‹?«

»Ich fürchte, du hast den Verstand verloren«, sagte Cal. »Harriet?«

»Sorry«, sagte sie. »Ich bin Kathleens Meinung. Und da wir gerade von Fortsetzungen sprechen – ich glaube, wir sind uns alle einig, dass *Sister Act 2* besser ist als der erste.«

Cal hob die Hände. »Ihr habt beide den Verstand verloren. Ich weiß nicht, ob ich hier sitzen bleiben und mir solche Blasphemie anhören kann.«

Dass wir drei uns über Filme und Musicals stritten, fühlte sich gut an. Wie ein perfekter Geburtstag.

Aber Harriets Warnung ging mir nicht mehr aus dem Kopf. Das Letzte, was ich wollte, war, jemanden zu verletzen. Cal war mein Freund.

Ich musste einfach aufhören, heimliche Blicke auf ihn zu werfen und so viel Zeit mit ihm allein zu verbringen. Was auch immer ich empfand, hatte wahrscheinlich nur mit meinem Selbstwertgefühl zu tun – damit, dass ein Typ wie Cal mich bewunderte –, und Harriet hatte recht, ich musste vorsichtig sein.

So schwer war das doch nicht, oder?

Jetzt

Kapitel 22

»Wie sitzt es?«

Ich streckte die Arme vor und nach oben und testete, wie ich die Schultern in meinem Kostüm bewegen konnte.

»Gut«, sagte ich zu Morgan, der Gewandmeisterin. »Hier hinten sitzt es etwas locker, aber der Rest ist perfekt.« Was an sich schon eine Leistung war, wenn man bedachte, dass die meisten Kleider meiner Brüste wegen normalerweise angepasst werden mussten.

Aber sie hatten vorab bereits meine Maße gehabt, und das Kleid schmiegte sich um meine Kurven, ohne sie einzuengen.

»Und die Perücke?«, erkundigte sie sich und machte sich Notizen auf ihrem Klemmbrett.

»Sie juckt teuflisch«, sagte ich.

»Daran erkennt man, dass sie sitzt«, erklärte sie.

Wir tauschten ein Lächeln.

»Du siehst toll aus«, sagte sie.

»Es ist ein schönes Kostüm.«

Es war für Peggys letzte Nummer. Außer bei der Eröffnung und dem Finale trugen die Darsteller während der

Vorstellung einheitliche blaue Overalls, das Haar wie Rosie, die Nieterin, mit einem Kopftuch zurückgehalten. Für meine Figur war das ein Wow-Moment, bei dem ihre Erotik herausgestellt wurde und die Ängste aller anderen an die Oberfläche stiegen.

Peggy war gefährlich und wild, und die anderen Frauen fürchteten sie. Es machte ihnen Angst, wozu Peggy alles bereit war, nur um zu bekommen, was sie wollte. Bis sie merkten, worum es ihr eigentlich ging. Denn Peggy war nicht der Ehefrauen vernichtende Vamp, für den man sie hielt. Sie war eine Jüdin, die vorgab, keine Jüdin zu sein, und jede Nacht mit anderen Männern ausging, um Geld für die Flucht ihrer Familie aus dem von Nazis besetzten Europa zu beschaffen.

Sie war gnadenlos und unbarmherzig, all das verpackt in einen Kunstpelzmantel und ein figurbetontes Kleid, dazu perfekte blonde Locken und endlose Beine.

Ich konnte mich einigermaßen mit ihr identifizieren. Es war lange her, dass ich blond gewesen war – auch wenn das strahlende Weiß der Perücke eher an Marilyn erinnerte, fühlte es sich immer noch an, als würde ich mein jüngeres Ich sehen.

»Hallo, Ms Rose.«

Offenbar ging das nicht nur mir so.

»Na, was sagst du?«, fragte Morgan Cal.

Ich machte die obligatorische Drehung, wobei der Rock des Kleides um mich herum schwang. Zusammen mit den Tanzschuhen sahen meine Beine mit Sicherheit fantastisch aus. Und ganz bestimmt konnte Cal einen guten Blick auf sie werfen.

»Sieht toll aus«, sagte er. »Wunderbare Arbeit, Morgan.«

Sie strahlte vor Stolz.

»Sind sie bereit für mich?«, fragte ich.

»Ja«, erwiderte Cal.

Dies war nicht nur die erste Anprobe, sondern auch die erste Gelegenheit, die Kostüme im Scheinwerferlicht zu sehen.

Als ich Cal auf die Bühne folgte, bemerkte ich dunkle Schatten unter seinen Augen, und als ich genauer hinsah, fiel mir auf, dass er insgesamt ziemlich erschöpft wirkte.

»Bist du okay?«, fragte ich.

Er sah mich an. »Mir geht's gut.«

Seit unserer Ankunft in Rhode Island waren wir peinlich höflich zueinander gewesen. Viele »Guten Morgen« und »Wie geht es dir?« und »Ist das nicht schön?« und »Ich wünsch dir einen schönen Abend«. Der banalste Smalltalk war auch der sicherste. Er bewahrte uns davor, uns gegenseitig den Hals umzudrehen. Oder vor der Versuchung, hineinzubeißen. Er hatte einen unglaublichen Hals. Tatsächlich zum Anbeißen.

»Du siehst furchtbar aus«, sagte ich.

»Danke.« Er rieb sich die Augen. »Ich hab nicht gut geschlafen. Freut mich, dass man das sieht.«

»Stimmt etwas nicht?«, fragte ich.

»Nein«, sagte er und fügte dann schnell hinzu: »Nichts, worüber du dir Sorgen machen müsstest.«

Wir befanden uns bereits hinter der Bühne, aber bevor er sie betreten konnte, hielt ich ihn am Arm zurück.

»Was soll das heißen?«, fragte ich.

Er blickte auf die Stelle, an der ich seinen Arm festhielt, und ich ließ ihn los.

»Ich hätte nichts sagen sollen.«

»Tja, dafür ist es jetzt zu spät«, entgegnete ich.

Seufzend sah er sich um und senkte die Stimme. »Der Kartenverkauf stagniert«, gestand er. »Die erste Woche ist ausverkauft, aber der Rest …« Er machte eine Geste, die seine Verzweiflung unterstrich.

»Aber es ist doch noch früh, oder nicht?«, fragte ich, spürte jedoch die aufsteigende Panik meinen Rücken hinaufkriechen.

»Das stimmt«, sagte Cal. »Und alles wird gut. Es ist nur …« Er fuhr sich mit der Hand durchs Haar. »Ich hätte wirklich nichts sagen sollen.«

»Ich werde es niemandem erzählen«, versprach ich.

Ich hatte noch eine Million weiterer Fragen, aber Cal war bereits auf der Bühne, also blieb mir nichts anderes übrig, als ihm zu folgen.

»Okay«, sagte Cal. »Peggys Nummer. Mal sehen, wie es aussieht.«

Er sprang von der Bühne und ging den Gang hinauf, um vom Zuschauerraum aus zuzusehen. Das Licht wechselte von neutralem Weiß zu einem warmen Gelb. Die Szene spielte am frühen Morgen, wenn die anderen Arbeiterinnen Peggy dabei erwischen, wie sie von einem ihrer »Dates« nach Hause kommt. Sie ziehen die erwarteten Schlüsse, gehen hinein und lassen sie stehen.

Cal wollte, dass es so aussah, als ginge die Sonne auf, was bestimmte Lichtwechsel während des Songs erforderte.

Wir gingen die Szene durch und bestimmten den Lichteinsatz. Es war ein langsamer Prozess, ein ständiges Starten und Stoppen, aber wenn am Ende alles passte, war es das wert.

»Okay«, sagte Cal, nachdem die Einstellungen vorgenommen worden waren. »Gehen wir es noch einmal durch, um zu sehen, wie es im Ganzen wirkt.«

»Ich kann es einfach singen«, konterte ich.

Es war ein wunderschönes Lied. Ich sang es gern. Und ein Teil von mir wollte hören, wie es zum ersten Mal im Theater klang. Mit Licht. Im Kostüm.

»Ich kann spielen«, sagte Harriet. Sie saß mit Taylor und Mae im Zuschauerraum und ging nun in den Orchestergraben, um sich ans Klavier zu setzen.

Vielleicht war das ein Zeichen dafür, dass die Spannungen, die sich zwischen uns aufgebaut hatten, endlich nachließen.

»Wenn du keine Angst hast, dich zu verausgaben«, sagte Cal. »Es wird bestimmt niemand Nein sagen.«

»Nicht einmal du?«, fragte ich.

»Nicht einmal ich.«

Es fehlte der Biss unserer sonstigen »Meinungsverschiedenheiten«.

»Nun, Mr Regisseur«, sagte ich. »Dann her mit den Anweisungen.«

Pause

Die Nachricht verbreitete sich im Camp wie ein Lauffeuer. Unter Campern gab es keine Geheimnisse.

»Hast du es schon gehört?« Harriet strahlte geradezu vor Freude. »Rachel ist rausgeflogen!«

»Was?« Ich sah mich in der Cafeteria um und erwartete, sie wie üblich mit ihren Freundinnen in ihrer Ecke sitzen zu sehen.

Stattdessen waren dort nur die Freundinnen, die ohne ihre Anführerin einen recht unglücklichen Eindruck machten. Allerdings warfen sie mir tödliche Blicke zu.

»Wie? Warum?«, fragte ich.

Harriet zuckte mit den Schultern. »Na ja, sie hat getrunken, und sie ist minderjährig.«

»Hast du etwa den Lehrern von dem Wodka erzählt?«, fragte ich.

»Nein!«, rief Harriet. »Du?«

»Nein.« Ich hatte daran gedacht, dann aber befürchtet, Rachel würde Harriet verdächtigen, und ich wollte sie nicht in Schwierigkeiten bringen.

»Tja, sie haben es herausgefunden, und« – Harriet deutete mit dem Daumen auf die Tür – »weg ist sie.«

»Wow! Ich glaube, Träume werden tatsächlich wahr.«

Harriet kicherte, und ich fiel unwillkürlich mit ein.

»Kathleen Rosenberg.« Plötzlich erschien Ms Spiegel, eine der Lehrerinnen, am Ende des Tisches. »Kommen Sie mit.«

Harriet und ich sahen uns mit großen Augen an. Hatte Ms Spiegel uns belauscht? War ich im Begriff, hinausgeworfen zu werden, weil ich nichts gesagt hatte?

Ich folgte ihr aus der Cafeteria und zu den Proberäumen. Ich wollte mir keine Hoffnungen machen, aber wenn sie mich rausschmeißen wollten, würde man mich doch wohl zum Hauptbüro bringen. Ms Spiegel sagte nichts, also schwieg ich ebenfalls und konnte mir gerade noch ein aufgeregtes Aufatmen verkneifen, als sie eine der Türen aufstieß, hinter der niemand anders stand als …

Cal. Kirby.

Er wartete in dem großen Proberaum neben dem Klavier. Sein Haar zottelig und glänzend, seine Wangen sonnenverbrannt und voller Sommersprossen. Seine Hände lagen auf Notenblättern ausgebreitet und waren sehr, sehr schön.

»Sicher haben Sie die bedauerliche Neuigkeit bereits gehört?«, fragte Ms Spiegel.

»Wie bitte?«

»Wegen Rachel James.«

»Ah«, sagte ich.

Ich starrte immer noch auf Cal. Als wir hereinkamen, hatte er aufgesehen, sich dann jedoch wieder dem Studium der Noten gewidmet.

»Wir haben beschlossen, dass Sie ihren Platz in der Vorstellung übernehmen werden«, erklärte Ms Spiegel. »Ein Solo und ein Duett mit Cal.«

Es dauerte einen Moment, bis ich die Bedeutung ihrer Worte begriff.

»Ms Rosenberg?«, fragte Ms Spiegel, als ich nicht antwortete. »Wollen Sie die Lieder übernehmen oder nicht?«

»Ja«, sagte ich. »Ja. Auf jeden Fall.«

»Gut. Sie hängen etwas hinterher, aber wenn wir ein paar zusätzliche Proben ansetzen, sollten Sie zurechtkommen.«

»Okay«, sagte ich.

»Ich lasse Sie beide allein, damit Sie sich kennenlernen können«, sagte Ms Spiegel. »Gehen Sie den Song ein paarmal durch, dann komme ich zurück, um Sie anzuleiten.«

Endlich schenkte Cal mir seine Aufmerksamkeit, aber seine Miene war undurchdringlich. War er froh, dass ich Rachel ersetzte? War er genervt, dass er mehr proben musste? War er müde? Hungrig? Ich konnte es nicht sagen.

»Hi«, sagte er, als ich zum Klavier kam. »Ich bin Cal.«

»Kathleen.«

Wir gaben uns die Hand, seine Haut war so warm. Ein bisschen rau, aber nicht zu sehr. Als würde er Stöcke und Holz aufheben, sich aber die Hände waschen, wenn er fertig war. Es gefiel mir.

Da wurde mir klar, dass ich gar nicht wusste, für welches Duett Cal und Rachel besetzt worden waren. Ich warf einen Blick auf das Notenblatt.

»Oh«, sagte ich. »Ich mag dieses Lied.«

Es war »Easy Street« von Annie.

»Ja«, sagte Cal. »Ich auch. Hast du das Musical gesehen?«

»Nur den Film«, antwortete ich. »Und du?«

Er schüttelte den Kopf. »Ich hab es von einer freien Produktion gesehen. Es war ziemlich cool.«

»Ja«, sagte ich, als ob ich es wüsste.

»Ich erinnere mich an dein Vorsingen«, sagte er. »Du warst echt gut.«

»Danke. Du warst zu tief.«

Ich konnte nicht glauben, dass ich das gerade gesagt hatte. Was war nur los mit mir? Natürlich hatte ich recht – er hatte zu tief gesungen –, aber welcher Arsch sprach das laut aus?

»Es tut mir leid«, sagte ich.

Cal starrte mich an, dann schüttete er sich vor Lachen aus. »Schon okay.«

»Ich hab's nicht so gemeint«, sagte ich.

»Ich war zu tief«, räumte er ein. »Aber ich bin auch einer von fünf Jungs hier, also hat es wohl eigentlich keine Rolle gespielt.«

Es waren mehr als fünf Jungs im Camp, aber das Verhältnis war total unausgewogen. Und er hatte recht – keiner der Jungs war auch nur annähernd so beeindruckend gewesen wie die Mädchen, aber Cal war besser als die meisten. Trotz einiger zu tiefer Töne.

»Ich hoffe, dass ich bei der Aufführung besser bin«, sagte er.

»Gut«, erwiderte ich, bevor ich merkte, wie unhöflich das klang. »Ich meine, wir werden ganz bestimmt beide besser sein.«

Cal schüttelte den Kopf, lächelte aber zum Glück immer noch. »Du redest nicht gern um den heißen Brei herum, was?«

»Das ist sehr wichtig für mich«, erklärte ich. »Ich muss die Talentscouts beeindrucken.«

Cal sah mich an und nickte dann. »Okay«, sagte er. »Ich glaube, das schaffen wir.«

Jetzt

Kapitel 23

Ich stand auf der Treppe vor Harriets Mietwohnung in Rhode Island, wartete darauf, dass sie die Tür öffnete, und zog die Jacke fester um mich. In den Fenstern spiegelte sich der fallende Schnee. Den ganzen Morgen über war der Himmel grau und wolkenverhangen gewesen, aber erst als ich schon auf halbem Weg zu Harriets Wohnung war, war es winterlich geworden.

Wenn es in letzter Zeit zwischen uns nicht so seltsam gewesen wäre, hätte ich mir gut vorstellen können, während der Testaufführungen hier eine Wohnung mit ihr zu teilen, oder zumindest Wohnungen im selben Gebäude zu suchen. Stattdessen wohnte sie gut zwanzig Gehminuten entfernt, wie ich erst heute feststellte, da ich vorher noch nicht in ihrer Wohnung gewesen war.

Die Tür schwang auf.

»Mist«, sagte sie. »Es fängt an zu schneien, oder?«

Sie trat zur Seite, damit ich meine Stiefel auf der Matte abtreten und Jacke und Mütze ausziehen konnte. Ich fröstelte, obwohl es bei ihr warm war, und mein Haar war leicht feucht von dem Spaziergang.

»Ich ahne, dass die Probe morgen ausfallen wird«, sagte ich.

»Ich kann mich nicht erinnern, wann ich das letzte Mal richtigen Schnee erlebt habe«, erwiderte sie.

»Deine Wohnung ist schön.«

Und das war sie. Sehr Harriet. Entweder hatte sie einen Großteil ihrer Schallplatten für die Dauer des Aufenthalts mitgebracht oder sie hatte eine Unterkunft gefunden, die über eine beeindruckende Sammlung verfügte. Sie hatte allerdings ihren eigenen Plattenspieler dabei, was mich nicht im Geringsten überraschte. Die Liebe zur Musik hatte sie von ihrem Vater geerbt und die Liebe zur Geschichte von ihrer Mutter. Deshalb überraschten mich auch nicht die hohen Bücherstapel auf dem Boden.

»Recherchierst du für das nächste Projekt?«, fragte ich.

Sie zuckte mit den Schultern. »Vielleicht. Ich suche hauptsächlich nach Inspiration.«

Die Atmosphäre zwischen uns fühlte sich immer noch ziemlich steif an, aber jetzt war es nicht mehr ganz so einseitig. Ich musste zugeben, dass ich ihr auch ein wenig aus dem Weg gegangen war. Nach der Sache mit den Süßigkeiten in der Garderobe hatte ich in ihren Augen eine Version von mir gesehen, die mir überhaupt nicht gefallen hatte.

Ob das nun an mir oder an ihr lag, sei dahingestellt. Aber wir gaben uns Mühe. Zumindest heute Abend. Abendessen und ein Film, nur wir beide. Wie in alten Zeiten.

Damals, als ich für *Show N Tell* in New York war, war Harriet meine einzige Freundin gewesen. Ihre Familie lebte in Harlem, also fuhr ich nach langen Drehtagen zu ihr, um ein selbst gekochtes Essen zu bekommen und ein bisschen Familienleben zu haben.

Meine eigenen Eltern, die eigentlich nie verstanden hatten, warum ich tat, was ich tat, wohnten auf der anderen Seite des Landes im Norden Kaliforniens. Sie waren »extrem enttäuscht« von meinen Entscheidungen, angefangen damit, dass ich zum Theatercamp gewollt, gefolgt davon, dass ich den Job als Tänzerin bei *Show N Tell* angenommen hatte, und dann als ich mich auf Dianas Empfehlung hin emanzipierte.

Ich war nicht allein, aber irgendwie doch, mir blieben nur Harriet und ihre Familie.

»Es riecht unglaublich«, sagte ich und folgte dem Duft in die Küche. »Gumbo?«

»Natürlich.«

In den Wintermonaten hatten wir Schüssel um Schüssel davon gegessen. Bei dem Geruch wurde ich wieder zum Teenager. Aber ohne die lästigen Hormone.

»Wein?«, fragte Harriet.

Sie hatte sich bereits ein Glas eingeschenkt, und an der Menge, die noch in der Flasche war, konnte ich erkennen, dass es bereits ihr zweites war. Es machte mir nichts aus. Harriet wurde anschmiegsam und müde, wenn sie betrunken war.

»Gern«, sagte ich.

»Ich dachte, wir könnten uns heute Abend einen alten Klassiker ansehen«, sagte sie, während sie unsere Schüsseln mit Eintopf, Krabben und Okra füllte. *»Strictly Ballroom?«*

»Den hab ich seit Jahren nicht mehr gesehen«, sagte ich. »Klingt toll.«

Natürlich hätte sie auch sagen können, dass sie sich You-Tube-Videos von Hunden ansehen wollte, die von Betten herunterfielen, und ich wäre einverstanden gewesen. Ich wollte, dass wir über diesen Streit oder was auch immer zwischen uns stand, hinwegkamen, und war bereit, so ziemlich alles zu erdulden.

Aber *Strictly Ballroom* war kein Problem. Es war ein Film, den wir mehrmals zusammen gesehen hatten, und es war schön, dass sie ihn für heute Abend ausgewählt hatte. Wenn sie nostalgischer Stimmung war, war das ein gutes Zeichen.

Wir nahmen unsere Schüsseln mit ins Wohnzimmer, und ohne ein Wort zu wechseln, setzten wir uns beide auf den Boden an den Couchtisch, mit dem Rücken ans Sofa gelehnt. So hatten wir immer während der Filmabende gegessen, denn Harriets Mutter hätte uns umgebracht, wenn wir Essen auf ihr Sofa gekleckert hätten.

»Nichts gegen *Moulin Rouge* oder *Romeo und Julia*«, sagte Harriet, »aber das ist der beste Baz-Luhrmann-Film.«

»Hundertprozentig deiner Meinung«, sagte ich. »Und wie Scott sich beim letzten Tanz auf den Knien dreht und dann langsam vor Fran aufsteht? So heiß.«

»Für einen Hetero nicht schlecht«, stimmte Harriet zu.

Als ich meine zweite Schüssel Gumbo halb aufgegessen hatte, klingelte es an der Tür. Harriet war in die Küche gegangen, um eine weitere Flasche Wein zu öffnen, also erhob ich mich, um aufzumachen.

»Erwartest du jemanden?«, rief ich ihr zu und sah aus dem Fenster.

Cal.

Ich öffnete die Tür.

»Was machst du hier?«, fragte ich.

Er sah genauso verwirrt aus, wie ich mich fühlte, blickte auf sein Handy, dann auf die Nummer über der Tür und dann wieder auf sein Handy.

»Ich dachte, das wäre Harriets Haus«, sagte er.

»Mist«, sagte Harriet hinter uns. »Das hatte ich total vergessen.«

»Ich kann ein anderes Mal wiederkommen«, sagte Cal.

In diesem Moment sah ich, wie stark es schneite und dass die Schultern seiner Jacke feucht waren. Sein Haar auch. Ohren und Nase waren gerötet, und er zitterte leicht. Draußen war es eiskalt.

»Komm rein«, sagte ich.

»Ja, Ma'am.«

Ich hätte schwören können, dass seine Zähne klapperten.

»Gumbo?«, fragte ich.

»Ist es warm?«

»Allerdings«, antwortete ich. »Sogar heiß.«

»Dann schütte es am besten über mich«, sagte er.

Ich versuchte, mir das nicht vorzustellen. In Wahrheit wäre es wahrscheinlich sehr seltsam und vielleicht klebrig und nicht sexy. Wahrscheinlich würde es auch brennen. Aber in meiner Fantasie …

»Es tut mir so leid«, sagte Harriet. »Das habe ich total vergessen.«

Ihre Lippen waren weinrot, ihr Blick nicht ganz fokussiert. Noch ein Glas, und sie würde uns wild gestikulierend vergessene Highlights der Geschichte erzählen, bevor sie in Ohnmacht fiele. Ich kannte ihre Phasen der Trunkenheit ziemlich gut.

»Ist schon gut«, sagte Cal. »Ich kann später wiederkommen.«

»Auf keinen Fall«, widersprach ich. »Es schneit viel zu stark, als dass irgendjemand gehen könnte.«

Wir schauten alle aus dem Fenster und betrachteten den dichten Schneefall. Auf dem Zaun lagen schon mindestens fünf Zentimeter.

»Du sagst es«, erwiderte Harriet. »Schneefrei.«

Wir brachten Cal eine Schüssel Gumbo, und er zog seine nassen Socken und den Pullover aus und hängte sie in Harriets Badezimmer auf. Seine Jeans waren ebenfalls nass, aber ich wollte nicht vorschlagen, dass er sie auszog.

»Was machst du hier?«, fragte ich.

»Wir wollten heute Abend an Alternativen für die Eröffnung des zweiten Akts arbeiten«, erklärte Harriet. »Aber das hatte ich total vergessen.«

»Mach dir keine Sorgen«, sagte Cal. »Ich glaube nicht, dass mit dem jetzigen Anfang vom zweiten Akt etwas nicht stimmt.«

»Er ist nicht stark genug«, gab Harriet zu bedenken. »Er mäandert am Ende so dahin.«

»Okay, wenn du meinst«, erwiderte Cal. »Was seht ihr da?«

Aber ich wusste, dass keine von uns darauf antworten musste. Wenn es etwas gab, womit sich Cal auskannte, dann bei Filmen mit Tanzszenen.

»Gleich kommt der beste Teil«, sagte ich.

»Wenn er sich auf den Knien dreht?«

»Ganz genau.«

»So ein harter Schritt«, sagte Cal. »So cool.«

»So cool«, wiederholte Harriet.

Sie hatte sich hinter mir und Cal auf die Couch gelegt und spielte mit meinem Haar. Es fühlte sich gut an, diese weiche, verträumte Berührung, während sie allmählich eindöste. Ich wusste, dass ich Schwierigkeiten haben würde, sie ins Bett zu bekommen, aber mit Cal würde es etwas einfacher sein.

Wir sahen uns den gesamten Abspann an, und als der Fernseher verstummte, war das einzige Geräusch im Raum Harriets leises Schnarchen.

»Wir bringen sie wohl besser in ihr Zimmer«, sagte ich.

Cal schaute wieder aus dem Fenster.

»Wie sieht's aus?«, fragte ich.

»Gut«, sagte er. »Ich sollte zu Fuß zurücklaufen können.«

Doch es sah nicht gut aus. Da draußen war alles weiß.

»Auf keinen Fall«, sagte ich. »Wir bleiben beide hier. Harriet würde uns umbringen, wenn einer von uns versucht, in diesem Chaos nach Hause zu kommen.«

Ich spürte, dass Cal eigentlich widersprechen wollte, doch er war klug genug zu erkennen, wenn er geschlagen war.

»Ich kann mit Harriet in einem Bett schlafen«, sagte ich.

»Das haben wir schon oft gemacht. Du kannst die Couch nehmen.«

Er warf einen Blick auf die Couch, auf die er gerade eben passen würde, widersprach aber auch diesmal nicht.

»Ich sehe nach, ob ich ein paar zusätzliche Decken finden kann«, sagte ich.

»Ich bringe Harriet in ihr Zimmer.« Cal half ihr auf wackelige Beine.

Harriet murmelte etwas und legte ihre Arme um Cals Hals.

»Ich frag sie«, sagte Cal zu ihr.

Ich warf ihm einen Blick zu.

»Sie will nur wissen, dass du sie nicht hasst«, sagte er.

Mein Herz tat einen kleinen Sprung. Harriet war betrunken und bezog sich wahrscheinlich darauf, dass sie während des Films eingeschlafen war, aber dennoch. Es bedeutete etwas.

»Das könnte ich nie«, sagte ich.

Cal nickte, und halb stützte und halb trug er Harriet aus dem Wohnzimmer. Ich räumte das Gumbo weg, spülte das Geschirr ab und betrachtete dabei durchs Küchenfenster den Schnee. Die Szenerie sah wunderschön und friedlich aus. Ruhig und unberührt, wie eine ganz neue Welt, oder als würde gerade eine entstehen.

Harriets Wohnung war warm und gemütlich, und obwohl ich mich heute Abend gern an Fisch gekuschelt hätte, wusste ich, dass es ihr in unserer warmen Wohnung gut ging, wo sie das superweiche Bett ganz für sich allein hatte.

»Ich habe ein paar Decken gefunden«, sagte Cal.

Er hatte sie auf die Arme gestapelt.

Ich war mit dem Abwasch fertig. »Toll«, sagte ich.

Wir standen in der Küche und sahen uns an. Ich war überhaupt kein bisschen müde.

»Musst du ins Bad?«, fragte ich.

Cal schüttelte den Kopf. »Nein danke. Ich werde einfach …« Er zeigte mit dem Daumen aufs Wohnzimmer.

»Ja«, sagte ich. »Und ich werde einfach …« Ich deutete in die Richtung, aus der er gekommen war und in der ich Harriets Zimmer vermutete.

Sie schlief auf der Decke, aber ich schaffte es, sie auf die Seite zu rollen, die Decke zurückzuziehen, sie wieder auf den Rücken zu drehen und zuzudecken. Früher hätte ich ihr vielleicht noch Jeans oder Pullover ausgezogen, aber das wäre in der momentanen Stimmung zu intim. Zwischen uns herrschte ein fragiler Frieden, und den wollte ich nicht gefährden.

Ich zog ein paar meiner eigenen Schichten aus und stieg in meinem T-Shirt und ein paar geliehenen Shorts aus ihrer Schublade neben ihr ins Bett. Im Laufe der Jahre hatten wir viele Nächte so verbracht, nicht nur als Teenager in ihrem Zimmer zu Hause, sondern auch auf Tournee. Die Hotelbetten waren immer so schrecklich groß, und manchmal war es schön, jemanden bei mir zu haben, anstatt in diesen riesigen Suiten ganz allein zu sein.

Hinzu kam, dass Harriet wie ein kleiner Ofen war. Es war, als hätte man eine persönliche Heizung, und das konnte im Winter unglaublich beruhigend sein.

Heute Nacht konnte ich jedoch nicht einschlafen. Ich lag auf dem Rücken und starrte an die Decke, auf die das Licht der Straßenlaternen durch die Vorhänge ein zartes, fast wellenförmiges Muster warf. Es war, als wäre ich unter Wasser. Ruhig. Friedlich.

Selbst Harriets Schnarchen hatte seinen eigenen beruhigenden Rhythmus. Meine Gedanken wanderten zu Cal im Zimmer nebenan. Die Couch war sehr klein, aber er hatte auch verdammt müde ausgesehen, also war er hoffentlich eingeschlafen.

Ich musste schließlich ebenfalls eingeschlummert sein, denn irgendwann wachte ich auf und hatte unglaublichen Durst. Ein Blick auf die Uhr verriet mir, dass es weit nach vier war, aber ohne etwas zu trinken konnte ich nicht wieder einschlafen.

Ich tappte über den kalten Boden in die Küche, nahm ein Glas, füllte es an der Spüle mit Wasser und trank es gierig in einem Zug aus. Als ich das Glas in die Spüle stellte, hörte ich die Couch knarren.

»Kathleen?« Cals Kopf tauchte auf, hinter ihm die Fenster mit der verschneiten Szenerie. Sein Haar war total zerzaust.

»Ich hab mir nur Wasser geholt«, sagte ich. »Schlaf weiter.«

»Ha«, erwiderte er. »Weiter.« Seine Stimme klang heiser und kratzig.

Ich wusste, ich sollte einfach in Harriets Zimmer zurückkehren, aber stattdessen ging ich näher zur Couch.

»Kannst du nicht schlafen?«

»Überraschenderweise sind Sofas schon seit vielen Jahren keine akzeptable Schlafgelegenheit mehr«, sagt er.

»Du hättest doch einfach Nein sagen können.«

Er zuckte die Achseln.

Ich trat neben die Couch. Er hatte nicht einmal die Decken auseinandergefaltet, aber er hatte die Hose ausgezogen und saß dort in Boxershorts und T-Shirt. Doch ich hatte auch nicht viel mehr an und trug keinen BH. Ihm schien nicht kalt zu sein, mir allerdings schon, und ich schlang die Arme um mich, um mich zu wärmen und zugleich zu verhindern, dass er auf meine Nippel starrte.

»Der Schnee scheint nachzulassen«, sagte Cal.

Er hatte recht. Es schneite nicht mehr so stark wie noch vor ein paar Stunden.

»Du willst dich doch nicht etwa mitten in der Nacht aus dem Haus schleichen, oder?«, fragte ich.

Im Halbdunkel konnte ich sein Gesicht nicht richtig erkennen, aber ich war mir ziemlich sicher, dass er schuldbewusst aussah.

»Nein«, sagte er.

Total gelogen.

»Harriet steht früh auf«, sagte ich. »Und ich nehme an, dass die Probe für morgen abgesagt ist. Für heute, meine ich.«

Cal schaute auf seine Uhr. »Ja. Ich werde in ein paar Stunden eine Nachricht rausschicken, aber wahrscheinlich trotzdem ins Theater gehen.«

Bis zu unserer ersten Vorstellung war es nicht einmal mehr eine Woche.

»Der Teufel schläft nie, was?«, frotzelte ich.

Das war ein Scherz, aber Cal machte ein finsteres Gesicht. »Es ist eine Menge zu tun.«

»Ich weiß«, sagte ich. »Und du machst deine Sache gut.«

Keine Ahnung, warum ich in diesem Moment seinem Ego schmeichelte. Es musste etwas mit der nächtlichen Stunde und der ruhigen, friedlichen Atmosphäre zu tun haben. Es war, als wären wir in eine andere Realität versetzt worden, in der wir Freunde waren.

Seufzend stützte er den Kopf in die Hände. Nur einen Moment lang.

»Der Kartenverkauf hat immer noch nicht angezogen«, gestand er. »Es läuft nicht schlecht, aber auch nicht richtig gut. Und wenn wir an den Broadway wollen, muss es richtig gut laufen.«

Ich ließ diese Information einen Moment sacken und war überzeugt, dass Cal mir eigentlich nichts davon hatte erzählen wollen.

»Ich habe versucht, etwas Werbung zu machen, um den Kartenverkauf anzukurbeln«, sagte er.

»Das dürfte nicht allzu schwer sein«, erwiderte ich. »Ich hab gehört, dass ich eine ziemliche Attraktion bin.« Ich lächelte und wedelte mit den Händen.

Sein Grinsen wirkte etwas bemüht. »Das bist du«, bestätigte er, aber da war eindeutig noch mehr.

»Aber …«, hakte ich nach.

Er schloss fest die Augen und sah total müde aus.

»Alle wollen ein Interview mit dir«, sagte er. »Aber alle wollen nur über eins reden …«

»Ah«, sagte ich.

»Ja. Und sie wollen auch ein oder zwei Zitate von mir haben.«

»Wow.«

»Genau«, sagte er. »Und jetzt wird mir klar, ich hätte dich fragen sollen, aber ich bin davon ausgegangen, dass du nicht darüber reden willst – vor allem nicht mit der Presse –, also sage ich immer wieder, dass das Thema tabu ist, und plötzlich hat keiner mehr Zeit.«

Ich wusste nicht, was ich sagen sollte.

»Ich hätte erst mit dir sprechen sollen, aber schließlich will ich selbst ja auch nicht darüber reden«, gestand er leise.

Wir saßen da und wussten, dass wir einen anderen Weg finden mussten, um die Show zu bewerben.

»Vielleicht könnte ich was in den Sozialen Medien machen?«, schlug ich vor.

»Gott, nein«, sagte er. »Tu das nicht.«

Das war das Einzige, was mir einfiel, aber ich vernahm erleichtert, dass er dagegen war. Eigentlich wollte ich überhaupt nichts mit Sozialen Medien zu tun haben.

Aber ich wollte auch nicht, dass die Show schon scheiterte, bevor sie es an den Broadway geschafft hatte.

»Versprich mir was«, sagte ich, nachdem ich einen Moment nachgedacht hatte.

»Klar.«

»Wenn es ganz düster aussieht, sag mir Bescheid.«

Er zögerte.

»Cal!«

»Versprochen.«

»Kleiner-Finger-Schwur?«

Ich streckte meinen Finger aus und wartete, dass er seinen mit meinem verband.

»Versprochen«, sagte er wieder.

Wir bliesen auf unsere Daumen, genau wie früher im Camp. Ich versuchte, nicht darauf zu achten, wie warm seine Hände waren.

»Warum tun wir uns das an?«, fragte Cal.

Ich wusste nicht, ob die Frage rhetorisch gemeint war.

»Was denn?«, fragte ich zurück.

»Das hier.« Er machte eine umfassende Geste.

»Ich weiß immer noch nicht, was du meinst.«

Cal stieß einen Seufzer aus und lehnte sich zurück.

»Theater«, sagte er. »Darstellende Kunst.«

»Ah«, entgegnete ich. »Einfache Fragen.«

Er lächelte.

Diese Grübchen.

Ich ignorierte sie und dachte über seine Frage nach.

»Weil es Spaß macht.«

Cal schwieg eine ganze Weile. »Spaß«, sagte er schließlich so leise, dass ich es beinahe überhört hätte.

»Ja«, bestätigte ich. »Spaß.«

Denn es stimmte. Das war der Grund, warum wir uns das alles antaten. Weil es alles in allem Spaß machte. Es bereitete uns Freude. Es war ein Adrenalinrausch. Groß und beeindruckend.

»Ich hätte es dir nicht erzählen sollen«, sagte Cal. »Es wird schon alles gut gehen. Wir kriegen das hin. *Ich* krieg das hin.«

»Wo sind deine Produzenten?«, fragte ich. »Gehört das nicht zu ihren Aufgaben?«

»Ich schaffe das schon«, sagte Cal.

Ich konnte sehen, wie er auf stur schaltete.

»Gut«, sagte ich.

Aber die Rädchen in meinem Kopf drehten sich bereits und arbeiteten an einem Plan.

Damals

Kapitel 24

Ich hasste mein Kostüm. In Anbetracht der Tatsache, dass ich über allen anderen stehen würde, war der Rock viel zu kurz, und aus was auch immer der flauschige Teil meines »sexy Weihnachtsmann«-Outfits gefertigt war, es fühlte sich auf meiner Haut wie tausend Nadelstiche an.

Immerhin hatte ich sie davon überzeugt, mich das Lied aussuchen zu lassen, das ich bei dem Feiertags-, sprich Weihnachtskonzert vortragen wollte. Diana war nicht begeistert gewesen, dass ich »You're a Mean One, Mr Grinch« singen wollte, aber ich konnte mich zunehmend besser durchsetzen.

Jemand legte mir von hinten die Arme um die Taille, und ich ließ mich an ihn sinken.

»Hast du zugenommen?«, fragte Ryan.

»Hey!« Ich schlug seine Hände weg. »Was zum Teufel?«

»Sorry, Babe.« Seine Hand lag noch immer auf meiner Hüfte. »Du fühlst dich hier einfach ein bisschen rundlich an.«

Er war nicht der Erste, der sich dazu äußerte – Diana hatte bereits ihre Besorgnis darüber zum Ausdruck gebracht, dass ich zu dick geworden sei –, aber aus Ryans Mund traf es mich mehr.

»Das Kostüm ist eng«, sagte ich.

»Total.« Er beugte sich vor, um mir einen Kuss zu geben. Ich hielt ihm die Wange hin, aber falls es ihm auffiel, sagte er nichts.

»Das ist so cool«, schwärmte er und blickte auf den Festwagen, auf dem wir fahren würden.

Die ganze Veranstaltung begann mit einer Parade, bei der jeder Act seinen eigenen Festwagen hatte, bis auf CrushZone und mich. Abgesehen davon, dass wir ein Weihnachtsmedley aufführen würden, waren wir in den letzten Monaten auch zusammen beworben worden, und die Leute schienen sich daran gewöhnt zu haben, uns zusammen zu sehen.

Ich hatte das Gefühl, dass mehr dahintersteckte, fragte jedoch nicht nach. Ich wollte eigentlich nicht wissen, dass die Geschäfte schlecht liefen, sondern konzentrierte mich auf das Album, das ich mit Harriet machen wollte – und das gerade angekündigt worden war.

»Tragt ihr das?«, fragte ich.

»Cool, oder?« Ryan hob die Arme und drehte sich im Kreis.

Es war in Ordnung. Weiße Jeans, weißes Hemd, weißes Sakko, weißer Hut. Auf jeden Fall würde ich zwischen ihnen auffallen, aber ich trug auch fünfundsiebzig Prozent weniger Kleidung, und es war bitterkalt.

»Ja«, sagte ich.

Ich war Ryan in letzter Zeit aus dem Weg gegangen.

Mein Geburtstag lag schon Wochen zurück, aber mir ging nicht aus dem Kopf, was Harriet gesagt hatte. Über Cal. Über seine Liebe zu mir. Ich wusste nicht, was ich tun sollte.

Ich wusste, dass Diana begeistert über Ryans und meine Beziehung war. Es tat beiden Karrieren gut, und in der Presse und den Klatschblättern kursierten Gerüchte, dass es etwas Ernstes sei. Ernst im Sinne von *Heiraten*. Ich hatte nichts gesagt, aber solche Dinge drangen meist an die Öffentlichkeit, weil jemand sie dort platziert hatte. Oft aus einem bestimmten Grund.

Wenn ich mit ihm Schluss machte, war das nicht unproblematisch. Ich müsste verschiedene Gespräche führen – nicht nur mit Ryan, wir müssten auch mit unseren Managern sprechen, den PR-Menschen usw. Es müsste eine Pressemitteilung gemacht werden. *Jeder* würde davon erfahren. Es war noch etwas, über das ich nicht nachdenken wollte.

Das Weihnachtskonzert fand kurz vor dem Ende der Tournee statt. In ein paar Wochen konnte ich nach Hause fahren, in meinem eigenen Bett schlafen und zwei glückliche Monate in der Stadt verbringen, in denen ich an meinem nächsten Album arbeitete, das ausschließlich aus Harriets Songs bestand.

Ich musste nur bis zu unserem letzten Auftritt im Madison Square Garden durchhalten. Auch wenn ich diese Momente genießen wollte, war ich doch so erschöpft, dass ich mich nur darauf konzentrieren konnte, einen Schritt vor den anderen zu setzen.

»Okay.« Diana, meine Managerin, kam zu uns herüber. »Katee, du wirst hier drüben sein.«

Ich sah hinauf zu dem Festwagen. Und noch weiter hinauf. Und noch weiter.

Am Ende des Wagens befand sich eine Art Anbau, ein bisschen wie ein kleines Krähennest. Ich war davon überzeugt, dass es sicher war, aber es sah nicht so aus. Es sah aus wie einer dieser Metallständer für Schaufensterpuppen.

»Bin ich allein da oben?«, fragte ich.

Ich hatte zwar keine Höhenangst, aber die Vorstellung, ganz allein und halb nackt bei klirrender Kälte über einer Menschenmenge zu schweben, gefiel mir nicht.

»Die Jungs stehen hier«, sagte Diana, die meine Bedenken offensichtlich nicht bemerkte. Sie deutete zum vorderen Teil des Wagens, wo es eine ebene Fläche mit viel Platz gab.

»Ich will da oben nicht allein sein«, erklärte ich.

»Komm schon, Babe«, sagte Ryan. »Du wirst toll aussehen.«

Die anderen Jungs waren zu uns gekommen, um sich auch den Wagen anzusehen. Ich wich Cals Blicken aus, was sich gemein anfühlte, aber ich wusste nicht, was ich sonst tun sollte. Eigentlich durfte ich überhaupt nicht an ihn denken, und das fiel mir wesentlich leichter, wenn ich ihn nicht so oft ansah. Es war nicht meine Schuld, dass das CrushZone-Team einen wirklich guten Job gemacht hatte und alle Jungs so verdammt attraktiv waren. Wobei ich niemals an Wyatt dachte. Oder an LC. Oder auch an Mason.

Egal. Ich musste einfach auf Abstand bleiben, bis ich wusste, wie es weitergehen sollte. Bis ich mir über meine Gefühle im Klaren war.

»Ihr werdet an der Spitze des Wagens stehen«, instruierte Diana sie. »Und es ist der letzte Wagen, also werden alle aufgeregt und erfreut sein, euch zu sehen.«

Ich sah Ryan an, wie sehr ihm das gefiel.

»Müssen wir da alle zusammen stehen?«, fragte Cal. »Können wir uns nicht ein bisschen verteilen?«

»Äh.« Diana schaute auf ihr Klemmbrett. »Ja. Ich glaube, wir wollen euch alle zusammen haben.«

Aber ich konnte sehen, wie es in Cal arbeitete.

»Katee«, sagte Diana, »bringen wir dich in die Maske. Du glänzt ein bisschen. Und wir sollten den Pickel mehr abdecken.«

Ich tastete nach meinem Gesicht. Es war nicht das erste Mal, dass ich vor anderen Leuten auf meine Schwächen hingewiesen wurde, aber es wurde nie leichter oder angenehmer.

Als ich zurückkam, hatte sich die Lage verändert. Auf Cals Vorschlag hin hatten sich die Jungs mehr auf dem Wagen verteilt. Wyatt war am Fuß meiner himmelhohen Plattform, während LC und Mason zusammen in der Mitte standen. Ryan hatte sich ganz allein vorn aufgestellt.

»Sorry«, sagte Cal.

Ich hatte nicht bemerkt, dass er hinter mich getreten war.

»Weshalb?«, fragte ich.

»Ich dachte, Ryan würde mit dir im Krähennest sitzen«, sagte er.

Wir sahen zu ihm hinüber, wo er auf dem stehenden Wagen posierte.

»Wenn du willst, kann ich mit einem der Jungs tauschen«, sagte er.

»Warum sollte ich das wollen?«, fragte ich, obwohl ich ihm in den letzten Wochen nicht gerade subtil aus dem Weg gegangen war. Zum Glück ging Cal einfach über diese Frage hinweg.

»Ist okay«, sagte ich. »Es ist ja nur für eine halbe Stunde, oder?«

»Genau.«

»Okay«, rief der Inspizient. »Alle auf ihre Plätze.«

Ich blickte die Stufen hinauf – wenn man sie überhaupt als solche bezeichnen konnte; sie sahen eher wie schmale Streifen aus Kunstschnee aus –, und ich war sehr froh, dass ich dort oben nicht allein sein musste.

Ich hielt mich am Geländer fest und stieg langsam nach oben, wobei ich hauptsächlich auf den Zehen balancierte, da ich fürchtete, dass meine Absätze nicht mehr drauf passten. Ich spürte Cal hinter mir, seine Wärme und Stärke gaben mir den nötigen Halt, um die Plattform zu erreichen.

»Wahnsinn«, sagte er, als wir oben waren.

Es war höher als gedacht. Oder vielleicht kam es mir nur höher vor, weil die Plattform so klein war und so weit hinausragte. Sie bot kaum genügend Platz für Cal und mich, und da wir beide versuchten, mit den Gesichtern zum Publikum zu stehen, stießen wir mit den Hintern aneinander.

»Das ist lächerlich«, sagte ich.

»Das ist Showbiz«, korrigierte er.

Schweigend sahen und hörten wir zu, wie sich alle anderen bereit machten.

»Ist bei euch da oben alles in Ordnung?«, fragte Wyatt.

Ich spähte über das Geländer und bereute es sofort. »Ja«, sagte ich, doch es klang eher wie ein Keuchen.

»Lass das«, zischte Cal.

»Tut mir leid.«

Hat er Höhenangst?

Ich blickte mich über meine Schulter nach ihm um, aber er hatte das Gesicht abgewandt.

»Ich kann euch nicht einmal sehen«, sagte Wyatt.

»Toll«, erwiderte Cal.

Ich konnte sein Gesicht zwar nicht sehen, dafür aber seine Hand, die sich an das Geländer klammerte, als hinge sein Leben davon ab. Seine Knöchel traten weiß hervor.

»Hey«, sagte ich und legte meine Hand auf seine. »Wir sind sicher.«

Er riss die Hand weg. »Mir geht es gut.«

Seine Reaktion verletzte mich.

»Gut«, sagte ich.

Wir standen da, beide steif vor Kälte – und vermutlich genervt über den anderen –, und warteten darauf, dass die ganze Sache vorbeiging. Das Schlimmste daran war, dass wir nach der Parade noch auftreten mussten. Sobald wir aufgetaut waren.

Plötzlich ruckelte der Wagen, und ich stieß unwillkürlich einen Schrei aus.

»Scheiße!«, sagte Cal, und ich spürte, wie sich sein Rücken an meinem anspannte. »Bist du okay?«, fragte er.

»Ich glaube schon.«

Ich konnte nicht anders, ich lehnte mich an ihn. Er war so warm und stark, und ich hatte Angst zu fallen.

»Kathleen«, sagte er mit leiser, heiserer Stimme.

»Mm-hmm?«

»Ich hab euch gehört«, sagte er.

Ich erstarrte.

»Ich weiß nicht, wovon du redest«, sagte ich.

Aber ich wusste es. Natürlich wusste ich es.

Cal schwieg. Ich schwieg.

Dann.

»Hatte Harriet recht?«, fragte ich.

Der Wagen ruckelte erneut und bewegte sich dann gleichmäßiger vorwärts. Aber dieses Mal bemerkte ich es kaum. Meine ganze Aufmerksamkeit galt Cal und der Frage, wie er wohl antworten würde. Wenn er überhaupt antwortete.

»Ja«, gab er schließlich zu.

Mein Herz begann in einem völlig neuen Rhythmus zu pochen. Als hätte es gerade ein neues Lied gelernt. »Oh.«

»Ja«, sagte er.

Als wir uns allmählich der Parade näherten, hörte ich Musik vor uns. Bald würden uns alle sehen können. Ich musste lächeln und winken und so tun, als hätte ich keine Angst, dass die Leute mir unter den Rock schauten. Als würde ich mir nicht den Hintern abfrieren oder verarbeiten, dass Cal mir gerade seine Liebe gestanden hatte.

Ich streckte die Hand aus und legte sie auf seine.

»Kathleen«, sagte er. »Nicht.«

Ich konnte den Schmerz in seiner Stimme hören, nahm die Hand aber nicht weg. Stattdessen drückte ich sie. Er stieß die Luft aus.

»Du musst mit Ryan Schluss machen«, sagte er.

»Okay.«

Cal legte seine andere Hand auf meine. Ich war in Sicherheit. Geschützt.

»Okay«, sagte er.

Und die Parade zog weiter.

Jetzt

Kapitel 25

Es waren nur noch wenige Tage bis zu unserer ersten Vorstellung. Cal und ich hatten seit jenem ruhigen Morgen in Harriets Küche nicht mehr über den Vorverkauf gesprochen, aber an den tiefen Falten in seinem Gesicht und den Tränensäcken unter seinen Augen konnte ich sehen, dass sich die Lage nicht verbessert hatte.

Doch es war okay. Denn ich hatte eine Idee.

Nach der Probe, als alle im Aufbruch begriffen waren, stellte ich mich in die Mitte der Bühne und machte eine Ansage.

»Ich wollte nur sagen, dass ich heute Abend ins Loudmouth gehe, falls jemand mitkommen möchte. Drinks gehen auf mich!«

Die Leute reagierten erfreut, nur Cal stand mit verschränkten Armen und hochgezogener Augenbraue im Zuschauerraum.

»Ist das nicht eine Karaoke-Bar?«, fragte jemand.

Die Augenbraue wanderte noch höher, und er sah mich an.

Was machst du?, fragte er stumm.

»Absolut«, antwortete ich.

Komm doch mit und sieh es dir an, drückte ich mit *meiner* Augenbraue aus.

»Ich werde um sechs Uhr da sein«, sagte ich. »Das wird lustig.«

Harriet fing mich auf dem Weg nach draußen ab. »Karaoke?«, fragte sie. »In der Öffentlichkeit?«

Aber wir waren nicht mehr auf Tournee, und ich war nicht mehr Katee Rose. Na ja, jedenfalls nicht ganz.

»Vertrau mir«, sagte ich.

Ich merkte, dass sie verwirrt war, aber ich hatte auch noch nie erlebt, dass Harriet eine Gelegenheit zum Mitsingen abgelehnt hätte. Ich fragte mich, ob sie von den Problemen mit dem Vorverkauf wusste. Wenn Cal es mir erzählt hatte, hatte er es doch sicher auch der Autorin des Musicals erzählt. Vielleicht war sie deshalb so distanziert. Wir hatten alle Geheimnisse voreinander.

Als ich ankam, war der Laden gerammelt voll – praktisch alle Darsteller und Mitarbeiter waren schon früh da. Das war ein gutes Zeichen, aber ich ließ den Blick über die Menge fliegen und hoffte, dass auch einige Einheimische darunter waren, idealerweise mit guten Handykameras und reichlich Followern in den Sozialen Medien.

Möglicherweise war es eine schreckliche Idee. Es war aber auch möglich, dass sie absolut genial war.

Die Karaoke begann um halb sieben, also bestellte ich einen Drink und trug mich in die Liste ein. Ein paar Namen standen über meinem, aber ich wusste, dass alle von *Workingwomen* darauf gewartet hatten, dass ich mich eintrug.

Ich behielt die Tür im Blick und wartete auf Cal. Erst als die Karaoke bereits begonnen hatte und er immer noch nicht da war, machte ich mir allmählich Sorgen, dass er vielleicht gar nicht aufkreuzen würde. Damit das hier funktionierte, musste er nicht dabei sein, aber ich hätte nie gedacht, dass er einfach nicht kommen würde.

»Die Nächste ist Kathleen Rosenberg«, rief der Moderator.

Das Publikum, das sich immer noch größtenteils aus unseren Leuten zusammensetzte, jubelte, als ich die Bühne betrat.

»Hallo, Rhode Island!«, rief ich.

Einige johlten und kreischten.

»Bevor ich euch aus den Socken haue«, sagte ich, »möchte ich euch ein kleines Geheimnis verraten.«

Ich konnte förmlich spüren, wie sich alle zu mir vorbeugten. »Mein richtiger Name *ist* Kathleen Rosenberg«, fuhr ich fort. »Aber möglicherweise kennen mich einige von euch unter einem anderen Namen.« Ich hielt die Hand hoch und zählte von fünf herunter. Die perfekte Länge für einen dramatischen Effekt. »Erinnert sich jemand an Katee Rose?«

Ich konnte die Aufregung spüren, die die Menge durchlief, all das Geflüster von »OMG« oder »Ich wusste es« oder »Was macht sie hier?« Ich hatte sie in der Hand.

»Tja, falls ihr sie vergessen haben solltet, bin ich hier, um eurem Gedächtnis auf die Sprünge zu helfen«, sagte ich. »Also, los!«

Die Musik setzte ein, und die Menge drehte durch.

Ich konnte mich nicht mehr daran erinnern, wann ich das letzte Mal einen meiner Songs live gesungen hatte. Ich war so oft mit Playback aufgetreten, dass ich mich eine Schrecksekunde lang fragte, ob ich es überhaupt noch konnte.

Dann ging die Tür der Bar auf, und Cal kam herein. Unsere Blicke trafen sich, und ich begann zu singen.

»Kiss me, Baby. Once. Twice. Kiss me again, honey. Doesn't it feel so nice?«

Ich beobachtete, wie sich in Cals Gesicht erst Überraschung, dann Schock und dann so etwas wie Verständnis abzeichnete. Er verschränkte die Arme und schüttelte den Kopf, das ungläubige Lächeln in seinem Gesicht war ermutigend.

Ich sang den Song ganz auf meine Weise, nicht auf die nasale von Katee Rose. Stattdessen sang ich aus vollem Hals, mit voller Stimme, und aus einem albernen Lied über das Herummachen wurde ein aufrichtiger Schrei nach Liebe.

Am Ende hielt ich die letzte Note deutlich länger als jemals auf einer meiner Platten, und die Leute drehten durch.

»Danke!«, sagte ich und verbeugte mich. »Wenn euch gefallen hat, was ihr gerade gehört habt, wollt ihr vielleicht mich und meine fantastischen Co-Stars in *Workingwomen* sehen! Karten gibt es jetzt im Vorverkauf!«

Ich sprang von der Bühne, nahm Komplimente entgegen, klatschte mich mit dem einen oder anderen ab und ging zurück zur Bar, wo Cal stand.

»Unglaublich«, sagte er.

»Ich weiß. Ich bin unglaublich begabt.«

Er lachte und nahm einen Schluck von seinem Bier.

»Hat jemand ein Video davon gemacht?«, fragte ich.

»Nur die Hälfte der Bar«, antwortete er.

»Ausgezeichnet. Hoffen wir, dass sie auch den Teil aufgenommen haben, in dem ich über die Show gesprochen habe.«

Er drehte sich zu mir um. »Das hättest du nicht tun müssen«, sagte er. »Wir – ich – hätten das schon hinbekommen. Die Vorpremieren hätten für Mundpropaganda gesorgt, wir hätten die Karten verkauft. Es war für alles gesorgt.«

Ich rollte mit den Augen. »Sag einfach Danke.«

Ich merkte, dass es wahrscheinlich einiges gab, was er lieber gesagt hätte, aber schließlich nickte er nur.

»Danke.«

»Gern geschehen.«

Wir setzten uns an die Bar, während die übrigen Mitwirkenden aufstanden und sich in Karaoke überboten. Ich bezahlte weiterhin die Getränke und unterschrieb sogar ein paar Autogrammkarten für diejenigen, die nicht zum Team von *Workingwomen* gehörten.

»Erzählt euren Freunden von der Show!«, forderte ich sie auf. Es war schamlos, aber das war mir egal. Ich wollte Karten verkaufen. Ich wollte an den Broadway.

Wenn das nicht klappte, hatte ich vor, mich selbst an die Presse zu wenden und die Geschichte preiszugeben – die wahre Geschichte über das, was vor all den Jahren passiert war.

Aber noch hoffte ich, dass es nicht dazu kommen würde.

Die Darbietungen waren fantastisch. Wir hörten ein tolles Duett von »I'll Cover You« aus *Rent,* und Taylor rührte uns alle mit ihrer urkomischen Version von »I Cain't Say No« aus *Oklahoma!* zu Tränen. Ich konnte nicht anders und ging auch noch ein paarmal auf die Bühne. Ich sang »Joey« von Concrete Blonde und etwas von Linda Ronstadt, während Harriet eine wirklich furchtbare Version von »Hold On« vortrug. Sogar die eher zurückhaltenden Teammitglieder wie Morgan vom Kostüm wagten einen Versuch. Sie überraschte uns mit einem süß gesungenen »Hard Candy Christmas« aus *Das schönste Freudenhaus in Texas.*

Die ganze Zeit über hielt Cal sich im Hintergrund, sah zu, applaudierte, rührte sich aber nicht von seinem Platz.

Im Laufe des Abends füllte sich die Bar immer mehr. Ich trug mich erneut in die Auftrittsliste ein, um mich noch einmal zu Gunsten der Show zur Schau zu stellen. Aber dieses Mal wollte ich nicht allein auftreten.

Ich nahm das Mikrofon in die Hand.

»Gern geschehen«, sagte ich, als das Lied begann.

»O mein Gott«, stöhnte Cal.

»O mein Gott!«, riefen alle anderen.

»Shore Leave« war nicht der bekannteste Song von CrushZone, aber der mit dem kultigsten Musikvideo und den einprägsamsten Tanzschritten. Tanzschritte, an die ich mich noch immer erinnerte. Und Cal mit Sicherheit auch.

»Baby, baby, baby«, sang ich. »It's my last chance for love.«

Cal hatte den Kopf in den Händen vergraben, aber alle anderen waren aufgesprungen und jubelten. Ich sah, wie seine Schultern bebten, und als Harriet ihn von seinem Stuhl zog, konnte ich sehen, dass er lachte und sein Gesicht rot war. Sie zerrte ihn in den vorderen Teil des Raumes. Zu mir.

»Don't leave me«, sang die ganze Bar mit, »like the waves from the shore. Come back, come back.«

Als die Tanzeinlage nahte, ging ich an den Rand der Bühne und streckte eine Hand aus.

»Ich könnte etwas Unterstützung gebrauchen«, sagte ich. »Heißen wir eines der Gründungsmitglieder von CrushZone willkommen: Calvin Tyler Kirby!«

Der Raum brach in Jubel aus, und ich hielt den Atem an, gespannt, was Cal tun würde.

»Du bist eine verdammte Plage«, rief er mir zu.

»Spaß, schon vergessen?«, rief ich zurück. »Komm schon, Kirby, zeig uns, was du draufhast.«

Kopfschüttelnd sprang Cal die Stufen hinauf und gesellte sich zu mir, als der Beat anzog.

»Glaubst du, du kannst es noch?«, fragte ich.

»Pass auf«, sagte er.

Der Tanz machte so einen Spaß. Er bestand nur aus Sprüngen und Hüftstößen und vielen Chancen für die Jungs, sich zu produzieren. Cal war in dem Musikvideo aufgetreten, weil er der beste Tänzer war, und es war eines der wenigen Male, bei denen er Ryan die Schau gestohlen hatte.

Es war einer meiner Lieblingssongs von CrushZone.

Und Cal kannte immer noch jeden einzelnen Schritt. Zu diesem Zeitpunkt achtete niemand mehr auf mich. Alle sahen zu, wie Cal die Nummer ganz selbstverständlich durchzog. Er war ein großartiger Tänzer. Selbstbewusst und leidenschaftlich und so verdammt sexy.

Ich hätte wissen müssen, dass diese Fähigkeiten nicht eingerostet waren. Er war atemberaubend. Ich war stehen geblieben, um ihm wie die anderen zuzusehen.

»Komm, Rosenberg«, sagte Cal. »Hör nicht auf.«

Einer Herausforderung konnte ich nie widerstehen und tanzte Schritt für Schritt auf ihn zu, während das Publikum ausrastete. Wir beendeten den Auftritt mit Schwung, und die gesamte Bar jubelte.

Ich war verschwitzt und außer Atem, aber ich kriegte das Lächeln nicht mehr aus dem Gesicht.

»Kommt und seht euch *Workingwomen* an!«, rief Cal, nahm meine Hand und zog uns beide in eine Verbeugung. »Danke und gute Nacht!«

Wir verließen den Laden. Erst als ich Cal auf der Treppe aus der Bar stolpern sah, wurde mir klar, dass er mehr Bier gekippt haben musste als gedacht. Er war ganz offensichtlich ein bisschen betrunken. Aber wie Harriet war er ein freundlicher Betrunkener.

»Na, komm«, sagte ich, schob seinen Arm über meine Schulter und stützte ihn. »Ich bringe dich in deine Wohnung.«

»Mir geht's prima«, sagte er und schüttelte mich ab.

»Schon klar«, sagte ich. »Tu mir den Gefallen, okay? Wo ist deine Wohnung?«

Er zeigte in die Richtung, und wir gingen los. Seit der Nacht bei Harriet hatte es nicht mehr geschneit, aber es war kalt genug, dass der Boden unter unseren Schritten knirschte und teilweise gefroren und glatt war. Ich behielt Cal genau im Auge, der einigermaßen sicher auf den Beinen zu sein schien, wenn seine Wangen auch leicht gerötet waren. Das stand ihm gut. So war er weicher, etwas weniger reserviert.

Und er hatte heute Abend Spaß gehabt. So viel Spaß, wie schon lange nicht mehr, da war ich mir sicher.

»Ich bin überrascht, dass du dich daran erinnert hast«, sagte ich.

Cal legte fragend den Kopf zur Seite.

»An die Choreografie«, sagte ich.

»Ah. Meine Muskeln haben sich erinnert. Dolle Sache.«

»Klar.«

Aber bei Cal war es mehr als das. Ich dachte mir, dass ihn auch das zu einem guten Choreografen machte. Zu einem guten Regisseur.

Ich hatte meine Jacke bis zum Kinn geschlossen, aber Cals stand offen. Darunter trug er einen Pullover und einen Schal, der locker um seinen Hals hing. Er sah kuschelig aus, und ich stellte mir vor, wie ich mich an seine Brust schmiegte und seinem Herzschlag lauschte, während er seine Jacke um uns wickelte.

»Es ist schön zu wissen, dass unser Vermächtnis weiterlebt«, sagte ich.

Wir waren nicht die Einzigen, die Lieder aus unserer gemeinsamen Diskografie gespielt hatten. Sobald der Abend in Gang gekommen war, brachten uns sowohl die Darsteller als auch die Rhode Islander ein Ständchen – ein wahres Mixtape unserer größten Hits.

Einige von ihnen kannten sogar die Choreografie.

»Ich war beeindruckt von den Tanzeinlagen der anderen«, sagte Cal. »Ich dachte, wir wären schon längst Schnee von gestern.«

»Ich glaube, wir befinden uns gerade an der Schwelle zwischen ironischem Vergnügen und Nostalgie«, sagte ich.

Was mir, ehrlich gesagt, gar nicht mehr so schlimm erschien. Es hatte etwas Tröstliches, sich auf diese Weise der Vergangenheit zu stellen. Zeit und Abstand hatten die Wunden etwas geheilt, und ich hatte mich heute Abend so sicher gefühlt wie schon lange nicht mehr.

Vielleicht lag es daran, dass ich die Kontrolle hatte.

Ja, die Videos von heute Abend würden sich höchstwahrscheinlich im Internet verbreiten, aber das war ja auch der Sinn der Sache gewesen. Überwiegend. Hoffentlich konnte ich meine Bekanntheit für etwas Gutes nutzen.

Falls es nicht funktionierte, wäre ich wirklich verdammt enttäuscht. Aber selbst in dem Fall bereute ich es nicht.

»Ich erinnere mich an das erste Mal, als ihr ›Shore Leave‹ live gespielt habt«, sagte ich. »Die Leute sind fast durchgedreht.«

Was ich nicht erwähnte, war, wie sauer Ryan reagierte, weil Cal ihn in den Schatten gestellt hatte. Wochenlang hatte ich mir sein Gejammer und Gemecker anhören müssen.

»Ich kann besser tanzen als er«, hatte Ryan gesagt. »Auf jeden Fall bin ich der bessere Sänger.«

Das eine stimmte. Das andere … eher nicht.

Ich hatte ihm stundenlang versichert, dass er der Star der Band sei. Dass er der Beste sei. Dass niemand besser sei. Damals nicht und niemals.

Es war anstrengend gewesen. Ryan war anstrengend gewesen. Das war keine Ausrede. Aber trotzdem.

»Weißt du noch, wie Wyatt auf der Bühne seine Hose zerrissen hat?«, fragte Cal.

Ich sah zu ihm hinüber. Im leicht gelblichen Licht der Straßenlaternen wirkte er etwas unscharf. Er schien entspannter zu sein, weniger erschöpft.

»Du hast ihm immer wieder gesagt, dass er zu enthusiastisch den Boden vögelt«, sagte ich. »Dein Fehler war natürlich, dass du ›vögeln‹ und ›enthusiastisch‹ im selben Satz gesagt hast.«

»Hast du gehört, dass er jetzt fünf Kinder hat?«

Ich versuchte, mir Wyatt, den geilen Bock, als Vater vorzustellen. Aber vielleicht hatte er sich verändert. Wir hatten uns alle verändert. Hoffentlich.

»Wir sind uralt«, sagte ich.

»Ich finde, wir haben uns ganz gut gehalten.«

»Was ist aus Mason und LC geworden?«, fragte ich.

Ich hatte mit keinem von ihnen Kontakt gehalten. Ryan und Wyatt vermisste ich nicht besonders, aber LC war nett und freundlich gewesen. Mason, nun ja, Mason war geheimnisvoll, aber nett. Manchmal vermisste ich sie.

»Denen geht's gut«, sagte Cal. »Wohnen in Palm Springs.«

»Ihnen gehört doch ein Motel, oder?«

Cal nickte, dann verzog er das Gesicht zu einem breiten Grinsen.

»Weißt du noch, als du versucht hast, sie zu verkuppeln?«, fragte er.

Ich gab ihm einen Klaps auf den Arm. »Es war ein gut gemeinter Irrtum«, sagte ich. »Schließlich hatte sich damals noch keiner von ihnen geoutet. Harriet jedenfalls nicht.«

»Ach, komm schon.« Cal warf mir einen ungläubigen Blick zu. »Willst du etwa behaupten, du hast es nicht gewusst?«

Natürlich, jetzt schien es offensichtlich. Aber damals?

»Ob ich wusste, dass Mason und LC zwischen all den Interviews über ihr ständiges Singledasein miteinander gepoppt haben?«, fragte ich. »Nein. Ich hatte keine Ahnung.«

Cal lachte. »Gepoppt?«

Ich versuchte, beleidigt auszusehen, konnte mir aber ein Lächeln nicht verkneifen. »Okay, okay«, räumte ich ein. »Im Nachhinein betrachtet waren LC und Harriet nicht das perfekte Paar, für das ich sie gehalten hatte.«

Am Ende war es mir egal gewesen, dass meine Verkupplungsversuche nicht funktioniert hatten. Es war mir jedoch nicht egal gewesen, dass meine beste Freundin sich nicht sicher genug fühlte, mir zu sagen, dass sie lesbisch war. Aber damals war die Situation noch eine andere gewesen, und ich war zu sehr mit meinem eigenen Hetero-Mist beschäftigt gewesen, als dass ich auf irgendetwas anderes geachtet hätte.

Beging ich jetzt den gleichen Fehler?

»Du hast dich so angestrengt«, sagte Cal. »Es war bezaubernd.«

Ich konnte mich nicht daran erinnern, wann mich das letzte Mal jemand als bezaubernd bezeichnet hatte. Oder wann ich das letzte Mal rot geworden war.

»Ich war jung, unschuldig und voller Hoffnung«, sagte ich.

Cal schnaubte.

»Na gut«, gab ich nach. »Ich war jung.«

»Das waren wir alle«, sagte er. »Gott, wir waren so jung.«

»Und dumm.«

»Was das angeht.«

Ich holte tief Luft und befürchtete, dass dies unseren zarten Frieden zerstören könnte und wir wieder zu Wut, Groll und Bitterkeit zurückkehren würden.

Aber es interessierte mich auch, was zum Teufel er darüber eigentlich dachte. Bedauerte er, was er gesagt hatte? Oder was er nicht gesagt hatte? In gewisser Weise hatte mich das am meisten verletzt. Sein Schweigen danach.

Wobei, nein. Die öffentliche Demütigung hatte mich am meisten verletzt. Insbesondere, da ich sie ganz allein ertragen musste.

»Ich schulde dir eine Entschuldigung«, sagte Cal.

Ich blieb abrupt stehen. So abrupt, dass Cal ein paar Schritte zurückgehen musste, als er bemerkte, dass ich ihm nicht gefolgt war.

»Was ist?«, fragte er.

»Nichts«, sagte ich.

Wir gingen weiter. Bis ich erneut stehen blieb.

»Was ist?«, fragte er noch einmal.

»Ich bin bereit«, erklärte ich.

»Für?«

»Diese Entschuldigung«, sagte ich.

Ich sagte ihm nicht, dass ich in gewisser Weise seit über zehn Jahren darauf gewartet hatte. Es war mir bisher nicht klar gewesen, aber es war da. Das Bedürfnis – der Wunsch –, von ihm zu hören, dass es nicht nur meine Schuld gewesen war.

»Es tut mir leid«, sagte Cal. »Ich hätte es nicht zulassen dürfen.«

»Was zulassen?«, fragte ich. »Den Sex oder alles andere?«

»Beides?« Er schüttelte den Kopf. »Nein. Alles andere.«

Wir gingen weiter. Es war kalt, aber schön. Ich hatte die Hände in die Taschen geschoben, und die Kälte kribbelte auf meinen Wangen und meiner Nasenspitze.

»Ich war wütend«, sagte Cal. »Richtig wütend.«

»Ich weiß«, sagte ich. »Das tut mir leid.« Und das stimmte. Es hatte mir immer leidgetan.

Er schüttelte den Kopf. »Du schuldest mir nichts.«

Ich zog eine Augenbraue hoch. Das war das Letzte, was ich von ihm zu hören erwartet hatte.

»Jahrelang habe ich geglaubt, dass wir uns gegenseitig gleichermaßen verletzt hätten«, sagte er. »Dass ich angemessen auf dich reagiert habe und meine verletzten Gefühle all das rechtfertigten. Wenn du mich nicht wolltest, brauchtest du mich auch nicht. Für nichts.«

»Ich habe nicht …«

Er hielt eine Hand hoch. »Ich weiß«, sagte er.

Wirklich? Wusste er, was ich gerade hatte sagen wollen? Wusste ich es?

»Ich hab nicht geahnt, wie schlimm es werden würde«, sagte er. »Ich hätte nicht gedacht, dass es so weit kommen würde. Und als es dann so weit war …« Er lachte freudlos auf. »Ehrlich gesagt, glaube ich, ich habe Ryan nicht ernst genug genommen. Ich hätte nie gedacht, dass er die ganze Situation auf diese Weise als Waffe nutzen würde.«

»Er hatte immer verborgene Tiefen«, bemerkte ich.

Cal blieb stehen und drehte sich zu mir um.

»Kathleen«, sagte er, »es tut mir so leid. Dass ich nichts gesagt habe. Dass ich nichts getan habe. Dass ich dich im Stich gelassen habe.«

Meine Kehle war wie zugeschnürt. Das war eine sehr gute Entschuldigung.

»Und es tut mir leid, was ich an dem Tag gesagt habe.«

»Mir auch«, sagte ich.

Wir gingen weiter.

»Danke«, sagte ich.

»Gern geschehen.«

Ich fühlte mich seltsam. Als hätte sich etwas verschoben, aber ich wusste nicht, was. Oder wie es sich morgen anfühlen würde. Nächste Woche. Nächsten Monat.

»Hier wohne ich«, sagte Cal.

Ich begleitete ihn bis zur Tür.

Die oberste Stufe war schmal, aber keiner von uns bemerkte es, bis wir dort zusammenstießen. Cal wich zurück, stolperte und griff nach meinem Bizeps, während ich zugleich seinen Unterarm packte. Das brachte uns noch näher zusammen, was wir beide im selben Moment bemerkten. Wir waren uns zu nahe.

Es wäre so einfach, den Kopf zu heben. Mich nur ein kleines bisschen nach vorn zu beugen. Ihn an mich zu ziehen. Ihn leidenschaftlich zu küssen.

Sofort ließen wir beide die Hände sinken und lösten uns voneinander. Ich stürzte geradezu mit fuchtelnden Armen die Treppe hinunter. Er griff nach mir, aber ich schaffte es, mich ohne seine Hilfe aufzurichten. Wir waren beide außer Atem. Seine Ohrenspitzen waren rot. Meine Brust fühlte sich heiß an.

»Okay«, sagte er.

»Okay.«

»Bis morgen«, sagte er.

»Mh.«

Er stand einen Moment lang da, und wir zögerten beide.

»Kathleen«, sagte er.

»Mh?«

»Bitte geh rein«, sagte er.

»Ich kann nicht.«

Er holte tief Luft.

»Ich wohne hier nicht«, erinnerte ich ihn.

Er blickte zurück zur Tür. Auf die Schlüssel in seiner Hand.

»Oh. Stimmt ja.«

Er fummelte mit dem Schlüssel herum, während ich den unwiderstehlichen Drang unterdrückte, Cal am Hemdkragen zu packen und ihn gegen die Tür zu stoßen. Er brauchte drei Versuche, um den Schlüssel ins Schloss zu bekommen.

Die Tür ging auf, doch Cal blieb auf der obersten Stufe stehen.

»Also«, sagte ich.

»Also«, sagte er.

Ich würde ein, zwei, drei Schritte brauchen, um in seine Wohnung zu gelangen. Vier oder fünf, um die Tür zu schließen. Ich wusste nicht, wo sich sein Schlafzimmer befand, aber der Fußboden im Eingangsbereich wäre vermutlich ausreichend.

Doch dann dachte ich an Harriet und an die Show. Ich erinnerte mich an die komplizierte Machtdynamik und an all die Gründe, aus denen wir das nicht tun durften. Nicht tun sollten.

Eine Entschuldigung war nett, aber sie machte die Vergangenheit nicht ungeschehen.

»Gute Nacht«, sagte Cal.

»Gute Nacht«, sagte ich.

Er rührte sich nicht vom Fleck. Ich rührte mich nicht.

Drei Schritte.

»Geh rein, Cal«, sagte ich.

Er sah mich an. »Ja«, sagte er.

Ich ging, ohne abzuwarten, bis sich der Schlüssel im Schloss drehte.

Traumballett

Knall!

»Noch mal!«, befahl Ms Spiegel.

Knall!

»Von vorn.«

Knall!

»Und diesmal mit Gefühl!«

Ich sah, wie Cal sie wütend anstarrte, doch er sagte nichts, als wir wieder zu eins zurückgingen. Die Musik setzte ein, der heiße, jazzige Rhythmus machte einem Lust aufs Tanzen. Doch leider schien alles, was wir taten, Ms Spiegel nicht zu genügen. Wir schafften kaum drei Textzeilen, bevor sie die Pausetaste drückte und den Taktstock auf den Tisch knallte.

»Nein, nein, nein«, sagte sie.

Cal und ich standen da und warteten, dass sie mehr sagte.

»Ich sollte diese Nummer einfach streichen«, schimpfte sie.

»Nein!«, protestierte ich.

Ich hatte immer noch das Solo, an dem ich mit einer anderen Lehrerin gearbeitet hatte, doch je mehr die Scouts von mir sahen, desto größer war meine Chance, sie zu beeindrucken. Und in »Memory« wurde nicht getanzt, während »Easy Street« ungefähr zur Hälfte aus Tanz bestand.

Ms Spiegel warf mir einen strengen Blick zu.

»Dann machen Sie es richtig«, sagte sie.

Wir übten eine weitere Stunde, aber es schien nicht besser zu werden.

»An Ihrer Stelle würde ich in meiner ganzen freien Zeit an der Nummer arbeiten«, sagte Ms Spiegel, bevor sie ging.

Ich schaute zu Cal hinüber.

»Was machen wir falsch?«, fragte ich.

»Nichts«, erwiderte er. »Das ist einfach ihre Art.«

»Wie bitte?«

»Sie sagt allen, dass sie schrecklich sind«, erklärte er. »Es soll uns dazu bringen, härter zu arbeiten, aber das ist dumm. Wir sind gut. Die Nummer ist gut.«

»Aber gut reicht nicht«, sagte ich, und meine Stimme stieg in die Höhe. »Ich muss fantastisch sein.«

Cal sah mich an. »Du bist fantastisch«, sagte er. »Du bist toll.«

»Wirklich?«

Es war das erste richtige Lob, das ich von ihm erhalten hatte – eigentlich überhaupt –, seit ich Rachels Rollen übernommen hatte. Es war nett.

»Es ist eine meiner Lieblingsnummern«, sagte ich. »Ich war immer enttäuscht, dass meine Eltern mich nicht Theater spielen ließen, als ich alt genug war, um ein Waisenkind oder Annie zu spielen, also lernte ich Erwachsenenrollen, um bereit zu sein.«

Cal blinzelte mich an.

»Wow«, sagte er. »Du bist aber echt zielstrebig.«

»Ich muss an den Broadway«, sagte ich.

»Und wenn du es nicht schaffst?«, fragte er.

»Das werde ich aber«, behauptete ich. »Das muss ich.«

Er warf mir einen langen Blick zu. »Willst du noch mal üben?«

»Immer.«

Er lachte. »Du hörst niemals auf, oder?«

Ich schüttelte den Kopf. »Eines Tages vielleicht, aber jetzt? Nein. Ich kann nicht.«

»Okay«, sagte er. »Fangen wir von vorn an.«

»Aber dieses Mal mit Gefühl«, sagte ich.

Er machte ein finsteres Gesicht und drückte die Play-Taste. Ich schüttelte mich kurz aus, um mich aufzuwärmen, und nahm dann meine Position ein. Die Choreografie erforderte eine Menge Schulterarbeit und komplizierte Schritte, aber Cal war gut. Er war toll. Es gab keine Kombination, die er nicht beherrschte, und bei ihm sah es immer vollkommen unangestrengt aus.

Das machte seine Neigung, einen Halbton zu tief zu singen, allemal wett.

Wir waren ein gutes Team – meine Stimme konnte etwaige Probleme seiner Stimme kaschieren, und er konnte die Choreografie so optimieren, dass sie für mich besser funktionierte.

»Versuch das«, sagte er nach der Hälfte der Nummer. »Erst links, dann drehen.«

Ich versuchte es.

Cal sah zu, die Hand unter den Ellbogen geklemmt, das Kinn in die Hand gestützt. Er sah wie ein echter Choreograf aus.

»Ich glaube, das funktioniert«, sagte er. »Außerdem ist deine linke Seite stärker als deine rechte.«

»Ist sie nicht!«

»Okay«, sagte er.

Ich warf ihm einen wütenden Blick zu, doch er zuckte nur mit den Schultern.

»Doch, aber ich werde nicht mit dir streiten«, sagte er.

Ich hatte ihm gesagt, dass er falsch gesungen hatte. Vermutlich war es schon gut möglich, dass meine linke Seite stärker war.

»Wird Ms Spiegel nicht merken, dass wir die Choreografie geändert haben?«, fragte ich.

»Sie hat es noch nie bemerkt«, sagte er.

Ich sah ihn mit hochgezogenen Augenbrauen an. »Noch nie?«

»Es ist nicht das erste Mal, dass ich mit der alten Schnepfe zusammenarbeite«, sagte er.

Ich war schockiert – Ms Spiegel war eine Ikone des Theatercamps –, sie war bekannt für ihr scharfes Auge und ihre Fähigkeiten, aus einer ungeschliffenen Begabung ein strahlendes Talent zu machen.

Cal fing meinen Blick auf.

»Als Choreografin ist sie nicht so gut«, sagte er.

Ich konnte nicht glauben, was ich da hörte.

»Aber … aber … aber sie war in A Chorus Line!«

Woran sie uns ständig erinnerte. Sie hatte Cassie gespielt.

»Sie war bei einer freien Produktion und hat als Zweitbesetzung angefangen«, berichtete Cal. »Nicht, dass das etwas Schlechtes wäre, aber wenn sie so viel Talent hat, warum quält sie dann einen Haufen Kinder, anstatt am Broadway zu sein?«

So hatte ich das noch nie gesehen. Für mich waren die Lehrer im Theatercamp Götter, und wir hatten alle Glück, mit ihnen zu arbeiten.

»Es ist nicht so einfach, an den Broadway zu kommen«, sagte ich.

Cal warf mir einen Blick zu. »Und doch bist du zuversichtlich, dass du es schaffen wirst.«

»Nun … ja«, sagte ich. »Ich muss.«

»Das sagst du ständig«, erwiderte er. »Warum?«

»Darum.«

Das hatte mich noch nie jemand gefragt. Warum wollte ich an den Broadway? Warum musste ich auftreten?

Ich musste es einfach.

»Okay«, sagte Cal.

»Ich stehe gern auf der Bühne«, sagte ich. »Und ich bin gut darin.«

»Okay«, sagte Cal wieder.

»Und ich sollte am Broadway sein.«

»Okay.«

»Ich gehöre dorthin!«

»Ja, okay.«

»Und du?«, fragte ich.

»Ich gehe nicht an den Broadway«, sagte er. »Meine Stimme ist nicht stark genug.«

Okay. Wenigstens wusste er das.

»Du könntest im Hintergrund mittanzen«, sagte ich.

Er lachte. »Und den Rest meines Lebens mit Leuten wie Ms Spiegel arbeiten? Nein danke.«

»Warum bist du dann überhaupt hier?«, fragte ich.

Er schwieg eine Weile.

»Weil es mir gefällt«, sagte er. »Aufzutreten. Auf der Bühne zu stehen. Es macht Spaß.«

Spaß.

»Als ich klein war, haben meine Geschwister und ich immer Vorführungen für meine Eltern organisiert«, erzählte Cal. »Nichts Großes, aber an Thanksgiving und so haben wir getanzt oder einen kleinen Sketch aufgeführt, und das hat immer viel Spaß gemacht.« Er zuckte mit den Schultern. »Ich tanze gern. Es ist fast wie eine Superkraft, wenn man seinen Körper so kontrollieren kann – wenn man seinen Körper so beherrscht, dass er tut, was man will.«

So hatte ich das noch nie betrachtet, aber es stimmte. Nicht nur beim Tanzen, sondern auch beim Singen.

»Aber es muss Spaß machen«, sagte er. »Wozu sollte man es sonst tun?«

Darauf hatte ich keine Antwort. Stattdessen ließ ich seine Worte auf mich wirken.

»Willst du es noch einmal probieren?«, fragte er. »Ich habe noch ein paar andere Ideen, wie man es besser machen kann.«

»Wie viel willst du ändern?«

Cal schüttelte den Kopf. »So viel wie du mich lässt.«

»Und sie wird es wirklich nicht merken?«

»Solange wir so aussehen, als wüssten wir, was wir tun, ist es ihr ziemlich egal.«

Ich wusste nicht, ob ich ihm glaubte, denn sie hatte uns seit Tagen angeschrien, dass wir die Nummer nicht richtig hinbekämen, aber bei der nächsten Probe, als wir ihr zeigten, wie viel wir geübt hatten, ließ sie uns alles bis zum Ende durchspielen. Am Ende saß sie da und sah uns mit genauso sauertöpfischer Miene an wie immer.

»Nicht schlecht«, sagte sie. »Aber das nächste Mal – mit Gefühl.«

Jetzt

Kapitel 26

Ich betrat das teure Penthouse in Midtown, und die erste Person, die ich sah, war Rachel.

Die Party wurde von einem der Produzenten – Statler oder Waldorf – veranstaltet, um die Nachricht zu feiern, dass *Workingwomen* offiziell am Broadway aufgeführt werden würde.

Vermutlich hätte ich etwas selbstzufrieden denken können, dass es Rachel trotz all ihrer Manipulationsversuche nicht gelungen war, mir die Rolle der Peggy zu entreißen, aber nach acht Vorstellungen pro Woche, davon zwei an einem Tag in Rhode Island, und neuen Spätaufführungen war ich viel zu müde dazu.

Zudem kämpfte ich gegen die Angst vor der bevorstehenden Broadway-Premiere an. Es war seit Ewigkeiten mein Traum gewesen, aber jetzt, wo er zum Greifen nahe war, bekam ich eine Heidenangst.

Und ich musste immer an Cal denken. An seine Entschuldigung. Daran, was damals passiert war. Daran, was jetzt passierte. An uns.

Natürlich gab es kein *uns*.

Ich nahm einen Schluck Wein und blickte Rachel finster über den Rand meines Glases hinweg an.

»Hey, ich kenne dich!«

Ich drehte mich um, und dort stand Whitney, Cals alte College-Freundin.

»Hallo«, sagte ich.

Hatte Cal *zwei* Begleitungen mitgebracht? Ich hatte niemanden dabei.

Theoretisch gesehen waren Harriet und ich vermutlich zusammen gekommen, aber das zählte nicht richtig. Wir sollten beide dort sein. Vor allem Harriet. Wenn heute Abend jemand Grund zum Feiern hatte, dann sie.

Ich hatte versucht, mehr für sie da zu sein und sie als Freundin mehr zu unterstützen, aber allmählich sorgte ich mich, dass es zu spät war. Dass Harriet mich nur noch tolerierte und eigentlich bereits nach besseren Freundinnen Ausschau hielt.

»Wie geht es Sammy?«, fragte ich Whitney.

»Er ist wie immer eine Freude«, sagte sie. »Er fängt an zu fragen, woher die Babys kommen.«

»Fantastisch«, sagte ich. »Und was antwortest du ihm?«

»Sagen wir, wir müssen uns seit einer Woche anhören, wie er ›Penis‹ und ›Vagina‹ skandiert«, sagte sie. »Dabei zeigt er auf meinen Schritt und den meines Mannes.«

»Besser, als wenn er ›Mumu‹ oder ›Pillermann‹ grölen würde, finde ich.«

Whitney legte sich entsetzt eine Hand auf die Brust. »Ich würde nie das Wort ›Pillermann‹ benutzen«, sagte sie. »Einäugiges Monster, vielleicht. Oder, wie eine meiner

College-Professorinnen es einmal nannte, ›die männliche Möhre‹.«

»Die männliche Möhre«, sagte ich.

»Ich weiß«, sagte Whitney. »Sie war ihrer Zeit voraus. Und im Kontext des Gesprächs war es völlig angemessen.«

»Natürlich«, sagte ich.

»Ich bin gespannt auf die Show«, sagte Whitney. »Ich wollte schon zur Aufführung nach Rhode Island kommen, aber Cal sagte, ich solle bis zum Broadway warten.«

Ich dachte daran, wie gestresst er wegen des Vorverkaufs gewesen war, und dennoch war er selbstbewusst genug, seiner besten Freundin zu sagen, sie solle warten. Er war in vielerlei Hinsicht ein Rätsel. Oder er hatte einfach ein ausgezeichnetes Pokerface. Er war ein Pokerspieler.

»Ich habe gehört, ihr seid ausverkauft«, sagte sie.

»Ja«, bestätigte ich überaus stolz.

Der Karaoke-Trick hatte seinen Zweck erfüllt, im Internet war es anschließend hoch hergegangen, und nicht nur wegen der Show, es ging auch um mich und mein »Vermächtnis«. Anscheinend beschäftigten sich einige Leute noch mal damit, was vor all den Jahren geschehen war – wie ich von der Presse behandelt worden war –, und begannen, mich zu verteidigen.

In vielerlei Hinsicht spielte es keine Rolle – der Moment war lange vorbei, niemand konnte mehr etwas daran ändern –, aber genau wie bei Cals Entschuldigung bedeutete es etwas, dass der Skandal endlich in einen Kontext gestellt wurde. Dass die Leute zu verstehen schienen, was ich als Katee durchgemacht hatte. Das Gute und das Schlechte.

»Cal versteckt sich auf dem Balkon«, sagte Whitney, obwohl ich sie nicht danach gefragt hatte.

»Warum?«

Whitney deutete auf Rachel. »Offenbar wird sie in seiner Nähe ziemlich aufdringlich.«

Ich war verwirrt.

»Ich bin der Puffer«, erklärte Whitney. »Normalerweise hält sie sich zurück, wenn ich dabei bin, aber wenn sie genug getrunken hat, fängt sie Cal bei den Toiletten ab und treibt ihn in die Enge.«

»Sind die zwei denn nicht zusammen?«, fragte ich.

Whitney sah mich an und schien gleich lauthals loszulachen, doch als sie merkte, dass ich keinen Scherz gemacht hatte, verstummte sie.

»Oh. Das war ernst gemeint.«

Ich nickte.

»Ich weiß nicht, wie du darauf kommst, aber nein, sie sind nicht zusammen«, sagte Whitney. »Aber *die* zwei sind zusammen.«

Sie deutete mit dem Kopf auf das andere Ende des Raums, wo Rachel ein Gespräch zwischen Harriet und Statler/Waldorf unterbrach, um dem älteren Mann einen Kuss auf die Wange zu drücken.

»O mein Gott«, sagte ich.

»Jeder nach seiner Fasson.« Whitney hob ihr Glas. »Aber ja.«

Das musste ich erst mal verdauen.

Verdammt, Rachel. Sie war wirklich hinterhältig. Wenn sie mir nicht solche Kopfschmerzen bereitet hätte, hätte ich vielleicht sogar ihre Hartnäckigkeit bewundert.

Whitney hatte recht. Cal hielt sich tatsächlich auf dem Balkon versteckt. Es war ein wunderschöner Balkon mit einer unglaublichen Aussicht auf die Stadt, aber es war auch eiskalt. Einen Moment lang blieb ich stehen und beobachtete ihn: Er hatte die Ellbogen auf das Geländer gestützt und blickte auf Manhattan, seine ganze Gestalt wirkte stark, verlässlich und beruhigend.

Ich trat hinter ihn, senkte die Stimme und ahmte leidlich Rachel nach.

»Hey, Baby«, murmelte ich.

Cal machte einen Riesensatz zurück, und ich musste unwillkürlich lachen. Er fuhr herum, und ich konnte sehen, wie seine ängstliche Miene Ärger wich.

»Kathleen«, sagte er. »Ich hätte es wissen müssen.«

»Whitney sagte, du wärst hier draußen«, sagte ich. »Auf der Flucht vor Rachel.«

Cal ließ ein Stöhnen hören. »Die Frau ist unerbittlich«, sagte er. »Jedes Mal, wenn ihr Freund eine Dinnerparty gibt, wandert ihre Hand wie magnetisch angezogen zu meinem Oberschenkel.«

Ich hätte es nicht lustig finden dürfen. Es war nicht lustig. Aber sogar Cal lächelte schwach.

»Und du hast mich in dem Glauben gelassen, du würdest mit ihr schlafen! Was zum Teufel?«

»Das stimmt nicht«, sagte Cal. »Ich hab dich nur nicht korrigiert, als du diese Vermutung geäußert hast.«

»Wow«, sagte ich. »Das ist Haarspalterei vom Feinsten.«

»Es war nicht deine Angelegenheit«, sagte Cal.

»Ach nein?« Ich hob eine Augenbraue. »Rachel hat eindeutig versucht, es zu meiner Angelegenheit zu machen.«

»Und du hast den Köder geschluckt.«

»Ich …« Ich öffnete den Mund. Schloss ihn. Öffnete ihn wieder. »Tja. Fuck.«

Cal drehte sich zu mir um. »Was hat Rachel eigentlich gegen dich?«, fragte er.

Ich zuckte mit den Schultern. »Sie glaubt, dass sie meinetwegen aus dem Theatercamp geflogen ist. Weil Harriet und ich sie beim Trinken erwischt haben, nahm sie an, dass wir es den Lehrern erzählt hätten.«

»Hmmm«, sagte Cal.

Dieses »hmmm« machte mich stutzig. »Was?«, fragte ich. »Ich *habe* es niemandem gesagt. Und Harriet auch nicht.«

»Ich glaube dir«, sagte er.

»Tja, Rachel nicht. Und anscheinend ist sie immer noch auf Rache aus.«

»Hmmm«, sagte er wieder.

»Okay, das nervt«, blaffte ich. »Was verschweigst du mir?«

Cal warf mir einen Seitenblick zu. »Ich weiß, dass sie nicht deinetwegen aus dem Camp geflogen ist, weil ich es war.«

Ich starrte ihn an. »Wie bitte?«

»Ich habe den Lehrern gesagt, dass sie getrunken hat«, sagte er. »Aber sie wussten es schon. Schließlich stank sie nach Wodka, wenn sie zu den Proben kam. Ms Spiegel hat absichtlich weggeschaut.«

Ich konnte es nicht fassen. »Im Ernst?«

»Ja«, sagte Cal. »Erst als ich drohte, es meinen Eltern zu erzählen, haben sie endlich etwas unternommen.«

»Heilige Scheiße«, sagte ich. »Die ganze Zeit hat Rachel mir die Schuld dafür gegeben, dass sie rausgeworfen wurde, dabei warst du derjenige – ausgerechnet der, mit dem sie ständig Doktorspiele machen will?«

Cal zuckte zusammen. »Doktorspiele?«

»Du weißt schon, was ich meine.«

»Leider«, sagte er.

»Statler oder Waldorf stört das nicht?«, fragte ich. »Dass sie hinter dir her ist?«

»Wer?« Cal warf mir einen ungläubigen, amüsierten Blick zu. »Hast du unsere Produzenten gerade als Muppets bezeichnet?«

Ich zuckte die Achseln. »Wenn der Muppet passt …«

Cal lachte. »O mein Gott«, sagte er. »Jetzt werde ich jedes Mal daran denken müssen.« Er schüttelte den Kopf. »Du verdirbst mich, Rosenberg.«

»Gern geschehen.«

Ich stützte mich neben Cal mit den Ellbogen auf das Geländer. Die Stille zwischen uns war angenehm. Ruhig.

»Darf ich dich was fragen?«

»Klar.«

»Warum ›Memory‹?«, fragte ich. »Beim Vorsingen. Warum die spontane Bitte, und warum dieser Song?«

»Ah.« Cal drehte sich um und blickte auf das Partygeschehen. »Also, du hast ja mitbekommen, dass Rachel alles in ihrer Macht Stehende getan hat, um eine Rolle in diesem Musical zu bekommen.«

»Es war eine echte Bedrohung«, sagte ich und fühlte mich irgendwie bestätigt.

Cal wiegte den Kopf. »Ich hab das nicht allzu ernst genommen. Vor allem nicht, dass sie es auf deine Rolle abgesehen hatte«, sagte er. »Aber es gab … Gerüchte, dass man etwas für sie suchte.«

»Anstatt mich vorzuwarnen, hast du mich also einfach überrascht?«

»Erstens«, sagte Cal, »hast du mir zu dem Zeitpunkt nicht gerade vertraut.«

»Tja, warum nur«, murmelte ich.

Er ignorierte das. »Und zweitens wollte ich auf keinen Fall den Eindruck erwecken, dass ich dich bevorzugen würde. Ich wollte, dass du die Rolle ohne meine Hilfe bekommst.«

»Oh«, sagte ich.

»Und ich wusste, dass du dieses Lied wahrscheinlich noch kennst – das zufällig einer der Lieblingssongs«, er räusperte sich, »der Muppets ist.«

»Oh«, sagte ich wieder.

»Es tut mir leid«, beteuerte Cal. »Zu dem Zeitpunkt schien es mir eine gute Idee zu sein. Wahrscheinlich hätte ich einfach offener sein sollen.«

»Nein. Ich versteh das schon.«

Und das stimmte. Wir hatten es in den letzten Monaten weit gebracht: Von angespannter Feindseligkeit zu widerwilliger Zusammenarbeit zu … was auch immer das hier war. Freundschaft?

Ich blickte zu ihm hinüber. Auf sein Profil im Mondlicht. War Freundschaft wirklich das, was ich von Cal wollte?

»Mein Gott«, sagte Harriet. »Es ist eiskalt hier draußen.«

Cal und ich drehten uns zu ihr um. Sie stand mit einem übertrieben freundlichen Lächeln in der Tür, das nicht ganz zu dem Blick passte, der skeptisch zwischen uns hin und her sprang. Ich trat zur Seite, um mehr Platz zwischen Cal und mich zu bringen.

»Wir haben uns versteckt«, sagte ich.

»Wir?«, fragte Cal.

»Also, ich will Rachel auch nicht begegnen«, sagte ich.

»Tja«, erwiderte Harriet, »alle suchen nach euch. Cal, du sollst ein paar Worte sagen.«

Er tätschelte seine Brusttasche. »Seid ihr bereit?«

»Ja«, sagte Harriet.

»In Ordnung.« Er bot erst mir, dann Harriet eine Armbeuge an. »Gehen wir wieder rein.«

Damals

Kapitel 27

Ich versuchte immer wieder, mit Ryan Schluss zu machen, ehrlich, aber er machte es mir nicht gerade leicht.

Es war fast so, als wüsste er es, denn er fing plötzlich an, sich wie ein richtig guter Freund zu verhalten. Natürlich hauptsächlich vor der Presse – er sprach in Interviews darüber, wie sehr er mich liebte, nahm meine Hand, wenn Paparazzi in der Nähe waren, küsste mich sogar ein- oder zweimal in solchen Situationen, bis ich ihm sagte, er solle das lassen, und am nervigsten war, dass er anfing, mir während unserer Konzerte Songs zu widmen.

»Ich liebe dich, darum tue ich das«, sagte er, als ich ihn bat, auch damit aufzuhören.

Es war alles ziemlich dramatisch und lächerlich und supernervig. Und ich wusste, dass Cal es furchtbar fand.

»Ich liebe dich auch«, sagte ich zu Ryan, denn das war im Grunde nicht gelogen. Ich wollte zwar nicht mehr mit ihm zusammen sein, aber das löschte nicht alle Gefühle, die ich für ihn hatte. Wir waren eine ganze Weile zusammen gewesen. Er war mein erster Freund. Mein erster … Ein und Alles. Fast.

»Ich möchte nur, dass unser Privatleben etwas privater bleibt, okay?«

Das schien er nicht zu verstehen.

»Jeder weiß doch, dass wir zusammen sind«, sagte er. »Und das ist gut für uns beide.«

Wenn er so etwas sagte, konnte ich mir allerdings eher vorstellen, mit ihm Schluss zu machen. Manchmal fragte ich mich, wie viel von unserer Beziehung auf gegenseitiger Zuneigung beruhte und wie viel darauf, dass sie gut für Ryans Karriere war.

Wir befanden uns auf der letzten Etappe der Tournee. Alle waren erschöpft. LC und Mason waren an der Grippe erkrankt, die in den letzten Wochen in der Crew grassierte. Wyatt hatte sich den Fuß verstaucht, als er aus dem Fenster seines Hotelzimmers gesprungen war. Es lag im Erdgeschoss, sodass er sich nicht allzu stark verletzt hatte, aber die Jungs mussten trotzdem die Show so umgestalten, dass er mit ihnen auftreten konnte.

Ich sah Licht am Ende des Tunnels und nahm mir fest vor, sobald die Tour vorbei war, sobald ich im Studio war und Aufnahmen machte, sobald ich wieder zu Hause in New York war, würde ich mit Ryan Schluss machen. Dann konnten Cal und ich zusammen sein.

Die Zukunft fühlte sich zu weit weg und gleichzeitig zu nah an.

Jetzt war Cal derjenige, der mir aus dem Weg ging. Ich konnte es ihm nicht verübeln, aber es gefiel mir nicht. Auf Tour zu sein, war eine einsame Angelegenheit, und es schien, als würde sie noch einsamer werden.

Es konnte doch nicht so schwer sein, mit jemandem Schluss zu machen. Ich brauchte es Ryan nur zu sagen … Ihm was sagen? Dass ich mit Cal zusammen sein wollte?

Es war die Wahrheit, und ich kannte Ryan gut genug. Wenn ich einfach nur Schluss machen würde, würde er wissen wollen, warum. Er würde immer wieder fragen, bis ich sein Gejammer so satthatte, dass ich es ihm sagen würde.

Ich wollte ihn nicht verletzen. Ich wollte niemanden verletzen. Aber ich war mir ziemlich sicher, dass das unvermeidlich war.

Ich war ins Hotelrestaurant gegangen, um LC und Mason eine Suppe zu bestellen und aufs Zimmer bringen zu lassen – es war schon spät und das Restaurant im Begriff zu schließen, doch ich hatte schon vor langer Zeit gelernt, dass man als berühmte Persönlichkeit fast alles bekommen konnte, was man wollte. Es half auch, höflich zu sein und großzügig Zwanzigdollarscheine zu verteilen. Und Autogramme. Seltsam, welche Macht meine Sauklaue hatte.

Ich ging zurück zu den Aufzügen, wollte noch nicht in mein leeres Zimmer zurück, wusste aber auch nicht, wohin ich sonst gehen sollte.

Als sich die Türen öffneten, stand Cal vor mir.

Na klar.

»Hey«, sagte er.

»Hey«, sagte ich und stieg in den Aufzug.

Er sah mich nicht an, und ich checkte, ob meine Etage gedrückt war, was der Fall war, weil wir auf derselben Etage wohnten. Ganz oben.

Er roch nach Chlor, und sein Haar war nass. Zweifellos war er unten im Hallenbad geschwommen.

Schweigend fuhren wir die ersten paar Stockwerke hoch, aber die Spannung vibrierte um uns herum.

Schließlich drehte ich mich zu ihm um. »Es tut mir leid«, sagte ich.

»Ja«, sagte er. »Mir auch.«

Der Aufzug erreichte unsere Etage, und er stieg aus. Ich ebenfalls.

»Was meinst du damit?«, fragte ich und folgte ihm zu seiner Tür.

Cal drehte sich um und sah mich an. Er wirkte müde. Erschöpft.

»Hör mal«, sagte er, »ich versteh das schon. Du und Ryan. Es ist … es ist, was es ist.«

»Nein«, sagte ich. »Ich brauche nur mehr Zeit.«

Cal schüttelte den Kopf. »Nein, brauchst du nicht.«

»Doch«, beharrte ich und merkte, dass ich wie ein kleines Kind klang, das sich weigert, sein Gemüse zu essen.

Er stieß die Tür auf.

»Ich will mich nicht darüber streiten«, sagte er.

»Ich auch nicht.«

»Geh auf dein Zimmer, Kathleen«, forderte er mich auf und schlug mir die Tür vor der Nase zu.

Einen Moment lang stand ich mit offenem Mund da und konnte nicht glauben, was gerade passiert war. Er hatte mir die Tür vor der Nase zugeschlagen, bevor ich zu Ende geredet hatte.

Dieser *Mistkerl.*

Ich ballte die Hand zur Faust und hämmerte gegen die Tür. Plötzlich wurde sie aufgerissen, und ich fiel praktisch in Cals Zimmer.

»Was zum Teufel machst du da?«, fragte er. »Willst du, dass alle auf dieser Etage – einschließlich Ryan – dich hören?«

»Du warst unhöflich!«

Cal hob verzweifelt die Hände und ging zurück in sein Zimmer. Ich wusste, dass es eine schlechte Idee war, aber ich folgte ihm und ließ die Tür hinter uns ins Schloss fallen.

Ich beobachtete, wie er die Minibar durchsuchte und eine Handvoll kleiner Schnapsflaschen hervorholte. Er öffnete eine und nahm einen großen Schluck.

»Gib mir auch eine«, sagte ich.

Er reichte mir eine andere Flasche. Wodka. Igitt.

Ich trank es trotzdem.

»Kannst du jetzt bitte gehen?«, fragte Cal, als ich fertig war.

Meine Kehle fühlte sich warm an. Mein Gesicht ebenfalls.

»Du bist nicht gerade fair«, sagte ich.

»Fair?« Er klang ungläubig. »Willst du mich verarschen? Fair?«

Nein. Er war nicht ungläubig. Er war wütend. Richtig wütend. Ich hatte Cal noch nie so wütend gesehen.

Er kam auf mich zu, er war ein ganzes Stück größer als ich. Aber ich hatte keine Angst vor ihm.

»Du redest von Fairness?«, fragte er. »Findest du es fair,

dass ich jeden verdammten Abend auf der Bühne stehe und mir anhören muss, wie dein idiotischer Freund dir *unsere* Songs widmet? Ich komme mir vor wie ein gottverdammter Idiot. Weil du ihn nie verlassen wirst. Und ich bin das Arschloch, weil ich dachte, du würdest es tun. Weil ich dir mein Herz ausgeschüttet habe. Und wozu? Um dein Ego zu befriedigen? Damit du dich besser fühlst, wenn du dich mit Ryan streitest?« Seine Nasenlöcher blähten sich. »Erzähl du mir nichts von Fairness, *Katee.*«

Ich starrte ihn an. Ich konnte mich nicht erinnern, wann ich ihn das letzte Mal so viel auf einmal hatte sagen hören. Dass das alles verletzend und größtenteils wahr war, machte es auch nicht gerade besser, aber das Schlimmste war, dass er mich Katee genannt hatte.

Für Cal war ich immer Kathleen gewesen. Immer ich selbst. Aber jetzt?

»Du verstehst nicht«, sagte ich, aber es war eine schwache Antwort.

»Ich verstehe sehr gut«, sagte Cal. »Ich glaube, du bist diejenige, die verwirrt ist.«

»Das bin ich nicht!«

Cal trat dicht vor mich. Er war ein ganzes Stück größer als ich, und ich war mir sicher, dass ich seinen Herzschlag in dem Raum zwischen uns spüren konnte.

»Wirklich?«, fragte er. »Und was willst du? Wen willst du?«

Ich sah zu ihm hoch und wusste, dass dies der Moment war. Dies war der Moment. Die Entscheidung.

Und ich zögerte nicht.

»Dich«, sagte ich. »Ich will dich.«

Er nahm mein Gesicht in seine Hände und küsste mich. Oder ich küsste ihn, ich grub die Finger in seine Schultern und zog ihn immer näher. Dennoch war es nicht genug. Er drängte mich gegen die Tür, seine Lippen wanderten hinunter zu meinem Hals, und ich schrie vor Lust auf. Es fühlte sich so gut an. Spannungsgeladen und heiß, gefährlich und perfekt.

Ich zog ihm sein Hemd aus und er mir meins, unterbrochen von weiteren Küssen. Es war mir egal, wie lange es dauerte. Es war mir egal, ob wir uns ewig küssten und nur ein weiteres Kleidungsstück pro Stunde auszogen.

Solange ich in seinen Armen lag. Solange er mich immer wieder berührte. Solange er mich küsste und küsste und küsste.

Alles, was zählte, waren Cal und ich.

Jetzt

Kapitel 28

Es war nicht sofort klar, was passiert war. Eben noch stand ich in den Kulissen und unterhielt mich mit der Gewandmeisterin, und im nächsten Moment herrschten Panik und Aufregung, als ein Schmerzensschrei durchs Theater gellte.

Ich eilte auf die Bühne, wo meine Zweitbesetzung auf dem Boden neben dem Fließband kauerte, das immer noch lief.

»Schaltet das ab!«, rief ich, aber alle waren auf Jennifer konzentriert.

Das arme Mädchen lag mit dem Gesicht nach unten auf der Bühne, Arm und Bein in einem unnatürlichen Winkel abgeknickt. Ich konnte ihr Stöhnen hören, leicht gedämpft von der Perücke, die sie trug.

Ich drückte auf den großen roten Knopf für das Förderband, mit dem wir es auf der Bühne ein- und ausschalteten, und das Ding kam zum Stillstand. Dann rannte ich zurück zu Jennifer und kniete mich neben sie. Ich wusste nicht, was ich tun sollte, aber ich war mir ziemlich sicher, dass ich sie nicht anfassen oder bewegen sollte.

»Aus dem Weg!«

Ich schaute gerade noch rechtzeitig in Richtung Zuschauerraum, um zu sehen, wie Cal sich mit der Geschwindigkeit und Beweglichkeit eines zehn Jahre jüngeren Mannes auf die Bühne schwang. Ich konnte mich nicht erinnern, wann ich das letzte Mal gesehen hatte, dass sich jemand so schnell bewegte. Er ließ sich vor Jennifer auf die Knie fallen.

»Ruft einen Rettungswagen!«, brüllte er. »Sofort! Verdammt noch mal, sofort!«

Er schaute zu mir rüber und machte große Augen.

»Kathleen«, sagte er und klang dabei verwirrt und erleichtert zugleich.

Um Jennifer hatte sich eine ganze Gruppe versammelt, aber in diesem Moment fühlte es sich so an, als gäbe es nur Cal und mich.

»Ich weiß nicht, was passiert ist«, sagte ich.

Er sah mich an, schloss für einen kurzen Moment die Augen und öffnete sie wieder. Dann richtete er seine Aufmerksamkeit wieder auf Jennifer.

»Das wird wieder«, sagte er in sanftem, beruhigendem Ton. »Es wird alles wieder gut.«

Seine Hände zitterten.

Jennifer stöhnte auf, gefolgt von einem leisen Schmerzensschrei. Es schien etwas gebrochen zu sein, aber Schmerz war etwas Gutes. Oder nicht? Ich wusste es nicht.

Ich wusste nur, dass ich meine Fingernägel so fest in meine Arme grub, dass ich ziemlich sicher blaue Flecken bekommen würde. *Dieser* Schmerz war gut.

»Wer hat den Rettungswagen gerufen?«, bellte Cal.

»Ich«, ertönte Maes Stimme aus dem Zuschauerraum. »Er ist in fünf Minuten hier.«

»Hast du das gehört?«, fragte Cal Jennifer. »Sie sind schon fast da. Alles wird gut.«

Er sah auf und bemerkte die besorgten Schauspieler und Mitarbeiter.

»Tretet zurück, Leute«, befahl Cal. »Alles wird gut. Wir brauchen Platz.«

Alle wichen zurück, nur ich nicht. Ich rührte mich nicht vom Fleck.

Cal brüllte ständig Befehle. Er hatte alles unter Kontrolle, alles im Griff. Das war tröstlich.

»Jemand muss nach vorn gehen und auf den Rettungswagen warten«, sagte Cal. »Sorgt dafür, dass sie hier ohne Probleme herfinden.«

Als die Sanitäter eintrafen, wurden sie sofort auf die Bühne geführt. Wir mussten alle Platz machen, und ich ging zurück in den Seitenflügel, von wo aus ich zusehen konnte, aber nicht im Weg war. Die Atmosphäre war angespannt und düster, als Jennifer auf die Trage gehoben wurde. Die Sanitäter verhielten sich ruhig und freundlich, aber es war klar, dass wir bis zur Premiere eine andere Zweitbesetzung finden mussten.

Cal folgte Jennifer aus dem Theater und blieb nur stehen, um mit Mae zu sprechen.

Nachdem sie weg waren, kam Mae wieder herein.

»Hört zu.« Ihre Stimme war nicht ganz so fest wie die von Cal, aber sie war klar. »Heute Abend können wir nichts weiter tun. Wir sagen euch Bescheid, sobald wir neue Informationen haben, aber bis dahin ist es das Beste, ihr geht alle nach Hause.«

»Weißt du, was passiert ist?«, fragte mich Taylor.

Ich schüttelte den Kopf und fühlte mich benommen.

»Ich glaube, sie ist gestolpert«, sagte Nikki. »Was für ein dummer, unglücklicher Unfall.«

Wir standen alle schweigend da, das Förderband in der Mitte der Bühne wie eine riesige, drohende Warnung.

»Das ist eine schwierige Nummer«, bemerkte Nikki.

»Ja«, sagte ich.

Es gab für uns beide nicht mehr viel zu sagen. Nikki winkte mir halbherzig zu, und als ich dasselbe tat, wurde mir klar, dass ich noch Jennifers Perücke in der Hand hielt. Meine Perücke.

Im Theater war es still, alle anderen waren schon gegangen. So gut es ging, klopfte ich den Staub von meinen Sachen und begab mich hinter die Bühne. Behutsam setzte ich die Perücke auf ihren Ständer. Obwohl ich wusste, dass sie gereinigt und gerichtet werden musste, tat ich mein Bestes, damit sie gut aussah. Dann ging ich in meine Garderobe. Ich wollte meine Tasche holen und gehen, aber das tat ich nicht. Ich blieb einfach da.

Ich war mir nicht sicher, wie lange ich dort stand. Minuten. Tage.

»Kathleen.«

Ich fuhr herum und sah Cal in der Tür stehen.

»Du siehst schrecklich aus«, sagte ich.

Er trat ein und schloss die Tür.

»Sie hat sich den Ellbogen gebrochen«, berichtete er. »Und das Bein. Aber sie ist okay.«

Okay schien relativ. Ich war mir ziemlich sicher, dass Jennifer nicht fand, dass es ihr okay ging, aber es hätte wohl noch schlimmer sein können. Ich unterdrückte den düsteren, unpassenden »Hals- und Beinbruch«-Witz, der mir ironischerweise und vermutlich aus einem Selbstschutzinstinkt heraus durch den Kopf schoss.

»Sie ist gestürzt«, sagte ich stattdessen. »Das haben mir jedenfalls die anderen erzählt.«

Cal nickte.

»Nur ein Fehler«, sagte ich. »Ein Unfall. Niemand ist schuld.«

Daraufhin lachte Cal harsch auf.

»Niemand ist schuld?«, wiederholte er. »Ich bin der verdammte Regisseur, Kathleen! Es ist meine Schuld.«

»Nein.«

»Du hast mir immer wieder gesagt, die Nummer sei zu schwer. Sie sei zu kompliziert. Und habe ich auf dich gehört?«

»Ja«, erwiderte ich. »Das hast du. Du hast sie geändert.«

Aber er hörte nicht mehr zu.

»Ich musste einfach meine große Nummer haben, stimmt's?«, sagte er spöttisch und tigerte in meiner Garderobe auf und ab. »Ich konnte nicht einfach eine gute, sichere Nummer machen, oder? Nope. Ich brauchte diese große, total lächerliche Nummer.«

»Hör auf«, unterbrach ich ihn. »Es war ein Unfall.«

Ich legte meine Hand auf seine Schulter, und er drehte

sich abrupt zu mir um und stieß mich gegen den Schminktisch.

»Ich dachte erst, du bist es«, sagte er.

»Was?«

»Ich hab dein Kostüm gesehen. Deine Perücke.«

Ich rührte mich nicht.

»Ich hab dich auf der Bühne liegen sehen. Völlig reglos.«

Ich stützte mich mit den Händen an meinem Frisiertisch ab. Ich konnte nirgendwohin und wollte nirgendwohin, Cals Füße berührten meine. Ich konnte seinen Schweiß riechen, sein Parfüm. Orangen.

»Mir geht es gut«, sagte ich. »Ich bin nicht verletzt.«

Er sah mir in die Augen, als wüsste er nicht, ob er mir glauben konnte.

»Wenn du es gewesen wärst …«

»Aber ich war es nicht«, sagte ich. »Sieh doch. Mir geht es gut.« Ich hob einen Arm. Meine Hand zitterte.

»Kathleen«, sagte Cal.

»Mir geht es gut«, flüsterte ich.

»Mir nicht. Der Gedanke, dass dir etwas zustoßen könnte …«

Er senkte den Kopf. »Cal.«

Als er aufblickte, war sein Blick intensiv. Fest. »Ich kann mich nicht mehr verstellen«, sagte er. »Ich brauche dich, Kathleen.«

Mir stockte der Atem.

»Sag mir, dass ich mit diesem Gefühl allein bin«, sagte er.

»Cal …«

»Sag mir, dass es unangemessen ist«, sagte er.

»Du stehst unter Schock.«

»Sag mir, dass ich gehen soll.«

»Du bist mein Chef.«

»Sag mir, dass es dich stört.«

Ich konnte nicht, denn das tat es nicht.

»Ich glaube, ich könnte tatsächlich sterben, wenn ich dich jetzt nicht küsse«, sagte er. »Wenn ich dich nicht berühre.«

»So dramatisch«, entgegnete ich, obwohl es mir genauso ging.

»Kathleen.« Cals Stimme war leise, so leise.

Er bettelte.

Und doch hatte er mich nicht berührt. Er stand da, die Hände an den Seiten zu Fäusten geballt, der ganze Körper angespannt. Er wartete.

Er hatte gewartet.

Wir beide, die ganze Zeit, all diese Monate. Streit und kein Streit. Alles hatte zu diesem Punkt geführt, und wir waren völlige Idioten, uns einzubilden, es gäbe irgendeinen anderen möglichen Ausgang.

Wir brachten uns nur in Schwierigkeiten – aber trotzdem.

»Ja«, sagte ich.

Ich krallte die Finger hinten in seinen Kragen und zog seinen Mund auf meine Lippen hinunter.

Kapitel 29

Ich rechnete mit einem weiteren heftigen Kuss. Stattdessen berührten Cals Lippen meine ganz behutsam. Sanft.

Er legte die Hände auf meine Wangen und küsste meinen Mund, meine Wangen, meine Nase, mein Kinn, meine Lider. Er küsste mich so sanft und vorsichtig, dass sich ein Kloß in meiner Kehle bildete. Seine Berührung war zärtlich, aber ich konnte spüren, wie sich darunter sein Verlangen aufbaute. Daran, wie er die Finger in mein Haar schob, als ich mich an ihn lehnte. Er drängte die Hüften gegen meine und hielt mich – freiwillig – am Frisiertisch gefangen.

Er küsste meinen Halsansatz. Er nahm meine Hand und küsste meine Handfläche. Dann nahm er die andere und drückte sie an sein Gesicht, während er mit geschlossenen Augen seine Wange an meine Haut schmiegte. Seine Stoppeln kratzten mich, aber es fühlte sich gut an. So gut.

»Cal«, raunte ich.

Er hob den Kopf und sah mir in die Augen. Und ich erkannte das aufgestaute Verlangen in seinem Blick. Das Verlangen und die Begierde, die nur darauf warteten, dass er ihnen endlich nachgeben durfte.

»Ja«, sagte ich. »Bitte, Gott, ja.«

Cals Hände packten meinen Hintern und hoben mich auf den Frisiertisch. Sein Mund war heiß auf meinem, meine Hände umschlossen sein Gesicht. Ich wollte ihn verschlingen, wollte mich in seinem Duft verlieren, in seiner Berührung, in allem.

Es war so lange her. Ich war so bereit.

Ich ließ meine Finger von seinem Gesicht zu seinem Oberkörper gleiten, knöpfte sein Hemd auf, schob es zur Seite und legte meine Handflächen auf sein raues Brusthaar. Meine Beine lagen um seine Taille, mit einer Hand packte er meine Hüfte, mit der anderen mein Haar.

Als ich seine Jeans öffnete, biss er mir in den Hals, und als ich ihn berührte, knurrte er.

»Fuck, Kathleen«, sagte er und stieß gegen meine Hand.

»Ja«, sagte ich. »Los.«

Ich streichelte ihn, während er nach dem Saum meines Kleides griff und den Stoff nach oben schob, während er langsam meine Knie und meine Schenkel entblößte.

»Ich hab kein Kondom dabei«, sagte Cal.

Er legte seine feuchte Stirn an meine.

»Zu dir oder zu mir?«, fragte ich.

Er küsste mich auf die Wange. Küsste meine Lider. Den Mundwinkel. Meine Lippen. Er konnte nicht aufhören, mich zu küssen.

»Hier«, sagte er. »Jetzt.«

Ich wollte ihn gerade korrigieren, als er nach unten ging und weit meine Knie spreizte.

In Sekundenschnelle hatte er mir den Slip ausgezogen,

und ich stützte mich mit den Händen auf dem Frisiertisch ab, während Cal meine Pobacken umfasste.

»Ja«, sagte ich, als sein Mund über die Innenseite meines Schenkels strich. Als Cals Zunge sündige Kreise beschrieb, schlug ich mit dem Kopf gegen den Spiegel, umklammerte mit einer Hand sein Haar und suchte mit der anderen Halt an der Tischkante. Eine Hand lag auf meinem Bein, und als ich nach unten sah, umfasste er mit der anderen seinen Schwanz und streichelte sich langsam, während er mich leckte.

Es war so heiß. So richtig. So gut.

Seine Berührung war alles. Ich schloss die Augen, konzentrierte mich nur auf das Gefühl, auf die Lust, die er mir bereitete. Ich stemmte meine Füße gegen seine Schultern und krümmte die Zehen, während mein gesamter Körper zuckte. Mein Höhepunkt kam so plötzlich, dass er mich völlig unerwartet traf. Wäre noch jemand im Theater gewesen, hätte man meinen Schrei bis in die Dachsparren gehört.

Ich sackte mit dem Rücken gegen den Frisiertisch, mein Körper vollkommen schlapp und mein Kopf leer.

Cal strich sich mit dem Handrücken über den Mund, stand auf und zog sich die Jeans hoch.

»Taxi«, sagte er. »Sofort.«

***

Ich wusste nicht, wie wir es vom Theater zum Taxi und zu meiner Wohnung schafften, ohne uns gegenseitig die Klamotten vom Leib zu reißen, aber irgendwie erreichten wir bekleidet den Wohnungsflur.

Fisch blickte nicht einmal von ihrem Bett auf, als wir ins Wohnzimmer stürzten.

Das Schlafzimmer war nah, aber die Couch war näher. Ich stieß mit der Rückseite meiner Beine dagegen, aber wir blieben zunächst stehen, um uns von unseren Klamotten zu befreien.

Seine Hände lagen auf meiner Taille und wanderten nach oben, wo er mit den Fingern nach meinen BH-Trägern tastete. Sie hatten den ganzen Abend in meine Haut geschnitten, und als er um mich herumgriff und den Verschluss öffnete, atmete ich erleichtert auf.

Cal blickte nach unten und machte ein missbilligendes Geräusch. »Arme Haut«, sagte er und neigte den Kopf, um mit der Zunge über den roten Abdruck zu streichen, den der BH auf meinen Schultern und unter meinen Brüsten hinterlassen hatte.

Ich grub die Finger in Cals Haar, während er die wunde Haut beruhigte.

Als er sich aufrichtete, ließ er die Hände auf meinen Hüften ruhen, anstatt meine Brüste zu berühren, die nun nach seiner Aufmerksamkeit gierten. Ich wartete darauf, dass er mich auf die Couch drückte und seinen großen, starken Körper auf meinen presste.

Er küsste mich, eine Hand an meinem Rückgrat, während ich seinen Gürtel öffnete und ihm die Hose von den Hüften und auf den Boden schob. Wir zogen Schuhe und Socken aus, bis wir beide nur noch unsere Slips trugen.

»Es muss dich verrückt gemacht haben«, sagte Cal und küsste meinen Hals.

»Hmmm?«

»Die ganze Zeit«, sagte er. »Anweisungen. Befolgen. Zu müssen. Von mir.«

»Ich kann Anweisungen befolgen«, sagte ich.

»Ja.«

»Ich kann sogar sehr gut Anweisungen befolgen«, erklärte ich und strich mit der flachen Hand über seine Brust.

»Oh, ich weiß«, sagte Cal. Er legte seine Hand auf meine. »Aber ich auch.«

Als er sich auch noch den Slip auszog, bekam ich einen ganz trockenen Mund.

»Sag mir, was du willst.« Er verschränkte seine Finger mit meinen. »Führe mich.«

Es war wahrscheinlich das Erotischste, was ich je gehört hatte. Oder vielleicht lag das auch nur an Cal.

»Das wird dir vielleicht noch leidtun«, sagte ich.

Das Angebot und alles andere.

»Auf keinen Fall«, erwiderte Cal und beugte sich zu mir. »Komm schon, Kathleen. Ich fordere dich heraus.«

Oh, er war ein böser, böser Mann.

Ich legte meine Hände auf seine Hüften und drehte uns beide so, dass er mit dem Rücken zur Couch stand. Dann stieß ich ihn nach unten, nun lehnte er an den Kissen und wartete auf mich. Bereit für mich.

Ich streifte meinen Slip ab.

»Du bist so schön«, sagte Cal.

Zweifel und Schuld meldeten sich in meinem Hinterkopf, aber wenn Cal mich so ansah, war es leicht, sie zu verdrängen.

Ich stieg auf die Couch, legte die Hände auf seine Schultern, setzte mich rittlings auf seinen Schoß und küsste ihn leidenschaftlich. Ich verlor mich in dem Kuss, in der Hitze unserer Münder, unserer Zungen. Dem Kratzen seiner Bartstoppeln an meiner Wange.

So war es noch nie gewesen.

Cals Hände lagen an seinen Seiten, unsere Körper berührten sich, aber nicht an den interessantesten Stellen.

»Cal«, raunte ich in sein Ohr.

»Hm?«

»Leg deine Hände auf mich«, forderte ich ihn auf.

»Wo?«, fragte er.

»Auf meine Hüften«, sagte ich. »Meinen Hintern. Meine Brüste. Berühr mich.«

Er tat es und befolgte die Anweisungen genau, ließ seine großen, rauen Handflächen an der Rückseite meiner Beine entlanggleiten, über meine Hüften, massierte meine Pobacken und umschloss schließlich meine Brüste, wobei er mit den Daumen über meine Nippel strich.

Ich lehnte den Kopf in den Nacken, sank tiefer auf seinen Schoß und spürte ihn heiß und hart zwischen meinen Schenkeln. Ich bewegte die Hüften vor und zurück und rieb mich an ihm, um uns beide noch stärker zu erregen.

»Kathleen«, hauchte er und drückte seinen Kopf gegen die Kissen, sein Mund feucht und sinnlich, die Lider halb geschlossen.

Seine Hände hoben meine Brüste an und drückten sie zusammen, dann beugte er sich vor und drückte einen Kuss in die feuchte Kuhle an meiner Kehle und dann tiefer in die Mulde zwischen meinen Brüsten. Meine Fingernägel gruben sich in seine Schultern, während er die Zunge über meine salzige Haut gleiten ließ und erst an dem einen, dann an dem anderen Nippel saugte.

»Mehr«, sagte ich.

Er befolgte meine Anweisungen *sehr* gut.

»Hier«, sagte ich, nahm seine Hand und führte sie über meinen Bauch nach unten zwischen meine Beine, wo ich mich immer noch nach Berührungen sehnte.

Cal streichelte mich zunächst ganz sanft mit den Fingern, und ich beugte mich vor und drückte meine Hüfte, meinen Körper gegen seine Hand.

»Mehr«, forderte ich.

Er drückte die Fingerknöchel gegen mich, zog sie auf und ab und erzeugte genau dort Reibung, wo ich sie ersehnte. Die andere Hand glitt von meiner Brust zu meiner Schulter und legte sich um meinen Hinterkopf, den ich wieder in den Nacken sinken ließ.

Cal küsste meine Kehle, während ich mich an seiner Hand rieb und die Lust genoss, die jede Bewegung meiner Hüften auslöste. Ich war kurz vorm Höhepunkt, aber ich brauchte mehr.

»Fester«, sagte ich.

Er grub die Hand in mein Haar und zog mit einer abrupten Drehung seines Handgelenks fest daran – das Gefühl gab mir den Rest.

Ich brach keuchend und feucht auf seiner Brust zusammen, Cals Hände lagen auf meinem Rücken. Er drückte mich fest an sich, und ich konnte spüren, wie sein Herz raste.

Als ich wieder zu Atem gekommen war, hob ich den Kopf.

»Kondom?«, fragte er. »Gleitmittel?«

»Schlafzimmer«, sagte ich in leicht entschuldigendem Ton. »So weit weg.«

»Wenn ich jünger wäre, würde ich dich hintragen«, sagte er.

»Alter Mann«, neckte ich und strich mit den Fingern durch sein Brusthaar.

Er schloss die Augen und lächelte lustvoll.

Mit großem Widerwillen schob ich mich von ihm herunter und reichte ihm dann die Hand, um ihn von der Couch zu ziehen. Er stand auf und gab mir einen leidenschaftlichen Kuss. Beinahe wären wir über unsere verstreuten Kleider gestolpert, als wir versuchten, ins Schlafzimmer zu gelangen, ohne uns voneinander zu lösen. Dieses Mal hob Fisch den Kopf, gähnte und schlief wieder ein.

Im Nachttisch fand sich alles, was wir brauchten. Mit beidem in der Hand schob ich Cal auf die Matratze und stieg hinter ihm aufs Bett. Auf ihn.

Als er ausgestreckt auf dem Bett lag und ich ihn berührte, stieß er lautstark die Luft aus.

»Willst du immer noch, dass ich das Sagen habe?«, fragte ich.

»Ja, verdammt«, antwortete er.

Ich legte eine Hand um ihn und spürte seine samtene Haut, als ich ihn streichelte. Seine Augen waren geschlossen, seine Wangen gerötet. Er war mir völlig ausgeliefert, und er war noch nie so umwerfend gewesen.

»Hast du es dir vorgestellt?«, fragte ich. »Uns? Dass wir wieder zusammen wären?«

»Öfter als du dir vorstellen kannst«, gab er zu, die Stimme heiser, die Hände zu Fäusten geballt.

Ich packte das Kondom aus und rollte es über ihn. Er hielt ganz still, rührte sich nicht, obwohl seine Haut vor Erregung zu vibrieren schien. Meine fühlte sich genauso an, es war dieser heiße, zittrige, wunderbare Puls der Lust. Obwohl ich gekommen war, war ich noch lange nicht befriedigt.

Ich gab Gleitmittel in meine Hand und verteilte es auf uns beiden, Cals Knöchel waren ganz weiß. Als sich die Lust ausgehend von meinem Bauch überall ausbreitete, richtete ich mich auf und setzte mich rittlings auf ihn, legte die Hände auf die Innenseiten von Cals Armen und drückte sie nach außen.

Als ich die Hüften nach vorn neigte und meinen Körper gegen seinen drängte, spannte sich sein Kiefermuskel an. Er bewegte sich nicht, sondern ließ sich von mir reiten, ließ zu, dass ich mich auf diese wundervolle genüssliche Art an ihm rieb.

Ich löste eine Hand, schob mich auf die Knie hoch und griff zwischen unsere Schenkel. Als ich mich auf ihn sinken ließ, suchte ich seine Hände, unsere Finger verschränkten sich, während ich seine Handgelenke fest in die Matratze drückte.

Als meine Hüften wieder auf seine trafen, spürte ich sein Stöhnen bis in die Zehenspitzen.

»Kathleen.« Es war ein Segen. Ein Fluch.

Ich beugte mich zu ihm hinunter, und mein Haar fiel um uns.

»Ich werde dich fertigmachen«, versprach ich.

»Ja«, sagte er. *»Ja.«*

Während unsere Finger noch verbunden waren, begann ich, mich zu bewegen. Ich hob und senkte mich und bewegte mich wellenartig über seinem Körper. Alles drehte sich um diesen Moment, diese Verbindung. Ich verlor mich in dem Rhythmus, nahm mir, was ich wollte. Was ich brauchte.

Cal bog sich mir entgegen und drückte seine Handflächen gegen meine, aber er übernahm nie die Kontrolle. Er nahm nicht. Er gab, und ich stemmte mich gegen seinen Körper, während ich tiefer sank und fester gegen ihn stieß.

Er umschloss meine Finger, als die Lust mich durchzuckte und ich plötzlich kam.

Meine Schenkel zitterten noch, als Cal seine Finger in sie grub. Ich hatte gar nicht gemerkt, dass ich ihn losgelassen hatte. Mein Haar klebte feucht an meiner Stirn, als er nach oben stieß und mit einem tiefen Stöhnen seine eigene Erlösung fand.

Ich schmolz förmlich von ihm herunter und lag flach auf dem Rücken, bis er sich auf die Seite drehte und mich an sich zog.

Sein Atem strich heiß über mein Haar, unsere Körper waren schweißnass, aber er hielt mich fest.

»Ich liebe dich«, sagte er.

Er küsste mich auf die Schläfe, und ich wusste, dass er darauf wartete, dass ich seine Worte erwiderte. Ich öffnete den Mund, aber die Worte blieben mir im Hals stecken.

Stattdessen drehte ich mich um, schlang meinen Körper um ihn und hielt ihn fest, bis wir beide einschliefen.

Damals

Kapitel 30

Ich nahm mir vor, es Ryan morgen zu sagen.

Cal hatte sich von hinten an mich gekuschelt, sein Arm lag auf meiner Hüfte. Ich spürte, wie sein Brusthaar meinen Rücken kitzelte, spürte seinen warmen Körper, den Druck seiner Schenkel an meinen.

Wir hatten Sex gehabt.

Wir hatten miteinander geschlafen.

Ich hatte Sex mit Cal Kirby gehabt.

Anfangs war es ein bisschen peinlich, ein bisschen angespannt gewesen, aber dann wurde es gut. *Richtig* gut.

Morgen hatten wir einen Auftritt – es war das letzte Konzert der Tournee. Anschließend würde ich es Ryan sagen. Ihm sagen, dass es das Beste war, wenn wir uns trennten. Von Cal würde ich ihm aber nichts erzählen. Das wäre zu viel, und jetzt, nachdem das süße Glühen der Befriedigung verblasste, traten Schuldgefühle und Scham an seine Stelle.

Ich hatte Sex mit Cal Kirby gehabt. Während ich noch mit Ryan zusammen war.

Ich hatte alles falsch gemacht, das war mir klar. Ich hatte nicht anders gekonnt.

Sagten das nicht Männer ständig, wenn sie dabei erwischt wurden, wie sie etwas Unangemessenes oder Falsches taten? Dass sie die Kontrolle verloren hätten?

Aber ich wusste, dass das keine Entschuldigung war.

Und dass es das Beste wäre, wenn ich ginge. Ich bewegte mich, aber Cal verstärkte seinen Griff um mich.

»Geh nicht«, sagte er. Seine Stimme kitzelte mein Ohr. Zuvor war er dort mit der Zunge gewesen. Es hatte sich unglaublich angefühlt. Bei der Erinnerung erschauerte ich ein wenig.

»Ich sollte zurück in mein Zimmer gehen«, sagte ich.

»Noch nicht«, bat er.

Eigentlich wollte ich nicht gehen, also blieb ich.

Wir lagen zusammen, und ich schmiegte mich noch enger an ihn, wollte ihn an so vielen Stellen wie möglich berühren.

Ich wurde von allen möglichen Gefühlen bestürmt, und für die meisten gab es keine Worte.

»Ich liebe dich«, sagte Cal.

Ich war mir nicht sicher, ob das eines der Gefühle war, also sagte ich nichts und tat so, als wäre ich eingeschlafen.

***

»Wow«, sagte Harriet. »Du siehst glücklich aus.«

»Was du nicht sagst«, bemerkte meine Visagistin. »Ich muss sie heute kaum schminken – sie strahlt geradezu.«

Ich betrachtete mich im Spiegel. Sie hatten nicht gelogen. Ich sah umwerfend aus. So. Verdammt. Glücklich.

Es war ein bisschen lächerlich.

»Ich bin nur froh, dass wir eine Pause bekommen«, sagte ich. »Und dass wir bald mit der Arbeit an deinem Album beginnen können.«

»An *deinem* Album«, korrigierte Harriet.

Ich schnaubte. »Bitte. Ich mache den leichten Teil – du bist diejenige, die alle Songs schreibt.« Ich streckte die Hand nach ihrer aus, und wir verschränkten die Finger. »Ich kann es kaum erwarten, dass alle deine Musik hören.«

Sie grinste mich im Spiegel an, aber ihr Lächeln war leicht brüchig.

»Ist das wirklich der Grund, warum du gerade so glücklich bist?«, fragte sie.

Mein Lächeln erstarb. Harriet war aufmerksamer, als gut für sie war.

»Ja«, antwortete ich, sah ihr dabei aber nicht in die Augen.

Sie wartete, bis die Visagistin fertig war und wir allein waren. Dann ließ sie sich in den Stuhl neben mir fallen und drehte ihn, bis sie mir zugewandt war.

»Was ist los?«, fragte sie.

Ich versuchte, sie zu ignorieren, und beugte mich vor, um meine Wimpern zu überprüfen. Meinen Lipliner. Alles Mögliche.

»Kathleen«, drängte sie.

»Nichts.«

Aber sie packte die Armlehnen meines Stuhls und zwang mich, mich ihr zuzuwenden.

»Es ist nicht nichts«, insistierte sie. »So glücklich hab ich dich nicht mehr gesehen, seit … ich weiß nicht … seit deinem ersten Plattenvertrag.«

Das war unmöglich. Ich war auch noch bei anderen Gelegenheiten glücklich gewesen. Richtig glücklich.

Ryan hatte mich glücklich gemacht. Manchmal. Meistens.

»Ist was passiert?«, bohrte Harriet weiter.

Ich schwieg, aber natürlich genügte ihr das nicht.

»O mein Gott«, sagte sie. »Was ist passiert?«

Ich bedeutete ihr, still zu sein. »Nichts«, sagte ich.

Sie wusste, dass ich log.

»Ich werde es herausfinden«, versprach sie. »Du kannst Geheimnisse nicht für dich behalten.«

Stimmte das? Der Gedanke machte mir Angst. Würde Ryan sofort wissen, was passiert war, wenn er mich ansah? Vielleicht sollte ich es ihm jetzt sagen, noch vor der Show.

Aber nein. Das würde garantiert zu einem schlechten Auftritt führen. Außerdem hatte ich mich noch immer nicht entschieden, was ich genau sagen wollte.

»Kathleen«, jammerte Harriet. »Sag es mir! Na los! Ich bin deine beste Freundin!«

»Gut«, sagte ich.

Ich *musste* es jemandem erzählen.

Ich drehte meinen Stuhl und beugte mich vor, sodass sich fast unsere Stirnen berührten. Ich atmete tief ein. Sie atmete noch tiefer ein.

»Cal und ich …«

»O Gott!«, kreischte sie, bevor ich noch mehr sagen konnte. »Hast du? Nein! Doch? Doch!«

»Halt die Klappe!« Ich packte ihre Hände. »Schhhh.«

»O mein Gott«, flüsterte sie. »Du hast es getan.«

Ich nickte. »Letzte Nacht.«

Harriets Augen hatten die Größe von Scheinwerfern.

»O woooooooooow«, sagte sie. »Was hat Ryan gesagt?«

Ich ließ den Kopf hängen.

»Du machst Witze.« Ich konnte die Enttäuschung in ihrer Stimme hören.

»Es war nicht geplant.«

»Ja, klar«, sagte sie.

»Hey!«

Sie hatte nicht unrecht, aber es tat trotzdem weh.

»Es war ein Fehler«, sagte ich.

Harriet hob eine Augenbraue, und ich wurde rot, als ich an letzte Nacht dachte. An Cals Mund. Seinen Hals. An seine Hände.

»Okay, kein Fehler«, gab ich zu. »Nur. Nicht gut. Kein gutes Timing.«

»Definitiv kein gutes Timing«, pflichtete sie mir bei. »Was willst du jetzt machen?«

»Das weiß ich nicht!«

In dreißig Minuten würde das Konzert beginnen. Noch ein letztes Konzert, dann war die Tournee vorbei. Noch ein Konzert, dann konnte ich mich mit Ryan hinsetzen und mit ihm reden. Ihm alles erklären.

Hoffentlich.

Harriet lehnte sich noch näher zu mir vor. Jetzt berührten sich unsere Stirnen.

»Und Cal?«, fragte sie, die Frage war kaum mehr als ein Flüstern. »War er …? Seid ihr …?«

»Ich weiß es nicht«, sagte ich.

Harriet runzelte die Stirn. Ich wusste, dass sie zum Team Cal gehörte, und ich auch, aber es war alles sehr verwirrend und überwältigend. Ich wollte mit Cal zusammen sein. Ganz bestimmt. Ich war mir nur nicht sicher, was ich als Nächstes tun sollte – ich wollte Ryan nicht verletzen. Ich wollte niemanden verletzen.

Ich war eine totale Idiotin. Ich hatte alles falsch gemacht.

»Kathleen«, schimpfte Harriet.

»Ich weiß«, sagte ich. »Es ist einfach … es ist kompliziert.«

Sie warf mir einen Blick zu, der dieser Untertreibung würdig war. Ich hatte es nicht anders verdient.

Ich zog mich zurück und betrachtete mein Haar im Spiegel.

»Ich krieg das schon hin«, sagte ich. »Das wird schon wieder.«

Ich versuchte, zuversichtlicher zu klingen, als mir zumute war.

»Okay«, sagte Harriet.

»Ich muss nur den Auftritt durchstehen.«

»Okay«, sagte Harriet.

»Okay«, sagte ich.

***

Es war ein unglaublicher Auftritt. Das Publikum genoss jede Minute, genau wie ich. Es war der perfekte Abschluss einer sehr, sehr langen Tournee und gab mir einen dringend notwendigen Schub. Ich war stolz und voller Freude, ich hatte es geschafft.

Sobald ich von der Bühne kam, kippte ich fast eine ganze Flasche Wasser in mich hinein. Meine Haut war schweißnass, meine Extensions klebten mir im Nacken und an den Schläfen. Ich brauchte eine Dusche, ein Bad und eine Massage. Und Chicken Fingers. Mit Pommes frites.

»Ich hab sie angeheizt, sie sind bereit für euch«, sagte ich zu den Jungs, als sie sich hinter der Bühne versammelten.

Mason und LC wärmten sich auf, indem sie sich abwechselnd die Schultern massierten. Wyatt hatte eine Wasserflasche in der Hand, die ziemlich sicher kein Wasser enthielt, so wie er trank und bei jedem Schluck das Gesicht verzog.

Ich konnte Cal nicht in die Augen sehen. Ich war an jenem Morgen gegangen, während er im Bad war, hatte mich einfach rausgeschlichen, was nicht cool war, aber ich wollte nicht in seinem Zimmer erwischt werden.

»Ein Glückskuss?«, fragte Ryan.

Er zog mich an sich, legte die Arme um meine Taille und hielt mich vor sich.

»Sicher«, sagte ich und gab ihm einen schnellen Schmatzer auf die Lippen.

Er stutzte. »Das ist kein Glückskuss«, sagte er und gab mir einen richtigen Kuss, beugte mich sogar nach hinten, bis mein Haar den Boden streifte.

»Nehmt euch ein Zimmer, verdammt«, murmelte Wyatt und rülpste. In der Flasche war eindeutig kein Wasser.

»Letzter Auftritt!«, sagte Ryan und ließ mich los, damit er die Fäuste in die Luft stoßen konnte. »Legen wir los, verdammt!«

Die anderen Jungs wirkten angesichts von Ryans überbordender Energie erschöpft.

»Hey.« Er nahm meine Hand, bevor er die Bühne betrat. »Geh nicht weg, okay?«

»Ich sehe mir den Auftritt an«, sagte ich.

»Ich weiß«, sagte er. »Aber bleib hier und sieh ihn dir von hier aus an, okay?«

Ich hatte geplant, die erste Nummer von hinter der Bühne aus zu verfolgen und den Rest in meiner Garderobe, während ich alle Accessoires ablegte, die mich zu Katee Rose machten.

»Okay«, sagte ich, aber ich war müde, meine Hochstimmung von dem Auftritt verebbte rapide.

Ryan nickte, gab mir einen Kuss auf die Wange und ging auf die Bühne. Cal war der Letzte. Er drückte sich noch einen Moment herum, sah mich aber nicht an. Und ich ihn auch nicht.

»Hals- und Beinbruch«, sagte ich schließlich.

»Ja«, erwiderte er und stellte sich zu den anderen Jungs. Seine Enttäuschung klebte wie eine weitere Schweißschicht auf meiner Haut. Es war alles ein totales Chaos, aber ich würde es in Ordnung bringen. Nach dem Konzert würde ich mich mit Ryan hinsetzen und mit ihm reden. Er würde sauer werden, aber wir würden das hinkriegen. Schließlich waren wir alle Freunde. Wir mochten uns alle.

Wie versprochen, stand ich hinter der Bühne und wartete darauf, dass sich der Vorhang für die zweite Hälfte unseres letzten Auftritts hob. Es machte mir nichts aus, dass ich zur Vorgruppe geworden war, dass die Zuschauer immer zahlreicher kamen, um sie zu sehen. Ich freute mich für sie. War stolz auf sie.

Harriet gesellte sich hinter der Bühne zu mir.

»Tolle Show«, sagte sie.

Ich grinste sie an. »Danke. Ryan will, dass ich von hier aus zusehe.«

Sie hob die Augenbrauen. »Den ganzen Auftritt?«

Ich zuckte mit den Schultern. »Solange ich kann«, sagte ich, aber meine Kraft ließ schon bald nach.

Ich hatte all meine Energie und mein Adrenalin verbraucht, um diesen letzten Auftritt zu überstehen, und jetzt war ich kurz vor dem Zusammenbruch. Ich konnte es kaum erwarten, zurück in mein Zimmer zu kommen und eine Woche lang zu schlafen.

»Hallo, New York!«, rief Ryan unter tosendem Beifall. »Wir sind CrushZone!«

Die Jungs stellten sich alle in vollkommener Harmonie für ihre erste Nummer auf. Ryan stand wie eine Pfeilspitze in der Mitte. Ich wartete darauf, dass die Musik einsetzte, aber das tat sie nicht.

»Wartet! Wartet!«, sagte Ryan.

Ich sah, wie die Jungs sich verwirrt ansahen. Offensichtlich hatten sie das, was jetzt gerade passierte, nicht geprobt. Oder sie waren alle sehr, sehr gute Schauspieler geworden.

»Ich weiß, ihr freut euch, uns zu sehen«, sagte Ryan.

»Aber ich hoffe, ihr habt nichts dagegen, wenn ich unseren Vor-Act zurückhole, nur für einen Moment.«

Wie bitte?

»Wusstest du davon?«, fragte Harriet.

Ich schüttelte den Kopf.

»Katee Rose!«, rief Ryan. »Komm raus.«

Ich spürte ein mulmiges Gefühl in der Magengegend, das sich noch verstärkte, als Cal einen Blick in meine Richtung warf. Seine Miene war ebenfalls verwirrt, ansonsten aber undurchdringlich. Was ging hier vor?

»Katee! Katee! Katee!« Ryan hatte einen Sprechgesang angestimmt, und die ganze Menge grölte mit.

»Du gehst besser raus«, sagte Harriet.

Ich wollte nicht. Tief in meinem Innern wusste ich, dass nichts Gutes dabei herauskommen würde. Aber was konnte ich sonst tun? Sie würden nicht aufhören zu rufen, bis ich es tat. Die Show würde niemals enden.

»Verdammt«, sagte ich.

Ich setzte ein Lächeln auf, straffte die Schultern und ging zurück auf die Bühne. Die Menge drehte durch. Grinsend und winkend ging ich zu Ryan.

»Was machst du?«, fragte ich ihn leise und war dankbar, dass ich mein Mikro abgenommen hatte.

Aber er antwortete nicht. Stattdessen wandte er sich an das Publikum und ergriff meine Hand. Mein Herz raste in meiner Brust wie ein durchgedrehtes, schnatterndes Wiesel. Mir war übel.

»Katee Rose«, sagte Ryan. Er blickte immer noch in die Menge. »Ich möchte dich etwas fragen.«

Nein. O nein, o nein, o nein.

Ich schaute zu Harriet hinüber, deren entsetzter Blick zweifellos dem meinen entsprach.

Bitte, Gott, nein.

»Katee« – Ryan drehte sich nun zu mir um –, »ich liebe dich so sehr.«

Nein. Nein. Nein, nein, nein, nein, nein, nein, nein.

Er ging auf ein Knie nieder, und ich dachte, ich müsste mich übergeben.

»Wirst du mir die Ehre erweisen, meine Frau zu werden?«

Ich konnte nicht einmal meine Gedanken hören, der Jubel im Stadion war immens. Es war, als wäre ich unter dem Lärm begraben, meine Trommelfelle klingelten.

Das konnte doch nicht wahr sein.

Doch das war es.

Ich sah Ryan an. Er kniete immer noch vor mir und lächelte zu mir hoch, auch wenn das Lächeln jetzt leicht gezwungen wirkte.

»Katee?«, fragte er, bevor er sich an das Publikum wandte. »Ich hab sie wohl überrascht.«

Alle brüllten vor Lachen.

Ich sah zu Cal. Er starrte auf den Boden. Ryan räusperte sich lautstark. Und als ich mich wieder zu ihm umdrehte, war mir klar, dass ihm nicht entgangen war, wie ich Cal angestarrt hatte.

Verdammte Scheiße.

»Komm schon, Katee«, sagte Ryan. »Ich finde, du schuldest unseren Fans eine Antwort.«

Ich war geliefert.

»Äh«, sagte ich.

»Ja! Ja! Ja! Ja!«, skandierte die Menge.

Harriet hatte den Kopf in die Hände gestützt.

Ich sah zu Ryan hinunter, der jetzt einen Ring in der Hand hielt. Einen großen Ring.

»Was sagst du, Katee?«, fragte er.

»Ja«, sagte ich. »Ja.«

Jetzt

Kapitel 31

»Kathleen?«, murmelte Cal.

Sein Gesicht war gegen das Kissen gepresst, und ich konnte seinen Atem an meinem Hals spüren. Es war noch früh, aber das störte mich nicht. Ebenso wenig wie die Tatsache, dass ich wund war.

Ich fühlte mich gut. So gut. Richtig gut.

»Hmmm?«

»Deine Katze sitzt auf meinem Hintern«, sagte er.

Ich hob den Kopf. »Stimmt.«

Er stieß ein Grunzen aus, bewegte sich aber nicht. Fisch saß, den Schwanz um die Pfoten gelegt, direkt auf Cals prächtigem Hintern. Kluge Katze.

Vorsichtig schob Cal seinen Arm unter dem Kissen hervor und schlang ihn um meine Taille. Mit einem Ruck zog er mich an sich und strich mit der Nase über meinen Hals.

»Guten Morgen«, sagte er.

»Guten Morgen.« Ich strahlte über das ganze Gesicht.

In meinem Zimmer war es noch dunkel, aber ich war mir ziemlich sicher, dass mein Lächeln stark genug war, um den ganzen Block mit Energie zu versorgen. Ich wartete darauf, dass sich die Angst einstellte, dass der Fluchtimpuls mein Herz zum Kolibri werden ließ, aber nichts passierte. Ich fühlte mich sicher. Behaglich. Glücklich.

»Sie bewegt sich«, sagte Cal.

Ich öffnete ein Auge, um zu sehen, wie Fisch sich von Cals Hintern zu seinem Rücken bewegte und sich wie eine Surferin, die auf die richtige Welle wartet, mit seiner Atmung auf und ab bewegte.

Mein Herz war so voller Liebe, dass es sich anfühlte, als ob es zerspringen würde. Und dennoch …

»Du wirkst nachdenklich«, sagte Cal. »Alles in Ordnung?«

»Mm-hmm.«

Das stimmte. Und auch wieder nicht.

Genau wie damals hatten wir die Sache nicht wirklich durchdacht. Und ja, die Umstände waren jetzt anders, und ich bezweifelte stark, dass Ryan heute Nachmittag mit einem Kamerateam im Theater auftauchen und vor der ganzen Welt auf die Knie gehen würde, dennoch gab es einige Konsequenzen zu bedenken.

Harriet würde sauer sein. Ich hatte ihr versprochen, nicht mit Cal zu schlafen. Ich starrte an die Decke und fragte mich, was ich nun tun sollte.

»Machst du dir Sorgen, was die Leute sagen werden?«, fragte Cal.

Er hatte sich ebenfalls auf den Rücken gedreht, und Fisch hatte sich mitten auf seiner Brust zusammengerollt.

Natürlich wurde sie gleich mit ihm warm. Sie konnte

nicht genug von einem attraktiven Mann bekommen. Genau wie ihre Besitzerin.

»Ich weiß nicht«, sagte ich.

Ich hatte nicht viel über »die Leute« nachgedacht, aber das hätte ich tun sollen. Denn nicht nur Harriet würde eine klare Meinung dazu haben. Cal und ich sorgten nicht mehr für Schlagzeilen, aber wenn der Karaoke-Abend in Rhode Island etwas bewiesen hatte, dann, dass ich immer noch für Furore sorgen konnte. In dem Fall hatte ich die Presse als Waffe benutzt und die Kontrolle über die Geschichte behalten, aber es gab keine Garantie, dass mir das noch einmal gelingen würde, insbesondere nicht in diesem Fall.

Niemand würde über das Musical sprechen, sondern alle nur über Cal und mich.

Spielte es eine Rolle? Wir waren erwachsene Menschen. Wir waren beide Single. Was war das Problem?

Okay, theoretisch war er immer noch mein Chef. Und obwohl ich für die Rolle vorgesungen hatte, obwohl ich sie mir verdient hatte, würde man annehmen, dass ich sie mir erschlafen hätte. Und hinzu kam noch die ganze schmutzige Vergangenheit.

»Wir brauchen doch niemandem davon zu erzählen«, sagte Cal.

Ich sah zu ihm hinüber. Er starrte an die Decke.

»Es kann doch unter uns bleiben«, fügte er hinzu. »Für den Moment.«

Das überraschte mich. Aber die Situation war heute eine andere. Wir waren älter. Reifer.

»Wäre das für dich in Ordnung?«, fragte ich.

Er sah mich an, griff nach meiner Hand und verschränkte seine Finger mit meinen.

»Wäre es mir lieber, wir könnten einfach zusammen sein? Ja«, sagte er. »Aber so einfach ist das nicht. Das verstehe ich.«

Ich war erleichtert.

»Überstehen wir nur den Premierenabend«, sagte ich. »Dann können wir uns überlegen, wie wir es den Leuten sagen.«

Cal nickte, aber etwas an seinem Gesichtsausdruck machte mich stutzig. Er lächelte, sah mich dabei aber nicht an. Sagte auch nichts weiter. Er streichelte Fisch und schaute zur Decke hinauf.

Ich sagte mir, dass das okay sei. Mit ihm war alles okay. Mit uns war alles okay.

Alles war in Ordnung.

Kapitel 32

»Da bin mal einen Tag nicht im Theater, und schon geht alles den Bach runter«, stöhnte Harriet.

»Genau«, sagte ich. »Das ist alles deine Schuld.«

Sie schlug mir auf den Arm. »Das ist nicht witzig.«

»Sorry.«

Wir waren zum Mittagessen im Erdferkel und Artischocke. Ich versuchte, mich durch und durch normal zu verhalten. Cal war früh gegangen, und kurz darauf hatte Harriet angerufen.

»Warum hast du mich nicht angerufen?«, hatte sie als Erstes gefragt.

Ich hatte herumgestottert und mich insgeheim gefragt, wie sie herausgefunden haben konnte, dass Cal und ich miteinander schliefen, es sei denn, sie hatte einen Überschall-Schlampen-Radar. (Ich entschuldigte mich bei mir selbst für diesen Gedanken. Das war nicht sehr nett.)

Aber sie wollte nur über Jennifer und den Unfall Bescheid wissen. Ihre Frage war berechtigt. Ich hätte sie anrufen sollen. Cal hätte sie anrufen sollen. Zum Glück ritt sie nicht weiter auf der mangelhaften Kommunikation herum.

»Meinst du, das bringt Unglück?«, fragte Harriet.

Ich hatte daran gedacht, wie Cal mich beim morgendlichen Abschiedskuss in die Arme gezogen und hochgehoben hatte. Wie sicher ich mich in seinen Armen gefühlt hatte. Dass ich es kaum erwarten konnte, ihn wiederzusehen.

»Kathleen?« Harriet stupste mich mit ihrer Gabel an. »Was ist da drüben los?«

Ich blinzelte. »Tut mir leid.«

»Der gestrige Tag muss dich ziemlich geschockt haben«, sagte sie.

»Ja«, erwiderte ich und blickte auf mein Rührei hinunter.

»Das muss ganz schön heftig gewesen sein«, sagte sie.

»Total. Ja, ziemlich heftig.«

Sie warf mir einen seltsamen Blick zu.

»Ich glaube, sie wird wieder gesund«, sagte ich. »Sie wird eine Zeit lang einen Gips tragen müssen, aber es sollte alles gut verheilen.«

Zumindest hatte Cal mir das geschrieben. Er war von mir aus ins Krankenhaus gefahren, um sie zu besuchen.

»Armes Mädchen«, sagte Harriet.

»Ja.«

»Wahrscheinlich nicht der beste Zeitpunkt für einen Hals-und-Beinbruch-Witz, was?«

Ich zog eine Augenbraue hoch. Zwei Doofe, ein Gedanke.

»Und Cal?«, fragte Harriet.

Ich verschluckte mich fast an meinem Tee.

»Wie hat er reagiert, als der Unfall passierte?«, hakte sie nach.

»Gut«, berichtete ich. »Sehr verantwortungsbewusst.«

»Gut«, sagte sie.

Ich aß meinen Toast und stopfte mir so viel wie möglich in den Mund, ohne wie eine Verrückte auszusehen. Ich dachte, je mehr Essen ich in den Backen hatte, desto länger konnte ich kauen und musste keine weiteren Fragen mehr beantworten.

»Aber du glaubst doch nicht, dass es Unglück bringt, oder?«, fragte Harriet.

Ich schüttelte den Kopf und schluckte.

»Nein«, sagte ich. »Es war ein Unfall, nichts weiter.«

Harriet schien nicht überzeugt und kaute auf ihrem Fingernagel herum. Vermutlich war es besser, dass sie sich Gedanken über schlechte Vorzeichen machte – eine Angst, die an jedem Theater kursierte –, als dass sie mir zu viel Aufmerksamkeit schenkte. Ich hatte meinen Hals auf Knutschflecken untersucht – zum Glück waren Cal und ich keine Kinder mehr –, aber ich fürchtete noch immer, dass Harriet herausfinden könnte, was gestern Abend passiert war, wenn sie mich nur etwas genauer ansah.

Und dann würde sie mich umbringen.

Ich wollte sie nicht anlügen oder ihr etwas verheimlichen. Das alles erinnerte viel zu sehr an das letzte Mal, als dass es nicht genauso schlimm enden könnte wie damals.

»Unfassbar, dass es fast so weit ist«, sagte Harriet.

Nächste Woche würden wir mit den Vorpremieren beginnen. Ich versuchte, nicht zu viel darüber nachzudenken. Nicht daran zu denken, dass ich mir einen Lebenstraum erfüllen und dabei möglicherweise kläglich scheitern würde.

Denn am Broadway war nichts garantiert. Kritiken konnten einer Show zum Erfolg verhelfen oder sie vernichten. Wir konnten Premiere feiern – und im nächsten Monat abgesetzt werden. In der folgenden Woche. Am nächsten Tag.

Das kam vor.

»Die Show ist großartig«, sagte ich.

»Seit wann spielt das eine Rolle?«, fragte Harriet.

»Okay«, räumte ich ein.

Zum ersten Mal fiel mir auf, wie kaputt Harriets Fingernägel waren. Es sah aus, als hätte sie ununterbrochen an ihnen und an der Nagelhaut herumgekaut. Ich konnte mich nicht erinnern, wann ich sie das letzte Mal so rot und rau gesehen hatte.

»Hey«, sagte ich. »Alles wird gut.«

Sie hielt inne und führte ihren kleinen Finger halb zum Mund. Ich hob die Augenbrauen, und sie ließ verlegen die Hand sinken.

»Ich weiß«, sagte sie. »Ich versuche nur, nicht durchzudrehen.«

»Wir drehen doch alle durch«, sagte ich. »Wir stehen kurz vor einem Auftritt am Broadway. Das ist eine verdammt große Sache.«

Harriet nickte. »Das ist einer der Gründe, warum ich bei dem Unfall nicht dabei war«, sagte sie. »Ich gehe seit einem Monat dreimal pro Woche zur Therapie.«

»Das ist schlau«, sagte ich.

Warum hatte ich das nicht getan? Warum war ich nicht häufiger zur Therapie gegangen, anstatt, ich weiß nicht, mit meinem Regisseur zu schlafen?

»Ist es das?« Harriet streckte die Hände aus, sie zitterten. »Ich drehe immer noch durch.«

Ich legte meine Hände auf ihre. »Das ist okay«, sagte ich. »Das ist eine völlig normale Reaktion auf eine extrem aufregende – und beängstigende – Folge von Ereignissen.«

Harriet atmete ein paarmal tief durch, und ich spürte, wie sich ihre Hände beruhigten.

»Was ist mit Cal?«, fragte sie.

Ich spannte mich an. »Wie meinst du das?«

»Er dreht doch nicht etwa durch, oder?«, fragte Harriet. »Oder ist es besser, wenn er durchdreht? Denn falls es normal ist, dann sollte er durchdrehen, oder?«

Sie legte ihren Kopf auf den Tisch.

»Ihn scheint nichts anfechten zu können.« Harriets Stimme klang gedämpft.

Ich erinnerte mich an seine zitternden Hände auf meinem Gesicht, an seinen verzweifelten Kuss, an die Besorgnis in seinen Augen.

»Er hat seine eigene Art, damit umzugehen«, sagte ich. »Aber er dreht durch. So wie man sich wünscht, dass der Regisseur durchdreht – in einem normalen, gesunden Maß.«

Harriet hob den Kopf und atmete mehrmals tief durch.

Was passiert, wenn ich es ihr sage? Sie ist meine beste Freundin. Sie wird es verstehen.

»Ich war so gemein«, sagte sie.

»Was meinst du?«

»In Rhode Island«, erklärte sie. »Dass ich dich beschuldigt habe, mit ihm zu schlafen. Oder mit ihm schlafen zu wollen oder umgekehrt.«

»Äh«, sagte ich. »Danke?«

Es gefiel mir nicht, worauf das hinauslief.

Harriet trank noch etwas Kaffee, der inzwischen sicher kalt war.

»Ich war einfach so gestresst«, sagte sie. »Und eifersüchtig, ehrlich gesagt.«

»Eifersüchtig?«

Sie nickte. »Du hast in der Fachpresse die ganze Aufmerksamkeit bekommen.«

Ich hatte vermutet, dass das die Ursache war, aber dass ich damit richtiggelegen hatte, half mir kein bisschen weiter.

»Die Fachpresse ist dumm«, sagte ich. »Es ist deine Show. Ohne dich gäbe es sie gar nicht.«

»Ich weiß, aber manchmal ist es einfach schwer.«

»Ja«, sagte ich. »Ich weiß.«

»Ich hätte mit dir darüber reden sollen«, fuhr Harriet fort. »Anstatt mich lächerlich zu machen und so zu tun, als wäre Cals Aufmerksamkeit nur ein Trick gewesen, um dir an die Wäsche zu gehen.«

Ich schwieg. Harriet brach in Gelächter aus, als wäre ihr plötzlich etwas äußerst Lustiges eingefallen.

»Ich meine, kannst du dir das vorstellen?«, fragte sie. »Nach allem, was ihr beide durchgemacht habt? Du und Cal, ihr habt kaum die Proben durchgestanden, ohne euch zu fetzen, und auf einmal mache ich mir Sorgen, dass ihr miteinander schlaft? Ich hätte mir mehr Sorgen machen sollen, dass einer von euch den anderen umbringt und mich bittet, ihm beim Entsorgen der Leiche zu helfen.«

»Ha«, sagte ich.

Das war kein bisschen lustig.

Harriet stützte den Kopf in die Hände. »Diese Produktion macht mich noch wahnsinnig«, sagte sie. »Ich kann nicht versprechen, dass ich nach der Premiere wieder normal sein werde, aber ich hoffe, das Fieber lässt nach.«

»Alles gut«, sagte ich. »Du bist großartig.«

Harriet schenkte mir ein liebevolles Lächeln.

»Du bist unglaublich, Kathleen«, sagte sie. »Was würde ich nur ohne dich tun?«

»Wahrscheinlich weniger an den Nägeln kauen«, sagte ich.

Vor lauter schlechtem Gewissen krampfte sich mein Magen zusammen.

»Ich bin so froh, dass wir das zusammen machen«, sagte Harriet.

»Ich auch«, erwiderte ich.

Damals

Kapitel 33

»Was zum Teufel hast du getan?«, fragte mich Harriet, sobald ich von der Bühne kam.

»Ich … ich weiß nicht«, sagte ich.

Ich fühlte mich, als wäre ich von einem Bus überfahren worden. Irgendwie stand ich da, und dann saß ich plötzlich auf einer Holzkiste, während Ryan und der Rest von CrushZone ihr Set begannen.

»Du hast Ja gesagt?« Harriet kreischte fast.

Ich blickte auf meine Hände hinunter. An einem meiner Finger steckte ein verdammter Riesenring, also stimmte es anscheinend …

»O mein Gott«, sagte ich. »O mein Gott.«

Harriet ging vor mir auf und ab. »Wirst du Ryan heiraten?«

»Nein!«, rief ich.

Alle hinter der Bühne erstarrten und sahen mich mit großen Augen an. Harriet packte mich am Arm und zog mich auf die Beine hoch.

»Komm«, sagte sie.

Wir schafften es bis zu meiner Garderobe, wo sie alle hinauswarf und die Tür hinter uns schloss.

»Ich dachte, du und Cal …«, sagte sie.

»Ich weiß!«, erwiderte ich. »O mein Gott. Cal.«

»Er schien nicht erfreut zu sein«, bemerkte Harriet.

Ich warf ihr einen Blick zu, und sie hob abwehrend die Hände.

»Das ist ein solches Chaos«, jammerte ich. Alles schien außer Kontrolle zu geraten. Ich wünschte mir so sehr, dass all das nur ein böser Traum wäre, aber wieder blickte ich auf den Ring hinunter, spürte sein Gewicht an meinem Finger und wusste, dass es kein Traum war. Ich hatte gerade einen Heiratsantrag bekommen – auf der Bühne –, von genau der Person, mit der ich eigentlich hatte Schluss machen wollen.

Und ich hatte den Antrag angenommen.

»Warum hast du Ja gesagt?«, wollte Harriet wissen.

Ich starrte sie an. »Was hätte ich denn sonst sagen sollen?« Ich hielt die Hand hoch, den Ring. »Danke, aber nein danke? Vor dem ganzen Publikum? Vor unseren *Fans*?«

Harriet kaute an ihren Nägeln.

»Mist«, sagte ich. »Mist. Fuck! Fuck, fuck, fuck, fuck, fuck.« Denn was gab es sonst noch zu sagen? Wie sollte ich aus dieser Situation herauskommen? »Was soll ich tun?«, fragte ich.

Harriet wirkte panisch. »Keine Ahnung«, sagte sie. »Woher soll ich das wissen!« Sie ging wieder auf und ab. »Ich meine, ich kenne mich mit diesem Kram nicht aus. Ich hatte noch nicht einmal einen Freund, geschweige denn zwei.«

»Ich habe keine zwei Freunde«, sagte ich, aber sie ging immer noch auf und ab.

»Ich meine, ich würde sagen, dass man mit Ehrlichkeit am besten fährt, aber schließlich bin ich auch nicht ganz ehrlich gewesen.«

»Was?«

Ich war mir nicht einmal sicher, ob sie mich hörte. Sie gestikulierte wie wild und wirkte fast wie in Trance. Sie redete mit mir, aber vor allem mit sich selbst. In den kurzen Momenten, in denen sie die Hände nicht bewegte, konnte ich sehen, dass alle ihre Nägel abgekaut waren.

»Ich versuche schon seit Monaten, es dir zu sagen«, sagte sie. »Seit Monaten! Und ich bin einfach zu feige.«

Ich stand auf und packte ihre Arme, damit sie stehen blieb. »Harriet, wovon redest du?«

Ihr Blick irrlichterte, und ich wartete, bis sie mich zu sehen schien. Mich tatsächlich ansah.

»Wovon redest du?«, fragte ich.

»Ich bin lesbisch«, gestand sie und schlug sich dann die Hände vor den Mund.

»Okay«, sagte ich und wartete darauf, dass sie mir erzählte, wovor sie so große Angst gehabt hatte.

Wir starrten uns an und warteten. Schließlich begriff ich.

»Das wolltest du mir also sagen?«, fragte ich. »Dass du lesbisch bist?«

Sie nickte mit großen Augen.

»Das ist doch toll!«, sagte ich und zog sie in eine feste Umarmung.

»Ja?«

»Ich meine, das ist doch nicht schlecht. Oder?«

»Nein«, sagte sie. »Ich wusste nur nicht, ob du …«

»Du bist meine beste Freundin, und ich hab dich lieb«, sagte ich.

»Du bist nicht enttäuscht?«

»Warum sollte ich enttäuscht sein?«

»Wegen LC und so …« Sie blickte auf den Boden. »Du wolltest unbedingt, dass wir zusammenkommen.«

Ich schüttelte den Kopf. »Ich wollte nur, dass du glücklich bist. Ich will, dass du glücklich bist. Mehr nicht. Das ist alles.«

Ich konnte ihr die Erleichterung ansehen. Es war ein bisschen traurig, dass sie so viel Angst gehabt hatte, es mir zu sagen, aber ich war froh, dass sie es endlich getan hatte. Die Nachricht war so gut, dass ich für einen Moment den ganzen Schlamassel vergaß, in dem ich gerade steckte.

Meine Hand fühlte sich so schwer an. Harriet und ich starrten beide auf den Ring. Er war riesig. Wunderschön. Überhaupt nicht mein Stil.

»Mit dem Ding könnte man den Mond aus der Umlaufbahn ziehen«, sagte Harriet.

»Was soll ich nur tun?«, fragte ich.

Ich hätte den Ring gern abgenommen, aber ich hatte etwas Angst, dass ihm etwas zustieß, wenn ich ihn ablegte.

»Du musst mit ihm reden«, sagte Harriet.

»Mit Cal oder Ryan?«

»Mit beiden.«

Ich nickte.

»Wahrscheinlich zuerst mit Ryan«, sagte sie.

Ich nickte wieder, doch nach dem Auftritt war Cal der

Erste, der vor meiner Tür stand. Harriet machte sich schnell, aber etwas unbeholfen aus dem Staub und ließ uns allein.

»Schöner Ring«, sagte er.

Diesen Ton hatte ich noch nie bei ihm gehört. Er klang gemein. Fies. Das war nicht der Cal, den ich kannte.

»Ich hatte keine Ahnung, dass das passieren würde«, versicherte ich ihm.

Er warf mir einen ungläubigen Blick zu. »Ach, wirklich? Dann ist das alles nur ein verrückter Zufall.«

»Ja!«, beteuerte ich.

»Du bist mir rein zufällig am Abend, bevor dein Freund dir auf der Bühne vor Tausenden von Menschen einen Heiratsantrag gemacht hat, in mein Zimmer gefolgt?«

Es hörte sich an, als hätte ich ihm einen besonders grausamen Streich gespielt.

»Das kam völlig überraschend«, sagte ich. »Wir haben noch nie übers Heiraten gesprochen.«

Das stimmte. Im Großen und Ganzen.

Hin und wieder hatte Ryan davon geredet, aber immer nur vor Fans und immer nur beiläufig. »Vielleicht werden wir uns verloben« – *zwinker, zwinker*. Ich hatte immer vermutet, dass er das nur sagte, um den Tratsch über ihn zu befeuern.

Ich hätte es wahrscheinlich ernster nehmen sollen, das wurde mir jetzt klar. Wahrscheinlich hätte ich Ryan ernster nehmen sollen.

»Es tut mir so leid«, sagte ich. »Ich wollte es ihm nach dem Ende der Tour sagen.«

Cal verschränkte die Arme. »Und jetzt?«

»Ich werde es ihm sagen«, sagte ich. »Ich … Ich brauche nur etwas Zeit.«

Er nickte, aber nicht, als wollte er sagen: »Verstehe, das kann ich nachvollziehen«, sondern eher: »Na gut, wenn du es so handhaben willst.« Er war so wütend.

»Wie viel Zeit?«, fragte er. »Soll ich an eurem einjährigen Hochzeitstag wiederkommen?« Er verzog das Gesicht zu einem höhnischen Grinsen. »Oder soll ich einfach am Abend vorher aufkreuzen und mich morgens davonschleichen, nachdem du deinen Spaß gehabt hast?«

»*Meinen* Spaß?« Ich konnte nicht glauben, was er da sagte. »Als ob du nicht schon seit Jahren von mir besessen gewesen wärst. Seit Jahren!«

»Bild dir bloß nichts ein«, sagte Cal, aber sein Gesicht war rot.

»Du wolltest es«, sagte ich. »Du wolltest mich.«

»Tja.« Er sah mich lange an. »Jeder macht mal Fehler.«

Wir versuchten, uns gegenseitig zu verletzen, und waren ziemlich erfolgreich.

»Du kannst mich mal, Cal.«

»Hab ich schon«, sagte er.

Am liebsten hätte ich ihn geohrfeigt.

»Raus aus meiner Garderobe.«

»Ich leg noch einen oben drauf«, sagte er. »Ich bin raus. Basta. Wir sind fertig.«

»Wir haben nicht einmal angefangen.« Ich war wütend und beobachtete tief verletzt, wie Cal zu etwas – jemandem – wurde, den ich nicht mehr kannte.

»Gut«, sagte er. »Denn das war alles ein verdammter Riesenfehler.«

»Raus!«, schrie ich. »Verschwinde!«

Und das tat er. Er riss die Tür auf, und davor stand Ryan. Seinem Gesichtsausdruck war zu entnehmen, dass er uns gehört hatte.

»Perfekt«, sagte Cal. »Einfach scheiß perfekt.« Er trat mit einem Schwung zur Seite. »Sie gehört ganz dir, Bro.«

Und dann war er weg.

»Katee?«, fragte Ryan mit verwirrter Miene. »Was ist hier los?«

Ich setzte mich an den Frisiertisch und stützte den Kopf in die Hände. Mir war zum Heulen zumute. Ich wusste nur nicht, weshalb.

»Es tut mir leid, Ryan«, sagte ich. »Es tut mir so, so leid.«

Er kam zu mir und kniete sich vor mich. »Ist schon okay«, sagte er.

»Nein, ist es nicht«, widersprach ich und sah zu ihm hoch. »Ich habe dich betrogen. Mit Cal. Das ist absolut nicht okay.«

In seinem Kiefer zuckte ein Muskel.

»Das spielt jetzt keine Rolle«, sagte er und nahm meine Hand. Die mit dem Ring daran. Wir blickten beide auf den funkelnden Stein.

»Ryan«, sagte ich. »Ich kann nicht.«

Sofort ließ er meine Hand los.

»Wie bitte?«

»Wir können nicht heiraten.« Ich war mir sicher, dass er das verstehen würde.

»Du hast schon Ja gesagt«, sagte Ryan. »Vor allen Leuten. Das kannst du nicht mehr zurücknehmen.«

Ich war fassungslos. Meinte er, dass ein Heiratsantrag ein verbindlicher Vertrag sei? Wollte er einfach so tun, als wäre zwischen Cal und mir nichts passiert? Wollte er so tun, als wäre es nicht real?

Und was wollte ich?

Er gab mir einen Ausweg. Eine Chance, alles beim Alten zu lassen.

»Ich hab dich betrogen«, erklärte ich ihm, für den Fall, dass er irgendwie nicht richtig verstanden hatte, was passiert war. »Ich hab mit Cal geschlafen.«

Diesmal trat der Muskel in Ryans Kiefer hervor, als hätte er einen Kaugummi im Mund.

»Es war ein Fehler«, sagte er. »Das hast du selbst gesagt.«

Das hatte ich nicht, das war Cal gewesen.

»Ich kann darüber hinwegkommen«, erklärte Ryan.

Damit hatte ich nicht gerechnet. Und ein Teil von mir war versucht, den einfachen Ausweg zu wählen. Ryans Toleranz anzunehmen. Zuzugeben, dass es ein Fehler war.

Und das war es gewesen, nur nicht so, wie Ryan dachte.

»Es tut mir leid«, sagte ich. »Ich kann nicht.«

Er starrte mich an.

»Willst du mich verarschen?«, fragte er. »Wegen einer Nacht mit dem Professor willst du ernsthaft alles hinschmeißen?«

»Es ist mehr als das«, sagte ich. »Ich kann nicht – ich finde, wir passen nicht zusammen.«

Sein Mund stand offen wie bei einer kaputten Marionette.

»Wie kannst du das sagen? Wir passen wunderbar zusammen. Wir waren schon dreimal auf dem Cover von *People*!«, sagte er. »Die würden wahrscheinlich dafür bezahlen, wenn sie über unsere Hochzeit berichten dürften. Oder vielleicht *Rolling Stone*. Alle würden dabei sein wollen. Du und ich könnten ein Album aufnehmen – eine ganze Platte mit Liebesduetten oder so. Das wäre der Hammer.«

Ich starrte ihn an.

»Ist Cal dir denn völlig egal?«, fragte ich.

»Er ist mir nicht egal«, sagte er, und die Art, wie er seine Hände zu Fäusten ballte, bewies, dass das stimmte. »Aber, ich weiß nicht. Gib mir einen Freifahrtschein. Dass ich tun kann, was und mit wem ich will. Dann sind wir quitt.«

Ich war entsetzt.

»So stellst du dir unsere Ehe vor?«, fragte ich. »Was ist mit der Liebe?«

Ryan schnaubte. »Ach, komm«, sagte er. »Das wäre super für unsere Karrieren. Reicht das nicht?«

»Nein«, sagte ich.

Es war die lauteste Stille, die ich je gehört hatte.

»Nein«, wiederholte Ryan. »Machst du Witze?«

Ich schüttelte den Kopf.

»Wow«, sagte er. »Wow. Okay. Na, ich werde dir dieses Angebot nicht noch einmal machen.«

Ich blickte auf meinen Ring hinunter. Auf den schweren, schönen, funkelnden Diamanten.

»Es tut mir leid, Ryan«, sagte ich. Und das war aufrichtig gemeint.

Ich zog den Ring ab und reichte ihn ihm. Er nahm ihn, drehte ihn in seiner Handfläche und steckte ihn in die Hosentasche. Sein Gesichtsausdruck war so ähnlich wie zuvor der von Cal. Versteinert. Verbittert. Stinkwütend.

»Ja«, sagte er. »Ja. Das wird dir allerdings noch leidtun.«

Jetzt

Kapitel 34

Es war ein perfekter Frühlingstag. Duftend und hell, sonnig und wunderschön. Die Art von Tag, an dem jede Brise wie Tom Hanks zu klingen schien, der murmelte: »Weine nicht, Shopgirl.«

Ich saß Cal im Zug der Linie A gegenüber. Wir waren zusammen eingestiegen, taten aber so, als hätten wir nichts miteinander zu tun. Ich scrollte durch mein Handy – die Baskenmütze, die ich mir auf unserer Reise nach Rhode Island gekauft hatte, war überraschend vielseitig, und ich suchte nach einer für wärmeres Wetter –, während Cal ein Buch las. Ab und zu blickte ich zu ihm hoch und sah, dass er mich beobachtete. Ich tat, als würde ich es nicht bemerken, aber ich fand es wundervoll.

Wir fuhren bis zur Endstation, stiegen aus und gingen – immer noch auf Abstand – zum The-Cloisters-Museum. Irgendwann tauchte Cal neben mir auf.

»Wie lange wollen wir das noch machen?«, fragte er.

»Macht es dir keinen Spaß?«

»O doch. Ich finde es toll, einen Tag mit einer Frau zu verbringen und so zu tun, als würde ich es nicht tun.«

Wir befanden uns mitten in den Vorpremieren, und die eigentliche Premiere rückte schnell näher. Die Aufführungen waren solide, und obwohl sie nicht ausverkauft waren, gab es Gerüchte, dass die Mundpropaganda gut funktionierte. All das wäre allerdings ziemlich bedeutungslos, wenn die tatsächlichen Kritiken vernichtend ausfielen.

Ich wollte nicht darüber nachdenken. Ich durfte nicht darüber nachdenken. Das Einzige, was ich tun konnte, war, bei jeder Aufführung alles zu geben und meine Verzweiflung und überschüssige Energie anschließend an Cal auszulassen. Bis jetzt hatte sich keiner von uns beiden beschwert.

Doch heute war es anders. Heute war unser freier Tag – ein herrlicher vorstellungsfreier Montag –, und Cal wollte den Tag mit mir in der Öffentlichkeit verbringen. Mein Gespräch mit Harriet hatte mich nervös gemacht – oder besser gesagt, noch nervöser. Schließlich hatte ich einen Kompromiss vorgeschlagen, einen Ort, den angeblich alle New Yorker besuchen wollten, es aber nie taten.

»Ich fasse es nicht, dass du all die Jahre hier gelebt hast und noch nie im Cloisters warst«, sagte Cal.

»Das macht mich zu einer echten New Yorkerin«, entgegnete ich.

Er legte seinen Arm um mich und drückte mir einen Kuss auf die Schläfe. Es war niemand in der Nähe, trotzdem war ich angespannt. Cal ließ mich wieder los.

»Tut mir leid«, sagte ich. »Es ist nur …«

»Ja. Ich weiß. Ist schon in Ordnung.«

Aber das war es nicht. Ich spürte, dass Cal auf einer rationalen Ebene verstand, dass es das Beste war, wenn wir dieses *Arrangement* für uns behielten. Das war für uns beide das Klügste. Aber ich wusste, dass er frustriert war.

»Sie standen damals ziemlich auf Einhörner, oder?«, fragte ich, als wir uns den berühmten Wandteppich ansahen.

»Sie sind halt die Narwale des Landes«, sagte Cal.

Ich lachte. »Narwale des Landes?«, wiederholte ich. »Ich glaube nicht, dass sie jemand so nennt.«

»Tja«, er tippte mir mit seinem Programm auf die Nase. »Weil es sie nicht gibt.«

»Ha«, sagte ich.

»Lern jeden Tag etwas Neues«, sagte er. »Bitte sehr.«

»Was würde ich nur ohne dich tun?«

Er lächelte, nahm meine Hand und verschränkte unsere Finger miteinander. Es war ein Test. Das war uns beiden klar, und ich war mir ziemlich sicher, dass ich bestanden hatte, denn ich zuckte nicht zusammen und wich auch nicht zurück. Ich ließ zu, dass er meine Hand hielt, und sobald es mir passend erschien, tat ich so, als bräuchte ich sie, um auf ein Ausstellungsstück in einer Vitrine zu zeigen.

Seinem Gesichtsausdruck nach zu urteilen, den ich in der Spiegelung des Glases sah, hatte ich ihn jedoch nicht getäuscht. Er zog eine Augenbraue hoch und steckte die Hände in die Taschen.

Es war ein schöner Tag. Ein perfekter Tag.

Wir aßen zu Mittag, schlenderten durchs Museum und

redeten. Wir waren ein normales, durchschnittliches Paar, das einen Tag im Museum verbrachte.

Irgendwie wollte ich nicht zurück nach Brooklyn oder zurück ins Theater oder zurück in die reale Welt. Ich wollte mit Cal in dieser glücklichen Blase bleiben, wo es nur uns gab. Wo wir niemanden verletzten. Wo unsere Beziehung kein *Thema* war.

»Sie sind einfach nicht interessiert«, sagte ich.

»An was? Theater? Musik? Kunst?«

Wir sprachen über meine Familie.

»Ich glaube, an Unterhaltung«, sagte ich. »Ich meine, sie sind so etwas wie Technikfeinde. Oder angehende Technikfeinde. Sie besorgen sich immer als Letzte eine neue technische Errungenschaft, die das Leben verbessert. Mein Vater hat letztes Jahr ein iPhone bekommen.«

Cal stieß einen Pfiff aus. »Und sie kommen nicht zur Premiere?«

Ich zuckte die Achseln. »Ich habe sie nicht gefragt«, sagte ich. »Aber ich habe ihnen generell Karten für die Show angeboten, und sie sagten, was sie immer gesagt haben, als ich als Katee auf Tournee war – danke, aber nein danke.«

Cal schüttelte den Kopf. »Das ist ja ätzend.«

»Es ist, was es ist«, sagte ich. »Zumindest haben meine Therapeutin und ich uns darauf geeinigt, als ich akzeptierte, dass ich meine Familie lieben kann, ohne sie besonders zu mögen.«

»Das klingt sehr befreiend.«

»Ja«, sagte ich. »Manchmal ist es immer noch ätzend, aber so ist das Leben.«

»Das Leben ist ätzend?«

»Manchmal. Findest du nicht?«

Cal sah mich an. »In letzter Zeit nicht«, sagte er.

Ich wurde rot. »Hör auf.«

Er grinste. Diese Grübchen.

»Du kannst nur sehr schlecht Komplimente annehmen«, stellte er fest.

»Ach, aber du?«, schoss ich zurück.

»Touché.«

»Irgendwie ist mein Verhältnis zu Komplimenten gestört«, sagte ich. »Einerseits sehne ich mich nach ihnen, und gleichzeitig traue ich ihnen nicht.«

Cal nickte. »Ich weiß, wie das ist.«

»Weil man stolz auf seine Arbeit sein sollte«, sagte ich. »Aber auch bescheiden in Bezug auf sein Talent.«

»Das Leben eines Künstlers«, erwiderte Cal. »Man braucht ein dickes Fell, um die Kritik auszuhalten, aber man muss auch verletzlich genug sein, um seine Arbeit richtig zu machen.«

»Genau«, sagte ich. »Das Theatercamp hat mir auf jeden Fall geholfen, mir ein dickes Fell zuzulegen.«

Cal zog eine Grimasse. »Quälerei ist nicht der beste Weg, um ein dickes Fell zu bekommen.«

»Ich bin mir sicher, Ms Spiegel ist da anderer Meinung.«

Sein Augenrollen hätte man vom Weltraum aus sehen können.

»Willst du damit sagen, dass du nichts von dem Sommer mitgenommen hast?«, fragte ich. »Oder in einem der anderen Sommer, in denen du dort warst?«

Cal dachte einen Moment lang darüber nach.

»Also«, sagte er, »da war diese eine Nacht auf dem Dach meines Schlafsaals.«

Ich hätte nicht erröten sollen, tat es aber dennoch.

»Das kann nicht der Höhepunkt gewesen sein«, sagte ich.

»Oh, das war er aber«, sagte er.

Ich gab ihm einen Schubs. »Bitte«, sagte ich. »Es war doch gar keine große Sache.«

Doch das war es. Und Cals hochgezogene Augenbraue zeigte, dass er genau wusste, warum.

»Willst du sagen, du erinnerst dich nicht?«, fragte er.

»Natürlich erinnere ich mich. Man vergisst doch nicht sein erstes …«

»Duett?«, beendete Cal trocken.

»Genau«, sagte ich.

Die Luft roch berauschend, wie ein wunderbares Schaumbad, wohlriechend und warm.

»Ich wusste, dass es dein erstes Mal war«, sagte Cal.

»Das stimmt nicht«, widersprach ich.

Er lachte.

»Wie jetzt?«, fragte ich. »Es war doch gut.«

»Klar«, sagte er. »Es war toll. Aber so, wie du danach quasi sofort vom Dach gesprungen und in den Wald geflohen bist, hat mir verraten, dass es neu für dich war.«

»Ich bin nicht geflohen«, sagte ich. »Ich musste irgendwohin.«

»Mitten in der Nacht?«, fragte er.

»Ja.«

»Okay.« Er machte sich offenbar über mich lustig.

Wir gingen nebeneinander, und ich konnte seine Heiterkeit praktisch spüren.

»War es dein erstes …?«

Er brach in Gelächter aus und verstummte, als er meine Miene sah.

»Äh. Ja?«

Ich boxte ihn gegen die Schulter.

»Ich war ein Hetero in einem Theatercamp, Kathleen«, sagte Cal. »Was denkst du denn?«

»Igitt«, sagte ich.

Er richtete sich etwas gerader auf und ging voraus. Ich joggte, um ihn einzuholen. Und dann, nachdem ich mich vergewissert hatte, dass wir allein waren, ergriff ich seine Hand. Ich spürte, wie er innehielt, wie er den Moment in sich aufnahm. Dann drückte er meine Finger, und wir liefen zurück zum Bahnhof.

Kapitel 35

Ich war von mir selbst beeindruckt. Wir hatten die Hälfte der Vorpremieren hinter uns, Cal und ich verbrachten jede Nacht zusammen, und niemand ahnte etwas. Erst nach der Premiere, wenn die Kritiken erschienen waren, würden wir wissen, wie die allgemeine Meinung lautete, aber das Getuschel war gut. Und die Verkäufe ebenso.

»Erkläre es mir noch einmal«, sagte Cal. »Welche ist Trixie und welche Katya?«

Wir waren in meiner Garderobe. Er stand hinter mir, massierte mit den Daumen die Knoten in meinem Nacken, seine Finger lagen warm und beruhigend auf meinem Schlüsselbein.

»Trixie ist auf der linken Seite, Katya auf der rechten«, sagte ich.

»Und ihre Show handelt von …?«

»Was immer sie wollen«, sagte ich.

»Okay.«

Ich merkte, dass er es immer noch nicht richtig verstanden hatte, aber wenn man bedachte, dass er einen Crashkurs in Sachen Drag-Queens bekommen hatte, seit wir …

zusammen schliefen? Zusammen waren? Was auch immer wir taten … Er schaffte es jedenfalls ziemlich gut, all die neuen Informationen aufzunehmen, mit denen ich ihn bombardierte.

»Du warst heute Abend großartig«, sagte Cal und beugte sich vor, um mich auf die Wange zu küssen.

Ich liebte es, ihn im Spiegel zu beobachten.

»Ich bin fast fertig«, sagte ich. »Wollen wir uns an der U-Bahn-Station treffen?«

Cal sagte nichts, atmete nur aus und küsste mich erneut. Ich wusste, dass er die ganze Heimlichtuerei verabscheute. Das ganze Verstellen.

»Bald ist es vorbei«, sagte ich und tätschelte seine Hand.

Er schenkte mir ein Lächeln, aber ohne Grübchen. »Ich weiß.«

»Wir können uns Milchshakes besorgen, wenn wir zu Hause sind«, sagte ich.

Das Diner bei mir um die Ecke war eines der wenigen Lokale, die nach Vorstellungsende noch geöffnet hatten, sodass wir es uns zur Gewohnheit gemacht hatten, uns einen Nachtisch zu besorgen, wenn wir bei mir übernachteten.

»Sicher«, sagte Cal.

Ich wollte ihm die Sorgenfalte in der Mitte seiner Stirn wegküssen.

Doch da klopfte es an der Tür, und Cal wich gerade noch rechtzeitig von mir zurück. Er stand auf der anderen Seite des Raumes, als Harriet eintrat.

»Hallo«, sagte sie.

»Hallo«, erwiderte ich.

»Wir können den Rest meiner Notizen später durchgehen«, sagte Cal.

»Notizen?«, stichelte Harriet. »Wir sind bei den Vorpremieren – die Show ist großartig. Was hast du dir für Notizen gemacht?«

»Ich mache nur meine Arbeit«, antwortete Cal.

»Ich weiß«, sagte Harriet. »Aber meine Güte, Cal, mach mal halblang und hör auf, an deiner Hauptdarstellerin rumzumachen.«

Oh, verdammt.

Meine Wangen liefen rot an, und ich sah Cals Blick im Spiegel, bevor ich den Kopf senkte. Er hätte nicht schuldbewusster aussehen können, auch wenn er es versucht hätte.

Harriets Lächeln erstarb, und sie sah von einem zum anderen. Ihr stand der Mund offen.

Cal räusperte sich. So viel zum Geheimhalten. Ich hätte es besser wissen müssen.

»Ich bin ... Ich muss ...« Cal gab auf. »Bis dann.«

Kaum war er aus der Tür, wandte sich Harriet mit verschränkten Armen von mir ab.

»Du hast mir geschworen, dass nichts passieren würde«, sagte sie.

»Ich weiß.«

Es folgte eine lange, belastende Stille. Harriet hob den Kopf und schaute über ihre Schulter zu mir. Der Zorn in ihren Augen überraschte mich, und doch war er leichter zu ertragen als die Enttäuschung.

»Du hast gelogen«, warf sie mir vor.

»Ich weiß«, sagte ich. »Es tut mir leid.«

Sie atmete aus, schloss die Augen und schüttelte den Kopf.

»Nein«, sagte sie. »Nein, das stimmt nicht.«

Ich wusste, mit ihr zu streiten, war das Schlimmste, was ich tun konnte.

»Du hast ein schlechtes Gewissen«, sagte sie. »Aber es tut dir nicht leid.«

Der Raum schien voll von ihrer Empörung zu sein.

»Ich bitte dich nie um etwas, weißt du?« Sie ballte die Fäuste. »In all den Jahren unserer Freundschaft war ich immer für dich da. Die treue kleine Gefährtin, die dich überallhin begleitet hat. Ich war deine Stütze – deine Freundin, deine Assistentin, deine Familie.«

»Ja«, sagte ich. »Das warst du.«

»Und wie revanchierst du dich?«, fragte sie.

Ich ließ den Kopf hängen.

»Es war eine Sache, vor all den Jahren den Plattenvertrag zu verlieren«, sagte Harriet. »Ich habe zu dir gehalten, selbst als du an ein und demselben Abend deine und meine Karriere zerstört hast. Als du die beste Chance ruiniert hast, die ich seit Jahren hatte, um es als Songwriterin zu schaffen. Und jetzt?«

Sie war so wütend.

»Ich werde nicht zulassen, dass dein beschissenes Drama und deine Sexgeilheit diese Produktion ruinieren«, sagte sie.

»Keiner weiß es«, versicherte ich ihr. »Du bist die Einzige.«

Sie sah mich ungläubig und voller Abscheu an.

»Soll das ein Witz sein?«, fragte sie. »Meinst du, du kannst das geheim halten?«

Ich hob stur das Kinn, aber sie lachte nur.

»Das wird durchsickern«, sagte sie. »Und es wird alles sein, worüber die Leute reden. Nicht über die Show, schon gar nicht über meine Musik, sondern über *dich*. Alles wird sich um dich und deine bescheuerte, blöde Romanze mit Cal drehen.«

»Ich hatte das nicht geplant …«

»Nein, natürlich nicht«, erwiderte Harriet. »Du planst so etwas nie, Kathleen, und das ist das Problem.«

Sie kniff sich in den Nasenrücken. »Ich habe das Gefühl, im schlimmsten Déjà-vu aller Zeiten festzustecken.« Sie verstellte ihre Stimme. »Ich weiß nicht, wie das passiert ist. Es war ein Fehler. Es tut mir leid, dass ich gerade deine Karriere ruiniert habe, weil ich es nicht lassen konnte, mit Cal zu vögeln.«

Ihr böses Nachäffen traf mich hart.

»Das erste Mal war schlimm genug«, sagte Harriet. »Aber du warst jung und dumm.«

Ihre abschätzende Bemerkung versetzte mir einen Stich.

»Aber jetzt? Was hast du jetzt für eine Ausrede?«, fragte sie. »Bist du wirklich so geil, dass du keinen anderen Kerl hättest ficken können? Musste es Cal sein? Musste es der Regisseur sein?«

Ich wusste nicht, wie viel ich noch ertragen konnte.

»Du bist erbärmlich«, sagte Harriet. »Aber ich lasse nicht zu, dass du mich mit dir runterziehst. Nicht noch einmal.«

»Ich ziehe *dich* runter?«, fragte ich mit leiser, aber harter Stimme.

Ich hatte gelogen. Das hatte ich nicht geleugnet. Ich

hatte einen Fehler gemacht. Mehrere. Aber ich hatte genug davon, für Dinge beschuldigt zu werden, für die ich nicht verantwortlich war.

»Dein Mangel an Möglichkeiten ist dein Problem«, sagte ich. »Nicht meins.«

Harriet wich zurück. »Wie bitte?«

»Gib mir nicht die Schuld daran, dass es so lange gedauert hat, bis sich jemand für deine Arbeit interessiert hat«, fuhr ich fort.

Das war ein Tiefschlag, und das wusste ich. Aber dieser Streit hatte sich schon lange angekündigt, und wie nach einer durchzechten Nacht musste man manchmal einfach alles rauslassen, bevor man sich besser fühlen konnte.

Harriet und ich hatten unsere Wut aufeinander gut unter Verschluss gehalten, aber dadurch war sie nicht verschwunden. Sie hatte weiter gegärt. War gewachsen. Hatte sich ausgebreitet und verformt.

»Wenigstens habe ich mir meinen Erfolg verdient«, sagte sie. »Ich habe ihn nicht meinen Titten oder meinem Arsch zu verdanken.«

»Nein«, sagte ich. »Du verdankst ihn *meinen* Titten und *meinem* Arsch. Denn wir wissen doch beide, dass ich der einzige Grund bin, warum dieses Musical gemacht wird. Wegen meines Namens. Meines Rufs.«

Das Schlimmste war, dass jedes einzelne Wort, das wir sagten, der Wahrheit entsprach, und das war das Problem, wenn man so lange befreundet war wie Harriet und ich. Man wusste genau, wo man draufhauen musste. Wie man den anderen treffen konnte.

»Ich kaufe dir deine Überraschung nicht ab«, sagte ich. »Du hast mich auf die Probe gestellt. Von Anfang an.«

»Ich weiß nicht, wovon du sprichst.«

»Nein?« Ich stand auf. »Du hast mich angelogen, dass Cal auf dich zugekommen wäre. Du hast die ganze verdammte Sache geheim gehalten, bis du mich damit überfallen konntest.«

»Klar«, sagte sie. »Die Chance deines Lebens, und ich hab dich damit überfallen.«

Ich ignorierte sie. »Du wusstest, was ich für Cal empfinde, und du bist trotzdem zu ihm gegangen.« Ich schloss die Finger um die Stuhllehne. »Und die ganze Zeit über war es, als ob du mich beobachtest. Als würdest du nur darauf warten, dass ich einen Fehler begehe. Darauf warten, dass ich es versaue.«

Harriet hatte abwehrend die Arme verschränkt.

»Die ganze Sache war wie ein verdammter Test«, sagte ich. »An dem Abend bei dir zu Hause. Als dir entfallen war, dass du uns beide eingeladen hattest? Sag die Wahrheit, Harriet, hattest du es wirklich vergessen, oder wolltest du etwas beweisen?«

»Ich musste nichts beweisen«, sagte sie. »Du hast es für mich bewiesen.«

Ich war erschöpft.

»Was willst du, Harriet?«, fragte ich.

Ich war müde, verletzt und traurig.

»Was ich will, spielt keine Rolle«, sagte sie. »Es ist dir ja ganz offensichtlich egal.«

Sie ging und schlug die Tür hinter sich zu.

Kapitel 36

Auf der Heimfahrt in der U-Bahn sprachen wir kein Wort miteinander, und wir holten uns keine Milkshakes.

»Willst du darüber reden, was passiert ist?«, fragte Cal.

Ich ließ mich wie ein Stein auf die Couch fallen. Fisch kletterte auf meinen Schoß, aber es kam mir so vor, als hätte ich ihre Aufmerksamkeit oder ihr Schnurren nicht verdient, also schob ich sie weg. Daraufhin ging sie zu Cal – schlaues Mädchen – und rieb sich an seinen Beinen, bis er sie hochhob.

»Harriet weiß es«, sprach Cal das Offensichtliche aus.

»Ja«, bestätigte ich.

»Okay.«

Ich schüttelte den Kopf. »Nein«, sagte ich. »Nicht okay. Das ist ein Problem. Diese ganze Sache ist ein Problem.«

Cal schwieg, hielt weiterhin Fisch im Arm und kraulte ihr den Hals. Ihr Schnurren war bis hierher zu hören. Sie liebte ihn und würde stinkwütend sein, wenn sie merkte, was ich tun musste.

»Es geht nicht, Cal.«

Er setzte Fisch auf dem Boden ab. »Nein«, sagte er. »Nicht noch einmal.«

Meine Augen brannten.

»Es tut mir leid«, sagte ich. »Es ist nur … es ist einfach zu kompliziert. Das ist zu viel.«

»Okay«, sagte Cal. Er stützte die Hände auf die Hüften und blickte zu Boden. »Okay. Okay.«

Er war wütend.

»Also gut«, sagte er. »Dann gehe ich jetzt.«

Ich hatte das Gefühl, mir würde das Herz brechen.

»Es tut mir leid.«

Das hatte ich in den letzten Stunden oft gesagt. Und es tat mir leid. Ich wusste einfach nicht, was ich sonst tun sollte.

»Ist das so?«, fragte er. »Ihr seid beide erwachsen. Was kümmert es dich, was sie über dein Liebesleben denkt? Was geht sie das an?«

»Wir sind alle beruflich miteinander verbunden«, erklärte ich. »Und sie hat darauf vertraut, dass ich mein Privatleben von meinem Berufsleben trenne.«

»Vielleicht war das eine unrealistische Forderung«, sagte Cal.

»Richtig«, sagte ich. »Denn das ist alles meine Schuld. Du hattest mit all dem nichts zu tun. Du bist nur der arme, unschuldige Cal, den ich alte Schlampe in ihrem Spinnennetz gefangen habe.«

»Das ist doch lächerlich.«

»Du tust mir ja *so* leid«, sagte ich. »Offensichtlich habe ich dich ausgenutzt. Wieder einmal.«

»Hören wir damit auf«, sagte Cal. Er streckte seine Hand nach mir aus. »Es tut mir leid. Das hätte ich nicht sagen sollen.«

»Du hast es so gemeint«, erwiderte ich.

»Nein.«

»Wir sollten aufhören, uns gegenseitig etwas vorzumachen«, sagte ich.

»Was soll das?«

»Es ist besser so«, fuhr ich fort. »Es war von vorneherein ein Fehler.«

Cal verzog das Gesicht, und ich bedauerte meine Wortwahl.

»Zwischen uns ist zu viel Wut«, sagte ich. »Zu viel Bitterkeit. Wir haben den Zeitpunkt verpasst, an dem wir uns noch hätten vergeben können. Es ist zu spät.«

»Du gibst auf«, stellte Cal fest.

»Die Vergangenheit ist zu stark«, sagte ich. »Ich hab dich verletzt. Das wollte ich nicht – nicht dieses Mal und nicht damals, aber das spielt keine Rolle. Anscheinend kann ich nicht anders und verletze alle Menschen, die mir etwas bedeuten.«

Cal schwieg für einen Moment.

»Ich werde nicht mit dir streiten«, sagte er. »Ich werde nicht versuchen, dich davon zu überzeugen, dass du unrecht hast, aber ich glaube nicht, dass ich derjenige bin, der dir vergeben muss.«

Tränen stiegen mir in die Augen, und alles verschwamm.

»Ich glaube, du musst dir selbst vergeben.«

Wir sahen uns an. Ich wusste, es war vorbei, und doch.

»Wenn ich gehe, gebe ich dir keine weitere Chance, Kathleen«, sagte er. »Zwei sind mehr als genug.«

»Ich weiß«, flüsterte ich.

Wir standen da und starrten uns an. Ich wusste, dass er nicht gehen wollte. Ich wollte es auch nicht.

Aber was sollten wir tun? Ich würde ihn nur immer wieder verletzen. Denn so war ich.

»Es tut mir leid«, sagte ich noch einmal.

»Mir auch«, sagte Cal.

Kapitel 37

Die einzige Zeit, in der ich nicht litt, war, wenn ich auf der Bühne stand. Ich verlor mich in Peggy, in der Vorstellung. Ich ging in der Rolle auf. Erst wenn ich in meine Garderobe zurückkehrte, die Perücke abnahm und mir das Makeup abwusch, war ich wieder gezwungen, mich mit der Realität auseinanderzusetzen und mich dem zu stellen, was ich getan hatte.

Harriet ging mir seit einer Woche aus dem Weg. Cal war höflich, sah mir aber nicht in die Augen. Ich lächelte zu viel und sprach zu laut.

Nach jeder Vorstellung verließ ich so schnell wie möglich das Theater. Normalerweise war ich die Erste, die ging, und stieß vor dem Bühnenausgang auf eine Wand aus Fans. Ich wollte mich dort nicht länger aufhalten und Autogramme geben, aber es war auch schwer, den einzigen Menschen, die sich noch zu freuen schienen, wenn sie mich sahen, ihre Bitte abzuschlagen.

Ich gab so viele Autogramme wie möglich und lächelte, ohne aufzublicken, während ich meinen Namen über jahrzehntealte Porträts und Zeitschriftencover schrieb. Ich versuchte, nicht zu genau hinzuschauen, wer ich gewesen war.

Jemand drückte mir eine alte Ausgabe des *People Magazine* in die Hand. Auf der Titelseite war ein Bild von Ryan und mir mit der Schlagzeile »Der Prinz und die Prinzessin des Pop: Glücklich bis ans Ende ihrer Tage.«

»Hallo, Katee«, sagte Ryan.

Es war, als würde ich einen Geist sehen. Einen gut gebräunten, dezent mit Botox behandelten, gut manikürten Geist.

»Na, komm schon«, sagte Ryan, als ich ihn nur mit offenem Mund anstarrte. »Gib deinem alten Freund einen Kuss.«

Er zog mich an sich – er war ein wenig feucht, aber war es nicht auch irgendwie schön? Ich war mir nicht ganz sicher. Wahrscheinlich stand ich unter Schock.

»Wir werden fotografiert«, raunte er mir ins Ohr. »Du solltest vielleicht ein bisschen lächeln.«

Ich gab mir alle Mühe, ließ Ryan machen und seinen Arm um mich legen.

»Ist das nicht toll?«, fragte er die Gruppe von Fans, die sich am Bühneneingang versammelt hatte. »Ich liebe Wiedervereinigungen!«

Alle jubelten.

»Was machst du hier?«, murmelte ich, während er dem Meer von Handys zuwinkte, die sich in unsere Richtung drehten und jede Sekunde festhielten.

»Ich war in der Stadt und dachte, ich schaue mal vorbei«, sagte er.

»Blödsinn«, erwiderte ich, ohne mein Lächeln zu unterbrechen. »Warst du heute Abend im Publikum?«

Er lachte. »Ach, komm«, sagte er, »die Vorstellung dauert rund drei Stunden.«

»Dachte ich mir«, sagte ich. »Okay, war schön dich zu sehen. Mach's gut.«

»Sei doch nicht so. Lass uns irgendwo hingehen, okay? Wir sollten reden.«

Natürlich führte Ryan mich in die schickste und exklusivste Bar in Midtown. Als man uns zu einem Tisch im hinteren Teil führte, sah ich mindestens drei andere Promis.

»War das Jacinda Lockwood?«, fragte ich.

»Wahrscheinlich«, sagte Ryan.

Wir setzten uns.

»Also, Katee Rose«, fragte Ryan. »Wie ist es dir ergangen?«

Ich warf ihm einen Blick zu. »Ich heiße Kathleen«, erwiderte ich. »Und es ist schon über zehn Jahre her. Was machst du hier?«

Er grinste mich an, und trotz allem weckte dieses Lächeln eine Menge Erinnerungen. Gute Erinnerungen. Komplizierte.

»Du siehst toll aus«, sagte er. »Ich weiß nicht einmal, an was du gearbeitet hast.«

Ich nippte nur an meinem Drink, denn ich wusste, wenn ich ihm die Wahrheit sagte, würde er mir ohnehin nicht glauben.

»Ryan, spuck's aus. Was willst du?«

Er machte ein verlegenes Gesicht. Diesen Ausdruck hatte er schon immer gut beherrscht – diesen traurigen, verwirrten Welpenblick. Wobei er oft auch authentisch gewesen war – er war tatsächlich ziemlich oft verwirrt.

»Ich habe viel Gutes über die Show gehört«, sagte er.

»Willst du Karten?«, fragte ich.

Er lachte. »Gott, nein«, sagte er. »Für ein Musical? Nein danke.« Er schüttelte sich, als könne er sich nichts Schlimmeres vorstellen.

»Tja, war schön, dich wiederzusehen«, sagte ich.

»Warte, warte, warte«, hielt er mich zurück. »Ich wollte dich nur sehen. Ist das so verkehrt?«

»Ryan«, erwiderte ich langsam und geduldig, »du hast der ganzen Welt erzählt, dass ich dich betrogen habe.«

»Na ja, das hast du doch auch.«

Touché.

»Seitdem haben wir nicht mehr miteinander gesprochen«, sagte ich. »Du wirst also sicher verstehen, dass ich etwas verwirrt bin, wenn du plötzlich wieder auftauchst.«

Ryan schwieg einen Moment lang, und ich beobachtete, wie er mit sich rang, ob er mir die Wahrheit sagen sollte. Gott, das alles war mir schmerzhaft vertraut. Nicht, dass ich die Zeit zurückdrehen wollte – schon gar nicht zu jenem Abschnitt meines Lebens –, aber wenn mir bewusst wurde, wie lange das her war und wie wenig ich noch mit dem Mädchen von damals gemein hatte, überkam mich noch immer eine bittersüße Wehmut.

»Okay«, sagte Ryan schließlich. »Seitdem du und Cal angekündigt habt, dass ihr das Musical zusammen macht, bekommt meine Managerin ständig Anrufe. Wegen der Band.«

»Deine Managerin?«, fragte ich. »Diana?«

Ich hätte mich verraten fühlen müssen, als ich herausfand, dass meine Managerin mich verlassen hatte, um mit Ryan zu arbeiten. Nachdem die Presse über mich hergefallen war, war ich jedoch so ausgelaugt und erschöpft gewesen, dass mich das kaum gekratzt hatte. Und eigentlich hatte es mich auch nicht groß überrascht. Weder damals noch heute.

»Und wir dachten, es wäre eine gute Idee, wenn man dich und mich zusammen sieht«, fuhr er fort. »Du weißt schon, um zu zeigen, dass wir uns nicht böse sind.«

»Ich auf dich oder du auf mich?«, fragte ich.

Ryan zuckte mit den Schultern. »Beides, denke ich. Anscheinend ist das Internet geteilter Meinung darüber, was zwischen uns passiert ist. Einige Leute denken, ich sei nicht sehr nett zu dir gewesen.«

Ich nippte an meinem Getränk und sagte nichts.

»Ich meine, du hast mich betrogen«, verteidigte er sich. »Das ist ziemlich uncool.«

»Stimmt. Ja, das war es«, räumte ich ein.

»Entschuldigung angenommen«, sagte er.

Ich hatte mich mehrfach entschuldigt – bevor und nachdem Ryan mit dem Skandal an die Öffentlichkeit gegangen war –, aber vermutlich war jetzt ein ebenso guter Zeitpunkt, sich eine Absolution erteilen zu lassen.

»War es das jetzt?«, fragte ich.

»Diana meinte, wir könnten ein Fotoshooting machen

oder ein Interview geben«, sagte er. »Ich wette, wir könnten es zu *Good Morning America* schaffen.«

»Ich will nicht zu *Good Morning America*«, sagte ich. Was zwar nicht ganz stimmte, aber mit Ryan wollte ich das ganz sicher nicht.

»Das wäre eine tolle Werbung für die Show«, argumentierte er.

»Und vermutlich auch für dich.«

»Nun … ja.«

Ich sah ihn lange Zeit an. Er zappelte herum, sah mir nicht in die Augen.

»Warum?«, fragte ich.

»Weil wir alte Freunde sind.«

Ich lachte. »Um welche Rolle geht es?«

Er stieß leise die Luft aus. »Sie ist echt interessant«, gab er zu. »Und ich wäre perfekt dafür.«

»Aber …«

»Aber die Leute sind anscheinend irgendwie wütend auf mich«, sagte er. »Sie denken, ich hätte dich vor den Bus gestoßen und dich benutzt, um meine Karriere voranzutreiben.«

Ich schwieg.

»Das hab ich nicht«, beharrte Ryan. »Ich bin ein netter Kerl.«

»Klar«, sagte ich und dachte an all die Anrufe und E-Mails, die er ignoriert hatte, als ich ihn bat, die Kampfhunde zurückzupfeifen – die Presse, die er auf mich gehetzt hatte. Als ich ihn anflehte, keine Details aus meinem Privatleben mehr preiszugeben, wie zum Beispiel, dass er mich entjungfert hatte und ich mir die Oberlippe und den Bauch epilieren ließ.

»Nur ein Interview«, sagte er, »oder zwei. Um zu zeigen, dass wir Freunde sind.«

»Wir sind keine Freunde«, entgegnete ich.

»Ach, komm schon, Katee«, sagte Ryan. »Du kannst doch nicht immer noch sauer wegen damals sein.«

Ich starrte ihn an.

»Meinst du, weil du meine gesamte Karriere zerstört hast?«, fragte ich. »Ich kann mir nicht vorstellen, warum mich das noch kratzen sollte.«

Er wand sich.

»Du hast Cal verziehen«, sagte er. »Schließlich hat er dir auch nicht gerade beigestanden.«

Er hatte recht, und das war verdammt ärgerlich.

»Das ist etwas anderes«, behauptete ich.

Ryan taxierte mich.

»Seid ihr zusammen?«, fragte er.

»Nein«, sagte ich.

Er wirkte nicht überzeugt.

»Ich finde, du schuldest mir was«, sagte er.

Die letzten zehn Jahre war ich seiner Meinung gewesen. Dass ich die Böse war, die Schuldige. Aber vielleicht hatte Cal recht – vielleicht ging es nicht darum, dass Ryan mir vergab oder Cal oder auch Harriet. Vielleicht ging es darum, dass ich mir selbst vergab.

»Nein«, sagte ich.

»Nein?«

Ich hatte Fehler gemacht, aber ich hatte dafür bezahlt.

Ich hatte aus ihnen gelernt. Meistens jedenfalls. Ich würde weiterhin aus ihnen lernen. Aber nicht, wenn ich mich für etwas bestrafte, das ich nicht ändern konnte. Ich hatte etwas Schlimmes getan, aber ich war kein schlechter Mensch. Ich war nicht verloren. Ich war trotzdem liebenswert.

»Nein«, wiederholte ich. »Ich schulde dir nichts.«

»Wow«, sagte Ryan. »Es hat sich wohl nichts verändert.«

Ich sah ihn an. Starrte ihn an. »Nein, wohl nicht.«

»Du hast mich betrogen«, jammerte er.

»Wir waren noch Kinder«, sagte ich. »Und es war ein Fehler, und ich habe mich entschuldigt. Aber ich warte immer noch auf deine Entschuldigung.«

»Meine?«

»Du hättest dich auch anders verhalten können«, sagte ich. »Ich weiß, dass du verletzt warst, aber du hast nicht nur um dich geschlagen, Ryan, du hast mit allen Mitteln meine Karriere zerstört. Du wolltest mich ruinieren.«

Er verschränkte fest die Arme vor der Brust und schmollte.

»Und tu nicht so, als hättest du nicht die Kontrolle darüber gehabt, was geschrieben wurde. Ich weiß, dass du den Leuten nicht sagen wolltest, dass es Cal war – du wolltest die Band zusammenhalten, bis du deinen großen Durchbruch hattest.«

»Ich war sowieso der einzige Talentierte in der ganzen Gruppe«, sagte er.

»Das hast du behauptet«, konterte ich. »Und dennoch brauchst du meine Hilfe, damit die Presse über dich berichtet.«

»Ich *brauche* das nicht«, widersprach er. »Aber *du.*«

Es war ein bisschen wie das Spiel »Selber, selber lachen alle Kälber«. Als würde ich mit einem Kind sprechen.

»Ich weiß, was du und Cal damals über mich gesagt habt«, sagte Ryan. »Ihr hieltet mich für einen Idioten, aber ich wusste, dass was zwischen euch lief.«

Ich sagte nichts.

»Komm schon«, drängte er. »Nur ein Interview.«

Aber ich traute Ryan nicht.

»Sorry«, sagte ich. »Du musst die Rolle allein bekommen.«

»Du bist ungerecht«, warf er mir vor.

Ich stand auf und legte ihm eine Hand auf die Schulter. »Weißt du, wir hatten eine Zeit lang eine gute Beziehung«, sagte ich. »Aber das ist schon lange vorbei. Verpiss dich auf nimmer wiedersehen, Ryan.«

Kapitel 38

»Was ist das?« Harriet hielt mir ihr Telefon vor die Nase.

Es war Mittwoch, ein Tag mit zwei Aufführungen, was bedeutete, dass ich in ein paar Stunden wieder im Theater sein musste. Nicht genug Zeit, um nach Brooklyn zurückzufahren, und ich hatte keine Lust, mich in meiner Garderobe zu verstecken.

Ich hatte mir zwei Schokoladen-Rugelach aus dem Breads-Kiosk geholt und mich mit ihnen in den Bryant Park gesetzt, als mir ein Foto von Ryan über den Tisch geschoben wurde. So viel hatte Harriet schon seit Tagen nicht mehr mit mir gesprochen.

»Treibst du dich jetzt mit Ryan herum?«, fragte sie und setzte sich.

Das war die Harriet, die ich kannte. Kein Smalltalk mehr. Es war ein Foto vom Bühneneingang von vor ein paar Abenden. Wir zeigten beide ein strahlendes Lächeln, und nur wer uns gut kannte, sah, dass es falsch war.

»Er wollte ein bisschen plaudern«, sagte ich und schob ihr Telefon weg.

»Plaudern?« Harriet zog die Augenbrauen hoch.

»Wir haben was getrunken«, sagte ich. »Er wollte, dass ich mit ihm in eine Talkshow gehe.«

»Und?«

»Und was, Harriet?«, fragte ich, enttäuscht und wütend zugleich. »Wenn du wissen willst, ob ich mit ihm geschlafen habe, dann frag einfach, okay?«

»Ich weiß, dass du das nicht getan hast«, sagte sie, sah aber nicht überzeugt aus.

»Hör zu«, erwiderte ich. »Ich weiß, dass du wütend bist, und du hast allen Grund dazu. Ich hab dich angelogen – ich hab gesagt, ich würde mich nicht mit Cal einlassen und hab es trotzdem getan. Aber das hab ich dir versprochen, bevor ich wusste …«

Ich brach ab. Ich wollte mich nicht mit noch jemandem streiten, den ich liebte. Ich wollte diese Beziehung nicht noch mehr beschädigen.

»Bevor du was wusstest?«, wollte Harriet wissen.

»Das spielt keine Rolle«, erwiderte ich. »Wir haben Schluss gemacht. Ich schlafe nicht mit ihm, ich schlafe nicht mit Ryan, ich schlafe zurzeit nicht einmal mit Fisch, weil sie mich anscheinend auch hasst.«

»Ich hasse dich nicht«, sagte Harriet.

Vor Erleichterung hätte ich am liebsten geweint, aber ich atmete nur tief durch. »Tja, das ist gut. Ich hab dich nämlich sehr lieb. Du bist meine beste Freundin, und mir tut leid, was passiert ist – es tut mir leid, dass ich es wieder vermasselt habe –, aber ich halte das nicht aus. Wenn wir fertig sind, dann sag es mir einfach. Es wird mir das Herz brechen, aber dann weiß ich es wenigstens.«

Harriet wirkte geschockt.

»Glaubst du, ich will nicht mehr mit dir befreundet sein?«, fragte sie.

»Ich weiß nicht, was ich glaube«, antwortete ich. »Ich weiß nur, dass ich mich nicht ewig entschuldigen kann, ohne irgendwann das Gefühl zu bekommen, du wolltest mich nur bestrafen.«

Harriet schwieg. »Das wollte ich.«

So viel war klar.

Ich schob ihr den restlichen Schokoladen-Rugelach zu.

»Wirklich?«, fragte sie.

Es gab im ganzen Land nichts Gebackenes, das ich lieber aß. Das wusste Harriet.

Ich nickte. Sie nahm einen Bissen und stöhnte anerkennend, was notwendig und angemessen war. Dann verschlang sie mit drei schnellen Bissen den Rest.

»Du hast da was«, sagte ich und zeigte auf ihren Mund.

Sie wischte sich die Krümel aus dem Mundwinkel.

»Du hattest recht«, gab Harriet zu. »Und ich hab das nicht gern gehört.« Sie hatte die Hände im Schoß gefaltet. »Ich *war* eifersüchtig«, gestand sie. »Verdammt eifersüchtig.«

Der Wind frischte auf und ließ die Blätter um uns herum einen kurzen Paso doble tanzen.

»Du hast ein tolles Musical geschrieben«, sagte ich.

»Für dich«, erklärte Harriet.

Ich schüttelte den Kopf. »Das hast du für dich geschrieben. Ich hatte nur das Glück, dabei zu sein.«

Harriet breitete auf dem Tisch die Hände aus, und das

Licht, das durch die Bäume fiel, spiegelte sich in ihren goldenen Ringen.

»So hab ich mich immer gefühlt«, sagte sie. »Damals. Als hätte ich Glück, in deiner Nähe zu sein.«

»Harriet.« Ich streckte die Hände aus und legte sie auf ihre. »*Ich* war der Glückspilz. Ich weiß nicht, was ich ohne dich gemacht hätte.« Ich drückte ihre Finger. »Es tut mir so leid, dass ich alles verbockt habe. Damals und heute. Es tut mir so leid, dass ich zugelassen habe, dass sich mir ein Typ in den Weg stellt. Sich *uns* in den Weg stellt. Dein Album wäre unglaublich gewesen.«

Harriet wischte sich über die Augen.

»Ich hätte nicht alle meine Träume an dich hängen sollen«, sagte sie. »Das war falsch von mir.«

Ich sagte nichts.

»Weißt du, was ich getan habe, als ich die Bilder von dir und Ryan gesehen habe?«, fragte sie.

Ich wusste es nicht.

»Ich habe die Kommentare gelesen«, sagte sie.

»O nein«, rief ich. »Warum hast du das gemacht? Ich lese nie die Kommentare.«

»Ich weiß!«, sagte Harriet. »Ich war einfach so wütend über die Aufmerksamkeit, die du und Cal bekommen habt. Jeder Artikel handelte von dir oder von ihm oder von euch beiden. Und ich wusste einfach, würden die Leute herausfinden, dass ihr zusammen seid, würden alle nur noch darüber reden, und ich war so wütend und eifersüchtig.«

»Ich wäre auch wütend gewesen«, sagte ich.

»Aber dann habe ich die Kommentare gelesen«, sagte sie. »Weißt du, was sie über dich sagen?«

»Wahrscheinlich, dass ich älter und dicker aussehe«, erwiderte ich.

Sie nickte.

Ich zuckte die Achseln. »Na und? Es stimmt.«

»Es ist so gemein«, sagte Harriet. »Was die Leute sagen. Fremde.«

»Ich bin kein Mensch«, erklärte ich. »Ich bin eine Pop-Bitch, die ihren Boyband-Freund betrogen hat und sich einbildet, sie hätte eine zweite Chance verdient. Ich bin nicht normal. Ich bin ein *Promi.*«

Ich wedelte mit den Händen, und sie lachte, aber es war nicht lustig. Eigentlich nicht.

»Ich sehe mir die Aufführung jeden Abend an«, erzählte Harriet. »Manchmal aus dem Orchestergraben. Manchmal vom hinteren Teil des Theaters, manchmal von einem Sitzplatz aus.«

»Cal auch«, sagte ich.

Harriet nickte.

»Gestern Abend saß ich neben einer vierköpfigen Gruppe – zwei Frauen in unserem Alter mit ihren Kindern. Ich hab irgendwie gesehen, dass die Frauen alte Freundinnen waren und ihre Töchter gegen ihren Willen mitgeschleppt hatten.«

»Ein Traumpublikum«, bemerkte ich.

Harriet lächelte.

»Am Ende der Show waren alle vier wie gebannt. Bei deiner Nummer haben sie geweint – die Teenies haben geweint.«

»Teenie-Mädchen weinen bei allem«, sagte ich. »Das weiß ich noch.«

»Nicht, wenn sie nicht wollen«, sagte Harriet. »Niemand ist stärker als ein Teenie-Mädchen, das seine Gefühle vor seiner Mutter verbergen will.«

»Stimmt«, räumte ich ein.

»Ich hab sie in der Pause und nach der Vorstellung belauscht«, sagte Harriet. »Vielleicht bin ich ihnen sogar in die Lobby gefolgt.«

»Gruselig.«

Sie warf mir einen Blick zu. »Sie hörten nicht auf, davon zu schwärmen, wie toll du warst«, sagte Harriet.

Das war schön zu hören.

»Aber es war nicht nur das«, fuhr sie fort. »Die Töchter hatten keine Ahnung, wer du bist.«

»Die Mütter waren vermutlich Fans.«

Harriet nickte. »Und sie haben immer wieder versucht, ihnen zu erklären, wer du bist, aber das war den Mädchen egal. Sie sahen in dir nur ihren neuen Lieblings-Broadway-Star.«

Ich biss mir auf die Lippe. Das war zu viel.

»Es ist egal, was die Presse schreibt«, sagte Harriet. »Es ist egal, ob die Leute zur Show kommen, weil sie sich an dich erinnern. Oder weil sie von dem ganzen Drama zwischen dir und Cal gehört haben. Was zählt, ist, dass sie im Publikum sitzen, wenn du allen zeigst, wie verdammt talentiert du bist.«

»Wir«, korrigierte ich. »Es ist dein Musical.«

»*Unser* Musical«, sagte sie.

»Heißt das, wir sind wieder Freundinnen?«, fragte ich.

»Bitte«, antwortete Harriet. »Wir sind eine Familie.«

»O Gott sei Dank.«

Harriet zog mich hoch und in eine Umarmung, auf die ich schon seit Wochen gewartet hatte. Monatelang sogar. Ich hatte sie vermisst. Ich hatte sie so sehr vermisst.

»Es tut mir leid, dass ich ein eifersüchtiges Monster gewesen bin«, sagte sie.

»Es tut mir leid, dass ich so sexgeil bin«, sagte ich.

Sie sah mich an. »Du und Cal?«

»Es ist aus«, erklärte ich. »Ich schwöre.«

Sie biss sich auf die Unterlippe.

»Was ist?«, fragte ich.

Harriet hakte sich bei mir ein, und ich folgte ihr, als sie mich vom Tisch weg und durch den Park führte.

»Was ist?«, fragte ich noch mal.

»Es tut mir leid«, sagte sie. »Dass du meinetwegen mit Cal Schluss gemacht hast.«

Ich schüttelte den Kopf. »Es war nicht deinetwegen«, sagte ich. »Es war meinetwegen. Ich tue ihm nicht gut. Ich glaube, das wissen wir beide. Die ganze Welt weiß das.«

»Das ist völliger Blödsinn«, sagte Harriet.

»Hey!«

»Du tust ihm gut«, versicherte sie mir. »Und er dir. Das hab ich nur nicht sehen können, weil ich so eifersüchtig und dumm war – aber es spielt auch überhaupt keine Rolle, dass ich es jetzt einsehe. Es ist egal, was ich denke. Ihr seid erwachsen. Ihr liebt euch. Ihr solltet eure Entscheidungen nicht von meiner Meinung abhängig machen.«

Ich starrte sie an. »Jetzt bin ich verwirrt.«

»Ich weiß«, sagte sie.

»Egal. Cal würde mir sowieso keine weitere Chance geben. Auch wenn ich ihn darum bitten würde.«

»Würdest du?«, fragte Harriet.

»Nein, das kann ich nicht.«

Sie zog die Augenbrauen hoch. »Du liebst ihn doch.«

»Hör auf«, sagte ich.

»Es stimmt doch.«

»Ich dachte, du hättest gerade gesagt, ich sollte meine Entscheidungen nicht von deiner Meinung abhängig machen«, erwiderte ich.

»Das ist nicht meine Meinung«, sagte sie. »Das ist eine Tatsache. Du liebst ihn, und er liebt dich.«

Es wurde kälter, und ich knöpfte meine Jacke bis unters Kinn zu.

»Es ist zu spät«, sagte ich.

»Hat er das gesagt?«

Ich nickte. »Ich nehme es ihm nicht übel. Ich hab echt genug mit ihm herumgekaspert. Er verdient jemand Besseres.«

»Nein, das stimmt nicht.«

»Danke«, bemerkte ich trocken.

»Du weißt, was ich meine«, beharrte sie.

»Doch. Und ich danke dir. Aber so ist es nun mal.«

Harriet lehnte ihre Wange an meine Schulter. Ich spürte, dass sie noch mehr sagen wollte, noch weiter mit mir diskutieren wollte, aber sie verkniff es sich, und wir gingen einfach weiter.

Kapitel 39

Wir erhielten zehn Minuten lang Standing Ovations.

Klar, es war die Premiere, was bedeutete, dass jede Menge Freunde, Verwandte und Unterstützer im Publikum saßen, aber ich genoss jede einzelne Sekunde des Applauses. Ich hatte ihn mir verdient. Wir hatten ihn uns verdient.

Hinter der Bühne herrschte Hochspannung. Wir waren uns alle bewusst, dass sich unsere Jubelstimmung ändern konnte, sobald die Kritiken veröffentlicht wurden, aber in diesem Moment spielte das keine Rolle. Wir hatten am Broadway Premiere gefeiert.

Harriet kam zu mir in die Garderobe, wo wir fast identische Rosensträuße tauschten.

»Kannst du das glauben?«, fragte sie.

Ich hatte Kostüm und Perücke ausgezogen und setzte mich im Bademantel und mit zurückgestecktem Haar zu ihr auf die Couch. Sie schenkte mir ein Glas Sekt ein.

»Es ist ein Erfolg«, sagte ich.

Wir stießen an und tranken.

»Wie war es, im Publikum zu sitzen?«, fragte ich. »Deine eigene Premiere mitzuerleben?«

Harriet stieß einen tiefen, zufriedenen Seufzer aus.

»Es war unglaublich«, erwiderte sie. »Wenn ich doch nur dieses Gefühl in Flaschen abfüllen und einen kleinen Schluck davon nehmen könnte, wann immer ich mich schlecht fühle.«

Ich drückte ihre Hand.

»Auf deine *erste* Broadway-Premiere«, sagte ich. »Ich kann die nächste kaum erwarten.«

»Und auf dich«, sagte sie. »Nicht, dass du die Show in nächster Zeit verlassen darfst.«

»Apropos.« Ich stand auf und ging zu meiner Tasche. »Ich hab dein nächstes Projekt entdeckt. *Unser* nächstes Projekt.«

»Soll das ein Scherz sein?«, fragte Harriet. »Das Letzte, was ich will, ist, etwas Neues anzufangen. Es ist Zeit, sich in der Sonne zu aalen, nicht zu arbeiten.«

»Ich weiß nicht, ob du das als Arbeit betrachten wirst«, entgegnete ich und hielt ihr Geschenk hinter meinem Rücken versteckt. »Aber wenn du es nicht willst …«

Harriet versuchte zu sehen, was ich verbarg, aber ich wandte mich immer wieder von ihr ab.

»Gut«, sagte sie und streckte die Hand aus. »Zeig mir, was das neue Projekt ist.«

Ich gab ihr das Paket.

»Ist das …?« Sie drehte es um.

»Mach es auf«, sagte ich.

Sie riss das Papier ab.

»Kathleen …«, sagte sie mit tränenerstickter Stimme.

»Ich bin bereit«, sagte ich. »Du nicht? Wir haben lange genug gewartet.«

Es war das Demo, das wir vor all den Jahren aufgenommen hatten. All die schönen Songs von Harriet.

»Glaubst du, wir können das schaffen?«

»Warum nicht?«, fragte ich zurück. »Warum es nicht versuchen?«

Sie starrte auf die CD und zog mich dann in ihre Arme.

»Lass es uns tun«, sagte sie. »Ja, verdammt, das machen wir.«

Wir schenkten uns noch etwas Sekt ein und tranken.

»War Cal glücklich?«, fragte ich.

Ich konnte nicht anders.

»Mit der Aufführung«, fügte ich unnötigerweise hinzu.

Seit unserer Trennung hatten wir uns höflich und respektvoll, ganz und gar professionell verhalten und waren auf Abstand geblieben. Es versetzte mir jedes Mal, wenn ich ihn ansah, einen Stich.

»Er ist glücklich«, sagte Harriet und strich mit den Fingern noch immer über das Etikett auf der CD.

»Gut«, sagte ich.

Sie warf mir einen langen, forschenden Blick zu.

»Und du?«, fragte sie.

»Ich habe gerade mein Broadway-Debüt gegeben«, antwortete ich. »Das war immer mein Traum. Wie könnte ich nicht glücklich sein?«

»Hast du mit ihm gesprochen?«, fragte Harriet.

»Er hat mir wie allen Schauspielern seine Notizen gegeben«, sagte ich.

»Du solltest es ihm sagen.«

»Ihm was sagen?«

»Dass du ihn liebst.«

Beinahe hätte ich mich an meinem Sekt verschluckt.

»Warum sollte ich das tun?«

»Weil es stimmt«, sagte sie.

»Und?« Ich stand auf, ging zum Spiegel und begann, die Nadeln aus meinem Haar zu ziehen. »Es wird nichts ändern. Außerdem weiß er es.«

Harriet trat neben mich vor den Spiegel.

»Tut er das?«

»Natürlich.«

Aber hatte ich es ihm eigentlich jemals gesagt? Er hatte es gesagt. Er hatte den Mut dazu aufgebracht. Zweimal.

Harriet legte mir eine Hand auf die Schulter.

»Ich werde dir nicht sagen, was du tun sollst«, sagte sie. Ich warf ihr einen Blick zu. »Aber dieser Mann ist in dich verliebt, seit wir Teenager waren«, fuhr sie fort. »Und ich glaube, du auch in ihn.«

Ich starrte auf meine Hände, konnte ihr nicht in die Augen sehen.

»Sag es ihm«, forderte Harriet mich auf.

»Von wegen du sagst mir nicht, was ich tun soll.«

Harriet lachte. »Gut, aber ich bin deine beste Freundin. Und ich habe recht.«

Sie umarmte mich von hinten und gab mir einen Kuss auf die Wange.

»Bis gleich auf der Premierenfeier«, sagte sie.

***

Ich sah unglaublich aus. Mein Kleid war lang, hauteng und sexy, und ich fühlte mich darin fantastisch. Das Posen auf dem roten Teppich war mir normalerweise ein Graus, aber heute Abend platzte ich vor Stolz. Wenn die Leute ein Foto von mir machen wollten, dann würden sie das strahlendste Lächeln diesseits von Manhattan bekommen.

Die Produktion hatte ein wunderschönes Lokal am Hudson River in der Nähe von Hell's Kitchen gemietet. Es war wie eine USO-Bar aus den 1940er-Jahren eingerichtet, selbst Kellner und Kellnerinnen waren entsprechend zurechtgemacht. Es fühlte sich wie eine Reise in die Vergangenheit an und war geradezu magisch.

Als ich auf der anderen Seite des Raumes Harriet und Whitney entdeckte, winkte ich ihnen zu. Harriet, diskret wie immer, zeigte nach links, wo Cal mit den Produzenten stand. Das Herz schlug mir bis zum Hals. Er sah so gut aus in seinem Anzug.

Ich vermisste ihn.

Und ich liebte ihn.

Sag es ihm.

Sag es ihm.

Sag es ihm.

Unablässig hörte ich Harriets Stimme in meinem Kopf, die aber allmählich in meine eigene überging. Denn tief in meinem Innersten wusste ich, dass sie recht hatte. Dass ich Cal sagen musste, was ich empfand.

Er war ehrlich zu mir gewesen. Mutig. Das war ich ihm schuldig. Das war das Mindeste.

Ich sah, wie er hinter einem Vorhang verschwand, und

beeilte mich, zu ihm zu kommen. Meine Schuhe hatten zwar ziemlich hohe Absätze, aber ich hatte lange Beine. Etwas außer Atem schob ich den Vorhang zurück und entdeckte ihn dort allein.

»Cal!«

Als er meine Stimme hörte, drehte er sich um.

»Kathleen.« Er hob eine Hand an sein Herz.

Ich wusste nicht, was das bedeuten sollte. Hatte ich ihn erschreckt? War es eine beschützende Geste?

»Was machst du hier?«, fragte er. »Geh zurück zu den anderen.«

»Ich muss dir was sagen.« Ich trat näher.

»Das ist kein guter Zeitpunkt«, erwiderte Cal und blickte zu dem Vorhang zu seiner Linken.

»Gib mir nur einen Moment«, bat ich.

Ich sah ihm an, dass er überlegte, ob er sich mit mir streiten sollte, doch schließlich schloss er einfach den Mund und nickte. Seine Hand lag immer noch auf seiner Brust.

»Du bist mir nichts schuldig«, sagte ich. »Du schuldest mir nicht einmal eine Antwort, aber ich musste dir einfach sagen, dass ich dich liebe.«

»Kathleen, ich …«

»Ich weiß«, sagte ich und hob eine Hand. »Ich weiß. Du hast mir bereits eine Chance gegeben. Zwei Chancen. Ich habe beide vergeigt. Ich habe es total vermasselt.«

»Das ist nicht …«

»Ich bitte dich nicht um eine weitere Chance«, sagte ich. »Ich wollte nur, dass du das weißt. Dass ich dich liebe.

Harriet meint, ich sei in dich verliebt, seit wir Teenies waren, und ich glaube, sie hat recht. Ich glaube, ich liebe dich seit jener Nacht auf dem Dach. Wahrscheinlich schon vorher, aber spätestens seitdem.«

»Kathleen …«

Er sah traurig aus, und mir brach das Herz.

»Es ist okay«, sagte ich. »Es ist vorbei. Du hattest recht. Ich wollte nur, dass du es weißt. Okay?«

Cal richtete den Blick auf den Boden, lachte leise und sah wieder zu mir hoch.

»Was ist?«, fragte ich.

Seine Miene war unergründlich.

»Ich bin verkabelt«, sagte er.

Er hob die Hand von seiner Brust, und zum Vorschein kam ein kleines Mikro, das an seinem Jackett befestigt war.

Plötzlich ertönte rauschender Applaus von der anderen Seite des Vorhangs. Er hob sich und gab den Blick frei auf die gesamte Besetzung, die Crew, die Presse und die Gäste, die über das Geständnis jubelten, das ich gerade über die Lautsprecher gemacht hatte.

»O mein Gott«, sagte ich.

»Ich hoffe, du hattest diesmal nicht vor, es geheim zu halten«, sagte Cal.

Er griff meine Hände und zog mich zu sich. »Küss sie!«, rief die Menge. »Küss sie! Küss sie!«

Es hätte mich nicht gewundert, wenn Harriet es als Erste gerufen hätte.

»Es ist mir so peinlich«, sagte ich, Cals Hände auf meiner Taille.

»Deine besten Auftritte hattest du immer vor Publikum«, erwiderte er.

»Das war sicher nicht mein bester«, konterte ich mit hochgezogener Augenbraue.

Die Menge johlte und skandierte weiter.

Cal riss sich das Mikrofon vom Jackett und ließ es auf einen Tisch fallen. Unter dem unüberhörbaren Stöhnen des Publikums zog er mich von der Bühne.

Als wir allein waren, drückte ich mein Gesicht an seine Brust.

»O mein Gott«, sagte ich. »Ich fasse es nicht, dass ich das getan habe.«

Cal legte die Hand unter mein Kinn und hob mein Gesicht an.

»Es war perfekt«, sagte er.

»Wirklich?«

»Nun«, sagte er, »ganz du. Ganz wir.«

Ich legte die Arme um seinen Hals.

»Wir?«

»Ich habe dich immer geliebt«, sagte Cal. Ich war fast ohnmächtig vor Erleichterung. Vor Freude.

»Alle werden denken, dass ich mit dir geschlafen habe, um diesen Job zu bekommen«, sagte ich.

»Wahrscheinlich. Bis sie dich auf der Bühne sehen. Dann erfahren sie die Wahrheit.«

»Und zwar?«

»Dass du schon immer hierher gehört hast«, sagte er.

Ich wusste nicht, ob er die Bühne oder seine Arme meinte, aber das war auch egal. Beides stimmte. Jetzt und für immer.

Finale

»Ist es sicher hier oben?«, fragte Cal.

Ich zuckte mit den Schultern. »Es ist ein Dach«, erwiderte ich. »Ich glaube nicht, dass es einbricht.«

Ich spürte, dass ihn meine Antwort nicht sonderlich beruhigte, aber er folgte mir trotzdem nach oben. Die Arme um die Knie geschlungen saßen wir nebeneinander, nahe genug, um uns zu berühren, aber ohne uns auch nur ein bisschen zu berühren.

Es war kühl, aber die beste Art von sommerlich kühl, bei der man die Hitze des Tages noch auf der Haut spürt. Ich zog den Saum meines Sweatshirts über die Knie und sah vermutlich ein bisschen wie eine Kugel mit Kopf und Füßen aus.

Cal trug ein T-Shirt und eine karierte Pyjamahose. Im Mondlicht konnte ich Gänsehaut auf seinen Armen sehen, aber er sagte nichts und ich auch nicht.

»Wünschst du dir manchmal, du könntest die Zeit anhalten?«, fragte ich.

Cal schwieg eine Weile. »Eigentlich nicht«, antwortete er schließlich.

»Oh.«

»Ich wünschte, sie würde schneller vergehen«, sagte er.

»Worauf wartest du?«, wollte ich wissen.

»Ich glaube, erwachsen zu sein«, sagte er. »Frei zu sein und meine eigenen Entscheidungen treffen zu können.«

Ich drehte ihm das Gesicht zu und legte die Wange auf mein Knie.

»Es kommt mir irgendwie so vor, als würde ich nur darauf warten, dass etwas passiert.«

Ich nickte.

»Manchmal musst du etwas tun«, sagte ich. »Du kannst nicht immer warten.«

Er starrte in den Himmel.

»Was gefällt dir daran?«, fragte er. »Am Auftreten.«

»Ich mag das Gefühl«, sagte ich.

»Welches?«

Ich überlegte. »Ich glaube, ich fühle mich stark«, sagte ich. »Denn wenn ich auf der Bühne stehe, wenn ich ganz im Moment bin, sehen mich alle an. Und ich bestimme darüber, was sie empfinden. Wenigstens, wenn ich es richtig mache. Das ist ziemlich stark.«

»So hab ich das noch nie gesehen.«

»Ich wäre nirgends lieber«, gestand ich. »Und du?«

»Es macht Spaß«, sagte er. »Es gefällt mir, dass die Leute überrascht sind, wenn ich ihnen erzähle, dass ich tanzen oder singen kann.«

»Ja«, sagte ich.

Wir betrachteten die Sterne.

»Ich wünschte, ich würde nächsten Sommer wiederkommen«, sagte ich.

Er drehte sich um. »Kommst du nicht wieder?«

»Ich kann nicht«, sagte ich. »Das war meine Chance. Zumindest, bis ich achtzehn bin.«

Er nickte. »Tja …« Er dachte einen Moment nach. »Vielleicht bekommst du ja einen Anruf, wenn du zu Hause bist. Es kommt manchmal vor, dass sich Agenten melden.«

»Vielleicht«, sagte ich.

Ich war gut gewesen. Richtig gut. Aber nach der Vorstellung hatte mich niemand angesprochen.

»Jemand wird anrufen«, sagte er zuversichtlich. »Du hast wirklich Talent.«

»Du auch«, erwiderte ich. »Und Harriet.«

»Ich glaube nicht, dass ich so gut bin«, gestand er.

»Du weißt, was dir gefällt«, sagte ich. »Was gut aussieht. Was funktioniert.«

»Kann sein.«

»Vielleicht solltest du Choreograf oder Regisseur werden.«

Er lächelte. »Okay. Klar.«

»Was?« Ich stieß ihn mit dem Ellbogen an. »Wenn mich irgendwelche Agenten anrufen, warum kannst du nicht eines Tages Regisseur sein?«

»Ich könnte es vielleicht versuchen«, sagte er.

»Versprich es mir.«

Ich hielt ihm meine Hand hin und streckte den kleinen Finger ab. Cal sah so aus, als würde er das nicht für nötig halten, aber er hakte seinen kleinen Finger bei mir ein und tat es mir gleich, als ich auf meinen Daumen blies.

»Das war der beste Sommer überhaupt«, sagte ich. »Trotz allem.«

»Ja.«

Ich sah ihn an. Er war echt süß.

»Cal?«

»Ja?«

»Darf ich dich küssen?«

Er starrte mich an. »Was?«

Ich hätte »nichts« oder »vergiss es« sagen sollen, doch stattdessen wiederholte ich es.

»Darf ich dich küssen?«

Er sah umwerfend aus im Mondschein.

»Ja, klar«, sagte er.

Ich drehte mich zu ihm um. Ich wusste nicht, was ich mit meinen Händen machen sollte. Oder mit den Knien. Oder mit irgendetwas anderem. Ich saß einfach nur da, den Oberkörper zu ihm umgedreht. Dann legte ich meine Hände auf seine Wangen.

Und küsste ihn.

Es war ein schüchterner Schmatzer. So kurz, dass ich nur wahrnahm, wie weich sich Cals Lippen anfühlten. Ich war enttäuscht. Ich hatte mehr erwartet. Mehr gewollt.

Aber ich hatte um einen Kuss gebeten, und den hatte ich bekommen. Ich wollte mich gerade wegdrehen, als Cal eine Hand um mein Kinn legte. Er zog mich an sich und drückte seine Lippen auf meine. Dieses Mal spürte ich alles.

Wie sein Daumen um mein Kinn strich. Den Druck seiner Lippen und den Geschmack von einem Lippenpflegestift und Zahnpasta. Wie mein ganzer Körper vibrierte. Meine Knie zitterten und stießen unter meinem Sweatshirt, das ich immer noch über die Beine gezogen hatte, aneinander.

Wir lösten uns voneinander, und ich öffnete die Augen.

»Okay«, sagte ich. »Danke.«

»Danke?«, fragte Cal.

Ich zog das Sweatshirt von den Beinen und kletterte eilig vom Dach herunter.

»Kathleen?«

»Ich muss gehen«, sagte ich.

»Wie bitte?«

Ich lief davon, bevor er mir nach unten folgen konnte. Die kühle Sommerluft auf meinem Gesicht, rannte ich zurück zum Mädchenschlafsaal. Ich hatte einen Jungen geküsst. Ich hatte jemanden geküsst. Cal hatte mich geküsst.

Und ich hatte das Gefühl, dass nichts jemals wieder sein würde wie zuvor.

THE NEW YORK TIMES

THEATERKRITIK
WORKINGWOMEN IST EIN MUSS FÜR JEDEN MUSICALFAN!
VON SHAUNA MILLER [AUSZUG]

Cal Kirby, der bereits für die Choreografie *der* Szene in *Die Hildebrandt-Rarität* sowie für die Regie bei zahlreichen Konzerten und Live-Aufführungen bekannt war, kommt an den Broadway, als wäre er dafür geboren. In seiner Doppelfunktion als Regisseur und Choreograf scheint Kirby mit diesem Debüt auf dem besten Weg zu sein, sich zu Namen wie Fosse, Kidd und Robbins zu gesellen. Seine Regie ist einfallsreich, selbstbewusst und vor allem unterhaltsam.

In diesem Musical gibt es keine schwachen Nummern. Harriet Watsons Musik ist eingängig und mitreißend. Sie setzt mit ihrer Partitur auf einen schmissigen Big-Band-Sound, und ihre Texte sind herzzerreißend. Es ist die perfekte Mischung aus Vertrautem und Neuem – Songs, bei denen man das Gefühl hat, sie schon immer gekannt und gemocht zu haben, die aber dennoch völlig frisch und unerwartet sind. Hoffen wir, dass sie an einem Studioalbum arbeiten, das ein Muss für jeden Musicalfan werden wird.

Der Auftritt von Kathleen Rosenberg ist schon jetzt in aller Munde. Wenn sie die Bühne betritt und »I've Never Been Seen« singt, kann man den Blick nicht von ihr abwenden. Sie ist beeindruckend. Wer im Theater Katee Rose erwartet, wird enttäuscht sein, denn das ist nicht der Popstar, den wir kennen.

Vielleicht haben wir sie aber auch gar nicht wirklich gekannt.

Dank

Es gibt nur wenige Dinge, die tragischer sind als ein Musical-Kid, das nicht singen, tanzen oder schauspielern darf.

Wenn man das Gegenteil einer Dreifachbegabung ist, muss man seine Bewunderung auf andere Weise ausdrücken. Und genau darum geht es in diesem Buch. Es ist eine Liebeserklärung an meine erste Liebe – das Musicaltheater. Ich werde nie wie Kathleen die Chance bekommen, am Broadway aufzutreten, aber darüber zu schreiben, war ein ziemlich fantastischer Ersatz.

Ich muss mich bei dem unglaublichen Team von Random House bedanken, sowohl dem vorigen als auch dem aktuellen. Courtney Mocklow und Morgan Hoit, die an *Wir treffen uns in New York* mitgearbeitet haben und auch weiterhin selbst aus der Ferne die besten Cheerleader sind. Taylor Noel und Corina Diez sind ein traumhaftes Marketing-Duo, und Melissa Folds ist eine PR-Königin. Ich bin euch allen unendlich dankbar, und wenn Sie dieses Buch in den Händen halten, dann liegt das wahrscheinlich an der Arbeit dieser wunderbaren Frauen.

Mein Dank gilt allen bei Penguin Random House für ihre Unterstützung. Danke, Kara Welsh, Kim Hovey, Jennifer Hershey, Cara DuBois, Belina Huey, Ella Laytham,

Elizabeth Eno und allen anderen, die mit diesem Buch zu tun hatten. Ich bin jeder Einzelnen dankbar.

Kasi Turpin für ein weiteres wunderschönes Cover und Cassie Gonzales, dass sie es zum Leuchten gebracht hat.

Mae Martinez, einer großartigen Assistentin, die alles in Ordnung hält und obendrein tolle Anmerkungen macht.

Meiner wunderbaren Lektorin Shauna Summers, die mir während des gesamten Prozesses die Hand gehalten hat, immer geduldig, immer freundlich, immer unterstützend. Bücher zu schreiben ist *so* schwer, aber wenn ich es mit euch tun kann, ist es alle Mühe wert.

Elizabeth Bewley. Wie kann ich nur zum Ausdruck bringen, wie unendlich dankbar ich dir bin? Du hast buchstäblich mein Leben verändert, und ich liebe dich. Wir stehen am Anfang eines sehr aufregenden Abenteuers.

Ich danke meiner wunderbaren Schreibgruppe, Zan Romanoff, Maurene Goo, Sarah Enni, Doree Shafrir und Kate Spencer. Ich bewundere euch alle. Ich danke Dyan Flores, Lauren Cona und Gregory Bonsignore für die stundenlangen Brainstorming-Sitzungen (besonders Dyan, die unter anderem den Namen CrushZone erfunden hat). Und mein Dank gilt Morgan Matson, der mit mir das Musical *Workingwomen* geschaffen hat, anstatt sich das Baseballspiel anzusehen, zu dem wir eigentlich gegangen waren.

Ich danke Robin Benway, Katie Cotugno, Brandy Colbert, Anna Carey, Veronica Roth, Margot Wood, Alisha Rai und allen anderen, die ich in meinem umnebelten Zustand nach dem Schreiben vielleicht vergessen habe, dafür, dass sie die Schreibgemeinschaft sind, von der ich schon immer geträumt habe. Und mein Dank gilt Mike Hanttula, der mir die beste Website gebaut hat und der mein bester Freund ist. Ich danke meiner Lehrerin Kellie Wells, der ich die »männliche Möhre« verdanke, einen meiner Lieblingseuphemismen (zu allem Überfluss muss man ihn sich mit irischem Akzent vorstellen). Vielen Dank an Laura Hankin, Emma Straub, Mady Maio und all die anderen Buchhändler und Leserinnen, die mich hierher gebracht haben. Ich danke meiner lieben Freundin Tal Bar-Zemer dafür, dass sie als vollbusige, theaterverrückte New Yorkerin meine Betaleserin war. Alle Fehler gehen auf meine Kappe.

Mein Dank gilt meinem Therapeuten. Und den Mitarbeitern von Baja Fresh am Riverside Drive. Allen meinen Pflanzen (auch denen, die ich versehentlich verstümmelt habe). On Broadway Radio auf Sirius. Solvang. Haschdrinks. Blaubeer-Muffins von Costco. Pilates und Duftkerzen. Sondheim. Allen diesen Dingen, die jeden Tag ein kleines bisschen leichter machen.

Ich danke meiner Mutter.

Und meinem Bruder und meiner Schwester. Tim und Amy. Feivel.

John. Meinem Lieblingsmenschen.

Mozzarella, Geordi und Susannah (Hund, Hund und Katze).

Basil (mein Herz).

Dir.

Autorin

Elissa Sussman lebt mit ihrer Familie in Los Angeles und schreibt Romane für Jugendliche und Erwachsene. »Funny You Should Ask«, ihr Debüt im Erwachsenenbereich, wurde in den USA zum Bestseller und zum TikTok-Phänomen.

Elissa Sussman im Goldmann Verlag:

Funny You Should Ask. Roman
Wir treffen uns in New York. Roman

(Alle auch als E-Book erhältlich)